이 글을 읽는 사람에게
영원한 저주를

세계문학전집
1 4 2

Manuel Puig : Maldición eterna a quien lea estas páginas

이 글을 읽는 사람에게
영원한 저주를

마누엘 푸익 장편소설

송병선 옮김

문학동네

차례

일러두기

1. 번역 대본으로는 *Maldición eterna a quien lea estas páginas*(Manuel Puig, Editorial Seix Barral, 1980)를 사용했고, 영어본 *Eternal Curse on the Reader of These Pages*(Manuel Puig, University of Minnesota Press, 1999)를 참조했다.
2. 주석은 모두 옮긴이주이다.
3. 본문 중 고딕체는 원서에서 이탤릭체로 강조한 부분이다.

제1부

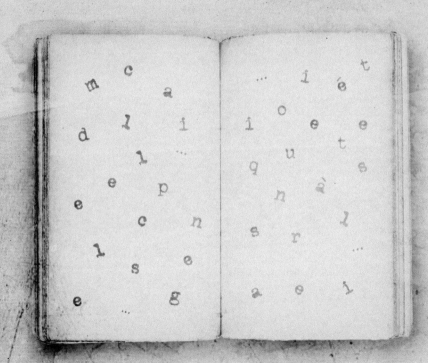

"이게 뭐죠?"

"워싱턴 광장입니다, 라미레스 씨."

"광장이 뭔지는 알겠는데, 왜 워싱턴인지 모르겠어요. 전부 모르겠다는 건 아니에요."

"워싱턴은 사람 이름입니다. 미국 초대 대통령이었지요."

"그건 나도 알아요. 고마워요."

"……"

"워싱턴이라……"

"중요한 건 아닙니다, 라미레스 씨. 그냥 이름일 뿐입니다."

"이 땅의 주인이었나요?"

"아닙니다. 그를 기리기 위해 그의 이름을 붙인 겁니다."

"'이름을 붙였다'는 게 무슨 뜻이죠?"

"그의 이름을 붙였습니다. 그런데 왜 나를 그런 눈으로 쳐다보십니까?"

"이름이라……"

"내 이름은 래리입니다. 당신 이름은 라미레스고요. 워싱턴은 이 광장의 이름입니다. 이 광장을 워싱턴이라고 부릅니다."

"고마워요. 그건 나도 알아요. 내가 모르는 건…… 워싱턴이라고 부를 때 사람들이 어떤 느낌을 받을까 하는 거예요."

"……"

"당신은 그 이름이 그리 중요하지 않다고 말했지요. 그렇다면 뭐가 중요하지요?"

"나한테 중요한 것이 당신에게도 중요한 것은 아닙니다. 사람마다 생각하는 게 다르니까요."

"그렇지만 정말로 중요한 건 뭘까요?"

"나는 당신의 휠체어를 밀어주는 대가로 돈을 받지, 내 인생철학을 말하라고 돈을 받는 게 아닙니다."

"당신은 직업소개소에서 보낸 사람이지요, 그렇죠?"

"네. 나는 당신을 휠체어에 태워 이 주변을 산책하라는 말만 들었습니다. 보수는 변변치 않지요. 당신에게 영어 수업도 해줘야 한다면 돈을 더 요구할 겁니다. 뉴욕의 생활비는 비싸거든요."

"래……리 씨. 난 영어를 알아요. 거의 모든 단어를 알아요. 프랑스어와 이탈리아어 단어도 알지요. 내 모국어인 스페인어 단어는 모두 알아요. 하지만……"

"······"

"우리 나라에 있을 때 난 몸이 몹시 안 좋았어요. 모든 단어, 우리가 보고 듣고 맛보고 만질 수 있는 것들의 이름은 기억나지만, 다른 것들은 그냥······"

"······당신 머릿속에만······"

"아니에요, 그렇지 않아요. 그게 아니라는 걸 곧 알게 될 거예요."

"······"

"하지만 난 단어들을 알아요."

"정말로 아십니까?"

"그래요······ 워싱턴, 래리, 광장, 젊은 래리, 늙은 라미레스, 아주 늙은, 일흔넷, 나무, 벤치, 잔디, 시멘트. 하지만 신경쇠약, 우울증, 다행증 같은 단어들은 무슨 뜻인지 모르겠어요. 의사들은 나를 보고 그런 단어를 써요."

"그게 뭔지 분명하게 설명해주지 않던가요?"

"······"

"물어봤어야 했어요."

"그런 말들이 무엇을 의미하는지는 알아요. 사전에서 그 용어들의 정의를 읽었거든요. 근데 최근에 그런 증상을 겪지 않아서일지도 모르지만, 그 의미를······ 어느 정도까지만 이해할 수 있어요."

"정말로 그 모든 언어들을 알고 있습니까?"

"그래요······ 그런데 정말 궂은 날씨군요."

"여기 밖이 너무 추운가요?"

"아니에요. 광장 한가운데로 데려가줘요······ 어젯밤 꿈에서 우리는 저곳에 있는, 그러니까 광장 중간쯤에 있는 저것과 비슷한 나무를 봤어요."

"우리요?"

"그래요. 당신과 나, 그리고 모두가 봤지요. 또렷이 보였어요."

"어떤 꿈이었습니까?"

"어젯밤 꿈이었지요."

"무슨 말을 하시려는 거죠?"

"사람들은 매일 밤 꿈을 꿔요. 가끔은 하나 이상의 꿈을 꾸지요, 그렇지 않나요?"

"맞습니다."

"어젯밤 꿈에 저것과 비슷한 나무가 있었고, 나뭇가지에 과일이 잔뜩 달려 있었지요. 근데 가지 하나만 그랬어요."

"라미레스 씨. 사람들은 자는 동안 꿈을 꿉니다. 하지만 각자 혼자 꿈을 꾸지요. 꿈은 개인적인 겁니다."

"당신은 어젯밤에 저 나무를, 가지 하나가 특이한 저 나무를 보지 못했나요?"

"예, 못 봤습니다."

"다른 사람들은 모두 그걸 봤어요."

"아무도 보지 못했습니다. 당신 혼자만 본 겁니다. 이 세상에서 유일하게 당신만."

"왜 그런 거죠?"

"그런 법이기 때문입니다. 꿈을 꿀 때 사람은 완전히 혼자입니다."

"너무 빨리 가지 말아요. 휠체어가 덜컹거리면 내게 좋지 않아요. 너무 덜컹거려요."

"미안합니다."

"통증이 시작되네요."

"어디가 아프세요?"

"가슴이에요."

"돌아갈까요?"

"몹시 아프네요……"

"그럼 돌아가겠습니다."

"아니에요. 거기로 가지 말아요, 부탁해요……"

"문제에 휘말리고 싶지 않아요. 몸이 안 좋으면 돌아가는 게 낫습니다."

"제발 덜컹거리지 않게…… 너무 빨리 가지 말아요."

"미안합니다. 죄송합니다."

"미안하다고요? 모두가 늘 그렇게 말하네요. 그런데 그게 무슨 뜻이죠?"

"……"

"그게 무슨 뜻이죠?"

"……"

"나를 그런 눈으로 보지 말아요…… 난 그 의미를 알아요. 그건 사과하는 말이지요. 그런데 다들 그 말을 할 때 마음속으로 무슨 생각을 하는 거죠?"

"……"

"통증이 너무 심해서…… 부탁해요, 래리. 아무 말이나 해줘요, 거리나 여기 공원에 있는 것을 보여줘요. 아무거나 상관없어요!…… 그래야 통증이 사라져요…… 이젠 더이상 참을 수가……"

"오늘처럼 쌀쌀한 날에는 밖으로 나가자고 우기지 말았어야 했어요. 모든 게 당신 잘못입니다."

"저기 있는 집들 중의 하나로 나를 데려가줘요. 아주 예쁘고 오래된 집들이네요. 아주 아늑할 것 같아요."

"과거에는 주택이었지만 지금은 사무실로 쓰고 있어요. 대학교 부속 건물이죠. 우리는 들어갈 수 없어요. 사람들이 일을 하거나 점심을 주문하고 있을 겁니다."

"저 남자…… 저 사람…… 왜 뛰고 있는 거죠? 안색이 좋지 않아요. 아픈 것 같아요."

"조깅하는 겁니다. 운동하는 거죠."

"하지만 저 얼굴, 뭔가 좋지 않은 일이 있는 것 같아요. 아주 아픈 것 같아요."

"아닙니다. 뛰느라고 힘을 써서 그런 겁니다. 그래야 건강에 좋거든요."

"나는 사람들이 고통스러워서 저런 얼굴을 한다고 생각했어요."

"신체를 단련시키는 방법이지요. 그러면 하루를 보다 활기차게 보낼 수 있게 되죠."

"당신이 그걸 어떻게 알지요?"

"저도 매일 아침마다 뜁니다. 아마 저도 저런 얼굴, 그러니까 고통스러운 표정을 지을 겁니다."

"저 여자…… 길을 건너는 저 여자……"

"왜 그러시죠?"

"저 여자 근처로 가주세요. 통증이 너무 심하네요. 아마 당신은 얼마나 아픈지 상상도 못할 거예요…… 숨이 턱턱 막혀요."

"……"

"광장에 아기를 데려왔군요. 보이죠?…… 이런 추운 날씨에 아기를 광장에 데려왔다가 탈이 나지 않을지……"

"그러게 말입니다."

"그리고 개, 개도 데려왔네요."

"그러네요."

"저 여자 치아에 무슨 문제가 있는 거죠?"

"네?"

"가까이 가줘요, 부탁해요……"

"이에는 아무 문제가 없습니다…… 아기를 바라보며 환하게 웃고 있을 뿐입니다."

"웃는다고요?"

"예, 그게 무슨 의미인지 모르시나요?"

"몰라요."

"맙소사……"

"그래요, 물론 웃는다는 것의 의미는 알고 있어요. 하지만 왜 입을 벌리고 입꼬리를 위로 올리는 거죠?"

"당신에게 일일이 단어를 설명하려니 진이 빠지네요. 안 하겠습니다."

"지금 무슨 말을 하는 거죠?…… 이제는 참을 수 없을 정도로 아파요! 자, 말해줘요…… 웃는다는 게 뭔지."

"무언가에 만족할 때 우리는 웃지요."

"만족이라고요?"

"맙소사, 그걸 어떻게 설명할까요? 만일 통증, 가슴의 그 통증을 느끼지 않으면, 만일 당신이 나무를, 당신의 나무를…… 가지 하나에 과일이 주렁주렁 매달린 나무를 보고 있다면…… 당신은 과일을 먹고 싶고…… 그래서 과일 하나를 따서 먹지요. 그러면 아마도 당신은…… 이를 드러내며 활짝 웃을 겁니다."

"……"

"무슨 말인지 이해했습니까?"

"아니요, 너무 길어요. ……그나마 이제는 통증이 조금 가셨어요."

"네, 너무 장황했어요. 그런데 웃는다는 게 무슨 대수겠어요? 당신이 이해하지 못한다는 걸 압니다. 하지만 미소는 아무 의미도 없을 수 있지요. 웃지만 아무것도 느끼지 못할 수도 있습니다. 사람들은 그냥 웃는 겁니다. 난 사람들이 웃건 말건 개똥만큼도 관심이 없습니다."

"그런 언어는 마음에 들지 않는군요."

"웃는 건 개똥 같은 짓이에요. 대체로 위선적이며 무의미해요."

"모든 게 혼란스럽군요. 그래서 당신에게 광장 한복판으로 데려가달라고 부탁하는 거예요. 거기에 있으면 보다 분명하게 볼 수 있을 것 같거든요. 적어도 네 귀퉁이에서 동일한 거리에 있게 될 테니까요."

"오늘은 조금 따뜻하네요. 이 도시의 날씨는 금방 바뀌는군요."

"그렇습니다."

"……"

"아직 시간이 조금 남아 있습니다. 어느 거리로 갈까요?"

"평소에 가는 거리로 가지요."

"전화는 거셨습니까?"

"무슨 전화요?"

"내 보수를 올려줄 수 있는 사람에게요."

"전화했어요. 하지만 비서가 이미 퇴근하고 없었어요."

"다시 거셔야겠네요."

"그래요, 다시 걸 거예요."

"라미레스 씨, 그럼 평소에 가는 거리로 가겠습니다."

"그래요, 그렇게 해줘요."

"이곳 빌리지에 더 흥미로운 게 있습니다."

"이 동네에 관해 적어놓은 메모가 있나요?"

"메모요? 전 지금 여기 살고 있고 예전부터 이곳을 알고 있었습니다. 대학에서 공부할 때부터요."

"그게 무슨 말이죠?"

"광장 근처에 있는 대학에서 공부했습니다. 거기서 학부 과정을 마쳤어요."

"뭘 공부했나요?"

"역사학입니다."

"그런데 왜 이런 일을 해요?"

"왜 꼬치꼬치 캐묻는 거죠? 다른 이야기를 하면 안 될까요?"

"나는 당신이 다녔던 대학 얘기를 하고 싶어요. 예를 들자면……"

"두 사람이 서로의 사적인 일에 간여하지 않고 대화를 나눌 수는 없을까요? 가령 스포츠나 최근 뉴스 얘기는 어떻습니까? 아무거나! 지진 얘기든, 책 얘기든!"

"가장 좋아하는 책이 뭐죠?"

"대답하기 어려운 질문입니다. 저는 책을 많이 읽었습니다. 다양한 종류의 책이었죠. 정말이지 많은 책에 감명을 받았지만, 그걸 각각 비교할 수는 없습니다. 그런 질문은 하면 안 됩니다."

"집에 가면 서재가 있을 테고, 아마도 당신이 가장 좋아하는 책을 찾을 수 있을 거예요."

"우리집에는 서재가 없습니다. 너무 자주 이사를 다녀서 책들을 커널 스트리트에 있는 어느 철물점 지하실에 보관해두었습니다."

"지금 사는 데서 또 이사할 생각인가요?"

"그러지 않기를 바라지요. 계속 방세를 낼 수만 있다면요."

"부양해야 할 가족이 많나요?"

"예, 고양이 한 마리가 있죠."

"그러면 혼자 산다는 말이군요."

"예."

"어느 거리에 살죠?"

"카마인이에요. 여기서 가까운 곳입니다."

"우리가 거길 지나간 적이 있는 것 같군요."

"체스를 좋아하십니까, 라미레스 씨?"

"아니요."

"카드놀이는 하십니까?"

"아니요."

"별자리 운세에 관심이 있다고는 하지 않으시겠지요……"

"모르겠어요, 래리……"

"저는 다른 건 몰라도 사람들이 별자리 운세로 자신의 삶을 이해하려고 하는 것은 정말 못 봐주겠더라고요."

"그런 책들을 들여다보던 요양원 간호사를 본 적이 있어요. 그녀는 자기 별자리 역시 땅을 상징하는 처녀자리라면서 우리가 친구가 될 수 있다고 말했지요."

"……"

"나는 염소자리예요."

"대단하십니다, 라미레스 씨."

"그럼 당신은요?"

"몇 년 전에는 사무실에서 일했습니다. 거기서는 가장 멍청한 놈들이 별자리 운세를 봤어요. 특히 여자들이 그랬습니다. 왜 자기들에게 특별한 일이 일어나지 않았는지를 납득하고, 미래에는 좋은 일이 일어날 수 있을지를 알아보기 위해서였습니다. 대부분은 외적 상황과 자기억제 때문에 삶에 아무런 희망도 없는 사람들이었습니다."

"외적 상황이라고요?"

"아, 그러니까 일자리, 돈 따위……"

"당신은 그런 걸 모두 적어놓고서 원할 때마다 보고 읽는군요."

"뭐라고요?"

"아마도 오늘 아침 당신이 적어놓은 메모를 읽었을 테고, 그걸 지금 내게 언급하고 있는 거겠죠."

"지금 무슨 소리 하시는 건가요?"

"나도 그런 메모를 가지고 있다면 얼마나 좋을까요. 그러면 그것들에 대해서 얘기할 수 있을 텐데. 물론 그것에 관심이 있어서 듣고 싶어하는 사람과 말이에요."

"아무것도 적어놓지 않았어요. 그저 기억하는 것이죠."

"나도 내가 공부하는 것, 내가 읽는 것을 모두 기억해요. 요양원에 있는 지금, 모든 걸 기억해요. 나는 기억력이 좋거든요."

"여전히 무슨 소린지 모르겠습니다. 그 여자들은 내게 중요하지 않습니다. 그냥 그 여자들, 그러니까 그 여자들이 어땠는지 갑자기 떠올랐을 뿐입니다."

"나는 지난주 이 도시에 도착한 이후에 읽은 건 모두 기억해요."

"많이 읽으신다면, 내년 별자리 운세도 잊지 말고 보십시오. 얼마 전에 나왔어요. 좋은 크리스마스 선물이 될 겁니다."

"그 목소리는 지금 날 비웃는 것 같네요, 그렇죠?"

"조금씩 나아지고…… 그나저나 라미레스 씨, 당신 책상에 있던 종이를 보니 내 이름과 '간호사'라는 단어 사이에 줄이 하나 그어져 있던데, 그게 뭔가요?"

"아무것도 아니에요."

"아무것도 아니라고요? 그럼 이제는 제가 질문하겠습니다. 대답하지 않으시면 저도 똑같은 규칙을 적용하겠습니다."

"그건 아무 의미도 없어요."

"뭔가를 숨기려고 하시는군요."

"정말 아무것도 아니에요. 요양원 간호사가 당신에 대해 물었어요."

"처녀자리 간호사 말인가요?"

"아니에요! 그녀는 젊고 예쁘지요."

"그럼 누구죠?"

"음…… 더 늙은 여자예요. 그래요, 늙고 못생긴 여자."

"뭘 알고 싶어했습니까?"

"그 간호사와 더 늙은 간호사가 다가와서 당신이 누구냐고 물었어요."

"그래서요?"

"두 여자는 젊은 남자면 가리지 않고 매력을 느끼는 것 같았어요. 당신이 근사하고 남자답다고 생각했나봐요."

"사람 볼 줄 아는군요. 상 받을 만한 여자들이네요. 아무것도 말해주지 마십시오. ……그리고 또 무슨 말을 했습니까?"

"고양이를 하루종일 혼자 놔두나요?"

"나에 대해 무슨 말을 했는지 말해주십시오."

"아무 말도 하지 않았어요. 사실…… 처녀자리 간호사 말고 나이 먹은 간호사 하나가 내게 뭐라고 말하긴 했는데…… 그걸 알아서 뭐하겠어요! 아마도 이 동네에 사는 것 같아요. 전에 당신을 본 적이 있다고 했어요."

"그럴지도 모르죠. 또 뭐라고 하던가요?"

"아무 말도."

"그럼 이만 가도록 하지요. 당신은 내게 뭔가를 숨기고 있는 게 분명합니다."

"오래전부터 당신을 봐왔다고 하더군요. 그리고 늘 같은 생각을 한대요. 정말 근사한 사람이야. 그런데 항상 혼자네. 머리카락은 이미 하얗게 셌으니 곧 늙어버리겠지. 그런데 도대체 누구를 기다리기에 여자 하나 만나지 못하는 걸까?"

"……"

"그리고 당신이 실업자일지도 모른다고 생각했대요. 이른 오후에 광장에서 당신을 자주 보았는데, 노인네들이 체스 두는 걸 지켜보고 있었다고 하더군요."

"전 계속 실업자 신세였습니다."

"전에는 나 같은 노인네를 보살피지 않았나요?"

"예, 이번이 처음입니다."

"왜 더 좋은 직업을 갖지 않죠?"

"또다시 사적인 질문을 하시는군요. 보다 중요한 주제, 그러니까 세상일이나 현실에 대해 말하도록 하지요. 이집트와 이스라엘의 관계는 관심 없으세요?"

"오늘 숨쉬기가 편치 않네요…… 몸이 안 좋은 것 같아요."

"……"

"다시 생각해보니, 내가 살아온 인생 이야기를 모두 적어놓았을지도 몰라요. 하지만 여기 올 때 짐이 별로 없었어요."

"또다시 절 헷갈리게 하시는군요, 라미레스 씨."

"그러니까 내가 하고 싶은 말은, 나는 메모의 악습에 물든 사람들 중 하나라는 말이에요. 요양원에서는 항상 메모를 해요. 아마 전에도 그랬던 것 같아요."

"아마 그러시겠죠."

"그런데 당신은 그러지 않죠?"

"예, 거의 그러지 않습니다."

"어떻게 그럴 수 있죠? 오래전에 일어난 일을 아직도 기억하나요?"

"예."

"당신만 그런 건가요, 아니면 모든 사람이 그런 건가요?"

"음, 그런 사람이 있습니다."

"난 아니지요."

"아마 그게 나을지도 모릅니다, 라미레스 씨."

"다시는 내게 무언가를 숨기려고 하지 말아요. 그러면 비싼 대가를 치르게 될 겁니다."

"뭐라고요?"

"그래요, 당신뿐만 아니라 나에게 뭔가를 숨기는 사람들 모두가요."

"왜 제게 그런 식으로 말씀하시죠? 지금 제정신이신가요?"

"의사는 그 대가를 치를 거예요…… 나를 바보 취급했어요."

"……"

"백과사전에서 기억에 관한 것을 찾아봤어요. 모든 게 설명되어 있더군요. 하지만 난 기억이란 최근 사건에만 적용될 뿐이라고 생각했어요."

"……"

"요양원 간호사는 당신보다 휠체어를 훨씬 잘 밀어요. 그 간호사도 남자지요. 여자 간호사들에 대해서는 말할 필요도 없어요. 훨씬 더 부드럽게 밀거든요."

"……"

"왜 쓰레기를 뒤적거리죠? 전부 더러운데요."

"전부 그런 건 아닙니다, 라미레스 씨. 가끔씩 사람들은 오래된 신문과 잡지를 버립니다…… 환경미화원이 가져가도록 말이에요. 난 잡지를 좋아하는데 너무 비싸거든요."

"지금 읽지는 말아요. 당신이 가는 곳에 주의를 기울이세요."

"나는 내가 해야 하는 일을 알고 있습니다."

"카마인 스트리트네요. 여기가 당신이 사는 곳이군요."

"그렇습니다."

"이 나라에서 나는 진짜 집에 들어가본 적이 없어요."

"……"

"잠시 당신 집에 나를 초대하는 게 어때요? 먼가요?"

"가깝습니다. 이 거리는 길이가 두 블록 정도밖에 되지 않습니다."

"그렇군요…… 이러지 말아요, 돌지 말아요. 왜 도는 거죠?"

"이 거리는 더럽습니다. 우리집은 이곳보다 더하지요."

"정말인가요?"

"조그만 방 두 개뿐인 집입니다."

"나는 요양원에서 방 하나만 써요. 미국의 주택 내부를 보고 싶군요."

"……"

"초대하고 싶지 않나요?"

"그래요!"

"나를 초대하고 싶지 않아서 집이 누추하다고 말하는군요. 방 두 개가 작아도 아주 아늑하겠죠."

"작은 방이 두 개죠. 방 하나는 주방을 겸하는데 두꺼운 껍질이 된 묵은 기름때가 방을 온통 뒤덮고 있어요. 먼지투성이라 날아다니던 먼지가 기름때에 붙어 있고요. 더러운 때로 종유석을 만든 것 같지요. 종유석이자 석순 같아요. 가구도 없습니다. 거리에서 주워온 망가진 의자가 전부입니다. 바닥에 신문지를 깔아놨었는데, 어디로 갔는지도 모르게 날아가버렸지요. 매트리스는 바닥에 놓여 있고, 침대 시트는 달랑 한 장뿐입니다. 하얀색이었지만 이제는 갈색이 되어버렸답니다. 게다가 사방에 바퀴벌레 천지입니다."

"담요는? 담요는 없나요?"

"없어요. 전 추위를 타지 않아요. 그래서 종종 난방기를 꺼야만 할 때도 있습니다. 베개도 안 베고 잡니다. 그게 건강에 더 좋거든요. 거리나 이웃집 창문에서 우리집을 뒤덮은 더러운 때가 보일 지경이랍니다."

"당신은 지금 거짓말을 하고 있어요. 나를 집안에 들이지 않으려는 변명이지요. 당신은 항상 흠잡을 데 없이 깔끔해요. 그렇다면, 그러니까 집을 보여주고 싶지 않은데, 왜 사람들이 창문으로 보게 놔두는 거죠?"

"커튼이 없어서요."

"그 잡지를 보지 말아요! 어디로 가는지에만 주의를 기울여요."

"난 우리가 어디로 가는지 잘 알고 있습니다. 돌아가죠! 이제 근무 시간이 끝났거든요."

"여기, 이 시간에 웬일이죠?"

"우선 저녁 인사를 하고 싶습니다, 라미레스 씨."

"이 시간에 다른 사람을 돌보려고 오는 건가요?"

"아닙니다."

"그럼 어쩐 일로?"

"허락을 받지 않고 들어왔는데 실례가 되지 않을지 모르겠군요."

"야간 경비원들이 들어오게 놔뒀나요?"

"나를 못 봤습니다."

"그럼 방문을 어떻게 열었지요? 난 항상 안에서 잠가놓는데."

"창문으로 들어왔을지도요. 당신은 절대 모를 겁니다."

"그럼 내가 당신이 찾아왔다고 상상한다는 건가요?"

"아마도 그럴 겁니다."

"아니에요. 난 정말로 당신이 찾아온 거였으면 해요."

"마음대로 생각하십시오."

"그럼 그렇다고, 당신이 여기에 있는 거라고 여기겠어요. 난 상상하고 있는 게 아니에요."

"너무 늦은 시간은 아니죠? 여기에선 일곱시에 저녁식사를 한다고 알고 있습니다. 하지만 몇시에 잠자리에 드는지는 한 번도 말해준 적이 없어서요."

"당신 말투가 마음에 들지 않아요, 래리. 너무 고분고분한데다가 상냥해요."

"죄송합니다."

"그 말투가 거짓이라서 내게 미안하다고 하는 거죠, 그렇죠?"

"그렇습니다. 정말 죄송합니다."

"당신도 알고 있는 것처럼, 난 아직도 몇몇 말투에 어떤 의미가 있는지 잘 몰라요. 진정한 후회의 말투…… 난 그걸 제대로 분간할 수 없을 것 같아요."

"아마도 이건 분간하실 수 있을……"

"래리, 무릎 꿇지 말아요!…… 다른 사람들이 우리를 볼 수도 있어요…… 늙었지만 못된 사람들이에요."

"문이 닫혀 있습니다."

"사람들은 당신에게 비굴하다고 말할 거예요. 어떤 상황인지 이해하려고 하지 않을 거예요. 난…… 뉘우치는 사람을 높이 평가해요."

"고맙습니다. 당신은 정말 이해심이 많으십니다."

"그런데 왜 온 거죠? 자정이 다 됐어요. 아마도 이유가 있어서 귀신처럼, 아니 환영처럼 이렇게 모습을 드러낸 거겠죠."

"……"

"고개 숙이지 말아요."

"나는 환영일 뿐입니다. 고개를 숙이든 말든 무슨 상관입니까?"

"아니에요, 당신은 정말로 나를 찾아온 거예요. 그렇지 않다면 그 의미는……"

"아무런 의미도 없어요! 돈 계산을 잘못하는 바람에 오늘 저녁 먹을 돈이 없었습니다, 라미레스 씨."

"아, 그래서……"

"배고파 죽을 지경입니다. 저녁을 먹지 않고도 잠을 잘 수 있을 거라고 생각했는데…… 속이 너무 허하네요."

"아픈가요? 어느 부분이죠?"

"여기 위, 흉골 아래입니다."

"쿡쿡 쑤시나요? 아니면 그냥 불쾌한 정도인가요?"

"아직 쑤시는 정도는 아닙니다. 아직은 아니에요."

"내가 딴전을 부리거나 즐거워하면서 당신을 쳐다보고 있지 않다는 걸 알겠죠?"

"무슨 말인지 이해가 되질……"

"그래요, 래리. 내가 아프다고 하면 당신은 나를 무심하게 쳐다보면서 즐겼어요. 가슴에서 느껴지는 그 불쾌한 압박감과 끔찍한 통증을. 하지만 난 당신을 비웃지 않아요."

"라미레스 씨, 아마도…… 아직 당신이 다른 사람의 표정을 제대로 읽지 못한다는 게 사실인 것 같습니다. 나는 아마도…… 미소로 당신을 위로하고자 했을 겁니다."

"웃는 건 믿을 수 없고 무의미하며…… 당신 표현에 의하면 엿 같은 것이지요."

"라미레스 씨, 요양원 음식은 어떻습니까?"

"맛은 없지만, 건강식이고 양도 많아요."

"충분히 줍니까?"

"그래요. 나는 음식을 많이 남겨요. 적어도 반 정도는."

"어디서 식사합니까?"

"넓은 식당에서요. 하지만 원하면 내 방에서 먹을 수도 있어요. 그렇게 하려면 조금 일찍 먹겠다고 해야 해요."

"라미레스 씨…… 우리가 함께 본, 몇몇 사람들이 공원으로 가지고 가는 건 뭐죠? 아니면 당신이 혼자 보고서 나중에 제게 말해준 것인지 잘 기억나지 않네요."

"우리 둘이 함께 봤어요. 몇몇은 먹고 남은 음식을 플라스틱 그릇에 담아가서 고양이나 개에게 줘요. 혹은 우유에 적신 빵만 있을지도 모르는데, 그건 비둘기에게 주는 거예요, 래리."

"아……"

"……"

"전 먹는 데 돈을 많이 씁니다, 라미레스 씨."

"아침에 조깅을 해서 많은 에너지를 쓰기 때문이지요. 잘 먹어야 기운을 회복하니까."

"그렇겠죠……"

"난 저녁을 너무 일찍 먹는 걸 좋아하지 않아요. 하지만 사람들과 모여 식당에서 먹는 것도 좋아하지 않아요. 그래서…… 무언가를 희생해야만 해요. 일찍 내 방에서 식사를 하면, 다른 사람들의 얼굴을 보지 않아도 되지요. 그러면 내가 플라스틱 용기에 음식을 반 이상 남기더라도 아무도 눈치채지 못해요."

"내 고양이에게 줄 음식입니다."

"그래요, 이해해요, 당신 고양이에게……"

"고맙습니다……"

"백과사전에는 눈에 눈물이 가득 고이는 것이 때로는 기쁨을 뜻하기도 한다고, 항상 고통을 뜻하는 건 아니라고 나와 있더군요. 감정이 격해지면 그게 긍정적이고 즐거운 것일지라도 눈물을 흘리게 만드는 것 같아요."

"그렇습니다, 라미레스 씨. 그래서 지금 내가 그런 겁니다."

"고개 숙이지 말아요. 난 그런 태도가 싫어요."

"알았습니다, 그럼 저는 이만……"

"너무 배가 고픈 게 아니라면, 여기에서 잠시 나와 대화를 나누자고 부탁하고 싶군요."

"참을 수 있습니다. 약속하지요."

"내 부탁을 들어주기 위해 억지로 여기에 더 있을 필요는 없어요."

"아닙니다. 오히려 정반대입니다. 나는 당신처럼 뛰어난 사람과 많은 것에 대해 대화하고 싶습니다, 라미레스 씨."

"그것보다 더 심한 아부의 말은 없을 것 같군요."

"이 나라가 베트남전쟁에 개입한 기사를 읽고 계셨으니, 그 당시 젊었던 우리가 어떻게 아무 죄 없는 사람들에게 네이팜탄을 투하할 수 있었는지 의문을 가졌을 겁니다."

"베트남전쟁에 갔었나요?"

"그렇습니다. 상상도 못할 만큼 잔인무도한 모든 작전에 참가했었지요. 당신에게 모든 걸 들려주고 싶습니다. 하지만 그전에 당신이 당신 자신에 대해 이야기해주셔야 합니다. 현자가 먼저 시작해야 무지한 사람에게 방향을 알려줄 수 있으니까요."

"나보고…… 이야기하라고요?"

"네, 모두 이야기해주십시오."

"하지만, 래리, 내가…… 많은 것을…… 잊어버렸다는 사실을 잊었어요?"

"아마도 그건 당신의 전략일 겁니다. 스파이가 있을 수 있으니 자신을 보호하려고요."

"미안해요, 래리. 갑자기 피로가 몰려오네요. 이제 자러 가야겠어요."

"그럼 아마도 다음에…… 전 당신의 도움이 필요합니다. 당신의 현명한 충고가……"

"또다시 그런 비웃는, 냉소적인 눈으로……"

"당신은 아직 사람의 표정을 어떻게 읽어야 하는지 알지 못합니다."

"……"

"왜 말이 없죠, 라미레스 씨?"

"……"

"그럼 이만 가보겠습니다."

"……"

"부탁이 하나 있는데…… 저녁 먹을 돈이 필요합니다."

"……"

"돈을 주기로 약속하셨잖아요."

"필요한 만큼 꺼내가요."

"지갑을 주시겠어요?"

"미안해요, 래리…… 손에 힘이 너무 없어서…… 일부러 떨어뜨린 게 아니에요."

"제가 줍지요. 몸을 숙이는 건 일도 아닙니다."

"그런 것 같군요."

"얼마나 꺼낼까요?"

"필요한 만큼."

"오 달러…… 이 정도면 충분합니다…… 고맙습니다."

"천만에요."

"그럼 편안히 주무십시오, 라미레스 씨."

"비가 내립니다. 당신 말을 듣지 말았어야 하는 건데……"

"곧 그칠 거예요. 래리."

"……"

"내가 래리라고 부르면 기분 나쁜가요? 래리 씨라고 부를까요?"

"래리가 좋아요. 곧 비에 흠뻑 젖겠는데요. 제가 6번가를 지나기 전에 곧 비가 올 것 같다고 했지요. 근데 당신이 하도 이곳으로 오자고 하는 바람에……"

"간호사 하나가 소호는 꼭 가봐야 한다고 여러 차례 말했어요."

"틀림없이 처녀자리 간호사겠죠."

"그래요, 무척이나 예리하네요, 래리."

"오늘 당신의 별자리 운세는 아마도 '비를 맞으며 산책하라'일 겁니다. 틀림없습니다."

"그런데 지금 소호에 있는데, 아무것도 볼 수가 없군요."

"물웅덩이가 몇 개 있습니다."

"아직 당신의 보수 인상 건을 말하지 않았어요."

"아, 어떻게 된 거죠?"

"우선 미안하다고 말하고 싶군요. 사실 요양원 전화가 항상 사용중이라서."

"그렇다면 바에 들어가서 거기서 전화를 걸도록 하지요."

"하지만 마침내 여비서와 통화했어요. 당신에게 말했던 그 다정한 여비서와."

"뭐라고 하던가요?"

"그녀 혼자 결정할 수 있는 문제가 아니었어요. 재단 책임자와 이야기해봐야 한다고 했어요."

"고작 일급을 이 달러 올려달라는 건데, 이사회까지 열어야 한다고요?"

"그녀가 그렇게 말했어요. 내가 뭘 어쩌겠어요?"

"됐습니다. 허리띠를 졸라매면 되니까요."

"아, 당신에게 주려고 가져온 것을 잊어버렸네요."

"뭐죠?"

"요양원 음식이에요. 아주 위생적인 플라스틱 그릇에 잘 담아왔어요."

"비둘기들에게 주려는 건가요?"

"아니에요. 당신에게 주려는 거예요."

"나한테요?"

"그런 얼굴 하지 말아요……래리, 기분 나빠하지 말아요."

"역겨워 보입니다. 스크램블드에그지요, 그렇죠?"

"이건…… 당신 고양이에게 주는 거예요. 당신에게 돈보다도……
시간을 벌어줄 거라고 생각했어요."

"아닙니다, 괜찮아요. 고양이에게는 우유와 통조림으로 된 특별한
음식을 줍니다. 한 통으로 이 주는 문제없습니다. 걱정하지 않아도 됩
니다."

"아, 그건 몰랐어요……"

"이건 눈뜨고 봐줄 수 없는 음식이네요. 그곳에 있는 당신들 모두를
죽일 거예요. 뉴욕의 음식은 악명이 높아서 전 매우 조심하고 있어요.
가능하면 건강식을 먹습니다. 야채와 생선을 먹고 지방이나 파스타는
먹지 않습니다. 자극적인 음식도 먹지 않고, 차나 커피도 마시지 않지
요. 무엇보다 가장 나쁜 건 설탕입니다."

"거기 놔둬요, 래리. 아니면 비가 그치면 길모퉁이에 있는 쓰레기통
에 던져버립시다."

"나를 그런 눈으로 보지 마십시오! 화랑은 오전에 열지 않는다고 당
신에게 이미 말했습니다."

"난 그림을 보고 싶은 게 아니에요. 실내에 틀어박혀 있고 싶지 않은
거예요."

"알았습니다. 하지만 비를 맞으며 휠체어를 밀고 다닐 수는 없습니
다."

"알았어요. 하지만 적어도 이런 화재용 비상구가 보이지 않는 곳에

있으면 좋겠어요."

"그게 뭐가 문제죠?"

"쓸데없는 질문이에요. 최근에는 비상구에 대한 글은 전혀 읽지 않아서 그 점에 관해 나는 아무것도 말해줄 수 없어요. 하지만 여기 가만히 앉아서 일 초라도 더는 이것들을 보고 싶지 않아요."

"젠장, 그러면 어디로 갈까요?"

"부탁이니 이곳에서 나가요."

"비가 억수처럼 퍼붓고 있습니다. 이 차일이라도 발견한 게 천만다행이에요."

"당신은 일주일에 세 번 두어 시간만 일해요. 그런데도 우리는 이렇게 가만히 있어야 하는군요."

"……"

"당신에게 질문할 것들을 적어놨는데 그 종이를 요양원에 두고 나왔어요. 요즘 많은 것을 읽고 있는데 몇 가지 궁금한 것들이 생겼어요."

"뭘 읽으십니까?"

"백과사전. 그리고 역사책들이죠. 며칠 전에 내가 워싱턴이 누군지 몰랐다는 걸 기억하나요? 이제는 모든 걸 알아요. 이제 나는 읽는 족족 모든 걸 기억하는 것 같아요. 그게 얼마나 오래갈지는 모르지만."

"흥미로운 게 있었습니까?"

"내 조국 아르헨티나는 주로 스페인과 이탈리아 이민자들로 이루어져 있어요."

"흥미롭군요."

"……"

"얘기해주세요. 내 할아버지, 그러니까 친할아버지가 이탈리아 사람이에요. 이름이 조바난젤로였습니다."

"하지만 당신 성은 존이에요."

"맞습니다. 우리 할아버지가 배에서 내리자 이민 당국이 그의 성을 난도질했습니다."

"당신이 베트남에 있었다고 말한 뒤로 그와 관련된 것을 모조리 찾아 읽기 시작했지요."

"난 그곳에 있지 않았습니다."

"아니라니요? 거기에 가야 했던 나이라고 했잖아요?"

"가는 걸 거부했습니다."

"가지 않겠다고 하면 끝인가요? 그게 무슨 뜻이죠?"

"거부하는 까닭을 묻길래 나는 인도차이나반도에서의 제국주의와 식민주의 역사를 전부 말해주었습니다."

"당신 말을 듣던가요?"

"지루한 내 장광설이 끝나자, 더이상은 나에 대해 어떤 것도 알고 싶지 않았는지 육 개월 후로 징병을 연기했지요. 내 또래의 다른 이들은 더 용감했습니다. 그들은 입대해서 있는 힘을 다해 자신들의 생각을 퍼뜨렸고 대항했답니다."

"군대 내에서…… 방해 공작을 벌였다는 말인가요?"

"그렇습니다."

"몇 번이나 그런 장광설을 반복해야 했지요?"

"한 번으로 족했습니다. 자신들이 듣고 싶었던 얘기를 들은 거죠. 내가 군대에 가고 싶어하지 않는다는 사실을 확인한 겁니다. 나를 입영

대상에서 제외할 구실을 찾자 그들은 크게 안도했습니다. 아홉 달만
있으면 스물여섯 살이 되는 시기였습니다. 그 나이가 지나면 징병할
수 없습니다."

"난 당신이 베트남에서 싸웠다고 생각했어요."

"……"

"그런데 왜 내게 거짓말을 한 거죠?"

"우리는 그 문제로 깊이 대화한 적이 없습니다. 화내지 마십시오. 오
늘 내 신경이 아주 날카롭거든요."

"왜죠?"

"……"

"래리! 쳐다보지 말아요, 부탁이에요."

"누구 말입니까?"

"길모퉁이로 걸어가는 사람."

"아는 사람인가요?"

"래리, 제발 부탁이니 그가 가까이 못 오게 해줘요. 쳐다보고 싶지
않아요. 가게 안으로 들어가도록 해요."

"이미 지나갔습니다. 왼쪽으로, 프린스 스트리트 쪽으로 돌았습니다."

"래리, 당신이 내 불평불만을 들어주는 대가로 보수를 받는 게 아니
라는 걸 잘 알고 있어요. 하지만 자신 있게 말하는데, 아주 나쁜 일이
일어날 수 있어요. 그런데 그걸 어떻게 피할 수 있는지 모르겠어요."

"어떤 의미에서 나쁘다는 겁니까?"

"가지 말아요! 쳐다보지 말아요! 이쪽으로 돌아와요! 제발……"

"……"

"래리!"

"걱정 마십시오. 그저 다시 한번 쳐다보고 싶었던 겁니다. 평범하고 촌스러운 작자입니다. 아파트로 들어갔습니다. 가난한 사람들이 사는 아파트로. ……당신이 당신 조국에서 알았던 사람과 비슷했을 수도 있습니다. 당신에게 해를 끼친 사람과 말입니다. 하지만 이미 갔습니다. 엉덩이까지 흠뻑 젖은 채로."

"래리, 부탁이니 아무에게도 이 일을 말하지 말아줘요. 비밀이에요."

"그럼 내게 더이상 말하지 않는 편이 좋을 것 같습니다."

"내가 쓸데없는 상상을 한다고 생각하지는 말아요. 불행히도 시간이 지나면 내 말이 옳다는 걸 알게 될 거예요."

"나는 당신을 믿습니다, 라미레스 씨."

"당신은 내 말을 믿지 않아요. 하지만 곧 알게 될 거예요. 아주 빠른 시간 내로. 그는 미행당하고 있고, 빠져나올 수 없을 거예요. 거의 체포되기 직전이에요."

"누가 뒤쫓고 있다는 말입니까?"

"가까이 있지 않는 편이 좋아요. 우리는 그를 도울 수 없을 테니까요. 그게 바로 문제예요."

"……."

"적어도 찌르는 듯한 이 통증을 참을 수 있으면 좋겠어요. 당신은 얼마나 아픈지 상상도 못할 거예요."

"다시 아파오기 시작했습니까?"

"몰랐어요?"

"네, 전혀 몰랐습니다."

"알겠어요. 그러라고 당신에게 돈을 주는 건 아니지요. 누군가가 내 가슴의 일부를 도려내는 것 같아요."

"그토록 통증이 심한지 몰랐습니다."

"거봐요, 당신은 아무것도 몰라요."

"아무 말도 해주지 않으면서 도대체 나보고 어떻게 알라는 겁니까?"

"난 당신을 이용하고 싶지 않아요. 어쨌거나 당신은 젊어요. 그러니 이런 것들을 알 도리가 없지요."

"첫째, 나는 그렇게 젊지 않습니다, 라미레스 씨. 서른여섯입니다. 둘째, 나도 사람입니다. 비인간적이지 않아요."

"서른여섯이라고요?"

"예, 그렇게 보이지 않습니까? 어떤 사람들은 내 나이보다 더 많게 보기도 합니다."

"그럼 즉시 이곳을 떠나도록 하세요. 내가 가게 주인에게 요양원으로 전화를 걸어달라고 하겠어요. 그럼 그곳에서 내게 사람을 보낼 거예요."

"말도 안 되는 소리는 그만하세요! 내가 요양원으로 데려다주겠어요. 서른여섯 살 먹었다는 게 폭력배의 총에 맞아 죽는다는 것을 의미하지는 않습니다. 내 머리카락이 빠지고 있다는 사실이 진짜 위험한 거죠."

"농담하지 말아요. 내가 말하는 건 정말 중요한 문제예요."

"누가 농담한다는 겁니까? 서른여섯은 사람의 인생에서 아주 중요한 나이입니다. 머리카락을 이식하는 사람도 있고, 가발을 쓰는 사람도 있고, 머리카락을 앞으로 빗는 사람도 있고, 머리카락을 염색하는 사람도 있고, 수염을 기르는 사람도 있어요. 무엇이든 할 수 있는 나이죠. 이 나라에서 머리카락은 정말 중요한 문제입니다."

"제발 부탁이니 나를 혼자 있게 해줘요."

"좋습니다, 라미레스 씨. 지금 농담을 멈춰야 할 사람은 당신입니다. 내게 그런 쓸데없는 농담을 하는 이유가 뭡니까? 도저히 당신 얘기가 진지하다고 볼 수 없어요. 누가 나한테 해를 끼치려고 하겠습니까? 당신의 두려움은 근거가 없어요. 당신은 바보가 아닙니다. 당신은 그걸 잘 알고 있습니다. 게다가 그런 생각으로 하루종일 스스로를 괴롭힐 수도 있겠지요. 두 시간만이라도 그런 생각으로 나를 귀찮게 하지 않을 수 없나요? 특히 오늘만이라도."

"미안해요. 내가 왜 그러는지 당신에게 설명하기가 쉽지 않군요. 당신에게 그 이유를 말할 수가 없어요. 나도 모르거든요. 하지만 나는 내 말이 틀림없다고 확신해요. 그렇게 확신이 생길 때마다 시간이 지나면 내 생각이 맞았다는 게 증명돼요."

"당신이 지금 조국에 있지 않다는 것만 기억하세요. 그곳은 대단히 혼란스러웠어요. 그렇지 않나요? 하지만 당신은 뉴욕에 있습니다. 여기도 아주 안전하지는 않지만 누가 당신이나 나에게 관심을 갖겠습니까?"

"정말인가요?"

"물론이죠! 정말입니다! 이제는 당신의 편집증적인 질문이 지겹습니다."

"래리…… 미안해요. 조금 전에 지나간 사람에 대한 말은 사실이 아니에요. 모두가 연극이었어요. 당신이 어떻게 반응하는지 보고 싶었어요. 다른 미친 사람들을 대하듯 다 알았다고 하는지 보고 싶었어요."

"도대체 왜요? 절 못 믿나요?"

"그래요, 나는 당신을 완전히 믿을 수 없어요. 당신에 관해 아는 게 거의 없으니까."

"당신과 관련해서 나는 가능한 한 신경전을 벌이지 않고 근무시간을 채우는 것에만 관심이 있습니다."

"……"

"……"

"오늘 아침에는 평소처럼 조깅을 할 수 없었을 것 같군요."

"아침에는 비가 내리지 않았습니다."

"매일 아침 운동을 하나요?"

"예, 아침마다 합니다."

"조깅만 하나요?"

"체조도 하고, 줄넘기도 하고, 수영도 합니다. 가끔씩 자전거도 탑니다. 이 끔찍한 긴장 상태에서 해방될 수만 있다면 뭐든지 하지요."

"끔찍한 긴장 상태라고요?"

"그래요, 무언가를 하면 일종의 만족감이 생기지요."

"손을 떠네요, 래리."

"아주 초조한 날이 있습니다. 그래서 그런 겁니다."

"마약을 하나요?"

"전 커피도 마시지 않습니다. 흥분제는 질색입니다."

"무슨 일이 있는 거죠?"

"아무 일도 없습니다. 내 손이 떨려도 그냥 두세요."

"……"

"인생은 이런저런 일로 가득한데 손을 내밀어 그런 걸 쥘 수 없는 사람도 있습니다."

"왜 그렇죠? 내 경우를 말하는 건가요?"

"……"

"몇시에 일어나죠?"

"일찍 일어납니다. 그게 몸에 배어 있어서요. 일어나자마자 스트레칭을 합니다. 몇 블록을 달리면서 준비운동을 하지요. 그러고는 멈춰서서 가슴이 기분좋게 뛰다가 가라앉을 때까지 기다립니다. 그런 다음 몇 마일을 뛰지요. 맨해튼의 남쪽 끝에 있는 배터리 파크까지요. 거기서 바다 공기를 힘껏 들이마십니다. 조깅을 한 다음 아침을 먹습니다. 그러면 뭘 먹어도 별미죠. 하루종일 달리기로 시간을 보낼 수 있다면 아마 나는 행복할 겁니다."

"아침이 좋아요, 아니면 지겨워요?"

"가장 기분이 좋을 때는 교통 체증이 극심해지고 주위가 소란스러워지기 전이죠. 아직 사람들이 잠에서 완전히 깨어나지 않을 때 말입니다."

"진짜 아침이 시작되기 전이네요. 그다음은요?"

"직장이 없더라도 하루를 계획해야만 합니다. 그건 쉽지 않아요. 빈 시간 혹은 아무것도 할 일이 없는 시간이 있는데 그걸 채워야 합니다…… 잡일이든 뭐라도 하면서요. 쇼핑하고 빨래하고 점심 먹고 산책하고 구인 광고를 읽고 저녁 먹고 텔레비전을 봅니다. 하지만……"

"하지만?"

"갈수록 잠을 많이 자게 됩니다…… 그러면 낮은 갈수록 짧아지고, 어떤 일도 지겹고 따분해지며, 갈수록 일을 하지 않게 됩니다."

"래리, 비가 그치고 있어요. 이제는 나를 데려다줄 수 있어요."

"그럼 가겠습니다."

"그쪽으로 가지 말아요, 부탁이에요!"

"왜 그러는 겁니까?"

"거기로 가면 더 오래 걸리고, 점점 추워요."

"아닙니다. 이게 지름길입니다. 더 빨리 도착할 겁니다."

"조금 더 걸리더라도 다른 길이 좋겠어요. 그쪽으로 가야 물웅덩이가 별로 없어요."

"말도 안 돼요. 당신을 물웅덩이에 처박지는 않을 거예요."

"부탁해요. 아무리 작은 위험이라도 그것을 감수할 필요는 없어요."

"무슨 위험요?"

"당신은 고집불통이니 어떻게 되든 상관없어요. 하지만 나는 아니에요. 나는 그 어떤 위험도 감수하고 싶지 않아요. 제발 멈춰요! 이쪽은 말고……"

"그 팔 좀 그만 휘저으면 안 됩니까? 난 내가 무엇을 하고 있는지 잘 아는 사람입니다."

"당신은 원하는 만큼 위험을 감수하도록 해요. 하지만 나를 위험에 노출시키지는 말아요. 알았죠? 왼쪽으로 돌지 말아요!"

"얼굴이 백지장처럼 하얗군요. 무슨 일입니까?"

"바보야! 멈춰. 제발 멈추라고! 뒤로 돌아! 내 말 들려?"

"무슨 일입니까? 식은땀을……"

"어떤 문으로 들어갔어요?"

"누구요?"

"그 사람 말이에요. 조금 전에 지나간 사람."

"나는 당신이 거짓말을 하면서 날 시험한다고 생각했습니다."

"우리가 이미 그 문을 지났나요?"

"예, 저 아이들이 놀고 있는 문이었습니다."

"한 명도 없는데요."

"고개를 뒤로 돌리면 보일 겁니다."

"당신은 지금 나를 혼란스럽게 만들려고 하는군요."

"두려워하지 마십시오. 이제는 정말 안전합니다."

"그럼 조금 더 빨리 가줘요. 뒤로 돌아가는 게 더 안 좋을 수 있으니."

"이렇게 쌀쌀한 날씨에 땀을 흘리면 몸에 안 좋을 겁니다."

"부탁이니 더 빨리요. 그리고 당신이 더이상 오지 않았으면 좋겠어요. 당신에게 무슨 일이 생겼을 때 그 책임을 떠맡고 싶지 않아요."

"지금 무슨 말을 하시는 겁니까? 나를 해고하는 겁니까?"

"그렇게 하는 게 나을 것 같아요. 내 말을 믿어요."

"뭐라고요? 그러면 내 삶이 엉망이 된다는 걸 모르시나요? 난 이 일자리가 필요합니다."

"걱정 말아요. 당신에게 일주일 치 보수를 지불하라고 할 테니까요."

"이런 날씨에는 밖으로 나오는 게 좋습니다."

"이틀 동안이나 비가 쉬지 않고 내렸으니 그 정도면 충분하지요. 날씨가 개지 않았다면 오늘 뭘 해야 할지 몰랐을 거예요."

"진짜 괜찮은 날씨입니다."

"래리, 오늘 당신 얼굴이 달라 보이는군요. 날씨 때문인가요?"

"아닙니다. 보수가 올라 기분이 좋습니다."

"사실 여비서는 아직 내게 전화를 주지 않았어요."

"그럼 인상분은 어디서 나오는 거죠?"

"매달 도서 수당이 책정되어 있는데, 난 당신 보수를 인상하는 게 더 중요하다고 생각했어요. 내 건강을 위해서요."

"정말 고맙습니다, 라미레스 씨. 진심으로 감사드립니다."

"아직 요양원에 읽을 책들이 남아 있거든요."

"참, 도서관에 가서 책을 빌려볼 수도 있습니다."

"하지만 난 여기 시민이 아니라 대출증이 없어요."

"내 대출증이 있지요. 내 것을 이용하세요. 하지만 그럴 필요 없을 것 같아요. 도서관에 들어가면, 그러니까 내가 당신을 도서관 계단으로 올려주거든 직원들에게 주소를 알려주십시오. 그러면 대출증을 보내줄 겁니다."

"아주 좋은 제도로군요."

"지금 갈까요?"

"아니에요. 야외에 앉아 있는 게 좋네요."

"저도요, 여기 조금 앉아 있도록 하지요."

"12월치고는 햇볕이 아주 따갑군요. 이곳은 겨울인데."

"오늘은 불안해하지 않고 가만히 계시니 이상합니다."

"난 햇빛을 만끽하고 있어요."

"우리가 외출했던 둘째 날도 햇빛이 쨍쨍했지만, 일 초도 가만히 있지 않으셨죠."

"당신도 조금 휴식을 취하는 게 좋겠군요."

"요양원 정원에 햇빛이 듭니까?"

"물론이지요……"

"알겠습니다……"

"래리, 우리가 아주 편안하게 앉아 있으니까 말인데, 하고 싶은 얘기가 없나요?"

"당연히 있지요. 어떤 얘기를 하고 싶으신가요?"

"음, 방금 전에 갑자기 생각났는데, 내 나이가 당신의 두 배예요. 그러니 당신은 내 아들 나이지요."

"맞습니다."

"음, 어떤 식으로 말해야 할까요? 그러니까 아버지와 아들이 무슨 얘기를 하는지 알고 싶어요. 잘 모르겠지만, 아마 나에게도 아들이 하나 있었던 것 같아요. 이미 당신에게 내 메모를 가져오지 못했다고 말했지요."

"그래서요?"

"아무것도 아니에요. 음, 만일 당신이 내게 아들처럼 말하면, 나는 아버지로서 당신에게 물어볼 게 무엇인지 알게 될 거예요."

"하지만 부모들은 답을 알고 있습니다. 묻는 쪽은 아이들이죠."

"부모들은 답을 알고 있다……"

"그래요, 적어도 항상 답을 주죠. 지시도 하고요."

"그렇다면 나는 당신에게 아버지처럼 말할 수는 없겠군요."

"그럴 것 같습니다."

"그렇다면 어떻게 해야 하죠? 나는 아버지와 아들이 단둘이 있을 때 그들이 무슨 얘기를 하는지 알고 싶어요."

"이제야 왜 당신이 앉고 싶어했는지 알겠습니다. 속임수였어요."

"그런 게 조금 알고 싶을 뿐이요. 그게 전부예요."

"영화를 보세요. 아니면 텔레비전을 조금 보거나요."

"아니. 그것들은 만들어진 이야기라 믿을 수가 없어요."

"아마 재미있을 겁니다."

"당신은 아버지들이 답을 준다고 했어요. 그게 깊은 생각에서 나온 대답인가요? 아니면 내 주치의의 대답처럼 이미 만들어진 가식적인 대답인가요?"

"……"

"잘 들어봐요. 이렇게 하면 어떨까요? 당신이 아버지처럼 말하면서 나를 가르치는 거예요. 그러면 나는 아들처럼 당신 말을 들을게요."

"잘되지 않을 것 같습니다."

"당신 아버지가 하는 말을 내게 그대로 해줘요."

"만난 지 오 년이나 지났습니다."

"멀리 사나요?"

"……"

"그럼 몇 년 전에 당신에게 했던 말을 그대로 해도 좋아요. 그게 당신에게 더 쉬울 거예요. 당신은 모든 걸 기억하고 있을 테니까요."

"아버지는 말씀이 거의 없었습니다. 우리는 자주 보지 않았고요."

"보통 언제 만났지요?"

"밤입니다. 가끔씩 밤에 봤고, 주말에는 몇 시간 더 봤습니다."

"그 시간에 아버지와 둘만 있었나요?"

"아니요. 단둘이 있었던 건 딱 두 번뿐일 거예요."

"그럼 누가 그곳에 더 있었죠?"

"어머니와 형, 그리고 여동생입니다."

"그들 모두 여기서 먼 곳에 사나요?"

"……"

"만난 지 오래되었어요?"

"……"

"단둘이 두 번 있었다고 했는데, 그때 당신 아버지가 뭐라고 했는지 말해줄 수 있나요?"

"무슨 말을 주고받았는지 잘 기억나지 않습니다."

"당신에게 명령했나요?"

"아니요. 아버지와 함께 있었고, 기분이 아주 좋았다는 기억밖에 나지 않습니다."

"당신에게 뭐라고 했는지 아무거나 말해봐요."

"좋아요. 언젠가 우리는 공원 도로 근처의 잔디밭에서 연을 날렸습니다. 일요일 이른 아침이었고, 우리 둘만 있었어요. 어머니는 없었고요. 아버지는 내게 연날리기를 가르쳐주려고 했습니다."

"그런데 가르쳐주지 않았나요?"

"아니에요, 가르쳐주었던 것 같습니다. 그건 중요하지 않습니다. 중요한 건 아버지와 함께 있었다는 사실이죠."

"아빠, 연 날리는 법을 가르쳐주세요."

"이봐요, 난 당신 아버지가 아니에요."

"도와줘요. 계속해요. 난 당신 아버지가 했던 말을 듣고 싶어요."

"기억나지 않는다고 했잖아요."

"부탁이에요, 기억해봐요."

"불가능한 일입니다."

"내게 말해주고 싶지 않은 모양이군요."

"기억나지 않습니다."

"그럼 언제 또 단둘이 있었나요?"

"그때는 집 앞에서 야구를 했습니다. 아버지와 야구를 한 건 그때가 처음이자 마지막이었어요. 아버지가 얼마나 공을 엉터리로 던졌는지, 얼마나 서툴렀는지 기억나요. 차라리 어머니가 더 잘 던졌지요."

"어머니가 그곳에 있었다면, 아버지와 단둘이 있었던 게 아니네요."

"아닙니다, 어머니는 그곳에 없었어요. 하지만 어머니와 비교했던 것이 기억납니다. 아버지는 야구를 오래할 생각이 없었지만, 나는 계속하자고, 조금만 더 하자고 졸랐습니다. 하지만 들어주지 않았어요. 내 부탁을 무시했습니다."

"계속 졸랐어요?"

"여러 번 부탁했습니다."

"어떤 말로?"

"기억나지 않습니다."

"내게 말해주고 싶지 않은 거군요. 지금 내가 느끼는 이 끔찍한 통증이 나를 죽이더라도 당신은 내게 말해주지 않을 거예요."

"어떤 통증입니까?"

"이미 잘 알잖소. 엄청난 가슴 통증이 나를 괴롭힌다는 것을."

"그럼 나는요? 쓰레기 같은 그 모든 것들을 기억하고 말하는 게 나한테는 하나도 즐겁지 않습니다."

"쓰레기가 아니에요. 그날 아버지와 아주 기분좋게 즐겼다고 했잖아요."

"그건 사실입니다."

"뭐가 그렇게 좋았던 거죠?"

"아버지와 잠시 시간을 보내는 게 좋았습니다. 어머니와는 항상 함께 있었거든요."

"차이가 뭐죠?"

"나는 늘 어머니에게 꼭 붙어 있었어요. 아버지와 시간을 보낼 필요도 있었습니다."

"뭘 하면서?"

"당신 일에나 신경쓰는 게 어때요? 부탁입니다."

"당신 삶에 끼어들고 싶지는 않아요. 내가 알고 싶은 건 아버지가 아들에게 하는 말이에요. 그럼 당신 친구의 아버지가 뭐라고 말했는지 기억해봐요. 당신 마음에 드는 사람으로. 어차피 나한테는 매한가지니까요."

"종종 그는 고약하고 거칠었습니다. 입을 다물고는 아무 불평도 하지 않았어요. 그러다가 갑자기 폭발했고, 우리 형제들을 마구 때렸죠. 그런 순간에 그가 정확하게 뭐라고 말했는지 기억이 나지 않습니다. 그건 오히려 으르렁거리는 것에 가까웠죠."

"왜 아이들이 아버지를 그토록 화나게 만들었지요?"

"우리는 놀면서 장난쳤고 아버지를 귀찮게 했습니다."

"세게 때렸나요?"

"아주 세게 때렸습니다. 언젠가 한번은 아버지가 지하실에서 두꺼운 판자를 톱질하는 소리를 들은 게 기억납니다. 나를 때리려고 아주 단단한 몽둥이를 만들고 있었어요. 그는 훌륭한 목수였거든요. 나는 위층에 반항적인 태도로 앉아 있었고, 그가 와서 나를 때리기를 기다렸습니다. 잡지를 읽으면서 기다렸지요."

"올라왔나요?"

"예, 올라와서 기다렸다는 듯이 몽둥이로 때리기 시작했습니다. 끔찍하게 아팠습니다. 나는 미친 사람처럼 울부짖었어요. 그 몽둥이로 몇 시간은 맞은 것 같았지만, 난 살아남을 것이며, 그가 아무리 힘이 세도, 그리고 아무리 세게 때려도 그 몽둥이는 내게 아무 짓도 못할 거라고 확신하고 있었습니다. 그러니까 내 뼈가…… 부러지지는 않을 거라고."

"당신 친구의 아버지, 그가 바로 당신이 싫어한 사람이었나요?"

"아니에요, 우리 아버지였습니다."

"처음에 당신은 함께 있으면서 즐거웠다는 사람에 대해 말했어요. 연날리기 같은 걸 가르쳐주려던 사람이라고 했어요. 그런데 이제는 다른 사람, 나쁜 사람을 말하면서 두 사람이 동일한 인물이라고, 나를 혼란스럽게 하네요."

"대화 주제를 바꾸면 좋을 것 같습니다."

"지금은 안 돼요. 아직도 당신에게 그렇게 심한 몽둥이질을 한 사람과 시간을 보내려고 한다는 건 있을 수 없는 일이에요."

"마음대로 생각하십시오."

"……"

"한편으로 아버지는 부드럽고 온화했고, 다른 한편으로는 마구잡이에다 아주 폭력적이었어요. 아마도 그런 이유로 어머니 앞에서 자주 고개를 숙였던 것 같습니다."

"잠시만요. 내 해석이 정확한지 확신이 서지 않아요. 일반적으로 무언가를 사랑하면 그것과의 관계를 끊으려고 하지 않죠. 그러나 무언가를 증오하면 끊으려고 하죠. 내 말이 맞나요?"

"예, 하지만 갈수록 복잡해지는 것 같습니다."

"싫지 않다면, 당신이 아버지를 사랑했던 시절에 아버지에게 어떻게 했는지 말해줄 수 있나요?"

"솔직하게 말하자면 싫습니다. 그런데 가슴 통증은 좀 어떻습니까?"

"지나갔어요. 통증이 다시 오면 좋을 것 같아요?"

"……"

"아마도 다른 얘기를 해달라고 하면 싫지 않을 거예요. 당신이 아버지를 싫어했을 때는 어떻게 하고 싶었는지 말해줘요."

"죽여버리고 싶었습니다."

"당신 손으로요? 아니면 무기로? 그것도 아니면 몽둥이로? 아니면 벼락 맞아 죽은 걸 보는 게 더 편하겠죠?"

"잘 모르겠습니다."

"아빠, 가끔 가슴이 무척 아파요."

"그런 말은 다른 사람에게 하십시오. 난 당신 아버지가 아닙니다."

"난 당신을 쳐다보지 않았어요. 아름다운 저 고목을 봤죠. 내가 왜 당신을 아버지라고 불렀을 거라고 생각한 거죠?"

"……"

"아빠, 메모한 걸 모두 잃어버렸는데 지금 그게 필요해요. 찾지 못할 거라는 사실을 알지만 그게 그리워요. 아주 많이."

"맙소사. 이토록 멀리 떨어져 있는데 나무의 대답이 들릴까요?"

"불행히도 아무 대답도 하지 않아요."

"이제 그만 돌아가는 게 어떻습니까?"

"계단이 적은 도서관에 왔더라면 좋았을 텐데요, 래리."

"모든 도서관에는 계단이 있습니다."

"이 도서관보다 계단이 많은 곳은 없을 거예요. 분명해요."

"큰 소리로 말하지 마십시오."

"나를 이곳까지 부드럽게 올려주었어요, 난 그걸 잘 알아요. 당신은
무척 힘들었을 거예요."

"이제 서류를 작성하십시오. 대출증을 주나 한번 보도록 하지요."

"사람들의 표정이 마음에 들지 않는군요."

"사서들은 모두 그렇습니다."

"지금 모두 바쁘군요. 우리에게 신경을 쓰지 않을 것 같아요."

"너무 걱정하지 마십시오."

"이제 그만 밀어요. 여기에 있도록 하지요."

"그럴 순 없어요. 당신은 등록해야만 합니다. 저들이 우리를 잡아먹지는 않을 겁니다."

"저 잡지들은 뭐죠?"

"전 세계의 잡지들입니다. 보고 싶으세요?"

"아니에요. 책들을 보여주세요."

"그 어디를 봐도 온통 책인걸요."

"그런 의미가 아니라 당신이 내게 보여주고 싶은 책들을 보고 싶다는 말이에요."

"점성학 분야를 살펴보겠습니다."

"왜요?"

"당신이 관심을 보일 것 같아서요."

"그럴 리가요. 게다가 당신은 그런 것을 좋아하지 않아요, 래리."

"우리는 내 호기심이 아니라 당신의 호기심을 만족시키려고 여기 있는 겁니다."

"우리 두 사람 모두 관심을 보일 게 있을 거예요. 그래야 다음에도 즐거운 마음으로 오게 될 테니까. 난 불평을 듣고 싶지 않아요."

"누가 불평한다는 겁니까?"

"당신이 내게 보여주고 싶은 책들을 찾도록 하지요."

"좋아요. 동의합니다. 저쪽에 마르크스주의와 관련된 조그만 서가가 있습니다."

"……"

"두번째 복도입니다. 많지는 않지만, 그래도 어느 정도는 있어요.

『자본론』1권도 있습니다. 도서관마다 1권은 구비되어 있죠."

"왜 그런 거죠?"

"그 주제에 관해 최소한의 생색을 내기 위함입니다. 세 권 모두를 읽거나 공부할 사람이 있으리라고는 생각하지 않는 거죠. 그래서 저 서가에 1권을 그냥 꽂아놓는 겁니다. 모텔에 성경을 구비해놓는 것처럼."

"마르크스라는 이름이 아주 자주 나오길래 백과사전에서 찾아봤어요. 심지어 얼굴까지 기억나요. 희끗희끗한 긴 수염을 기른 통통한 얼굴이었어요."

"맞습니다."

"왜 『자본론』을 가장 좋아하는 거죠?"

"음…… 내가 가장 좋아하는 책은 아닙니다. 누군가가 『폭풍의 언덕』을 좋아한다고 말하는 것과 같을 겁니다."

"당신도 그 작품을 좋아하나요?"

"아닙니다. 한 번도 읽은 적이 없습니다."

"나는 읽었어요. 요양원에 있거든요. 이틀에 걸쳐 읽었지요. 지난 주말에요. 왜 읽지 않은 거죠?"

"모르겠습니다."

"그 책을 읽으면서, 내게 그 책을 읽어주는 사람이 간호사라고, 처녀자리 간호사라고 상상했어요. 마치 내게 큰 소리로 읽어주는 듯…… 어쨌거나 실제로 그녀는 큰 소리로 읽어주기 시작했지요. 내가 부탁했거든요. 한 페이지만 그렇게 해달라고. 그 작품을 쓴 작가가 여자이기 때문이지요. 알고 있었나요?"

"언젠가 당신이 그녀를, 그러니까 그 간호사를 내게 소개시켜줄 거라고 생각합니다."

"그녀가 당신을 마음에 들어하지 않을 것 같아요."

"왜죠?"

"솔직히 말해 그 이유를 설명할 수는 없어요. 내가 잘못 생각한 것일 수도 있고요. 하지만 당신과 비슷한 점이 하나도 없어요."

"당신 마음에 드는 사람을 찾았다니 기쁩니다, 라미레스 씨."

"하지만 아무 소용이 없어요. 항상 바빠서 나에게 신경쓸 틈이 없어요. 게다가……"

"게다가 어떻다는 겁니까?"

"아무것도 아니에요."

"내게 무슨 말을 하려고 하셨잖아요."

"집에 돌아가면 더 바빠요. 당신이나 나 같지 않아요. 딸과 남편을 보살펴야 해요. 근데 그전에 당신에게 『폭풍의 언덕』을 쓴 작가가 여자인지 알고 있었느냐고 물었어요."

"예, 그걸 모르는 사람은 없을 겁니다."

"『폭풍의 언덕』을 읽는다면, 당신에게 그걸 읽어주는 목소리가 어떨 거라고 상상하나요?"

"그런 생각은 한 번도 해보지 않았습니다. 나는 읽는 걸 좋아해요. 단어와 구절을 좋아합니다. 좋은 책을 읽으면서 몇 시간을 보내는 것보다 더 좋은 건 없습니다. 아주 큰 즐거움이지요. 하지만 그런 책들이 내게 그것을 읽어주거나 그것에 대해 말하는 누군가와 관련있을 거라고는 상상조차 해보지 않았습니다."

"남자가 쓴 책을 읽을 때면 나는 내 목소리밖에 듣지 못해요."

"누가 썼건 내게는 마찬가지입니다. 아마도 우리는 당신을 위해 여자가 쓴 소설을 더 찾아봐야 할 것 같습니다. 여자를 그리워하는 것 같으니."

"그 여자는 시간이 나지 않을 거예요. 이미 그건 당신에게 말했어요. 최대 한 페이지예요. 자, 래리, 있잖아요, 당신이 무척 존경하는 남자의 책을 읽을 때요, 가령 마르크스 같은, 당신은 누구의 목소리를 듣는다고 생각하죠?"

"제 목소리겠죠."

"확신하지 못하는군요."

"예, 자신 있게 말할 수는 없습니다, 라미레스 씨."

"그럼 당신 자신에게 말할 때, 당신은 당신의 목소리를 듣나요?"

"음…… 아닌 것 같습니다."

"그럼 누구의 목소리를 듣죠?"

"모르겠습니다."

"제발 부탁이니 정신을 집중해줘요."

"자기 자신과 대화할 때에는 항상 한쪽이 다른 한쪽의 행동을 보고 판단합니다. 결정을 하려고 할 때와 마찬가지지요."

"그럼 두 개의 목소리를 듣는군요. 하나는 당신의 것이지만 다른 것은? 그건 누구의 것이죠?"

"가끔씩 둘 중 하나가 심술궂을 때가 있습니다."

"……"

"지금 바닥을 연구하시나요, 라미레스 씨? 뭐가 그렇게 재미있죠?"

"뭐라고요?"

"왜 아래를 그렇게 뚫어지게 보십니까?"

"난 단지 하나의 목소리만 들어요. 심지어 나의 양쪽이 서로 이야기할 때에도 그래요. 하지만 내 목소리가 아니라…… 젊은 목소리예요. 아주 근사해요. 힘있고 단호한데도 말투는 다정해요. 배우의 목소리 같아요. 하지만 그런 다음에 나는 간호사든 누구든 사람을 불러야 해요. 진짜 내 목소리를 듣거든요. 초조해서 떨리는 목소리요. 별로 마음에 들지 않지요."

"어느 정도 나이가 들면 자연스레 그런 목소리가 나오죠."

"그래요, 적어도 그 젊은 목소리만 들리면 좋을 텐데…… 아마도 나는 내 목소리에 적응할 수 있을 거예요."

"내가 어떤 책을 좋아하는지 알고 싶다고 하셨죠? 『자본론』 이외에도 여기 『국가와 혁명』이 있습니다. 내가 좋아하는 책 중 하나예요. 정말이지 아주 훌륭한 책입니다."

"누가 썼죠?"

"레닌입니다."

"그 사람 얼굴이 마음에 들어요. 유리 상자 안에 그의 커다란 사진이 들어 있어요. 크렘린궁전에 말이에요. 백과사전에서 그걸 봤어요. 누군가가 떠올랐는데, 물론 그게 누군지는 모르겠어요."

"이건 재미있는 책입니다."

"이걸 제대로 이해하려면 아마도 내 메모가 필요할 것 같아요."

"별자리표를 이해할 수 있다면 아마 이 책도 이해할 수 있을 겁니다."

"그런데 내가 별자리를 읽는다고 누가 당신에게 말했죠? 그게 바로 당신의 별난 점이에요. 당신은 점성술과 관련된 모든 걸 경멸하지만, 내가 그걸 좋아한다고 믿고 싶어해요. 그건 내가 바보라면 당신이 더 좋아할 것임을 의미해요. 당신은 내가 바보이기를 바라고 있어요. 동시에 나와 함께 시간을 보내야 하죠. 그러니 당신에게는 모든 게 이상하게 보일 거예요. 그렇지 않나요, 젊은이? 당신은 스스로 자신의 품위를 떨어뜨리면서 바보와 시간을 보내고 있다고 생각하고 싶을 거예요. 품위가 떨어지면 기분이 좋나요?"

"모르겠습니다…… 생각해봐야겠네요."

"……"

"……"

"『자본론』과 『국가와 혁명』. 난 당신의 취향이 어떤지 알 수 있을 것 같아요. 그런 걸 서슴없이 말하다니 두렵지 않나요?"

"예. 이 나라에서는 무엇이든 말할 수 있는 권리가 있습니다. 단지 그런 믿음을 행동으로 옮기지만 않으면요. 하지만 원하는 건 모두 읽을 수 있어요."

"지금 당신은 행동으로 옮기는 일을 말했어요. 그건 두렵지 않나요?"

"예, 두렵지 않을 것 같아요. 가끔씩 그럴 기회가 있으면 좋겠다는 생각도 듭니다."

"무엇을 한다는 거죠?"

"노동조합과 관련된 일입니다."

"여기에서는 그게 금지되어 있나요? 두렵지는 않나요?"

"아닙니다. 금지된 일이 아니에요. 하지만 마르크스주의자는 그들과 다른 투쟁 방식이 있고, 목표도 달라서 즉시 노동조합 관료주의와 충돌하게 될 겁니다."

"목소리를 낮춰요……"

"회사와 싸우는 것 외에도 노동조합 수뇌부와 싸워야 합니다."

"내게는 너무 어렵고 복잡하군요. 주제를 바꾸는 게 좋겠어요."

"무엇이 두렵습니까? 예를 들어 설명해보겠습니다. 몇 년 전에 나는 국가기관에서 일했습니다. 어느 날, 눈보라가 심해져 사무실 문을 닫고 집으로 돌아가야만 했습니다. 우리는 그날 임금을 받지 못했고, 게다가 휴가를 하루 삭감당했습니다. 그마저도 다음날 노동조합 대표가 들어와 말해줘서 알게 되었죠. 그는 그렇게 통보하고는 그 누구와도 말을 섞지 않고 자기 사무실로 가버렸습니다. 그 어떤 의견도 들으려 하지 않았고, 노동조합이 어떻게 할 생각인지, 어떻게 우리를 지켜줄 것인지도 설명하지 않았지요. 주변을 둘러보니 사람들은 기댈 곳이 없다면서 몹시 기분 나빠하고 있었습니다. 탈출구를 찾지 못한 분노가 우리를 덮쳤습니다. 결국 그 작자는 모임을 소집해서 몇몇 전략을 제안하거나 아니면 자기에게 그런 전략을 제안해달라고 부탁해야만 했습니다."

"'분노가 우리를 덮쳤습니다'가 무슨 뜻이죠?"

"우리가 부당하게 무언가를 빼앗겼다는 겁니다. 우리는 억울했고, 화가 치밀었으며, 잃어버린 것을 되찾고 싶었습니다. 이런 감정이 해소되지 않거나 어떤 행동, 긍정적인 행동을 끌어내지 않으면, 개인은 무력하다고 느끼고…… 퇴행의 길로 들어갑니다."

"당신은 내가 아는 누군가처럼 말하는데, 그게 누군지 기억나지 않네요."

"제가 하는 말이 듣기 거북하신가요?"

"그날 밤 어떻게 했나요?"

"그 모임에서 단결이 되었다면, 즉 의식화가 이루어졌다면 다른 투쟁에도 도움이 되었을 겁니다. 하지만 그런 일은 일어나지 않았습니다. 삼 주가 지난 후 노조 대표가 와서 우리가 입은 손해를 배상하기 위해 노조가 어떤 절차를 밟을 것인지 알려주었습니다. 그때 사람들은 낙심했고, 그 대표를 타인처럼 느꼈습니다. 그들은 노조가 이길 것을 기대하지도 않았고, 무언가 얻으리라는 희망도 버렸습니다."

"……"

"여기서 노조는 완전히 관료적으로 접근합니다. 노조 대표들은 일반 조합원들에게 완전히 무관심합니다. 육 개월 후 노조는 이 사건에서 이겼고, 우리는 하루 휴가를 되찾았습니다. 그러나 언젠가 정말로 중요한 문제가 생겨서 노조가 조합원들을 조직해 싸워야 할 때가 오면, 노조원들의 냉담과 냉소를 비롯해 과거의 잘못된 정책 때문에 생긴 모든 결과를 감당해야 할 겁니다. 이것이 바로 행정조직을 유지하는 것과 사회운동을 확립하는 것의 차이입니다."

"당신은 모든 걸 기억하는군요. 하루 임금을 잃어버렸을 때의 느낌을 기억하겠네요. 그날 밤 잠을 잤나요?"

"물론 잤습니다. 하지만 직장에서는 좌절감을 느꼈고 우울했고 혼란스러웠습니다."

"부탁인데 보다 의미가 있는 단어를 써줘요. 난 그런 단어들을 알아요. 당신이 마음속으로 어떤 생각을 하는지는 알 수 없어요."

"……"

"아무 말이나 해봐요! 내가 꼭 이렇게 사정해야겠어요? 좌절, 혼란, 이런 감정을 어디서 느끼는 거죠?"

"……"

"그런 순간에 몸에서 통증을 느끼나요?"

"예. 배와 가슴에서, 그리고 목에서. 뭔가 죄어오는 느낌입니다. 라미레스 씨."

"그럼 어떻게 고통을 완화하나요?"

"별다른 처방은 없습니다."

"가슴 통증에 대해 말해줘요. 어떤 느낌이지요?"

"가슴에서 느껴지는 통증인지는 잘 모르겠지만, 마치 주먹을 꽉 쥐듯 모든 장기가 꼬이는 것 같습니다."

"부탁이니 가슴 통증에 대해 말해줘요. 어떤 느낌이지요?"

"잘 모르겠어요. 내가 좋아하고 원하는 여자와 함께 있는 것 같은……"

"그래요……"

"그게 주된 느낌입니다."

"그런데 래리, 당신이 좋아하는데, 왜 여자와 함께 있는 게 고통스러운 거지요?"

"그럴 때면 항상 내 허물을 떠올려요. 그 여자가 나를 마음에 들어하지 않을 거라는 생각을 하죠. 내 코가 너무 크거나 머리카락이 빠지고 있거나 혹은 목소리가 귀에 거슬려서 말입니다. 혹은 내가 재미없는 사람이거나 말을 너무 잘한다는 이유로 말이지요. 난 항상 그런 만남을 망쳐버리거든요."

"복부의 통증은 어떤 느낌을 주지요?"

"아마도 불안감 같습니다."

"예를 하나 들어봐요."

"방금 전에 한 가지 예, 그러니까 사무실에서 일어난 예를 들었습니다. 부당하다는 이유로 분노가 폭발하면 사람들도 공감하는 것 같습니다. 나도 마찬가지지요. 내 일부는 비난을 거부하지만, 다른 부분은 자기 학대를 하듯 그걸 수용하지요. 이런 두 개의 힘이 서로 뒤얽혀 앞으로 나아가는 것을 방해합니다. 그러면 결국 나는 입으로 그 모든 쓰레기를 토해내고 거기서 해방되기를 바라게 됩니다. 나는 그런 느낌이 존재 이유를 갖는다고 생각합니다. 우리에게 해로운 자기 학대의 부분은 내면화된 고대의 동일화 과정과 관련이 있습니다. 내면화한다는 것은 무언가를 삼키거나 먹고, 무언가를 자기화하는 일입니다. 내뱉거나 토하는 것은 바로 내면화의 반대 과정이지요."

"당신은 마치 의사들처럼 말하는군요. 사물에 대해 말하는 방식이 똑같아요. 그다지 인간적이지 않은 것 같아요."

"난 그 모든 과정에서 많은 걸 배웠습니다. 당신도 그럴 수 있을 겁니다."

"무슨 과정을 말하는 거죠?"

"심리분석입니다."

"당신도 그 치료를 받고 있나요?"

"아니요. 그건 몇 년 전의 이야기입니다. 지금은 그 비용을 감당할 수 없습니다. 환원주의자들은 비싸게 받거든요."

"환원주의자들이라고요?"

"그래요, 머리 환원주의자들입니다."

"그게 무슨 말이죠?"

"그들은 머리를 일정한 원리로 축소시키는 야만인이나 미개인 같아요. 미국에서는 심리분석가들을 그렇게 부릅니다."

"어디에다 토하죠? 어디로 가서 토하는 거죠?"

"바닥이나 길거리입니다. 누군가의 책상이나 의자 위입니다."

"누구 의자죠?"

"다른 사람의 것이라면 누구 것이든 상관없습니다."

"다른 사람의 것이라고요?"

"예, 그게 누구의 것이든 중요하지 않습니다. 지하철, 보도, 그리고 침 뱉는 것이 금지된 장소들, 정해진 규정이 있는 장소들도 괜찮습니다."

"나한테는, 그러니까 내 휠체어에는 토하지 않겠다고 약속해줘요."

"약속하지요, 라미레스 씨. 게다가 우리는 힘있는 사람들에게 그렇게 하려고 합니다. 당신처럼 힘없는 사람에게는 하지 않습니다."

"나는 아픈 몸이지만, 그것이 무력함을 의미하지는 않아요."

"당신은 다른 사람에게 의지해야만 합니다. 당신은 내가 생각이나 사상 혹은 감정을 당신에게 가득 채워주기를 바라는 것 같아요. 가끔 나는 당신이 마치 코카콜라처럼 내 삶을 들이마시려 한다는 느낌을 받습니다."

"백과사전을 읽으면 당신을 통해서 얻을 수 있는 거의 모든 답을 얻을 수 있어요. 하지만 백과사전은 내 휠체어를 밀 수 없지요!"

"당신과 말다툼하고 싶지는 않습니다. 당신이 그토록 목소리를 높일 수 있는지는 몰랐네요. 여기서 쫓겨날 수도 있습니다."

"백과사전과 내 휠체어를 밀 수 있는 누군가가, 심지어 어린아이라도 있다면, 당신을 충분히 대체할 수 있어요. 알겠어요?"

"……"

"내가 큰 소리로 말한 건 모두 당신 탓이에요."

"우리가 누군가를 방해하지는 않은 것 같습니다, 라미레스 씨."

"누군가 우리 말을 들었을 수도 있어요. 대화 주제가 적절하지는 않았어요."

"라미레스 씨, 그렇게 작게 말하면 당신 말을 들을 수가 없습니다."

"제발 그렇게 큰 소리로 말하지 말아요."

"이제는 큰 소리로 말한다고 나를 야단치는군요…… 어쨌거나 누가 우리 말에 관심을 두겠습니까?"

"혹시 당신은 우리 나라의 모든 문제가 바로 그런…… 바보짓 때문에 생겼다는 걸 모르나요? 이곳 관리가 그런 식의 문제를 좋게 보리라고 생각하지 않아요. 당신은 너무 무책임해요. 당신은 내가 외국인이라는 사실을, 이곳의 호의에 감사해야 하는 사람이라는 사실을 모르고 있나요?"

"휠체어에 앉아 있는데, 어떻게 국가에 위협이 될 수 있을까요? 언젠가는 당신의 정치관에 대해 듣고 싶습니다."

"나는 정치와 하등의 관계도 없어요."

"그걸 당신이 어떻게 압니까? 다른 것들과 함께 잊어버렸을 수도 있습니다."

"내 마음이 나는 그런 것과 전혀 관련이 없다고 말하고, 또 그렇게 확신하고 있어요. 나는 정치를 마음 깊이 혐오해요."

"전 정치에 관심이 많습니다. 우리는 서로 생각이 달라요."

"그렇다니 기쁘군요."

"그런데 당신은 인권위원회를 통해 이곳에 왔는데, 그것에 관해 일언반구도 없었습니다. 어쨌거나 나는 그런 사실을 알게 되었습니다."

"내게는 이 세상에 형 하나밖에 없어요. 나보다 더 늙은 형은 아르헨티나에서 부유하게 살지요. 그가 내 여행 경비를 지불한 거예요."

"그럼 위원회가 왜 당신을 보살피는 거죠?"

"우리 형이 대단한 영향력을 행사하는 사람이라고 하더군요. 형이 힘닿는 데까지 나를 도와주라고 부탁했다고 들었어요. 게다가 형은 많은 돈을 내죠."

"도대체 이해가 되지 않네요."

"래리, 그런데 왜 내게 그런 질문을 하죠?"

"……"

"이 통로에서 나가도록 합시다. 당신이 좋아하는 책 옆에 있고 싶지 않거든요."

"고맙습니다. 음식이 아주 맛있고 좋네요."

"식사비를 내줘서 고맙습니다, 라미레스 씨."

"몇 달러 안 되는 돈으로 영양가 있는 음식을 먹었군요. 당신이 아니었다면 이런 특이한 음식은 결코 알지 못했을 거예요."

"그저께 메뉴가 조금 더 좋았습니다, 그렇지 않나요?"

"아니에요, 오늘 음식이 더 좋아요. 이제 모레 음식은 어떨지 한번 보지요."

"당신을 만나러 올 때마다 제게 식사를 사줄 생각입니까?"

"의복비로 책정된 돈은 필요 없어요. 새 옷이 필요 없는데 왜 그 돈이 필요하겠어요? 건강에 좋은 음식을 먹는 게 낫지요."

"당신을 이용하고 싶지 않은데……"

"이 나라에서는 첫눈에 특별한 의미가 있나요?"

"전혀 없습니다."

"단것이 먹고 싶어요. 어느 곳에서는…… 음, 어제 읽었는데 기억이 안 나요…… 그곳이 어딘지 잘 모르겠어요. 어쨌든 그곳에서는 첫눈이 내리는 날, 사람들이 특별히 아주 달콤한 것을 만든다고 해요."

"여기 사람들은 머리에 손을 올립니다."

"달콤한 것을 먹을 수 있다면 얼마를 내도 좋아요. 몸에 좋지는 않겠지만…… 래리, 이 방이 조금 초라하죠?"

"하지만 적어도 혼자 있기에는 불편하지 않을 것 같습니다."

"처음에는 벽에 포스터 몇 장을 걸었어요. 싸구려들이었어요. 하지만 이내 그걸 보는 게 지겨워졌어요. 아마도 내가 많은 시간을, 아니 거의 하루종일 이 조그만 방에서 시간을 보내기 때문인 것 같아요. 휴게실이라고 부르는 곳에 가서 다른 사람들, 그러니까 망가져버린 사람들과 만나고 싶지 않거든요."

"방에 텔레비전이 하나 필요할 것 같습니다."

"한 대 있었는데 치우라고 했어요. 관절염을 앓는 것만으로도 족해요. 내 정신은 그런 병을 앓지 않았으면 좋겠어요."

"처녀자리 간호사가 자주 당신 방에 오는 것 같더군요."

"내가 혼자 있을 때는 오지 않아요. 불러야만 오지요."

"……"

"당신을 어떻게 바라보는지 잘 봐야 해요."

"그건 법적으로 하등 문제가 없습니다, 라미레스 씨."

"래리, 꿈에 관한 당신 말이 옳았어요. 당신은 내가 어젯밤에 꾼 꿈과 똑같은 꿈을 꿀 수 없었어요."

"왜요?"

"당신이 꿈에 나타났어요."

"나는 항상 내 꿈속에 나타납니다."

"나는 절대로 그런 적이 없어요. 그 잡지를 놔두고 내 말을 들어봐
요! ……며칠 전 백과사전에서 내 마음에 쏙 드는 얼굴을 보았어요.
영국 간호사이며 제1차세계대전의 영웅인 이디스 캐벌의 얼굴이었어
요. 벨기에에서 체포되어 독일인에게 총살당했지요."

"한 번도 들어본 적이 없는 이름입니다."

"젊은 여자였고, 참호에서 자기 의무를 다하고 있었어요."

"참호성 구강염에 걸린 여자였나요?"

"그게 무슨 소리죠? 무슨 말인지 모르겠어요."

"그건 키스를 하면 감염되는 질병입니다. 뾰루지와 반점이 생기죠.
어렸을 때 '캐럴이나 이 여자 혹은 저 여자에게 키스하지 마, 그러면
참호성 구강염에 걸려'라는 말을 듣곤 했습니다. 아직까지 이 용어가
사용되는 것 같지는 않아요."

"당신은 농담으로 그렇게 말하는데, 그건 당신이 이디스 캐벌의 멋
진 사진을 보지 못했기 때문이에요. 단지 당신이 모르기 때문이고, 난
더이상 그런 말을 듣고 싶지 않아요. ……그건 그렇고, 꿈 이야기를 들
려주겠어요. 나는 영국군이 그녀를 남겨둔 채 철수하는 모습을 봤어
요. 그녀는 부상자들을 남겨두고 떠나길 원하지 않았거든요. 중상을
입은 병사가 한 명 있었어요. 그녀는 그를 구하고 싶었어요. 문제는 그
녀가 독일군이 자신에게 아무런 짓도 하지 않을 거라고 확신했다는 거

예요. 하지만 당신 또래의 젊은 독일 장군은 그녀에게 다가가서 섹스하자고 했어요. 그녀는 거부했고, 그는 새벽녘에 그녀를 총살하라고 지시했어요. 나는 나 자신이 너무 무력하다고 느꼈어요. 그녀를 구하고 싶었고, 도망치라고 말하고 싶었지만, 내 말을 전할 방법이 없었거든요."

"나에 대해서, 그리고 당신에 대해서 그런 식으로 생각하다니……"

"당신 꿈을 들려줘요."

"언젠가 곱사등이 참치가 나오는 꿈을 꿨습니다."

"어젯밤 꿈을 이야기해줘요."

"어젯밤 꿈은 하나도 생각나지 않습니다. 참치 꿈 아니면 들려줄 게 아무것도 없습니다."

"그럼 들어보지요."

"바닥에 초록색 생선이 있었습니다. 내 옆에 널브러져 있었지요. 아주 통통한 생선이었는데, 그때까지 한 번도 그와 비슷한 걸 본 적이 없었습니다. 그리고 그 방에 누군가가 나와 함께 있었는데 여자였습니다. 나는 그녀에게 그게 뭐냐고 물었지요. 그러자 그녀는 '특별한 게 아니에요, 곱사등이 참치네요'라고 말했습니다. 나는 그 대답에 만족했다고 생각합니다."

"그 여자가 누구였죠?"

"모르겠습니다. 아침이 되자 나는 도대체 그 꿈이 무엇을 의미하는지 생각했습니다. 전날 밤에 나는 한 여자와 함께 있으면서 그녀와 사랑을 했고, 그녀의 등과 어깨를 만졌는데 토실토실했다는 것을 떠올렸습니다. 또한 물고기처럼 초록빛이던 카펫 색깔도 기억했어요. 그러자 난 그녀가 데비라는 걸 깨달았습니다. 그날 밤 뭔가가 내 마음에 들지 않았고, 나를 혼란스럽게 했던 게 분명합니다. 그래서 그게 꿈속에 나타났던 거지요."

"그 꿈을 해석하는 게 쉽지는 않았겠어요."

"사실 나는 생선 꿈을 연속적으로 꾸었습니다. 언젠가 한번은 노바스코샤산産 고등어가 나오는 꿈을 꾸었지요. 크고 통통한 생선이었는데 두 개로 토막 나 있었습니다. 나는 그걸 두껍게 잘라서 먹으려 했어요. 붉은 생선살은 날것이었습니다. 나는 토스트처럼 그걸 들어서 안을 쳐다보았습니다. 아마도 다른 때처럼 나는 여자와 함께 있었고, 그녀는 '노바스코샤산 고등어예요'라고 말했는데, 그것은 먹을 수 있다는 말이었습니다."

"계속해요."

"아주 이상한 꿈이었기 때문에 아침에 그 꿈의 의미를 생각해봤습니다. 몇 년 전에 함께 살던 여자와 휴가를 갔는데, 그곳이 바로 노바스코샤였습니다. 그녀는 커다란 체구에 기운이 넘치는 활달한 여자였어요. 나는 그전에 한 번도 고등어를 본 적이 없었습니다. 단지 이름만으로 그것이 힘이 세고 아주 살이 많은 생선이라고 생각했을 뿐입니다. 그녀가 바로 노바스코샤의 고등어였고, 꿈속에서 그녀와 사랑하도록 해줬던 거죠. 나는 여자를 생선으로, 섹스를 먹는 것으로 상상했던 겁니다."

"왜 그랬던 거죠?"

"소위 억압이라는 것이지요."

"자신 있게 말하는데, 당신은 두번째 여자를 더 좋아했어요."

"그렇습니다, 고등어 같은 여자는 내 마음에 쏙 들었습니다."

"누구죠? 알고 싶군요."

"내 사생활에 개입하지 마십시오. 한때 나와 함께 살았던 여자일 뿐입니다."

"그녀 얘기를 할 때 당신 얼굴색이 바뀌었어요. 마치 그녀를 떠올리면서 행복해하는 것 같았어요."

"내가 어떤 표정을 지었습니까?"

"잘 모르겠어요. 그냥 평소와 다른 표정이었어요. 지금 생각해보니, 당신 표정이 그렇게 갑작스럽게 바뀐 것을 한 번도 본 적이 없어요."

"어떻게 바뀌었습니까?"

"내가 그걸 설명할 수 있으면 얼마나 좋겠어요. 당신도 알다시피 난 그런 걸 제대로 이해하지 못해요. 아마도 그녀에 관해 조금 더 말해주면 이해할 수도 있을 것 같아요. 누구였죠? 알고 싶어요."

"거기까지만 하십시오. 선을 넘지 말아주십시오."

"나한테 말해주고 싶지 않나요?"

"그렇습니다!"

"틀림없이 당신에게 아주 중요한 여자였을 거예요. 그렇죠?"

"라미레스 씨, 그런데 그 노부부는 왜 로비에서 우리를 그토록 쌀쌀맞게 대한 겁니까?"

"기억나지 않아요."

"무슨 문제가 있었습니까?"

"나는 그 사람들에게 추호의 관심도 없어요. 전혀 중요하지 않은 사람들이에요."

"나한테도 무례하게 굴었습니다. 무슨 일이 있었는지 알고 싶습니다."

"정말이지 아무 일도 없었어요. 간호사가 어제 내게 책을 읽어주겠다고 약속했는데, 그 재수없는 할망구를 돌봐야 했어요. 감기에 걸렸다고 투덜대면서 다녔거든요."

"그래서요?"

"처녀자리 간호사, 당신도 알다시피 그녀는 정말 사랑스럽고 매력적이지요. 그녀가 나와 함께 있으려 했지만, 그 할망구 때문에 우리 셋을 한자리에 모아놓고 읽어주기 시작했어요. 신문이었어요. 내가 원하던 게 아니었어요. 그런데 그 빌어먹을 할망구, 아니 그 남편이 말도 안 되는 소리로 기사를 평하기 시작했고, 나는 그의 면전에서 웃고 말았지요. 당신이라면 안 그랬을까요?"

"글쎄요, 그가 뭐라고 했습니까?"

"몇몇 단어를 이해하지 못했어요."

"외국인이었습니까?"

"아니에요, 그냥 무식한 사람이었어요."

"가령 무슨 단어였습니까?"

"그들은 이란이 어디에 있는지 몰랐어요. 신문을 읽는 사람이라면 그 정도는 모두 알지요. 하지만 그들은 늙어서 세상일에 관심을 갖지 않아도 괜찮다고 생각해요. 난 그들을 경멸해요. 그들은 게으르고 이기적이에요. 아무리 늙어도 나는 계속 세상 소식에 귀를 기울일 거예요. 우리가 언제 다시 필요한 존재가 될지는 아무도 모르거든요. 그게 바로 행동한다는 거예요."

"아, 네……"

"당신은 몰라요. 난 여기에 도착한 이후부터 읽는 것을 멈추지 않았어요. 특히 내가 읽는 건 무엇이든 기억할 수 있다는 사실을 알면서부터는 더욱 그랬죠. 그건 내게 큰 자극이 돼요."

"모든 사람에게는 은퇴할 권리가 있습니다."

"당신은 내 말에 반대하기 위해 태어난 사람 같군요."

"아닙니다, 라미레스 씨. 세상이 어떻게 돌아가고 있는지 아는 건 아주 훌륭하다고 생각합니다. 그러나 당신은 예외적인 경우입니다. 대부분의 나이 먹은 사람들은 아마도 그런 것에 관심이 없을 겁니다."

"나는 그들과 공통점이 거의 없어요. 그들에 관해 말하는 것조차 지겨워요. 그러니 그 여자에 관해 말해줘요."

"어떤 여자 말입니까?"

"당신에게 그토록 중요했던 여자."

"그 이야기라면 말하고 싶지 않습니다."

"그렇다면 정말 중요한 여자였군요. 당신 스스로 인정하고 있어요."

"……"

"언젠가 놀라게 하는 것만으로도 화를 돋울 수 있다는 걸 읽었어요."

"이제는 당신이 환원주의자처럼 말하고 있습니다. 이제 그만하십시오. 난 더이상 말하고 싶지 않습니다. 당신은 염병할 노인네입니다."

"그렇게 말하는 건 예의에 어긋나요."

"당신은 그런 말을 들어도 쌉니다."

"당신의 세련된 예의에 고마움을 표하고 싶군요."

"……"

"나도 왜 그런지 모르겠는데, 우리가 이런 쓸데없는 소리를 하는 동안 정작 중요한 말을 잊어버렸어요. 이제 가도 좋아요."

"왜 그런 말을 하시는 겁니까?"

"글쎄, 뭐라고 말해야 할지는 모르겠지만, 어쨌건 내 간호사는 정말 착한 여자예요. 오늘은 평소와 마찬가지로 세시에 퇴근해요. 하지만 나중에…… 나중에 다시 여기로 올 거예요. 난 그렇게 하지 말라고 말했어요. 당신도 알다시피 그녀는 돌봐야 할 가족이 있으니까요. 하지만 말을 듣지 않더군요. 그녀는 다섯시에 올 거예요. 이거 아니요? 바로 그녀가, 그녀가 온다고요! 그녀는 내게 책을 읽어주는 게 너무나 즐겁다고 말해요. 아직 우리는 어떤 책을 읽을지 못 정했어요. 아마도 제인 오스틴이나 샬럿 브론테의 책이 될 거예요. 정말 다정하지 않나요?"

"맞습니다. 아주 다정한 여자입니다."

"래리, 뭐라고 말해야 할까요? 당신도 눈치챘겠지만, 오늘은 두 시간을 완전히 채울 필요 없이 일찍 가도 좋은 이유가 바로 그거예요."

"알았습니다."

"돈에 대해서는 걱정 말아요. 두 시간 일한 임금을 받을 거예요. 물론 식당에서 나와 함께 점심 먹으면서 보낸 시간에 대한 보수까지 청구하지는 않을 거라는 사실을 알아요. 하지만 두 시간 치 돈은 받게 될 거예요."

"아주 좋은 일이군요."

"이제 생각나는데, 나는 그녀에게 돈을 준 적이 없어요. 나도 왜 그랬는지 몰라요. 틀림없이 돈이 필요할 거예요. 오늘은 그 얘기를 꺼내야겠어요. 아마도 기분 나빠하지 않을 거예요. 받아준다면 정말 좋을 것 같아요! 물론 그러면 다른 문제가 생기지요. 나는 당신과 그녀 모두에게 비용을 지불할 수는 없으니까요. 하지만 그럴 경우, 당신은 충분히 이해해줄 거라고 믿어요. 그렇죠?"

"물론입니다."

"여기까지 말했으니 말인데, 우리는 이 문제를 현실적으로 봐야 해요. 지금 당장 말이에요. 그녀가 내 제안을 받아들일 테니까요. 래리, 당신도 알겠지만, 난 당신을 다른 젊은이로 교체해야겠다는 생각은 전혀 해보지 않았어요. 하지만 그 여자라면! 그녀가 얼마나 다정한지는 당신도 알고 있어요. 그리고 내게는 그녀의 다정함이 필요해요. 이상하게 들리겠지만, 당신에게 와달라고 하는 건 이번이 마지막이에요. 나도 당신을 해고하는 게 가슴 아프지만, 당신 자리에 올 사람이 누구인지 생각해보세요. 바로 천사예요!……"

"그렇게 바꾸려면 위원회의 승인이 필요하지 않나요?"

"아니, 필요 없어요."

"승인을 요청하지 않으면 틀림없이 불쾌해할 겁니다."

"이게 처음이 아니에요. 난 그 누구의 허락도 받지 않고 당신을 직접 고용했어요."

"그럼 위원회는 나에 관해서 모른다는 말입니까?"

"위원회는 그게 요양원의 일이며, 요양원은 위원회의 일이라고 생각하고 있어요. 물론 직업소개소를 통하긴 했지만, 당신은 내가 직접 고용했어요. 위원회와 연결되지 않은 사람을 원해서요. 감시받는 걸 좋아하지 않거든요."

"그녀가 몇시에 온다고 했습니까?"

"다섯시에요. 그러니 지금 가도 괜찮아요. 그동안 낮잠을 자면 되니까요. 그녀가 나를 깨울 거예요."

"있을 수 없는 일이에요. 다섯시에는 딸을 수영 강습에 데려다주는걸요."

"그걸 어떻게 알지요?"

"그런 다음에 우리는 만나기로 했습니다."

"우리가 누구죠?"

"처녀자리 간호사와 나입니다. 그녀가 외투 주머니에 쪽지를 남겼어요."

"믿을 수 없어요."

"그렇다면 기다리십시오, 라미레스 씨."

"수영 강습이 어디에서 있지요?"

"그녀 아파트에서 두 블록 떨어진 곳입니다."

"남편은 어디에 있고요?"

"오늘은 늦게까지 일합니다."

"그녀 아파트가 어디에 있지요?"

"당신이 아는 걸 그녀가 좋아할지 모르겠습니다, 라미레스 씨."

"음, 그렇다면 내가 실수를 한 모양이군요. 이봐요, 오늘 약속이 두 개 있는데, 아마도 내가 그것들을 헷갈렸나봐요. 이곳 뉴욕에 있는 인권위원회에서 아주 높은 관리들이 나를 만나러 오기로 했거든요. 무슨 일인지는 나도 몰라요. 난 그들의 일과 하등 상관이 없어서…… 아마 오늘 오기로 한 건 그녀가 아니라 그들 같네요."

"아마 그럴 겁니다."

"관리들이 방문한다는 걸 당신에게 말했다고는 하지 말아줘요."

"알았습니다, 그런 일은 절대 없을 겁니다."

"그래요, 그건 크나큰 영광이긴 하지만요. 래리, 당신은 관심의 대상이 되는 걸 좋아하는 사람인가요? 아니면 나 같은 사람인가요? 나는 정말이지 치렛말 듣는 건 질색이에요."

"나에게 최소한의 관심이라도 보인 사람은 아무도 없었습니다."

"어쨌건 그 매력적인 여자가 오면, 그들도 좋아할 거라고 생각해요. 아니면 전화를 해서 오늘 오지 말라고, 나 때문에 신경쓸 필요는 없다고 말하는 게 좋을까요?"

"오도록 놔두는 게 나을 것 같습니다."

"아니에요, 래리. 이봐요, 내가 전화번호를 줄 테니 당신이 전화를 걸도록 해요. 어때요?"

"그들은 바쁜 사람들입니다. 그냥 약속한 대로 오도록 놔두는 게 좋을 것 같습니다."

"정말 그렇게 생각하나요? 아니에요…… 전화를 걸도록 해요……"

"간호사는 오지 않을 겁니다, 라미레스 씨."

"처녀자리 사람들은 시간과 약속 혹은 그와 같은 것들을 좀처럼 혼동하지 않아요. 나는 그녀가 다섯시에 나타날 거라고 굳게 믿어요. 곧 알게 될 거예요…… 우리가 요양원 직원에게 차와 케이크를 준비해달라고 부탁하게 될 거라고 확신해요. 하지만 그녀보다 차를 잘 대접해주는 사람이 또 있을까요? 그들은 즉시 그녀가 천사라는 걸 알게 될 거예요. ……그런데 지금은 갑자기 그들이 오지 않을 수도 있다는, 너무 바빠서 약속을 잊어버릴 수도 있다는 생각이 들어요. 어쨌든 난 그들이 오기를 바라요. 차와 케이크를 맛보고, 특히 그녀를 볼 기회를 잃어버린다는 건 정말로 애석한 일이거든요. 난 그녀가 그 사람들을 만나는 게 도움이 될 거라고 확신해요. 그녀가 경력을 쌓는 데 그들은 큰 도움을 줄 수 있어요. 영향력 있는 사람들이니까요. 그런데 고급 빵집으로 가서 맛있는 케이크를 사오는 게 당신이 할 일이라고 생각하지 않나요? 이런 경우라면 난 아무리 비싸도 개의치 않을 거예요……"

"……"

"아니에요. 당신에게 케이크를 사다달라고 부탁하지는 않을 거예요."

"……"

"당신 나이에 그런 심부름을 하는 건 수치스러운 일일 거예요."

"……"

"아니에요, 내가 비용 때문에 머뭇거린다고 생각하지는 말아요. 돈이 바닥나면 그녀에게 며칠만 기다려주면 갚겠다고, 수당을 받을 때까지만 기다려달라고 부탁하면 되니까요. 당신도 알겠지만, 그녀는 당신처럼 돈에 쪼들리지 않아요. 그녀에게 이 일은 즐거움이며 그저 몇 달러 더 버는 것에 불과해요. 아마 딸아이에게 장난감을 사주는 데 써버릴지도 몰라요."

"……"

"그리고 한 가지 더. 난 당신을 위원회에 추천하려고 해요. 당신은 당신 분야에서 다시 일해야 해요. 역사학 말이에요! 이런 잡일에 시간을 낭비해서는 안 돼요."

"고맙습니다. 하지만 내 분야로 돌아갈 마음이 없습니다."

"왜죠?"

"그럴 상황이 아닌 것 같습니다."

"'그럴 상황이 아니다'는 무슨 의미죠?"

"말 그대로 그럴 상황이 아니라는 겁니다. 그게 전부입니다."

"당신은 내게 뭔가를 숨기고 있어요…… 어쨌거나 당신이 하고 싶은 대로 하도록 해요…… 아참! 오늘 오후, 그러니까 오늘 오후를 성공적으로 마무리하고 싶어서, 정말로 성공적으로 마무리하고 싶어서 하는 말인데, 만일 그들이 바빠서 일찍 떠난다면, 아마도 오늘 오후에 그녀가 반시간 정도 머무르면서 나에게 글을 읽어줄 수 있을 것 같아요…… 난 지금 당신이 무슨 생각을 하는지 익히 짐작할 수 있어요. 내가 한없이 탐욕스러운 늙은이라고…… 래리, 내가 갈수록 예의가 없어지는 것 같군요. 난 이기적인 늙은이지만, 다행히도 당신은 더이상 이런 나를 참고 견디지 않아도 될 거예요. 이제 다시는 여기 올 필요가 없을 테니까요. 그녀가 당신 자리를 차지하게 될 거라고 난 확신해요."

"래리는 밤에 창문으로 들어와 나를 놀라게 해요."

"……"

"지난밤처럼 오늘밤에도 전혀 생각지도 못한 순간에 나타나서 나를 소스라치게 놀라게 하고, 평소처럼 나를 화나게 만들 거예요."

"……"

"당신은 지금 거기에 있지요, 그렇죠?"

"……"

"당신이 대답하지 않으면 나는 계속 마음을 졸이며, 잠들지도 못할 거예요……"

"……"

"래리, 나는 지금 몇 시간째 긴장 상태로 있어요. 분별없이 모습을 드러내 나를 놀라게 할까봐……"

"……"

"래리, 너무나 긴장되고 초조해서 이제 피곤해 죽을 지경이에요. 당신 덕분에 나는 그 두 단어의 의미를 정확하게 배웠어요."

"……"

"정말이지 피곤해 죽겠어요. 하지만 다른 단어들, 보다 고상한 단어들의 의미에 관해 말하고 싶군요."

"……"

"래리, 이제 갔나요? 이 방에 나 혼자 있나요? 내가 메모하기 위해 불을 켜면, 당신은 내 뒤로 살며시 다가와서…… 뻔뻔스럽게도 그걸 읽고 말겠죠."

"날씨가 좋습니다. 밖으로 나가지요."

"난 지독한 감기에 걸렸어요."

"그래요? 별로 아파 보이지 않습니다."

"감기 기운이 있는 것 같아요."

"신선한 공기를 마시면 좋아질 겁니다. 라미레스 씨."

"특별한 이유가 있어서 나가려는 건가요?"

"아닙니다. 나는 여기 가만히 앉아 있는 게 더 편합니다."

"밖은 몹시 추운가요?"

"아닙니다, 쾌적합니다. 공기가 차지만 햇빛이 따사롭습니다. 여기 안에 앉아 있는 것보다 건강에 좋을 겁니다."

"쫓겨날 것 같아요."

"누가 말입니까?"

"래리…… 간호사 말고 누가 있겠어요?"

"이유가 뭐죠?"

"도둑질한 것 같아요. 사람들의 물건을 훔쳐보고 있었어요. 매우 바람직하지 않은 일이죠. 게다가 고자질쟁이예요."

"어떤 의미에서 고자질쟁이라는 겁니까?"

"고자질쟁이라는 말이 지닌 모든 의미에서 그렇죠."

"환자들에게 눈을 떼지 않는 게 바로 그녀의 일입니다."

"환자들의 개인적인 서류까지 들춰보는 게 제대로 된 행동이라고 생각해요?"

"아닙니다. 하지만 그 서류들을 정리해줬을 수도 있습니다, 라미레스 씨."

"……"

"아마도 요양원의 경영 정책일 수도 있습니다. 어쨌건 정떨어지는 행동이지요."

"모든 건 아주 소소한 물건에서 시작되었어요. 하지만 후에 그게 처음이 아니라는 사실이 밝혀졌어요. 예전에도 절도를 한 적이 있었던 거예요. 그래서 의심스러운 여자가 된 거죠."

"얼마 전까지만 해도 당신은 그녀를 사랑하고 있었습니다. 그게 바로 그저께였습니다."

"사실 그때까지도 그녀를 잘 모르고 있었어요. 하지만 이제는 알지요."

"정말로 그녀가 해고될 것 같습니까?"

"그걸 누가 알겠어요. 나를 가장 화나게 하는 건 그녀 같은 사람들이 종종 아무런 처벌도 받지 않는다는 거예요."

"이제 더이상 그녀에게 글을 읽어달라고 하지 못하겠군요."

"그래요, 더이상 그럴 일은 없을 거예요."

"그녀가 어떤 죄를 범했는지 말해주십시오."

"당신은 그걸 가볍게 생각하나요? 물론 당신은 그녀가 해고되지 않으리라는 걸 알고 있어요. 누군가가 당신에게 말해줬겠지요. 당신은 이미 그녀 편을 들고 있어요. 스파이 편을."

"누가 요양원에 들어온 사람의 정치사상에 관심을 보이겠습니까?"

"그런 누군가가 존재한다는 것은 명확한 사실이지요. 이제 당신은 그들이 조사하는 게 정치사상임을 인정하는군요. 게다가 모두가 내 눈을 가리려고 해요. 당신은 절대 그것을 부인하지 못할 거예요, 그렇죠?"

"눈을 가린다는 게 무슨 의미죠?"

"감옥에서…… 나오기 전에 무슨 일이 있었는지 말해주려고 하지 않는다는 거죠. 아르헨티나에서."

"교도소에 있었습니까?"

"실수가 있었어요. 그게 내가 알고 있는 전부지요. 이유도 모른 채 횡령인가 뭔가로 고소당했어요. 내가 석방되자 우리 형이 나를 이곳으로 보냈지요. 의사들은 모든 걸 알고 있지만, 아마도 내가 모든 사실을 알게 되면 건강이 더 악화될 거라고 생각하는 것 같아요."

"당신은 무언가 잘못을 범했다는 사실을 두려워하고 있어요. 틀림없이 그럴 겁니다. 당신은 누군가에게 해를 끼쳤을 겁니다."

"무슨 근거로 그런 말을 하는 거죠?"

"아무 근거도 없습니다. 항상 당신은 누군가가 당신을 뒤쫓고 있다고 상상하는데, 그럴 이유가 있을 겁니다."

"당신은 도대체 뭘 알고 있기에 그런 말을 하죠? 확실한 증거라도 있나요?"

"아닙니다. 그냥 해본 말입니다."

"……"

"당신은 나쁜 짓을, 그것도 아주 나쁜 짓을 했다는 사실을 정말로 두려워하고 있습니다."

"아아! 바로 여기 가슴이에요. 제대로 숨을 쉴 수가…… 숨이 막힐 것 같아요."

"무슨 일이죠? 낯빛이 죽은 사람 같습니다. 의사를 부를까요?"

"아니에요…… 이런 내 모습을 보고 싶지 않으면 가도 좋아요."

"좋습니다, 그럼 안녕히 계십시오."

"이런 순간에 어떻게 비아냥거릴 수 있지요?…… 아이고…… 아아! 제발……"

"제발 뭘 해달라는 말입니까?"

"……"

"너무 창백합니다. 의사를 부르는 게 좋겠어요."

"아니에요, 모두 쓸데없는 짓이에요. 그들은 뭘 해야 할지 몰라요."

"자…… 이마가 아주 차갑습니다…… 손을 줘봐요…… 얼음장 같습니다!"

"부탁이니, 이제 그만 가줘요…… 아니면 이 통증이 가시도록 이야기를 해줘요."

"라미레스 씨, 당신만이 누군가에게 해를 끼쳤을 수 있는 유일한 사람은 아닙니다. 전 베트남에 있을 때 사람을 죽였습니다."

"하지만 당신은 입대하지 않았다고 말했어요."

"거짓말이었습니다."

"왜 그런 거짓말을 한 거죠?"

"나를 안 좋게 생각하는 게 싫었습니다. 이 년 동안 해병대에 복무했습니다."

"당신은 당신이 죽인 그 사람을 알고 있었나요?"

"아닙니다. 나는 그의 이름도 몰랐습니다. 우리 소대는 어느 마을을 수색하고 있었어요. 마을 주민들은 며칠 전에 모두 떠난 상태였습니다. 누군가가 남아 있다면 베트콩이 거의 확실했습니다. 우리는 허리춤에 총을 차고 이동중이었는데, 갑자기 아주 가까운 곳에, 바로 내 뒤에 누군가가 있음을 느꼈어요. 나는 몸을 돌렸고, 시커먼 옷을 입은 조그마한 사람을 보았는데……"

"그렇군요. 그는 누군가와 흡사하게 생겼고……"

"아닙니다. 그냥 나를 쳐다보고만 있었습니다. 난 그렇게 뒤에서 몰래 다가오는 사람을 죽도록 싫어합니다. 그래서 총탄으로 벌집을 만들어버렸습니다."

"그리고 즉시 그를 알아보았고……"

"아닙니다. 처음 보는 사람이었습니다. 시체를 보고 나는 그가 군인이 아니라 늙은 농부라는 걸 알았습니다. 아마도 자기 마을을 떠나고 싶지 않았던 것 같습니다."

"다행히도 당신이 먼저 그를 쐈군요. 그러지 않았다면 그가 아마도 당신을 때려죽였을 겁니다."

"그렇습니다. 그가 나를 갈기갈기 찢어죽일 거라고 생각했고, 그래서 내가 먼저 공격했습니다."

"그게 바로 당신의 잔인한 점이지요. 그전에 그를 무장해제시켰어야 했어요."

"그렇게 할 시간이 없었습니다. 죽느냐 아니면 죽이느냐의 문제였죠."

"그러고는 무슨 일이 있었죠?"

"내가 실수했다는 걸 깨달았어요. 그는 내게 해를 끼칠 뜻이 없었어요."

"울었나요? 그의 시체 위에서 울었나요? 그 불쌍한 늙은이의 시체 위에서?"

"아닙니다. 하지만 나 자신이 엿 같이 느껴졌습니다."

"그날 밤 무엇을 했지요? 잠을 잘 수 있었나요?"

"예, 잠을 잤습니다."

"하지만 자기 전에 당신은 사이공에 있는 매음굴에 갔어요."

"여자들은 정말 멋졌습니다, 라미레스 씨. 매끄럽고 윤기가 흘렀으며 까무잡잡했고, 옆이 트인 옷을 입고 있었습니다. 예쁘게 화장한 얼굴에 머리 모양은 부팡bouffant 스타일이었고요. 미국 병사들을 위해 화장하고 있었습니다. 아주 섹시했어요. 그들이 생각하는 건 오로지 섹스와 돈뿐이었습니다. 섹스만 생각하는 여자와 함께 있는 건 정말 멋진 일입니다. 나를 따라오는 여자와 있는 건 더욱더 그렇지요."

"혼자 갔나요?"

"예, 혼자였습니다."

"그곳에 당신 상관 중의 하나와 함께 있지 않았나요? 당신이 가장 멋진 여자를 차지했나요? 아니면 장교가 가졌나요?"

"난 그 누구와도 함께 가지 않았습니다."

"그 방들은 어땠지요?"

"종종 벽에 거울이 달린 곳이 있어서 나는 여자와 그 거울 앞에 자리를 잡았습니다. 그러면 그녀가 나를 애무할 때 그녀의 등과 엉덩이를 볼 수 있기 때문이지요."

"……"

"라미레스 씨, 아직도 섹스에 흥미를 느끼십니까?"

"그게 중요했다는 걸 알지만, 지금은 그 순간 내가 어떻게 느꼈는지 기억이 나지 않아요. 내가 이해할 수 없는 것들이 있어요. 사랑을 나누는 장면이 나오는 글을 읽은 적이 있는데, 어떤 부분은 이해가 되지만 이해가 안 되는 부분도 있었어요. 사람들이 애무받고 싶어한다는 걸 이해하지만 다른 것들은 이해할 수 없어요."

"……"

"매음굴의 그 여자에 대해 더 말해줘요."

"라미레스 씨, 사실 그런 일은 일어나지 않았습니다. 가슴 통증이 멈춰 이제는 편안하게 숨을 쉬고 계시니 계속 이야기할 이유가 없습니다."

"거짓말이었어요?"

"예, 그렇습니다. 난 해외로 나가본 적이 없습니다."

"……"

"순전히 지어낸 겁니다."

"왜 그랬죠?"

"왜 안 됩니까? 당신은 우리가 소호에서 본 청년에 대해 거짓말을 했습니다."

"당신 상관인 장교가 있었을 겁니다. 그래요, 그도 거기에 있었어요. 그가 당신에게 그 여자들 이야기를 해줬을 거예요."

"아닙니다, 내가 모두 만들어낸 이야기예요."

"죄를 저지른 그날 밤 잠을 잘 수 있었다면, 그건 그 여자 덕분이었 겠지요."

"라미레스 씨, 전부 내가 상상해낸 거라고 말하지 않았습니까?"

"그녀는 당신을 애무했어요. 그러라고 돈을 지불하는 거니까요. 내 가 이해하지 못하는 것은 다른 것들이에요."

"거울에 비친 그녀의 등을 바라보고, 목덜미를 바라볼 때, 그녀의 온 기가 느껴지지 않고, 그녀의 얼굴과 사랑스러운 표정이 보이지 않는 순간……"

"그녀의 온기를 느끼지 못한다고요?"

"누군가와 얼굴을 마주보는 건 또다른 종류의 쾌감입니다. 그리고 다른 사람의 얼굴에 당신의 기쁨이 비치는 걸 보는 것도 마찬가지입니 다. 그건 따스한 쾌감입니다. 하지만 거울은 더 변태적입니다. 당신이 가만히 있으면, 다른 사람은 축소된 하나의 물건 혹은 대상으로 보이 거든요. 그 사람은 여자이고, 그녀는 누운 채 자기 자신을 비우면서 당 신에게 모든 것을 주는데, 그것 역시 흥분을 야기합니다."

"두 쾌감 중에서 어느 것이 더 강하죠?"

"둘 다 필요합니다."

"그런데 애무가 왜 필요하죠?"

"그녀가 나를 애무하는 동안 자기 자신으로서의 그녀는 거의 안 남게 되죠."

"……"

"당신은 내 말을 이해하지 못하고 있습니다, 그렇죠? 그건 오로지 당신만을 위한 존재로 축소된 누군가를 보는 겁니다. 즉 노예인 거죠. 나도 이유는 모르겠지만, 그게 쾌감을 주고 흥분하게 만듭니다."

"애무하면 어떤 일이 일어나죠?"

"포르노 영화관에 가야만 할 것 같네요. 요즘 그런 영화관은 신체장애인을 위해 특별한 시설을 갖추고 있습니다. 휠체어는 복도에 놔두면 됩니다."

"난 보고 싶지 않아요. 그저 애무할 때 어떤 일이 일어나는지 당신에게 듣고 싶을 뿐이에요. 사람들이 왜 그런 곳에 가서 애무를 하는지는 더욱더 알고 싶지 않아요."

"누군가를 사랑해야만 애무를 하는 건 아닙니다. 그저 조금만 마음에 들면 애무는 자연스럽게 나오지요. 나름대로 적절한 타이밍이 있습니다."

"애무를 해주는 것과 애무를 받는 것에 차이가 있나요?"

"똑같습니다."

"아직도 왜 그런 곳에 가서 애무를 하는지 이해할 수가 없어요."

"……"

"다른 사람, 그러니까 장교가 그 여자와 먼저 들어가도록 한 것은 아주 잘한 일이에요."

"다시 원점으로 돌아가는군요……"

"당신은 방금 매음굴이 어디에 있는지 몰랐다고, 당신 상관이 당신을 데려갔다고 말했어요. 아니면 반대였나요? 미안해요, 나와 함께 있으려면 참을성이 있어야 해요. 난 모든 걸 쉽게 잊어버리니까요."

"또한 쉽게 만들어내기도 하시고요."

"이제 당신은 나를 혼란스럽게 만드는군요. 분명히 그 여자는 매음굴에서 가장 괜찮은 애였어요. 당신은 상관에게 그애를 양보했지요. 그건 당신이 동지애를 갖고 있음을 보여줘요."

"이봐요, 내게는 상관도 없고, 난 매음굴에 가지 않습니다."

"언젠가 나는 의사에게 그런 느낌에 대해 물어봤어요."

"뭐라고 대답하던가요?"

"아주 먹음직스러운 음식을 생각하라고 했지요. 마음껏 얼마든지 먹을 수 있는 음식을. 그러면 내가 잠을 잘 수 있을 거라고, 깊고 개운한 잠을 잘 수 있을 거라고 했어요. 아니면 몹시 목이 마른데, 마침내 내가 좋아하는 포도주를 실컷 마시면, 마찬가지로 깊고 개운한 잠을 잘 수 있을 거라고요. 하지만 나는 배고프지도 않고 목마르지도 않아요. 단지 가라앉았다가 다시 심해지는 통증만 있을 뿐이에요."

"라미레스 씨, 창녀를 한 명 데려다줄까요? 위원회가 그 비용을 주지는 않겠지만, 당신은 약값으로 어느 정도 충당할 수 있을 겁니다."

"우선 욕망이 무엇인지를 기억해야 할 것 같네요."

"……"

"그런 순간에 무엇을 생각해야 할까요? 의사는 그냥 생각하지 말라고만 하더군요."

"사실 그런 건 전혀 걱정할 게 아닙니다. 생각을 않거나 마음을 텅비우는 것의 문제가 아닙니다. 당신의 일상적인 걱정이 모두 사라지는 겁니다. 계획을 그만 세우십시오. 그러지 않으면 이미지들이 당신 마음속에 떠다니면서 더 많은 이미지들을 끌고 올 겁니다."

"어떤 이미지가 다른 이미지들을 끌고 오죠? 첫번째 이미지가 어떤 것이죠?"

"종종 나는 수년 동안 가본 장소의 경치를 마음속으로 바라봅니다. 그러면 기억, 그러니까 내가 잊었다고 여긴 것들이 물밀듯이 밀어닥치죠. 나는 저항하려고 하지만 아무 소용이 없습니다. 그런 물결에 몸을 맡기면 아주 기분이 좋아요."

"한 가지 경치를 예로 들어줘요."

"언덕, 경사가 완만한 언덕과 푸른 나무들, 그리고 호수."

"그곳은 춥나요? 바람이 많이 부나요?"

"항상 완벽한 기후입니다. 잔잔하고 기분좋은 날씨입니다."

"그림이나 사진에서 본 경치인가요?"

"아닙니다, 실제로 본 것입니다. 도시를 벗어나 직접 가봤던 장소입니다."

"한 군데만 말해줘요."

"매사추세츠 주에 있는 케이프코드의 모래언덕입니다. 나는 여행을 그리 많이 다니지 않았습니다."

"그 경치 안에 누가 있지요? 당신이 있나요?"

"종종 내가 있을 때도 있고, 그렇지 않을 때도 있습니다."

"경치 속에서 뭘 하나요?"

"음…… 아무것도 할 필요가 없습니다…… 그건 단지 그림이자 이미지, 곡선과 색깔일 뿐입니다. 그리고 나는 색다른 여러 가지 것들을 상상하는데, 그게 바로 쾌감입니다."

"경치 속에서 무엇을 하느냐고 물었을 때, 당신은 바로 대답하지 못했어요. 그리고 목소리는 평소와 달리 화가 난 것 같았어요."

"화난 게 아닙니다. 설명하기가 힘들어서 그랬을 뿐입니다."

"잠들기 전에 마지막으로 보는 경치는 어떤 거죠?"

"이따금씩 나는 잠든 후에 더 많은 풍경을 꿈꾸기 시작합니다. 항상 기분좋은 꿈이지요. 마치 내가 탐험하는 여자의 육체처럼요."

"딴 데로 새지 말고 내 질문에만 집중하도록 해요. 잠들기 전에 마지막으로 보는 경치가 어떤 건지 말해줘요."

"이제 경치 이야기는 그만하는 게 좋을 것 같습니다. 더이상 생각하고 싶지 않습니다."

"그런 순간에 당신 생식기에서 무엇이 느껴지는지는 설명해줄 수 있나요?"

"느낌과 감각은 단지 그곳에만 있는 게 아니라 온몸으로 흘러넘칩니다…… 어떻게 설명해야 할지 모르겠습니다."

"정신을 집중해봐요. 노력해봐요."

"뭣 때문에 그렇게 해야 하는 겁니까?"

"당신이 느끼는 것을 설명할 수는 없더라도 어떤 느낌과 비슷한지는 말해줄 수 있지 않나요? 내가 경험할 수 있거나 현재 상황에서 기억할 수 있는 것으로 말이에요."

"수영을 해본 적이 있습니까?"

"최근에는 없어요. 하지만 그게 뭔지는 기억나요. 왜 그런지는 모르지만요."

"수온이 너무 낮지도 너무 높지도 않은 적당한 때, 그러니까 적당하게 시원할 때, 물살을 가르면서 수영을 합니다. 그런 다음 수영장에서 나오면, 조그만 물방울들이 당신 몸에서 반짝이고 피부가 간지럽기 시작하지요. 바로 섹스의 느낌처럼 아주 기분좋은 느낌입니다."

"그런 느낌, 그러니까 수영할 때의 느낌을 기억해요. 하지만 내게는 그리 중요하지 않아요. 반면에 섹스는 사람들에게 끔찍하게 중요한 것 같아요. 내가 이해할 수 없는 것이 바로 그 중요성이에요."

"섹스가 끝나면, 그 사람을 사랑하지 않더라도 일종의…… 관심이나 애정 같은 게 솟아나지요. 비록 무심하고 귀찮은 내색을 하면서, 혹은 반감을 품고 시작했을지라도 말입니다."

"그건 섹스에 대한 당신 생각이고, 난 아직도 거의 이해할 수 없어요. 당신이 많은 인내심을 발휘해줄 수 있다면, 매음굴에서 당신 장교가 느꼈던 것을 이야기해달라고 부탁하고 싶어요."

"……"

"당신들 두 사람은 최고의 여자를 원했어요. 그 여자와 섹스할 기회를 얻지 못했을 때 가슴이 많이 아팠나요? 그녀가 매음굴의 다른 여자들과 어떤 점이 달랐죠?"

"……"

"왜 다른 여자들보다 그녀가 나았던 거죠?"

"……"

"그녀를 보다 낫게 만들었던 게 있었나요? 아니면 있는 그대로 좋았
나요?"

"누군가가 정말 원하는 사람을 의미하는 겁니까? 남자를 녹초로 만
드는 여자를 말하십니까? 그녀가…… 정작 모습을 드러내면, 성적 충
동이 약간 억제됩니다. 그러면 우리는 좀처럼 손에 넣기 힘든 마술적
대상 앞에서 멍한 상태가 되지요."

"하지만 곧 그녀를 손에 넣지요."

"아닙니다, 절대 아닙니다. 남자들은 대부분의 여자들을 아무런 문
제 없이 손에 넣을 수 있지만, 한 여자 때문에 항상 한숨을 쉬게 됩니
다. 그 사람은 누군가가 정말로 원하는 사람, 누군가에게 마술적인 사
람, 모든 문제를 해결해줄 수 있고, 모든 공백을 메워주며 모든 상처를
치료해줄 수 있는 사람이지요. 그런 사람은 거의 손에 넣기 힘듭니다.
그녀에게 다가갈수록 약해지기 때문이에요."

"하지만 그녀를 손에 넣는 시간이 오지요. 난 그걸 기억하고 싶어요.
내가 그녀를 손에 넣었다는 것을 알고 있기 때문이지요. 게다가 모든
걸 기억할 수만 있다면, 그녀가 지금 여기 없어도 난 개의치 않아요."

"……"

"내가 그녀를 손에 넣었다고 말했을 때, 내 말을 믿었지요, 그렇죠?"

"아닙니다."

"왜죠?"

"그건 착각이기 때문입니다. 외부의 사람이나 물건이 우리를 보호해
줄 거라는 착각이지요."

"왜 매음굴 여자는 다른 여자들보다 뛰어났지요? 무엇이 그녀를 그토록 완벽하게 만들었던 거죠?"

"……"

"그 여자에 대한 기억이 잘 나지 않으면, 마찬가지로 완벽하게 보였던 다른 여자를 생각해봐요."

"……"

"그 순간 그 어떤 것과도 비교할 수 없는 멋진 경치를 보았을 때를 떠올려봐요."

"……"

"잊어버렸나요?"

"인상적인 것은 경치가 상징하는 겁니다."

"래리, 아름다운 경치는 그 자체만으로도 충분하지 않나요?"

"그건 무언가를 뜻합니다. 무언가를 상징하는 것 같아요."

"그럼 케이프코드의 모래언덕은 무엇을 상징하나요?"

"여자가 완벽하다면, 우리는 그녀에게 거의 접근할 수 없습니다. 여신처럼 너무나 완벽해서 그녀를 직접 상상하는 것 자체가 오만한 짓이기 때문입니다. 바로 거기서 모든 이미지와 상징물이 나오는 겁니다."

"그녀를 필사적으로 찾는다면, 그건 그녀를 예전에 알았기 때문이지요. 당신이 그녀를 손에 넣지 못했다는 것은 사실이 아니에요. 그녀를 손에 넣었다가 잃어버린 거예요. 난 알아요, 난 예전에 갖지 못했던 것을 손에 넣는 데 전혀 관심이 없기 때문이지요. 문제는 당신이 그녀를 손에 넣었다는 사실을 기억하지 못하는 거예요. 내가 수많은 다른 것들을 기억하지 못하듯이. 그녀를 손에 넣었다가 잃어버렸는데 기억하지 못하는 거예요."

"……"

"그 모래언덕을 완벽하게 기억할 수 있나요?"

"전에는 그곳을 탐험하면서 즐거워했습니다. 가장 커다란 언덕들 뒤편과 그것들의 틈 사이를 지나가고, 질퍽질퍽한 부분을 건너면서 즐겼습니다. 미지의 장소를 탐험하는 것처럼 멋진 일은 없습니다. 마치 최초의 탐험자인 것처럼 그런 곳을 조사하고 지도에 표시하고자 하는 충동에 항상 사로잡혀 있었지요."

"아직도 내게 대답해주지 않았어요. 그 모래언덕을 완벽하게 기억하나요?"

"아닙니다."

"왜죠?"

"……"

"이 얘기를 계속하고 싶지 않은 모양이군요. 하지만 당신이 도와주지 않으면, 누가 할 수 있겠어요?"

"……"

"침묵 때문에 다시 내 병이 도질 것 같아요."

"……"

"어쨌건 사이공에서 당신 상관이었던 그 사람 이야기는 하기 싫은 모양이군요."

"난 정신 이상한 노인네가 되고 싶지 않습니다."

"그런데 이거 알아요? 당신 기억력은 내 기억력보다 더 안 좋아요. 당신은 이미 당신 친구에 대해 모든 걸 이야기했어요. 당신은 그날 밤 그가 그런 곳에서 당신을 보았다는 사실을 창피해했어요. 그리고 그 전까지는 그가 나이를 많이 먹고 높은 지위에 있어서 항상 그를 존경했다고도 했어요. 그도 마찬가지로 당신을 존중했다고 했지요."

"……"

"피하려고 해도 소용없어요. 이미 일어난 일이고, 모두는 자신의 행동에 책임이 있으니까요. 하지만 내게 그 이야기를 사실대로 들려준 게 아니라면 지금이 그걸 바로잡을 수 있는 기회예요. 당신은 자유의지로 매음굴에 도착했고, 그런 곳에 간 건 그때가 처음이었지요. 당신이 얻은 주소는 모호하기 그지없었고 길은 꾸불꾸불했지만 마침내 그곳에 도착했어요. 주소를 준 건 바로 그 장교인데, 그를 그곳에서 보자 왜 그토록 놀란 것이죠?"

"당신 머릿속은 온통 매음굴로 가득차 있군요. 라미레스 씨, 당신은 그런 곳에 아주 자주 갔습니까?"

"그래요, 그게 바로 장교가 당신에게 함께 가자고 했을 때 당신이 장교에게 한 말이에요. 그래서 그곳에서 그를 만나자 놀랐던 거지요."

"좋아요, 우리는 매음굴에 있습니다. 이제 무슨 일이 벌어지죠?"

"포도주를 마시고 있는 그를 보았지요."

"쌀로 담근 술이었습니다."

"그는 거기서 그녀를 기다리고 있었고, 당신은 그걸 나중에 알았지요. 노랫소리가 들려왔다는 얘기는 이미 했어요. 노랫소리는 멀리서 들려오고 있었어요. 아주 이상한 노래였지요. 당신은 그 노래가 어디서 흘러나오는지 알고 싶었고 과감하게 문을 열었지요. 어두운 복도와 연결된 문이었어요. 이제 음악 소리가 더 잘 들렸어요. 방들이 연이어 있었어요. 아주 조그만 방들이었는데, 문이 살며시 열려 있었지요. 방 안은 어두웠어요. 아니, 몇몇 방에는 조그만 초가 타고 있었어요. 대부분은 늙은 사람들이었고, 그들은 각자 허름한 침대에 누워 있었어요. 모두가 마약을 하며 꿈속에 있었지만, 그리 행복해 보이는 표정은 아니었지요."

"어떤 종류의 음악이었죠? 아르헨티나 탱고였죠, 그렇죠?"

"엉뚱한 소리 하지 말아요. 아주 세련된 중국 음악이었다고, 거의 종교 음악에 가까웠다고 말한 사람은 바로 당신이에요. 당신은 앞으로 나아갔어요. 복도 끝에는 구슬 달린 커튼이 있었어요."

"커튼 뒤에는 뭐가 있었죠, 라미레스 씨?"

"아주 멋진 침실이 있었는데, 벽지와 맞닿아 있는 베개의 윤곽만이 희미하게 보였지요. 음악 소리는 갈수록 커졌고, 당신은 조심스럽게 걸어야만 했어요. 쿠션들 사이에 무언가 이상한 것이 있는 것 같았거든요. 옆방에서 흘러나오는 불빛이 유일한 빛이었어요. 벽지 위로는 사람 그림자가 움직이고 있었고요."

"아편 파이프에서 연기가 나오고 있었습니까?"

"당신은 그 파이프의 향내에 대해 말했는데…… 어떤 이상한 냄새를 풍겼다고 했지요?"

"콜롬비아산 싸구려 마리화나 냄새였습니다."

"당신은 그게 마리화나라고 생각했어요. 하지만 그건 훨씬 더 위험한 것이었어요."

"그럼 일반 담배였군요."

"아니에요. 조그만 고무공 모양의 생아편이 타고 있었어요. 백과사전에서 읽은 적이 있어요. 아편굴 그림이 하나 있었는데, 당신이 설명한 방과 아주 흡사했어요. 쿠션 사이로 기어다니는 것 같은 뱀이 무서웠는지, 아니면 거드름 피우기 싫었는지 모르겠지만 어쨌건 당신은 구슬 달린 커튼을 조금 걷었어요. 그녀가 보고 싶어서 더이상 기다릴 수 없었기 때문이지요. 당신은 매음굴에서 가장 아름다운 여자가 그곳에 있다고 직감했어요. 장교가 그녀에 대해 말해준 거죠. 그녀를 보자 실망했나요? 아니면 그가 당신에게 말했던 것처럼 눈부셨나요? 흠이 있던가요?"

"애교점 몇 개가 그랬습니다."

"하지만 이미 늦은 상황이었죠. 당신은 뒤에서 발소리를 들었어요. 장교의 발소리였지요. 그는 밤새 그녀를 기다리고 있었는데, 그녀는 나오지 않았어요. 당신은 장교 덕분에 그 장소를 알게 되었다는 사실을 떠올렸고, 고마운 마음에 그에게 먼저 들어가라고 했어요."

"그래요, 그에게 먼저 들어가라고 했습니다. 점이나 사마귀를 비롯해 모든 걸 음미하라고 했지요. 그녀의 가슴 한쪽은 다른 쪽보다 시들고 변색되어 있었습니다."

"그 장교가 그녀를 소유한 다음 그랬다는 말인가요?"

"아닙니다."

"그녀를 당신 혼자 차지하기 위해 그를 죽일 필요까지는 없었죠? 그렇죠?"

"내가 그를 죽였습니까, 라미레스 씨?"

"아니에요, 물론 아니지요. 그런데 그녀의 특별한 점, 혹은 뛰어난 점은 무엇이었나요? 왜 다른 여자들은 그녀보다 못했던 거죠?"

"후에 그 여자들은 악취를 풍깁니다. 고무나 생선 냄새가 나지요. 올라타자마자 다리 사이의 냄새를 맡아본 적이 있나요? 그것과 비슷한 냄새는 이 세상에 없습니다. 섹스를 한 다음 나는 항상 샤워를 합니다. 그래야 그 냄새가 없어지거든요. 두세 번 비누칠을 해야 합니다. 지저분한 냄새, 썩거나 곪는 냄새가 나요. 그 냄새를 병에 담아 기절한 사람 코에 대면 다시 깨어날 정도입니다. 라미레스 씨, 여자 냄새를 기억하십니까?"

"마치 장교는 갑자기 무언가를 깨달은 것 같았어요. 위험하다는 증거는 하나도 없었지만, 어찌되었든 그는 당신을 기다렸다가 함께 부대로 돌아가는 게 좋겠다고 생각했어요. 그 매음굴의 공기는 도저히 들이마실 수 없을 정도였기에, 그는 한밤중에 밀림으로 나갔어요. 잎사귀 하나도 움직이지 않고 바람도 전혀 불지 않았지만, 적어도 그는 창녀들의 얼굴을 쳐다볼 필요가 없었지요. 그는 나무 뒤에 숨어 당신을 기다렸어요."

"내게 뭘 하려고 했던 겁니까?"

"그는 질투심에 사로잡혀 있었을지도 몰라요. 그랬다면 당신을 제거할 수 있는 완벽한 기회였겠지요. 게릴라 부대가 그곳에 배치되어 있을 수도 있고, 모든 걸 적군 탓으로 돌릴 수도 있었을 테니까요."

"영광스럽게 죽었을 수도 있겠군요."

"……"

"적군이 내게 총을 쏘았습니까?"

"장교가 그곳에 없었다면 분명히 그랬을 거예요. 그는 장난을 치기 위해, 그러니까 당신을 놀래주려고 숨었던 거예요. 하지만 당신이 나왔을 때, 그는 열대의 무성한 잎사귀 사이로 이상한 그림자들이 움직이는 것을 보았어요. 바람이 불지 않았기 때문에 야자수가 흔들거리는 건 아니었어요. 그는 당신에게 바닥에 엎드리라고 소리쳤지요. 당신은 그 말을 따랐고, 적군의 총알은 당신을 맞힐 수 없었어요. 그리고 그들이 도망치는 소리가 들렸지요. 당신은 목숨을 구했어요. 그 장교 덕분에."

"……"

"이제 가야 할 시간이죠, 래리?"

"아마도 그럴 겁니다. 하지만 상관없습니다."

"특별한 부탁을 하고 싶어요."

"뭡니까?"

"내일 식당에, 식당에 가서 먹도록 해요. 여기 돈 있어요."

"왜 그러는 겁니까?"

"난 갈 수가 없어요. 몸이 별로 좋지 않아요. 하지만 당신이 가면 나중에 나에게 이야기해줄 수 있겠죠. 그건 내게 도움이 돼요. 정말이에요. 당신은 내가 가끔씩 괴상하다는 것을 알고 있어요."

"들어와요."

"좀 어떠세요, 라미레스 씨?"

"오늘은 화요일 아닌가요? 무슨 일로 온 거죠?"

"음, 당신이 아프다는 말을 들었습니다. 그래서 어떤지 들러봐야겠다고 생각했습니다."

"내가 침대에서 일어나지 못한다고 그 여자가 말했나요?"

"아닙니다. 내가 먼저 프런트에 전화를 걸었는데, 당신이 아파서 프런트로 나와 전화를 받을 수 없다고 하더군요."

"……"

"시간을 바꾸려고 전화했던 겁니다. 내일 오후에 취직 면접이 있거든요."

"알겠어요……"

"컬럼비아 대학교에서 연구 보조원으로 일하는 자리인데…… 오늘 얼굴색이 너무 안 좋아 보입니다."

"바로 일하게 되나요? 몇 시간이나 일하죠?"

"그 일을 시작하려면 몇 달은 있어야 합니다."

"이미 말했다시피 오한이 느껴져요. 혈압은 내려갔지만 식은땀이 계속 나요. 지금도 겨드랑이는 축축하고, 발은 얼음장 같은데 땀으로 젖어 있어요. 너무나도 역겹고 나 자신에게 신물이 나요…… 더이상 참을 수가 없어요. 게다가 몸에서 악취가 나는데 하루에 한 번 이상은 샤워를 할 수가 없어요. 그러면 몸에 너무 안 좋다고 해서."

"안됐군요."

"가까이 오지 말아요. 외투는 그곳에 두도록 해요. 당신에게 악취를 맡게 하고 싶지 않아요."

"땀냄새는 괜찮습니다."

"몸이 좋아지지 않으면 내일 병원에 입원하게 될 거예요."

"무슨 일이 있었습니까? 어제만 해도 괜찮았는데."

"내가 병원에 입원하면, 환원주의자들은 내가 알고자 하는 것을 숨긴 게 잘한 일이었다고 생각할 거예요."

"무슨 말인지 하나도 모르겠습니다."

"그들에게 중요한 것은 내가 아무것도 모른 채 있는 거예요."

"……"

"그런데 지금 내게 필요한 것은 아는 거예요. 그 어떤 충격도 감당하지 못할 신경쇠약 환자처럼 다뤄지는 게 아니라고요."

"의사들이 뭐라고 말했습니까? 당신이 이 나라로 오기 전에 일어났던 일에 대해."

"몇 마디 안 했어요. 내가 그 누구의 것도 사취하지 않았는데 착오로 수감되었다고 하더군요. 후에 비행기를 탔고, 이틀 후 이 나라의 병원에 있게 되었다고만 말했어요."

"수감되었을 때 무슨 일이 일어났는지 아십니까?"

"아니, 몰라요."

"알고 싶으십니까?"

"내가 회복되려면 꼭 알아야 해요."

"하지만 나중에 나를 탓하지는 마십시오."

"당신이 무슨 일을 하든 모두 내 책임이에요, 래리. 내가 그 누구의 허락도 받지 않고 당신을 고용했다는 사실을 잊지 말아요."

"그렇다면…… 내가 알고 있는 것을 말하겠습니다."

"……"

"……"

"그래요…… 들을게요…… 왜 입을 다무는 거죠?"

"나도 당신 생각에 동의합니다. 그들이 당신을 정신…… 질환자로 다루는 건 잘못된 겁니다."

"계속 말해봐요."

"당신 가족이 살해당했습니다."

"당신이 그걸 어떻게 알죠?"

"그렇지 않다면 당신 가족은 지금 어디에 있습니까?"

"누가 그걸 말해줬죠?"

"간호사입니다. 그녀는 직업의식이 아주 투철하지는 않습니다. 내가 물어보았습니다."

"래리…… 그녀는 내게 아무것도 모른다고 했어요."

"당신을 혼란스럽게 하고 싶지 않았던 겁니다. 나도 마찬가지예요. 아마 당신도 아무것도 모르는 쪽을 원할지도 모릅니다."

"당신에게 말한 걸 모두 말해줘요! 부탁해요."

"누워서 편하게 있도록 하십시오. 당신이 나으려면 반드시 그걸 알아야 한다고 당신은 말했습니다. 나도 그 생각에 동의하고요. 하지만 진정해야 합니다."

"어떻게 진정할 수 있겠어요!"

"……"

"제발 부탁이니…… 그녀가 말한 것을 그대로 들려줘요."

"좋습니다. 당신 가족은 살해되었습니다."

"어떻게?"

"당신 집에 폭탄을 설치했습니다. 당신이 수감되었을 때 일어난 일이죠. 정치적 문제 때문이지 사취와는 무관합니다."

"의사들은 나를 납득시키려고 해요. 당신이 말하는 그 내용을 믿게 하려고 애쓰지요. 하지만 난 그런 것에 속지 않아요. 그게 모두 사실이라면 좋겠어요."

"뭐라고요? 지금 내가 하는 얘기를 들으니 기분이 좋다는 말입니까?"

"나는 기분이 좋다는 게 어떤 느낌인지 몰라요. 하지만 폭탄이 터져 가족이 죽었다는 게 최악의 소식이 아니라는 건 알고 있어요. 물론 내게 가족이 있었다면 말이지요."

"뭐라고요? 그런 말을 하는 게 부끄럽지도 않습니까? 그들이 살아 있는 게 더 좋은 것 아닙니까?"

"아니에요."

"왜 아니라는 겁니까?"

"모르겠어요. 그러면…… 고통받을 수도 있기 때문이지요. 내 죗값을 대신 치르고 있을 수도 있거든요."

"무슨 죄입니까?"

"아무것도 기억나지 않아요. 당신은 왜 그걸 알려고 하죠? 알아보라는 지시를 받았군요!"

"사취는 당신이 만들어낸 죄목입니다. 당신 형도 당신이 만들어낸 겁니다."

"이 년 전에 나는 튼튼하고 건강한 사람이었어요. 의사들이 그렇게 말하더군요."

"그렇다면 내가 방금 전에 한 말을 믿지 않습니까?"

"내 나름대로의 이유가 있어서…… 그게 사실이 아니라는 걸…… 알아요."

"이유가 뭔지 설명해주십시오, 라미레스 씨."

"……"

"당신이 말은 하지 않지만, 무슨 일이 있었는지 아마 그 누구보다도 잘 알고 있을 겁니다."

"당신은 모든 자료를 내게 줘야 해요. 그녀가 당신에게 했던 모든 거짓말을 그대로 말해줘야 해요. 그녀가 어떤 가족을 만들어냈죠? 누가 살해되었다고 말했죠?"

"당신 아내와 당신 아들, 그리고 당신 며느리입니다."

"한때 내가 어느 여자와 살았다는 건 기억해요. 우리는 언젠가 바닷가로 휴가를 떠났어요. 모래언덕이 있는 곳이었지요. 하지만 아이는 없었어요. 그러니 다른 얘기를 하도록 해요."

"간호사가 내게 들려준 이야기를 그대로 했을 뿐입니다. 당신이 무슨 일이 있었는지 알고 싶어했기 때문에요. 난 진실을 아는 게 당신에게 도움이 될 거라고 생각했어요, 라미레스 씨."

"래리, 정말 미안해요. 나는 내 모습…… 내 비참한 모습으로 사람들을 우울하게 만들고 싶지 않아요…… 이곳을 떠나기 전에 이 말은 들어주면 좋겠어요…… 간호사와의 일은 그리 좋게 들리지 않네요. 하지만 화가 난 건 아니에요. 당신은 젊지요. 나는 당신들이 느끼는 충동에 대한, 그리고 그 충동이 당신들을 어떻게 노예로 만드는지에 대한 글을 읽고 있었어요."

"간호사와는 아무 일도 없었습니다. 젊은 사람들에게도 그건 쉬운 일이 아닙니다. 처음 만나 관계를 다져가는 게 언제나 쉬운 일은 아닙니다."

"하지만 그녀와 데이트를 했어요."

"음…… 하지만 아무 일도 없었습니다. 그리고 설사 무슨 일이 있었다 하더라도, 젊은 사람들의 성적 충동에 대해 왜 그리 말이 많습니까? 당신은 틈만 나면 그 이야기를 합니다. 마치 그게 사악하고 이기적인 것처럼."

"내가 병에서 회복되도록…… 그녀와 아무 일도 없었다고 말한다면, 그건 쓸데없는 일이에요."

"라미레스 씨, 당신은 관음증 환자 같습니다. 당신을 위해 뭔가를 만들어줄까요? 가령, 당신 옆방에서 신음 소리가 들리도록 해드릴까요? 그러면 틀림없이 당신은 기운을 차릴 겁니다."

"난 그런 일의 외적인 부분에는 관심이 없어요. 나는 사람들 내면에서 무슨 일이 일어나는지 알고 싶을 따름이에요. 그날 저녁 그녀를 기다리다가 그녀가 나타났을 때 어떤 느낌을 받았지요? 아니면 그녀가 데이트 약속에 나오지 않았나요?"

"방금 전에 당신에게 전해준 소식, 그러니까 당신 가족에 대한 소식이 더 중요하지 않습니까?"

"내게는 그런 가족이 없어요. 당신 이야기나 계속하도록 해요."

"그 문제에 관해 말하고 싶지 않으십니까? 당신에게 너무나 중요한 건데……"

"모든 게 당신이 간호사에 대해 말하지 않으려고 꾸며낸 거예요."

"당신 뜻대로 해드리겠습니다…… 어디까지 이야기했지요? 음…… 이런 만남에는 수많은 변수들이 있습니다. 모든 게 제대로 되려면 수많은 것들이 필요합니다. 두 사람 중 하나는 기분이 괜찮을 수도 있고, 다른 사람은 그렇지 않을 수도 있습니다. 한 사람은 명랑하고 말을 많이 할 수도 있고, 다른 사람은 좀 우울할 수도 있습니다."

"나는 '이런 만남'에 관심이 없어요. 어제 간호사와 데이트했던 얘기만 듣고 싶을 뿐이에요."

"……"

"부탁해요……"

"내가 이야기를 들려주면 몸이 좀 나아질 것 같습니까?"

"약속하지요."

"뭘 약속한다는 겁니까?"

"몸이 나아지도록 최선을 다하겠다고, 힘닿는 데까지 노력하겠다고."

"당신은 뱀파이어 같습니다. 다른 사람들의 삶에서 자양분을 취하니까요. 피가 빨리는 동안 희생자가 어떤 느낌일지 상상해보세요."

"여기에는 단 한 사람의 희생자만 있는데, 그게 바로 나예요. 병든 몸에 엉터리 치료를 받고 있죠."

"……"

"래리, 어제저녁에 일어났던 일을 왜 그렇게 수치스러워하는 거죠?"

"아무 일도 없었습니다. 부자연스러운 대화만 오갔을 뿐입니다."

"딸아이는 몇 시간이나 강습을 받았죠?"

"한 시간입니다."

"그녀는 당신을 두 블록 떨어진 자기 아파트로 데려갈 생각이었어요. 남편이 야간 근무를 하니까요. 당신이 내게 그렇게 말해줬지요. 그동안 당신들은 어디서 시간을 보냈나요?"

"카페에 앉아 있었습니다."

"왜 아파트로 가지 않았죠?"

"내가 그것을 원하는지 확신이 서지 않았습니다."

"그녀는 아주 매력적이에요."

"예, 알고 있습니다."

"무슨 얘기를 했죠?"

"이런저런 얘기를 했습니다. 그런 대화는 일반적으로 핵심적인 사항을 비켜갑니다. 수많은 것들에 대해, 수많은 세상사나 다른 사람들에 대해 말할 수 있지만, 자기 자신의 감정과 상대방과의 관계를 위해 필요한 사항들에 대해서는 입을 열기가 어렵지요. 직접적으로는 절대 이야기하지 않고 암시만 할 뿐이에요. 간접적인 제안이나 추파지요. 추파와 충동 억제는 항상 같이 갑니다. 추파에서 비롯되는 특정한 쾌감을 위해서는 충동을 억제해야만 합니다."

"이해가 안 되네요. 어제저녁 여기서 나갔을 때, 당신은 무언가 특별한 것을 기대했어요. 나는 당신이 그녀를 무척 원하고 있다는 것을 눈치챘지요. 당신은 내게 무신경했어요. 욕망에 눈이 멀어 있었으니까요. 그녀는 당신을 아파트로 데려가려고 했어요. 그래서 난 당신이 한 말을 믿지 않아요. 당신은 내가 아는 걸 원치 않아요. 사람들은 자신들이 원하는 것을 얻는다는 걸."

"……"

"당신은 원하는 것을 얻었어요, 그렇죠? 솔직하게 말해봐요."

"사람들은 종종 자신의 소망을 이루지만, 그러지 못할 때도 있습니다."

"그녀는 자기 소망을 이루었나요? 그러니까 아양을 떨며 욕망의 대상이 된 걸 느끼는 것만을 원했나요?"

"그녀는 그것뿐만 아니라 그 이상을 원했습니다."

"그 이상이 뭐죠?"

"섹스와 애정."

"그럼 당신은 무엇을 원했지요?"

"같은 것이었습니다."

"그럼 당신은 다음날 두 사람이 또 만나기로 했다는 사실을 내게 말하지 않고 있군요."

"당신의 상상이 재미있군요. 두번째 약속은 없었습니다. 처음 약속만 해도 충분히 고통스러웠습니다. 나는 내가 원하는 사람과 함께 있는 걸 몹시 거북스럽게 여깁니다. 내가 그녀를 이미 소유했을 때를 제외하고 말입니다."

"두 블록만 더 가면 그녀를 소유할 수 있었어요. 그런데 왜 그녀가 당신을 멈추도록 그냥 두었지요?"

"그녀는 나를 멈추지 않았습니다. 내가 스스로 멈추었습니다. 내게는 그런 것들을 파괴하는 경향이 있습니다. 그런 면이, 그러니까 좋은 분위기를 깨는 경향이 있습니다. 좋은 분위기는 두 사람이 서로를 편안하게 여길 때 생깁니다. 아주 깨지기 쉬운 상태지요. 언제든지 쉽게 깨질 수 있는…… 직접적인 언급만으로도 충분합니다."

"아파트에 들어가 마침내 그녀를 품에 안았을 때 어떤 느낌이었나요?"

"이미 말했다시피 그녀를 안아본 적이 없습니다. 당신 상상처럼 내 삶이 화사하다면 얼마나 좋을까요…… 한 여자와 침대에 있는 순간에 이르렀을 때는 문제가 없어요. 문제는 그 이전입니다. 우리가 마음을 열고 얼마나 상대를 필요로 하는지 말하는 순간…… 우리는 아주 허약한 존재가 됩니다. 심지어는 거부당할 수도 있습니다."

"당신은 당신 생각처럼 그리 매력적이지 않아요. 하지만 어쨌건 괴물도 아니지요. 누가 당신을 거부했고, 그 이유는 무엇이었나요?"

"모르겠습니다. 난 항상 그런 느낌을 받습니다."

"언제 가장 큰 상처를 받았는지 알고 싶어요. 그리고 그 고통이 어느 부위에서 느껴졌는지도."

"배가 심하게 아팠고, 설사가 났습니다. 지금은 당신 때문에 그렇게 아픕니다."

"무슨 그런 말을…… 당신이 그토록 커다란 상처를 받은 날, 눈에서 통증을 느끼지 않았나요? 언젠가 나는 눈이 얼음으로 가득차는, 뜨거운 얼음으로 가득차는 느낌을 받았어요."

"그게 언제였습니까?"

"간호사가 체육관 앞에서 당신을 기다렸던 어제저녁이었지요."

"……"

"가장 큰 상처를 받았던 때가 언제였지요?"

"그런데 왜 퇴짜 맞았다고 느낀 거죠, 라미레스 씨? 전 이틀 후에 올 예정이었습니다."

"하지만 그녀는 어젯밤 나를 만나러 오지 않을 거였어요. 내가 아니라 당신을 선택했어요."

"……"

"바로 그 얼음이 조금씩 파고들어와 뇌를 죽이지요. 하지만 폐는 몇 시간 더 작동하고, 심장도 마찬가지예요. 나는 통증으로 죽을 지경이면서도 무엇이 나를 죽이고 있는지 모를 거예요."

"……"

"내 말이 당신과는 상관없는 일처럼 들렸으면 좋겠어요. 노인네들에게나 일어나는 일로요. 당신이 평생 그렇게 아픈 적은, 죽기 일보 직전에 있는 것처럼 아픈 적은 없었다고 말해줘요."

"나도 그렇게 아픈 적이 있습니다. 내가 죽지 않을 거라는 사실을 알고 있었기 때문에 더 힘들었지요."

"하지만 래리, 사람이 죽으면 모든 걸 잃어버려요. 그것보다 더 나쁜 건 없어요."

"이제 그만하세요! 말도 안 되는 소리 하지 마십시오! 방금 전에는 차라리 가족들이 죽은 게 더 낫다고 말했으면서 정작 당신은 죽고 싶지 않다니."

"난 나 자신을 지킬 줄 알아요. 아마도 그들은 그러지 못했을 거예요. 그들이 살해되었다면, 그것은 그들이 자기 자신을 지킬 줄 몰랐기 때문이에요. 이 세상에서 나는 나 자신을 지킬 수 있어요. 다른 세상에서는 어떨지 아무도 모르지만요."

"다른 세상에서는 사람들을 괴롭힐 수 없을 겁니다. 가끔씩 당신은 칠십사 년을 살아온 사람이라기보다는 버릇없이 자란 아이처럼 보입니다."

"그렇다면…… 당신은 날씨가 추워지면 괴저나 감염성 질병에 걸릴 거라고 생각하지 않나요?"

"네."

"그건 당신의 몸이 온전하다는 뜻이지요. 월급으로 한 달을 무사히 살 수 있느냐의 문제가 아마도 당신이 살아오면서 느낀 가장 큰 두려움 같군요."

"몹시 듣기 거북한 말입니다."

"래리, 부탁 하나 들어줄 수 있나요?"

"어떤 부탁인지 들어보고요."

"가장 두려운 순간에 눈을 감으면 뭐가 보이는지 내게 말해준다면, 나도 두려움에 사로잡힐 때 똑같은 것을 보려고 시도해볼 수 있을 것 같아요."

"그러니까 내 방어기제를 알고 싶은 것이군요."

"당신의 적을 알고 싶어요. 그게 내 적이라고 믿으려고 해요."

"……"

"눈을 감고 당신의 적이 어떤지 말해줘요. 아주 순하고 그리 대단하지 않을 것 같아요."

"……"

"집이 보이나요? 당신이 살았던 집인가요? 아니면 처음 보는 장소인가요? 사람들이 보이나요? 아는 사람들인가요?"

"……"

"당신에게 무엇을 하고 있죠? 그곳에서 당신을 지켜주려는 사람은 누구죠? 친구인 척하다가 당신을 배신하는 사람은 누구죠?"

"좋습니다. 내가 가장 두려워하는 것 중의 하나는 육체적 매력을 잃어버리는 겁니다. 그 무기를 더이상 사용할 수 없을지도 모른다는 거죠. 당신은 내가 말하는 두려움이 무엇인지 알 겁니다. 당신이 예전과 같지 않다는 사실을 어떻게 받아들였습니까? 그리고 동시에 어떻게 당신은 자신이 건강하다고, 즉 아직 살아갈 날이 창창하고, 삶은 의미를 지니고 있으며, 아직도 즐겨야 할 쾌락이 있다고 여길 수 있었던 겁니까? 어떻게 그렇게 할 수 있었으며, 어떻게 그런 위기에서 벗어날 수 있었는지 말해주십시오."

"난 보잘것없는 늙은이라오. 난 당신에게 줄 게 많지 않아요. 난 아무것도 줄 수 없어요. 그리고 아무것도 몰라요."

"……"

"내가 가진 것이라고는…… 최소한의 희망, 그러니까 내가 적어놓은 메모를 찾고 싶다는 소망뿐이에요."

"그렇게 애처롭게 말하지 마십시오. 나한테는 안 통합니다. 그런데 그 메모를 왜 그토록 중요시하는 겁니까? 외부에서는 그 어떤 메모도 찾을 수 없을 겁니다. 그건 모두 당신의 머릿속에 있어요. 당신의 뇌는 아무런 손상도 입지 않았습니다."

"당신 친구라고 말하는 그 사람, 당신 옆에서 걷지만 잠시 후 한 발짝 뒤로 살며시 물러나는 그 사람은 어떤 얼굴을 하고 있는지 말해줘요. 바로 그때 당신은 고개를 뒤로 돌리고, 칼을 쥔 손을 보지요."

"그런 일은 항상 일어납니다. 사람들은 친해지지 않으려고 뒷걸음질치고, 조금도 마음을 주려고 하지 않습니다. 아무리 애정이 필요하더라도 말입니다. 나도 항상 그렇게 합니다. 난 항상 뒤로 물러납니다."

"아니에요! 당신은 뒷걸음질치는 사람이 아니에요, 래리……"

"맞습니다. 나는 항상 그렇게 합니다."

"다른 사람, 그러니까 당신 뒤에서 걸어오는 사람은 당신과 똑같은 얼굴을 가졌나요?"

"무슨 소린지 모르겠습니다."

"손에 칼을 들고 당신 뒤에서 걷는 사람의 얼굴은 어떤가요?"

"……"

"중요한 건 아니에요. 내가 너무 많은 질문을 했나봐요, 그렇죠? 오늘은 당신이 일하러 온 게 아니라 방문객으로 왔다는 사실을 까맣게 잊고 있었어요. 고마워요, 이렇게 찾아와줘서 얼마나 내가 고마워하는지 한순간도 의심하지 말아요."

"아닙니다. 근처를 지나가다 잠시 들어가봐야겠다고 생각했어요."

"그건 중요한 게 아니에요. 당신은 간호사와 아무 일도 없었다고 말하려고 왔어요. 내가 버려진 느낌을 받지 않도록…… 당신은 나를 위해 처음부터 끝까지 이야기를 만들어내는 수고를 했어요."

"거짓말하지 않았습니다."

"이봐요, 나를 속이려고 해도 소용없어요. 그녀가 당신보다 먼저 이리로 와서 무슨 일이 있었는지 모두 얘기했거든요."

"……"

"간호사는 당신이 약속 장소로 오는 걸 봤어요. 당신을 보자 몹시 행복해했고, 그런 표정을 숨기지 않았어요."

"……"

"그녀는 당신이 약속 장소로 오는 걸 봤어요. 하지만 당신은 길을 건널지 말지 망설였어요."

"한 사람을 잃어버리는 것으로 끝나는 게 아니라, 그녀가 부여한 모든 의미도 사라지기 때문이었습니다."

"당신은 길을 건널지 말지 결단을 내리지 못했어요. 아마도 그때 눈을 감았겠죠. 어두운 저녁이었나요? 아니면 길에 불이 환하게 켜져 있었나요?"

"그런 순간에는 거리가 눈에 들어오지 않습니다. 통증은 암세포처럼 번지면서 모든 걸 삼켜버리려고 합니다. 잠을 자면 사라지지만, 잠에서 깨어나면 불과 몇 초도 지나지 않아서 다시 돌아오지요. 그랬지만 나는 목숨을 끊어야겠다는 생각은 절대 하지 않았습니다. 나는 그 이유를 나 자신에게 묻습니다. 극심한 통증은 인생의 모든 의미를 파괴합니다. 고통 속에 의미가 있음이 분명합니다. 보여지는 것처럼 너무 끔찍하기 때문에 어떤 기능을 수행하는 게 틀림없어요. 너무나 고통스러우면 자살하겠다는 생각 자체가 고개를 들지 못하며, 한 가지 생각에서 벗어나 다른 생각을 할 수도 없습니다. 아마도 그게 고통이 갖는 의미일 겁니다."

"그녀는 당신과 카페에 들어가자 이내 마음이 편안해졌다고 말했어요. 그러고는……"

"이제 그만 입다물어요! 내 여자친구가…… 십 년 동안 함께 살다가 나를 버렸을 때, 나는 마치 피부가 떨어져나가는 듯한 느낌을 받았습니다. 속으로는 마음이 아파 떼굴떼굴 굴렀지만, 겉으로는 아무 내색도 하지 않았지요. 그녀가 짐을 싸는 동안 나는 그곳 아파트에서 차분하게 책을 읽었습니다. 그녀 역시 몹시 괴로워했어요. 산산조각이 나고 있었습니다. 우리 둘 다 산산조각이 나고 있었어요. 그녀는 나를 떠나야 할 절대적 필요성을 느꼈지만, 내가 자기에게 '아니야, 가지 마'라고 애원하기를 바랐습니다. 그녀는 나와 싸울 핑계를 찾기 시작했습니다. 우리 각자가 가져야 할 것이 무엇이냐는 것이었죠. 내가 점점 더 많이 양보를 하자, 그녀의 욕심은 한없이 커졌고 모든 걸 가지려 했습니다. 하지만 난 거리를 두었습니다. 그녀가 나와 맞붙을 유일한 방법은 나를 공격하는 것뿐이었습니다. 그러나 나는 냉정함을 잃지 않고 물러서지도 않았습니다. '가지 마, 난 당신이 필요해'라는 말을 할 수 없었기 때문이지요. '당신이 필요해, 나는 불완전한 사람이라 무언가가 부족해. 당신이 없으면 나는 아무것도 아니야'라는 말을 하기가 힘들었던 것 같아요. 사실 난 그 점을 인정할 수가 없었습니다. 그 필요성을 인정하는 것 자체가 너무나 고통스러웠던 겁니다. 겉으로는 내가 그 일을, 즉 오랫동안 함께 살았던 여자와의 이별을 하찮게 여기는 것처럼 보였습니다. 마치 고양이 한 마리를 잃어버리는 것처럼요."

"그때 당신은 이미 눈을 떴나요? 아니면 여전히 길을 건너려고 기다리고 있었나요?"

"……"

"이제 더이상 두려워할 필요가 없어요. 당신은 어제저녁의 일을 모두 잊었지만, 괜찮아요. 내가 기억하고 말해줄 수 있으니까요."

"알았습니다. 그럼 무슨 일이 일어났는지 말해보세요."

"당신은 아주 적절하게 한 마디를 내뱉었고 그걸로 충분했을 거예요. 간호사는 그 말을 듣자, 자기가 남편을 밖으로 내쫓아야 한다는 것을 알았지요. 단 한 마디. 그리고 당신에게는 당신을 기다리는 가정이 있었어요. 따뜻하고 포근한 진짜 가정, 당신이 그토록 원하던 여자가 있는 가정이었지요."

"듣기만 해도 숨이 막히네요. 나는 그런 곳에서 살고 싶지 않습니다."

"래리, 당신은 당신 뒤에서 걸어오는 사람의 얼굴이 당신 얼굴과 똑같다고 말했어요. 그렇다면 지금 내 앞에 있는 사람이 당신이지 그가 아니라는 걸 내가 어떻게 알겠어요?"

"무슨 말인지 하나도 못 알아듣겠습니다."

"얼마 전에, 바로 오늘 저녁에 당신은 그렇게 말했어요. 아! 이제 조금 더 기억이 나네요. 어느 날 공원에서 당신은 그 사람의 목소리에 악의가 깃들어 있다고 말했어요. 그렇게 말해주지 않았다면, 나는 지금 당신의 목소리가 어떤지 가장 정확한 말로 설명할 수 없었을 거예요."

"계속 이런 식으로 말하면, 당신에게 정말로 화를 낼 것 같습니다."

"당신이 래리라면, 언젠가 나무 몽둥이로 당신을 때린 사람이 누구인지 말해줘야 해요."

"우리 아버지입니다."

"악의에 찬 목소리. 좋아요, 내가 말해주지요. 래리는 거부당한 적이 없어요. 아마도 그 단어가 무슨 뜻인지도 모를 거예요. 그런데…… 당신은 오로지 그것만 생각하고 있어요."

"잘못된 생각입니다, 라미레스 씨. 그는 거부당한다는 게 무언지 알고 있어요. 열일곱 살 때 어머니가 그를 집에서 내쫓았습니다. 일자리도 돈도 없었어요. 학교도 다니지 않았고, 갈 곳도 없었습니다."

"잘못 생각하는 사람은 바로 당신이에요. 몽둥이로 당신을 위협한 사람은 어머니가 아니라 아버지였어요."

"아닙니다. 아버지는 위협하고 화낼 수 있었지만, 결정을 내릴 줄 몰랐으니까요. 그는 아이를 거리로 내쫓을 수 있는 사람이 아니었습니다. 그럴 힘을 가진 사람은 어머니였습니다. 그가 사춘기로 접어들자마자 어머니와의 싸움이 시작되었습니다."

"있을 수 없는 일이에요. 간호사가 내게 모든 걸 말해줬어요. 래리는 절대로 싸움을 일으킬 사람이 아니며, 여자와는 더욱더 그렇다고."

"어느 이른 아침이었습니다. 나는 야구방망이를 어깨에 걸치고 내 친구 찰리와 야구를 하러 나갔어요. 하얀 운동화를 신고 어머니가 매번 사주던 반팔 티셔츠와 헐렁한 청바지를 입고 있었습니다. 나는 더벅머리를 한 비쩍 마른 아이였습니다. 평소에 가던 길로 걸어가다가 한 여자를 보았습니다. 옷으로 보건대 직장으로, 아마도 사무실로 가고 있었을 겁니다. 하이힐을 신고 있었고, 치마는 겨우 무릎을 가릴 정도였어요. 하이힐은 여자 종아리 근육을 긴장시키고, 말처럼 뽐내며 걷게 합니다. 내 눈은 그녀의 종아리와 근육과 각선미에 멈추었습니다. 그때 갑자기 바지 아래에서 무언가가 난리를 피우는 걸 느꼈지만, 도대체 무슨 일인지 알지 못했습니다. 나는 무언가 잘못된 거라고 생각했지요. 이 모든 일에 소스라치게 놀랐고 약간 겁을 먹었지만, 버스 정류장까지 여자를 따라갔고 그녀가 버스 타는 걸 지켜보았습니다."

"래리도 내게 똑같은 이야기를 들려주었어요. 발기된 것을 어떻게 자기 어머니에게 보여주었는지도 말했지요. 그러자 어머니는 그의 이마에 입을 맞추고서 걱정하지 말라고, 건강하게 자라고 있는 거라고, 그게 전부라고 말해주었지요."

"이상적인 어머니가 되었군요. 바로 우리가 필요로 하던 어머니가요."

"그래요, 이상적이지요. 당신 어머니 같지는 않지요."

"그래요, 우리 어머니와는 달라요. 난 그걸 아무에게도 말하지 않았습니다. 심지어 친구들에게도 말하지 않았어요. 너무나 창피했고, 친구들이 나를 비웃을지도 모른다고 두려워했지요. 남들에게 이야기할 것이 아니라, 나 혼자 고이 간직해야만 하는 거라고 생각했어요. 그리고 지금까지 그래왔습니다."

"당신 어머니는 당신이 발기를 숨기는 모습을 보았어요. 그래서 화를 냈지요."

"그날 나는 야구를 하지 않았습니다. 그냥 집으로 돌아왔지요. 그러나 그전에 불쑥 튀어나온 그것이 가라앉기를 기다렸습니다. 나는 내 옷을 의식하고 있었습니다. 아주 보기 흉하고 헐렁헐렁했지요. 야구방망이를 내려놓고 신사복을 입고서 버스를 탄 여자를 뒤쫓아가고 싶었습니다. 모르는 여자였습니다. 나보다 키가 더 크고 나이도 많은 여자였어요. 이런 차이를 생각하자 나 자신이 조금 우스꽝스럽게 느껴졌습니다."

"그때부터 당신은 래리처럼 보이려고 노력했고 몇 분 정도는 그 누구든 속일 수 있었어요. 몇 분에 불과했지만. ······래리는 떠났어요. 난 요양원 원장 사무실에 봉투를 하나 남겨놓았지요. 메모와 더불어 그가 마음껏 먹을 수 있도록 약간의 돈도 넣어두었어요."

"나는 허름한 피자집에서 그를 보았습니다."

"그게 언제였죠?"

"몇 년 전이었습니다."

"어디였나요?"

"뉴욕 중심가였습니다."

"중심가의 어디였지요?"

"34번가였습니다."

"그는 거기서 뭘 하고 있었나요?"

"무언가를 먹고 있었습니다."

"너무 간단하게 답하지 말아요."

"시칠리아 피자였던 것 같습니다. 버섯이 든 피자 조각은 기름이 잔뜩 묻은 하얀 종이에 싸여 있었어요. 종이 끝으로 기름이 떨어졌고, 입술에는 토마토케첩이 묻어 있었습니다."

"왜 그는 34번가에 있었나요?"

"집에서 나와 잠잘 곳을 찾고 있었습니다."

"겨우 열일곱 살이었지요."

"그렇습니다. 열일곱 살이었습니다."

"그가 집에서 나온 이유는 어느 여자아이가 그를 기다리고 있을지도 몰랐기 때문이었어요. 그 나이 때에 할 법한 모험이었지요. 반면에 당신은 어머니에게 집에서 내쫓겼어요. 마치 거리에 쓰레기를 내치듯이."

"그렇습니다. 그녀였습니다. 우리는 사 년 혹은 오 년 전부터 사이가 좋지 않았습니다. 사춘기가 시작되면서부터였어요. 나의 변화가 어머니에게는 심각한 문제였지요. 그녀는 내가 음란하고 변태적인 생각을 한다고 여겼을 뿐만 아니라, 나를 성과 관련된 모든 자유사상에 결부시켰습니다."

"나는 어머니들이 자기 아이들을 목욕시킨다는 것을 알고 있어요. 몇 살 때까지 그렇게 하지요?"

"모르겠습니다. 남자들의 경우는 어머니가 아들의 육체와 성기에 매료되기 시작할 때까지입니다. ……아버지는 일하느라 밖에 있습니다. 그 지역 남자들은 모두가 일을 합니다. 여자들은 집안에 남습니다. 그곳에는 수년 동안 씻기고 먹이고 보살펴온 조그만 남자아이만 있습니다. 그런 애착에 성적 요소가 없다는 건 있을 수 없는 일이에요. 남자아이는 그런 애착을 느낍니다. 그게 아이에게 어떤 영향을 미칠까요? 아이는 하루의 대부분을 어머니와 지냅니다. 아버지는 밤에나 집에 돌아와 식사를 하고 어머니와 함께 자는데, 그것은 미스터리에 싸여 있습니다. 그러나 대부분의 낮시간에는 어머니가 아이에게 속해 있습니다. 아이는 왜 어머니가 멍청이인 아버지한테 조금이라도 시간을 할애하는지 의아해합니다. 아이는 자기가 아버지보다 더 잘났다고 생각합니다. 아버지는 몸집과 나이 때문에 그곳에 있는 겁니다. 아버지는 강탈자이고, 따라서 제거되어야 할 존재입니다. 매일 밤 아버지는 집으로 돌아와 넓은 침대에서 어머니와 함께 잠을 자고, 아이는 자기 방으로 돌아가야만 합니다. ⋯⋯나는 우리 어머니 침실에 있던 모든 가구들을 좋아했습니다. 거울, 마호가니 목재, 청동 촛대, 유리 쟁반 위에 놓인 향수병, 거울 주변에 놓인 사진들, 침대 커버의 장식술, 서랍 안의 속옷들, 분갑, 머리핀과 향낭, 수건과 슬립, 실내화와 카펫, 그리고 나무 바닥 등등. 나는 그녀의 육체를 원했지만, 그걸 모르고 있었습니다. 어머니는 내가 너무 자주 침실에 드나들지 못하게 했습니다. 가끔씩 해변에 갈 때면 나는 어머니 수영복의 지퍼를 올려주어야 했습니다. 등에 있는 지퍼였는데, 엉덩이 바로 위에서부터 시작되는 긴 지퍼였지요. 어머니는 수영복으로 가슴을 가렸지만 끈은 흘러내려 있었습니다. 나는 뒤쪽의 지퍼를 잠가야 했고, 가능한 한 천천히 지퍼를 올렸습니다. 그리고 종종 용기를 내서 수영복을 내 쪽으로 조금 끌어당기고서 지퍼를 잠갔습니다. 그러면 나는 엉덩이 사이의 틈과 허리의 아름다운 곡선이 시작되는 부분을 볼 수 있었습니다. 때로는 몹시 더운 여름날이면, 어머니는 브래지어 없이 헐렁한 블라우스를 입었습니다. 또한 매우 자주 식탁에 앉아 신문을 읽었는데, 나는 어머니 뒤에 있는 의자에 서서 신문을 읽는 척했지만, 실제로는 블라우스 안의 커다란 암갈색 젖꼭지를 내려다보고 있었습니다. 상상이 됩니까? 그렇지만 나는 어머니를 건드릴 수 없었습니다."

"래리가 당신의 아주 친한 친구였다면, 그런 다음 무슨 일이 있었는지 이야기했을 것 같군요."

"나는 어머니와 아주 가까웠지만, 나중에는 모든 게 어그러졌습니다. 나는 제멋대로 굴었고, 새벽 네시까지 길거리에 있었고, 술에 취한 채 담배를 피웠고, 철학책과 소설책을 읽었습니다. 그 모든 게 어머니를 화나게 했습니다. 나는 도저히 그곳에 살 수가 없었습니다. 사람들은 깊은 애정을 느끼기 때문에 싸우지만 내가 그곳을 떠난다는 것은 그들과 정말로 단절하는 일이었습니다. 나는 최소한의 감정도 드러내지 않으면서 냉정하고 무관심하게 그녀를 대했습니다. 화를 낸 것은 그녀였습니다. 우리는 싸우고 싸우고 또 싸웠습니다. 어머니가 나에게 집에서 나가라고 했을 때, 나는 좋다고 대답했습니다. 그러고는 가방을 싸기 시작했습니다. 마음속으로는 고통스러웠지만, 나는 계속해서 어머니를 도전적으로 쳐다보았습니다."

"그날 밤 어디서 지냈지요?"

"첫날밤은 지하철에서 잤습니다. E라인 지하철을 타고 왔다갔다했습니다. 넘어지지 않고 앉아서도 충분히 잘 수 있습니다. 한쪽으로 기울다가 고꾸라질 것 같다가도 잠에서 깨지 않은 채 고개를 들어 몸을 바로 세웁니다. 뇌는 어느 정도 현실과 계속 접촉합니다. 때때로 경비원이 종착역에서 나를 깨워서 다른 열차로 갈아타게 했습니다."

"……"

"아내와 거의 반년을 싸웠습니다. 십 년을 함께 산 여자에 대해서는 이미 당신에게 말했죠. 모든 게 급속도로 악화되었고, 더이상 참고 견딜 수가 없게 되었습니다. 파국으로 치닫는 데 육 개월, 아니 구 개월이 걸렸습니다. 함께 한 달 동안 휴가를 보낸 다음이었습니다. 정말 끔찍했습니다. 그녀는 바람을 피우기 시작했습니다. 나중에 말한 바에 따르면, 그녀는 떠날 생각이 아니었습니다. 우리의 관계가 견딜 수 없어서 다른 남자와 바람을 피웠던 겁니다. 그녀는 내가 떠나기를 바랐습니다. 의도적으로 나를 못살게 굴었습니다. 한밤중에 나를 깨웠고, 술주정을 했으며, 내가 보던 텔레비전을 꺼버리기도 했습니다. 그렇게 나의 반발을 부추겨 내가 관계를 깨트린 원인이 되도록 했던 것입니다. 그 모든 게 고통스럽기 그지없었지만, 나는 집을 떠나겠다는 결심을 할 수 없었습니다."

"……"

"그리고 다른 것도 기억납니다. 어머니는 이렇게 말했습니다. '여덟시 이후에 들어오면 문이 잠겨 있을 거다.' 그러나 여덟시는 집으로 돌아오기에 너무 이른 시간이었습니다. 그건 '나가지 마라'는 말처럼 터무니없는 소리였습니다. 나는 이미 근사하게 옷을 차려입었고, 데이트가 있었으며, 나 자신을 남자로 느끼고 있었습니다. 그 어떤 바보 같은 규칙도 내 발걸음을 막지 못했습니다. 나는 앞으로 벌어질 일을 생각하지 않고 도전적으로 행동했습니다. 집으로 돌아온 시각은 열한시였습니다. 굳게 잠겨 있던 문에는 안전고리까지 채워져 있었습니다. 열쇠가 있었지만 들어갈 수가 없었습니다. 그래서 빌어먹을, 밖에서 잘 거야! 하고는 버스를 타고 지하철역으로 갔고, 밤새 지하철에서 잠을 잤습니다."

"지금 거짓말을 하고 있어요. 처음에 당신은 가방을 쌌다고 했는데, 이제는 그 어느 곳에서도 가방은 나타나지 않네요."

"말을 하다보니 무슨 일이 있었는지 더 잘 기억나네요. 집에서 나를 영원히 내쫓은 건 그다음날이었습니다. 어머니는 핑곗거리를 찾았던 겁니다. 느긋하게 차근차근 그렇게 하고 있었던 겁니다. 그런 방식이 아니었다면 나를 쫓아내지 못했을 거예요. 하룻밤 내쫓은 것에서 시작해 결국에는 영원히 내쫓았던 겁니다. 어머니는 나를 제거해야만 했습니다. 내 자유와 방탕함이 야기한 문제 때문이었습니다. 방탕하다고 할 정도는 아니었지만, 어머니는 그렇게 말했습니다. 심지어 나는 어머니의 말을 사용해서 생각하고 말하게 되었습니다. 나는 기운이 넘치는 정상적인 사춘기 소년이었을 뿐인데 말입니다."

"래리, 당신 어머니가 또 어떤 단어를 사용했는지 말해줘요."

"……"

"기억나지 않나요?"

"우리 어머니에게는 자기 자신만의 단어가 없었어요. 스스로 생각할 줄도 몰랐습니다."

"피곤하네요. 당신의 설명을 더이상 들을 수가 없어요. 그래도 당신 어머니가 사용한 단어 몇 개만 들려줘요, 부탁이에요."

"우리 어머니는 마치 남의 삶을 사는 사람 같았고, 이미 만들어져 있던 말로 자신의 행동을 합리화했지만, 그런 표현을 자기가 만들어냈다고 생각했습니다. 어머니가 하려던 말은 그녀가 내뱉은 말과 달랐습니다. 어머니는 자신이 원하는 것을 적절하게 표현하거나 의식에 떠올릴 만한 말을 찾지 못했습니다. 진저리나는 잔소리로 압박할 뿐이었습니다."

"너무 피곤해요, 계속 들을 수가 없을 것 같아요. 그래도 당신 어머니가 사용한 단어가 무엇인지 알려줘요…… 아마도 난…… 이해할 수 있을 것 같은데……"

"……"

"당신은 그 말을 그대로 할 수 없을 거예요…… 당신 어머니는 품격을 떨어뜨리면서까지 당신에게 그런 말을 하지 않았으니까요……"

"……"

"당신은 잠시나마 사람들을 속일 수 있어요. 하지만 한순간도 나를 속일 수는 없어요."

"……"

"난 당신에게 와달라고 부탁한 적이 없어요. 그러니 이제 그만 가도록……"

"……"

"여기서 나가달라고 했어요."

"그럼 내일 만나지요."

"돈봉투 정말 감사합니다."

"래리…… 내가 얼마나 놀랐는지 아나요……"

"제가 들어오는 소리를 못 들으셨습니까?"

"그래요."

"밤에는 쥐새끼 소리도 들리지 않습니다. 그런데 어떻게 내 발소리를 못 들으시죠?"

"또 유령처럼 창문으로 들어왔군요."

"죄송합니다, 라미레스 씨."

"아주 굳게 닫힌 창문과 문으로 들어왔군요."

"당신과 급히 나눌 말이 있어서요. 당신이 나를 비웃을까봐 전에는 하지 않았던 말입니다. 하지만 이제는 당신이 나를 이해할 거라는 확신이 듭니다."

"나에게 한계가 있다는 것은 나도 잘 알아요. 하지만 최대한 귀를 기울여보지요. 앉도록 해요."

"고맙습니다. 간호사와 약속이 있던 바로 그날 밤에 일어난 일이에요. 숨막힐 것 같은 카페에서 나온 지 얼마 안 되었을 때입니다. 나는 혼자 걸어가고 있었습니다. 어두운 길을 골랐습니다. 그래야 모든 게 어둠에 묻히니까요. 살아 있는 영혼은 하나도 보이지 않았고, 찬바람에 벌거벗은 나뭇가지들이 삐걱대는 소리를 냈습니다. 아주 조심스럽게 걸어야만 했습니다. 거리에 내린 눈의 일부가 녹아 미끌미끌한 얼음으로 변해 있었기 때문입니다. 한시도 마음을 놓을 수 없었습니다."

"그런데 길모퉁이에서 그림자 하나가 나타났지요. 그 그림자는 모퉁이를 돌아 당신과 같은 방향으로 갔어요."

"맞습니다. 하지만 조금 떨어져 가고 있었습니다."

"여자였어요."

"모자가 달린 밍크코트를 입고 부츠를 신고 있었습니다. 아주 천천히 걷고 있었어요."

"약간 몸이 구부정했어요."

"긴 코트를 입고 있었지만, 나는 그녀의 허리가 어떤지 알 수 있었습니다. 가느다란 허리였습니다. 가죽끈으로 허리를 졸라매고 있었어요. 나는 얼굴을 보기도 전에 젊은 여자라는 것을 알았습니다. 아마도 팔을 움직이는 방식 때문이었던 것 같습니다."

"당신은 발소리를 내지 않고 그녀에게 다가갔어요. 마치 공격하려는 것처럼."

"그녀는 천천히 걸었습니다. 그녀가 계속 나와 같은 방향으로 간다면, 어쩔 수 없이 나는 곧 그녀를 따라잡을 것이었습니다. 나는 누군가가 내 뒤에서 걸어오면 불안해합니다. 그녀 역시 갑자기 내가 자기 옆으로 지나가는 것을 보면 소스라치게 놀랄지도 몰랐습니다."

"당신은 팔을 뻗어 무언가를 잡으려고 했어요."

"……"

"그래요, 래리. 세상은 온갖 것들로 가득하고, 젊은이들은 팔을 뻗어야 그것들을 가질 수 있지요."

"그녀가 내 발소리를 들었습니다. 계속 걸어가면서 고개를 뒤로 돌리더니 갑자기 발길을 멈추었습니다. 그녀는 자기 자신을 보호하려는 듯 두 팔을 들었습니다. 나는 두려워할 필요 없다고 소리쳤습니다. 그런데 그 말을 마치기도 전에 그녀는 부들부들 떨기 시작했고 이내 기절하고 말았습니다. 내가 어떻게 해야 했을까요, 라미레스 씨?"

"당신은 그녀를 도우러 갔어요. 그녀 쪽으로 달려가 그녀의 팔을 잡았지요. 안심하라고 말하면서 가볍게 흔들어 그녀를 깨우려고 했지만 그녀는 의식을 되찾지 못했어요. 결국 당신은 그녀를 안고 일어났어요. 그리고 어떤 문을 두드렸지요."

"문고리가 금으로 되어 있었어요. 가장 가까운 창문에서 불이 켜졌고, 그다지 다정하지 않은 얼굴이 우리를 쳐다보았지요. 그 사람은 거절의 표시로 고개를 좌우로 흔들었습니다. 당신처럼 인내심 없는 노인이었습니다. 불이 꺼졌습니다. 그리고 문은 열리지 않았습니다."

"나라면 열어주었을 거예요."

"아마도 그랬을 겁니다. 하지만 당신에게는 집이 없습니다."

"결국 어디로 데려갔나요?"

"라미레스 씨, 계속해서 일어난 일을 이야기하려니 얼굴이 빨개집니다. 큰길까지 그녀를 안고 가서 택시를 기다릴 수도 있었습니다. 하지만 그 순간 머릿속이 깜깜해졌습니다. 그랬습니다, 내 안의 모든 게 시커먼 어둠에 잠겼지만 나는 내 임무를 다했습니다. 나는 이미 내 이름을 비롯한 수많은 것들을 잊어버린 상태였습니다. 택시 운전사에게 우리집이 어디에 있는지도 말해줄 수 없었을 겁니다. 내 머릿속에서는 그 어떤 불도 켜지지 않았습니다. 나는 무언가에 이끌려 가던 방향으로 계속 걸었습니다. 한 블록 떨어진 곳에 허드슨 강의 버려진 부두가 있었습니다. 잘 곳이 없는 거지들이 종종 진을 치던 곳이었어요. 이내 내 머릿속에 모닥불이 피어올랐습니다. 버려진 부둣가에 거지들이 피우는 모닥불이었지요. 여자는 그리 무겁지 않았지만 도로의 얼음 때문에 아주 조심스럽게 걸어가야 했습니다. 그렇게 헉헉대면서 폐허가 된 창고에 도착했습니다. 산책하면서 당신에게 보여주었던 창고예요."

"그래요, 화재로 반쯤 허물어진 것으로 부둣가 옆에 있는 커다란 창고였지요."

"그날 밤은 완전히 어둠에 잠겨 있었습니다. 여자의 핸드백에 라이터가 있었습니다. 나는 바닥에 널브러진 신문지를 주워 둘둘 만 후 라이터로 불을 붙여 횃불 비슷한 것을 만들었습니다. 한쪽 구석에는 거지들이 모닥불을 피우려고 가져다놓은 낡은 탁자 두 개와 나뭇조각들이 있었습니다. 나는 나뭇조각에 얼른 불을 붙였습니다. 그녀는 지저분한 시멘트 바닥에 누워 있었지만, 피부가 더러운 쓰레기에 닿지는 않았습니다. 부츠, 장갑, 그리고 모자 달린 외투가 그녀를 보호해주었지요. 그녀는 기절한 채로 있었습니다. 나는 그녀를 불 가까이로 데려 갔고, 바닥에 앉아 내 무릎 위에 그녀의 머리를 올려놓았습니다. 따스 한 공기가 감싸자 그녀의 얼굴에는 거의 쾌감이라 할 수 있는 표정이, 아니 적어도 편안한 표정이 떠올랐습니다. 곧 그녀는 눈을 떴습니다."

"별로 놀라지도 않고 자기가 어디에 있는지 물었지요."

"그렇습니다. 그런 다음 내가 누군지 물었습니다. 그 순간 기억한 것, 절대적으로 유일하게 기억한 것은 간호사와 카페에 있었을 때의 부자연스러운 장면이었습니다. '당신은 누구죠?'라고 그녀가 물었고, 나는 그렇게, 그러니까 내가 할 수 있는 유일한 방법으로 대답했습니 다. '당신이 축 처진 채 길을 걷는 걸 봤어요. 그런데 당신이 곧 기절하 고 말았어요. 별로 달갑지 않은 모임을 마치고 오던 나는 당신처럼 기 운이 완전히 빠져버린 사람이 있을 수도 있다는 걸 깨달았어요.' 그녀 는 다시 내가 누군지 물었습니다."

"그 여자의 모습을 내게 설명해봐요. 얼굴을."

"말할 때는 아주 진실되고 교양이 있었습니다."

"그게 중요한 거지요."

"그렇게 생각하십니까? ……그건 그렇고, 내가 그녀에게 누구냐고 묻자, 그녀의 표정은 예전처럼 흐리멍덩해졌습니다. 나는 그녀가 모든 것을 기억하고 있다고 확신하면서도, 아무 말도 할 수 없었습니다. '나 는 무슨 일이 있어도 비밀을 밝히지 않겠다고 맹세했어요.' 무슨 비밀 일까? 하고 나는 생각했습니다. 그리고 내 침묵에 보복하려는 속셈으 로 아무것도 말하고 싶지 않은 거냐고 마음에도 없는 소리를 했습니 다. 나는 내가 제대로 대답하지 않아서 기분 상했느냐고 물었습니다.

그러자 그녀는 그런 장난을 할 시간이 없으며, 더이상 지체하지 말고 행동으로 옮겨야 한다고 대답했습니다. 하지만 그렇게 하려면 내 도움이 필요했습니다. 그랬습니다. 그녀는 내가 도와줄 각오가 되어 있는지 알아야 했죠. 나는 정말로 내가 그녀를 위해 무언가를 할 수 있는지 아닌지도 무시한 채 좋다고 대답했습니다. 하지만 곧 현기증이 날 듯한 느낌이 들어 아무 생각도 할 수 없었습니다. 그녀는 내가 그녀를 보았던 어두운 거리로 돌아가야 했습니다. 내가 사는 곳에서 그리 멀지 않은 곳이었어요. 나는 멀리서 우리를 보지 못하게 불을 껐습니다. 그녀는 어느 집 문 앞에 도착했지만, 들어갈 용기를 못 내고 있었던 겁니다. 그래서 주변을 한 바퀴 더 돌면서 마음을 가다듬고 있을 때 내가 그녀를 본 거죠."

"당신이 그녀와 그 문 앞에 도착했을 때, 그곳이 바로 당신이 사는 아파트 건물이라는 점에 놀라지는 않았나요?"

"비슷했지만 그 문은 아니었습니다."

"그건 당신이 자기 자신에게 되뇐 소리죠. 점차로 커져가는 두려움을 진정시키기 위해."

"그곳으로 가는 길에 그녀는 우리가 해야 할 일이 무엇인지 설명했습니다. 아파트 안에 그녀의 서류와 보석, 그리고 약간의 돈이 있었습니다. 그걸 되찾아야만 했습니다. 그녀가 그토록 두려워하는 남자가 오기 전에 말이죠. 그런 다음에는 그가 쫓아오지 못하도록 아무런 흔적도 남기지 않고 이 도시, 아니 이 나라를 떠날 작정이었습니다."

"그 남자가 누구죠?"

"내게 얘기하려고 하지 않았습니다. 아파트 문 앞에 이르자 어지러

움과 추위, 그리고 두려움 때문에 그녀는 다시 비틀거렸습니다. 나는 그녀를 붙잡았습니다. 그녀는 아무것도 시도하지 않는 편이 나을 것 같다고, 그 남자가 안에서 자기를 기다리고 있을지도 모른다고 했습니다. 나는 그럴 경우 내가 지켜주겠다고, 내가 개입하면 그 남자는 그녀를 공격할 수 없을 거라고 대답했지요."

"남자는 총을 가지고 있을 수도 있어요."

"나는 그게 누구의 집이냐고 물었습니다. 그녀는 대답하지 않았습니다. 그래서 나는 그 남자의 집일 거라고, 우리는 마치 도둑처럼 그의 집으로 들어가는 거라고 추측했습니다. 그녀는 자기가 모닥불 옆에서 내 팔에 안겨 깨어났을 때부터 나를 믿었듯 자기를 믿어달라고 부탁했습니다."

"래리, 문을 열자 평소와 마찬가지로 바퀴벌레와 기름때가 줄줄 흐르는 주방, 그리고 더러운 쓰레기 더미들이 눈에 들어왔지요."

"아무것도 보이지 않았습니다. 그녀는 불을 켜려고 하지 않았습니다. 더듬거리면서 필요한 모든 걸 찾았습니다."

"바닥에 놓인 매트리스에 발을 헛디뎌 쓰러질 수도 있었어요."

"그녀는 단호하고 자신 있게 나아가면서, 마치 내가 눈이 멀었다는 듯 손으로 나를 이끌었습니다. 그녀가 서랍을 열고 모조리 뒤적거리며 찾는 소리가 들렸지만 아무것도 나오지 않았습니다. 그러자 나를 다른 구석으로 데려가서 미닫이문을 열었습니다. 그곳에는 옷들이 걸려 있었어요. 그녀는 옷을 하나하나 뒤지는 것 같았습니다. 그러더니 들릴까 말까 한 소리로 자기의 모든 노력이 허사가 되었다고 말했습니다. 그녀는 내 옆에 있었고, 나는 팔을 뻗는 것만으로도 그녀를 품에 안을 수 있었습니다. 나는 기운을 북돋아주면서 계속 찾으라고 했습니다. 그곳에 있으면서 노인네가 오면 그녀를 지켜주겠다고 했지요."

"그렇다면 그 남자가 노인네였나요?"

"예, 라미레스 씨. 불과 몇 초 후에 나는 그를 보았습니다. 그녀는 계속 찾아봤자 소용없다고 나를 설득하려고 했습니다. 그런데 그때…… 불과 몇 미터 떨어진 곳에서…… 헉헉대며 겨우겨우 숨쉬는 소리가 들렸던 거죠."

"노인네였군요."

"그렇습니다. 그녀는 입을 막고 간신히 공포의 비명을 참았습니다. 그러자 변태적이고 빈정대는 노인네의 웃음소리가 들렸습니다. 나는 그에게 거기서 무엇을 하고 있느냐고, 왜 여자의 집에 함부로 들어왔느냐고 물었습니다. 여자는 명백히 그와는 얽히고 싶어하지 않는다고 말했습니다. 그러자 그는 남의 집에 침입한 사람은 자신이 아니라고 대답하면서 다시 불쾌한 웃음을 지었습니다. 그 목소리는 우리 머리 아래쪽에서 들리는 것 같았습니다. 마치 그 염병할 노인네가 앉아 있는 것처럼 말입니다. 신경질적이고 그렁그렁한 목소리였습니다. 그는 우리에게 총탄에 쓰러지지 않으려면 자기 지시를 따르라고 명령했습니다."

"당신은 나가야만 했고, 여자는 그곳에 그대로 있어야만 했지요."

"그렇습니다. 만일 당신이 내가 이후에 한 행동을 보고 왜 그랬느냐고 묻는다면, 사실 뭐라고 해야 할지 모르겠습니다. 그 염병할 노인네의 협박이 미처 끝나지도 않았는데, 나는 맹수처럼 그를 덮쳤습니다. 우리는 뒤엉켜서 사납게 싸웠고, 나는 얼굴에서 노인네의 앙상한 손가락을 느꼈습니다. 그 손가락들은 내 눈을 후벼내려고 했습니다. 권총을 쥔 그의 주먹을 본 나는 그를 눌러서 으깨버리려고 했죠. 우리는 맞붙어 싸웠습니다. 그때 총소리가 들렸습니다. 그의 손톱이 전보다 더 깊이 나를 찔러대더니 떨어져나갔습니다. 그의 팔이 축 늘어지는 게 느껴졌습니다. 그녀는 그놈이 부상을 당했느냐고 물었습니다. 나는 아니라고, 아직도 의자에 앉아 있지만 죽었다고 대답했습니다. 그녀가 천천히 내게 다가와 손으로 내 이마를 찾더니 쓰다듬으면서 '고마워요'라고 중얼거렸습니다. 그러더니 즉시 노인네의 주머니를 뒤졌습니다. 거기서 그녀가 그토록 애타게 찾던 여권과 달러가 가득한 지갑, 그리고 그다지 크지는 않지만 아주 값비싼 보석이 가득 든 실크 손지갑을 찾았습니다. 마침내 그녀는 깊은 안도의 한숨을 내쉬고는 조심스럽게 처신하면 곧 모든 공포와 두려움에서 해방된 여자가 될 거라고, 다음 단계는 그 누구의 눈에도 띄지 않고 건물을 빠져나가는 거라고 설명했습니다. 그러자 나는 일 분이라도 시간을 허비하지 않는 게 좋다고, 누군가가 총소리를 들었을 수도 있다고 말했습니다."

"당신은 실수를 저지르고 있었어요. 그 노인은 죽은 게 아니라 단지 부상을 당했던 거예요. 권총을 손에 넣어 탄창에 남아 있는 총탄을 쏠 적절한 순간을 기다리고 있었지요."

"나는 미처 그 사실을 눈치채지 못했습니다."

"하지만 난 알았어요, 래리. 지금 당장 당신이 해야 할 일은 적의 목을 움켜잡고 목 졸라 죽이는 거예요. 힘껏 계속 눌러요. 그는 당신에게 한 치의 동정도 베풀지 않았어요. 당신 눈을 파버리려고 했어요. 이제 당신 손가락으로 흐늘흐늘하고 악취 풍기는 그의 살을 힘껏 움켜잡도록 해요."

"예, 라미레스 씨, 감사합니다. 지금 당신 말대로 하고 있습니다."

"지금 들리는 소리는 죽기 전 마지막 가래 끓는 소리에 불과해요."

"그의 숨소리가 더이상 들리지 않자, 나는 그를 잡고 있던 손을 놓았고, 그는 의자에서 바닥으로 굴러떨어졌습니다. '이제 죽었어요, 이제는 정말 죽었어요'라고 그녀에게 말했습니다. 그때 내 얼굴에서 그녀의 가냘픈 손가락을 느꼈습니다. 내 입술에서도요. 그녀는 자기 입술을 내 입술에 포갰습니다. 내게 키스한 것이 아닙니다. 그냥 아주 부드럽게 내 입술을 건드렸을 뿐입니다. 그녀는 자기는 떠난다고, 아마도 더이상 우리는 만나지 못할 거라고 알려주었습니다."

"당신은 그녀와 함께 가게 해달라고 부탁했어요. 그녀가 없다면 당신은 다시 고독과 슬픔 속으로 빠져들 테니까요."

"아닙니다, 그럴 용기를 내지 못했습니다."

"당신은 그렇게 말했지만, 그녀는 아무 대답도 하지 않았어요. 그러자 당신은 그녀가 당신을 버리는 이유를 말했지요. 당신은 이 세상에서 아무것도 가진 게 없는 빌어먹을 가난뱅이이며, 기억력도 좋지 않아 자기가 누구인지도 모르는 불쌍한 놈이기 때문이라고."

"그러자 그녀는 다시 자기 입술을 내 입술에 갖다 대면서, 내가 누구인지 밝혀주겠다고 했지요. 내가 누구인지 너무나 잘 알기 때문에 나를 무척이나 사랑한다고 말했습니다."

"그래서 어떻게 됐죠, 래리?"

"그래서 내가 누구냐고 물었고, 그녀는 자기 목숨을 구해준 사람이라고 대답했습니다."

"결국 그런 말을 했군요."

"그러고 나서 내 손을 잡았습니다. 마치 그곳을 떠날 생각이 없는 것 같았습니다."

"왜 그녀가 떠날 생각이 없는 것 같다고 생각했나요?"

"모르겠습니다…… 왜 그런지는 몰라도 그런 인상을 받았습니다."

"뭐라고요? 기억해보세요! 왜 그런 인상을 받게 되었죠?"

"라미레스 씨…… 기억하려고 애쓰고 있습니다. 정말입니다. 최대한 노력하고 있는데…… 아무 소용이 없습니다. 아무것도 기억할 수가……"

"그런 다음에는? 그러고 나서 무슨 일이 있었죠?"

"라미레스 씨…… 그렇게 소리지르지 마십시오…… 이 어둠 속에서는 당신 얼굴을 볼 수 없습니다…… 하지만 당신 고함소리는 듣기에 너무 언짢습니다…… 나 때문에 화가 난 것 같고…… 분노하는 것같아서…… 당신의 앙상한 손가락이 내 눈을 찾아내 후벼파낼 것만같습니다……"

"내가 말인가요? 나는 그럴 힘이 없어요…… 기껏해야 이렇게…… 겨우겨우…… 헉헉대며 숨을 쉴 기운만…… 그래서 당신에게…… 그런 두려움을 준 것 같군요……"

"……"

"래리…… 래리……"

"……"

"가지 말아요…… 어디에 있죠? 래리…… 대답해요……"

"여기서…… 뭘 하는 거죠?"

"당신이 이 병원으로 이송되었다는 소식을 듣고 찾아왔습니다."

"유료…… 방문인가요…… 아니면 뭐죠?"

"유료건 무료건 그게 뭐가 중요한가요?"

"수요일…… 오후 두시네요. 그러면…… 유료 방문이 분명하군요."

"마음대로 생각하십시오."

"지금은 조금 나아졌어요…… 하지만 나를 그렇게…… 바라보지 말아요."

"무슨 소리입니까?"

"나는 분명히 유령처럼…… 보일 거예요."

"약간 창백하다고 할 수 있네요. 하지만 라미레스 씨, 목소리는 왜 그렇게 힘이 없나요?"

"모르겠어요……"

"……"

"오후 두시에…… 우리는 요양원에서…… 만나기로 했어요. 래리, 그런데 어떻게…… 병원으로 온 거죠?"

"내가 이곳에 있을 시간은 아닙니다. 아직 컬럼비아 대학에 있어야 할 시간이죠."

"아, 맞아요…… 어제 그런 얘기를 좀 했지요."

"그렇습니다. 그런데 어쩐지 뭔가 좋지 않은 일이 있을 것 같은 느낌을 받았고, 그래서 일단 요양원에 전화를 했습니다. 그랬더니 당신이 여기에 있다고 말해주더군요."

"면접을 보러 가지 않았군요. 좀 이상하네요."

"갔습니다. 하지만 내가 보려던 면접은 이미 취소되었더군요."

"……"

"설명을 드리겠습니다. 그 면접은 내가 요청한 게 아니었습니다. 사실대로 말하자면 거리에서 학교 친구를 만났는데, 친구가 자기를 만나러 컬럼비아 대학에 오라고 거의 강요하다시피 한 겁니다. 지금 그곳에서 높은 직책을 맡고 있는 친구지요. 그는 내가 다시 가르치는 일을 해야 한다고 주장합니다."

"그때 당신은 뭐라고 말했지요? '그럴 상황이 아니다'라고 말하지 않았나요?"

"그랬습니다. 내가 간 이유는 그가 나를 하염없이 기다리게 만들 수 없었기 때문입니다. 하지만 조그만 문제가 발생하는 바람에 내 약속은 취소되었고, 나는 이곳으로 오게 되었지요."

"그러니까 그곳에 이미 갔었다는 말이군요."

"예, 그곳에는 삼십 분도 있지 않았습니다."

"이제야 이해가 되네요……"

"……"

"래리, 나는 그들에게 전화를 걸지 않았어요. 설사 그들이 내게 물어봤더라도 나는 아무 말도 하지 않았을 거예요."

"무슨 말인지 모르겠습니다."

"비열한 누군가가, 그러니까 샘을 낸 누군가가 컬럼비아 대학 사람들에게 전화를 걸어 하지 말아야 할 말을 전했을 수도 있다는 생각이 드네요."

"말도 안 되는 소리입니다. 아무도 나를 모르고, 내가 무엇을 하는지에 대해서 관심을 보일 사람은 아무도 없습니다."

"내가 나쁜 사람이었다면, 그들에게 당신의 정치 성향을 말했을 거예요."

"그랬다면 미친 사람 취급을 받았을 겁니다. 지금은 1978년입니다. 매카시는 이미 의회를 떠난 지 오래입니다."

"하지만 난 미치지 않았어요. 그래서 그들에게 전화를 걸지 않았지요. 내 육체는 병들었지만 정신은 멀쩡해요."

"예, 하지만 그런 생각을 한다는 것 자체가 이미 제정신이 아니라는 소리입니다."

"난 그 말에 동의할 수 없어요. 이봐요, 이 백과사전에는 수많은 것들이 담겨 있어요. 나는 새에 관한 항목, 특히 참새에 관해 읽고 있었어요. 참새들이 어떻게 새끼를 보살피는지를요. 그들은 둥지를 짓고 알을 품으며 정말 믿을 수 없을 정도로 훌륭하게 새끼들을 보호하지요. 그걸 알고 있었나요?"

"물론입니다. 그건 상식입니다. 번갈아가며 한 마리는 둥지를 지키고 다른 한 마리는 나가서 먹을 것을 구해옵니다. 그리고 새끼들에게 용기를 북돋아서 조금씩 날게 하지요…… 새끼들이 스스로 먹이를 찾을 수 있을 때까지 부모들은 먹을 것을 줍니다."

"……"

"그리고 적당한 순간이 되면, 그러니까 새끼들이 스스로 살아나갈 수 있게 되면 집을 떠나게 합니다."

"이제 당신은 나를 문제없이 이해할 수 있을 거예요. 그걸 읽으면서 나 역시 아이가 있었다면 그렇게 보살폈을 거라고 생각했어요. 더 작은 사람을 보게 되면, 단박에 우리는 그가 할 수 없는 일을 우리가 해결해줄 수 있다는 걸 알죠. 그러나 나중에 아이가 자라서 더이상 도움을 줄 필요가 없게 되면, 집을 떠나게 하는 게 더 좋아요. 하지만 잠깐 기다려요…… 미안해요. 내가 하고 싶은 말은 이런 게 아니었어요. 엉뚱한 소리를 했어요."

"하지만 당신은 대학에 전화를 걸 수도 있다는 생각을 했습니다. 내 정치사상을 이야기해서 내게 일자리를 주지 못하도록 말입니다. 그건 보호자의 행동이라고 말할 수 없습니다. 나는 당신에게 아무 해도 끼치지 않았는데, 당신은 내게 적개심을 갖고 있어요. 나는 몇 달러를 벌어 간신히 입에 풀칠하는 사람입니다."

"마음에 드는 식당에서 점심을 먹었나요?"

"아닙니다. 집으로 돌아와서 샌드위치를 먹었습니다."

"왜 그랬죠? 요양원에 내가 돈봉투를 두었는데."

"어젯밤에 들렀을 때 사무실이 닫혀 있었습니다. 어쨌건 더이상은 내게 그 어떤 것도 남겨두지 마십시오."

"왜죠?"

"신세 지기 싫어서 그렇습니다. 그래야 언젠가 당신이 부탁을 하더라도 내 마음대로 싫다고 말할 수 있으니까요."

"당신은 고양이에게 밥을 주러 집에 갔어요. 아마도 당신 고양이는 내가 말한 참새 새끼의 부드러운 고기를 좋아했을 거예요. 당신은 그런 참새 새끼 한 마리를 가져다주고 싶었겠지만, 백과사전의 참새 새끼들은 종이에 불과하지요."

"이제 우리집에는 고양이가 없습니다."

"무슨 일이 있었죠?"

"가끔씩 우리는 아무 이유도 없이 거짓말을 합니다. 사실 고양이가 한 마리 있었는데 몇 달 전에 죽었지요. 왜 아직도 고양이를 데리고 있다고 거짓말을 했는지 나 자신도 모르겠습니다."

"래리, 이 병실이 편안하고 쾌적해 보이지 않나요? 침대 등판을 올리고 내릴 수도 있어요. 내가 가장 좋아하는 건 바로 이 비상벨이에요. 낯선 사람, 그러니까 달갑지 않은 사람이 병실에 들어오면, 간호사를 불러 즉시 내쫓을 수 있거든요. 요양원에는 이런 시설이 없어요."

"무슨 일이 있었습니까? 왜 몸이 더 안 좋아진 거죠?"

"혈압이 갑자기 떨어지고 혈당은 너무 올라갔어요. 계속 이렇게 가면 아마 난 오래 살지 못할 거예요."

"우울하시군요. 그리고 주변 사람들을 부러워하고요. 그들을 적으로 돌리시네요."

"내게 그런 말을 하다니 이상하네요. 내가 정말로 우울했던 순간에 당신은 한 번도 그걸 알아채지 못했어요. 그런데 내가 그렇지 않은 지금은 그렇다고 말하네요. 내가 우울해할 이유는 하나도 없어요. 당신은 여기에 있고, 나는 대화를 나눌 사람이 있으니까요. 당신이 떠나면 나는 혼자 남게 되겠죠. 그러면 우울해하거나 의기소침해질 수도 있겠죠. 하지만 좋은 책이 손에 있다면 그마저도 오래가지는 못할 거예요. 의기소침해질 이유가 있는 사람은 바로 당신이에요. 대학에서 오늘 아침을 허비했으니까요."

"……"

"어젯밤에, 그러니까 나를 여기로 데려왔을 때 그걸 떠올렸어요. 요양원의 내 방은 비어 있고, 당신은 지하철 E라인을 타고 이리저리 오가며 밤을 보낼 필요가 없었어요. 하지만 당신과 연락을 취할 방법이 없었어요. 설사 내가 당신 전화번호를 알았더라도, 너무 아파서 손가락이 제대로 다이얼을 돌리지 못했을 거예요. 이곳에 도착하자마자 나는 중환자실로 보내졌어요. 오늘 아침까지만 해도 산소 텐트에 있었어요."

"잘 알겠습니다, 라미레스 씨. 그리고 나는 괜찮으니 내 걱정은 하지 마십시오. 당신 몸이 좋아지면 다시 나가도록 하지요. 날씨가 좋아지고 있습니다."

"……"

"저 소포는 뭡니까? 당신에게 온 겁니다, 라미레스 씨."

"그래요, 위원회 말단 직원이 점심때 가져왔어요. 하지만 열어볼 마음은 없어요. 잘못 배달된 거예요. 나한테 온 게 아니에요."

"뭘까요?…… 발신인이 부에노스아이레스 인권위원회입니다."

"이봐요…… 이제 내가 말하려던 게 기억나네요…… 참새들, 그리고 모든 종류의 새들…… 그리고 아마도 모든 동물들이 자기 새끼를 보살펴요…… 새끼들의 몸이…… 작을 때에는. 참새 새끼들이 자라면, 부모들은 이미…… 그게 누구인지…… 알지 못해요…… 더이상 새끼들을 알아보지 못해요…… 사람과는 달리 기억력이 없어서."

"그건 일종의 축복입니다."

"아니요…… 절대로 아니에요…… 내가 이 도시에 도착한 후…… 그리고 내 몸이 좋아지고 있다고 느끼기 시작했을 때…… 내가 읽기 시작했을 때…… 그래요, 당신은 알아요…… 이해할 거예요…… 오늘 만일 내 아들이…… 피를 흘리며 거리에 쓰러져 있다면…… 나는 그애를 알아보고…… 구하려고 할 거예요…… 그건 내가 기억을 할 수 있기 때문이지요…… 나는 당신이 올 때마다 당신을 알아봐요…… 하지만 전에는 그러지 않았어요…… 내가 그 비행기를 타기 전에는…… 동물처럼…… 내 아들을 알아보지 못했을 거예요…… 그래서 당신이 내가 대학에 전화를 걸어……당신에 대해 모조리 이야기할 거라고 했을 때…… 실제로 나는 그렇게 하려고 했었어요…… 당신이 어떤 사람인지…… 당신의 사상을 아는 사람에게는…… 한시도 경계를 늦추면 안 돼요…… 물론 나는 전화를 걸 생각은 하지 않았어요…… 하지만 당신의 적이, 아니면 적인 체하는 누군가가 그럴 수도……"

"그럼 당신은 내 친구입니까, 라미레스 씨?"

"당신 같지 않은 말이네요…… 당신은 결코 질문을 하지 않아요. 무슨 일이 있는 거죠? 더이상…… 나를 못 알아보나요?"

"당신은 누구십니까?"

"래리, 때때로 사람들은…… 위험에 맞서야 해요…… 나는 당신이 어린아이에 불과하다는 걸 알고 있어요…… 하지만 당신은 이제 다 컸고 힘도 세다는 걸 알아야 해요…… 내가 당신의 도움을 필요로 할 것이기 때문이에요…… 내 주위에는 당신밖에 없어요……"

"……"

"아무에게도 말하면 안 돼요…… 특히 당신 어머니에게는 말하지 말아요…… 하지만 오늘…… 다시 일이 생기고 말았어요…… 아무것도 기억나지 않아요!…… 나를 도와줄 수 있어요?"

"예, 물론입니다. 도와드리겠습니다."

"내 아들…… 난 일하러 가야 해요…… 가야만 하고 당신 어머니에게 살림에 필요한 돈을 갖다줘야 해요…… 오늘밤 집에 먹을 게 하나도 없으면 그녀는 어쩔 줄 몰라 할 거예요…… 하지만 하나도 기억할 수 없어요…… 내가 일하는 직장이 어디죠?…… 거기까지 어떻게 가죠?…… 당신은 내가 뭘 해야 하는지 말해줘야 해요."

"버스를 타십시오."

"하지만 이렇게 갈 수는 없어요…… 면도를 해야 할까요?…… 어떤 옷을 입을까요?…… 내가 가야만 하는 곳이 우아한 사무실인가요?…… 제발 날 좀 도와줘요……"

"면도를 하고 양복을 입으십시오."

"가장 좋은 옷을 입을까요?"

"아닙니다. 아무 양복이나 입으십시오."

"왜 나를 도와주지 않지요?…… 말을 해봐요…… 제발, 모든 걸…… 지각할 것 같단 말이에요."

"알고 싶은 게 뭡니까?"

"내가 해야 할 모든 것이에요. 당신 어머니와 당신이 나에게 만족할 수 있도록."

"아무리 노력하더라도 우리는 결코 만족하지 않을 겁니다."

"아…… 아……"

"왜 그러십니까? 숨을 쉴 수 없습니까?"

"힘들어요…… 당신이…… 어린아이라서…… 나를 도와줄 수 없기 때문에."

"이런 방식은…… 당신이 내게 억지로 하게 만드는 이런 방식은 마음에 들지 않습니다…… 하지만 말다툼해봐야 무슨 소용이 있겠습니까? 어쨌거나…… 한번 생각해보지요. 무엇보다도 첫째…… 해 뜨기 전에 아주 일찍 일어나야 합니다. 아직도 두세 시간 더 잠을 잘 수 있는 시간입니다. 알람이 울리고 고막이 터질 것 같습니다. 당신의 꿈을 산산조각 내는 거칠고 무례한 소리입니다…… 신경에 거슬리기까지 하죠. 벌써 라디오에서는 바보 같은 놈이 쉬지 않고 쓸데없는 소리를 지껄입니다. 눈꺼풀이 천근만근 무겁지요…… 당신 뜻대로 움직이지 않는 당신의 등은 다시 매트리스에 붙어 있고자 합니다…… 하지만 당신은 침대에 앉고 눈을 뜹니다…… 그리고 당신의 모든 꿈에서 깨어나…… 시계를 뚫어지게 바라보고…… 욕실로 가서 이를 닦습니다…… 아침식사를 하며 서둘러 준비합니다…… 거울을 보며 옷을 입고 급히 입안의 음식을 삼키고는 버스로 달려갑니다…… 이 모든 것을 해야만 한다는 사실에 점차 분노에 사로잡히면서 기분이 나빠지고 화가 치밀어오릅니다. 하루는 공장에서 시작됩니다…… 그리고 즉시 여러 문제들이 발생합니다."

"내 직업이 뭐죠?"

"정말로 일하러 가고 싶으십니까?"

"먼저 용서를 구하고 싶군요…… 물론 나도 당신이 원하는 것은 나와 노는 것임을 알고 있어요…… 당신은 나와 연을 날리고…… 야구 경기를 하고 싶어하죠. 하지만 그건 불가능해요. 언젠가 그 이유를 알게 될 거예요…… 그러니 지금은 장난하지 말고, 내가 직장에서 어떻게 행동해야 하는지 말해줘요."

"당신이 출근할 시간에 나는 아직 잠들어 있습니다. 때때로 당신은 내 방에 들러서 내 머리를 쓰다듬습니다……"

"한 손으로…… 아니면 양손으로?"

"한 손입니다."

"그런 다음에는?"

"직장으로 갑니다."

"출근해야 한다는 사실에 나는 숨막혀 하나요…… 숨을 제대로 못 쉬나요?"

"아닙니다, 결코 숨막혀 하지 않습니다."

"아니에요, 끔찍하게 숨막히는 느낌을 받았어요…… 한 번…… 아니 한 번 이상…… 그런데 당신이 그걸 잊었어요."

"기억이 나지 않습니다. 난 항상 자고 있습니다."

"직장에서 나는 숨막혀 하나요?"

"아닙니다. 절대로 그렇지 않습니다. 당신이 하는 일은 중요하지 않습니다. 당신이 죽으면 당신을 대신할 보다 젊은 사람을 찾을 겁니다. 몇 주 안에 그 젊은 사람은 당신 업무를 완전히 습득할 겁니다."

"난 당신이 클 때까지, 당신이 스스로 먹고살 수 있을 때까지 죽지 않을 거예요."

"정말 훌륭한 아버지입니다…… 아빠."

"나를 비웃고 있나요? 그러기에 전혀 적절한 순간이 아니에요. 자칫 잘못하면 나는 지각할 거예요. 그리고 당신이 실수한 게 있는데, 직장에서는 나를 다른 사람으로 대체하겠다는 생각은 절대 못할 거예요."

"사장은 당신을 몹시 좋아할 겁니다. 그리고 일요일에는 교회에 가는 것도 잊지 마세요. 그러면 가족과 직장과 종교라는 세 면 안에 있게 될 거예요. 이상적인 시민이 되는 것이지요. 교회의 노예이자 개성 없는 사람이 됩니다. 이웃들은 당신이 정말 훌륭한 남편이라고 말할 겁니다."

"그래요, 하지만 당신은 그런 걸 전혀 좋아하지 않는 것 같군요. 모든 걸 비웃으면서 말하는군요. 직장에 가면 나는 상관의 지시를 따르지요. 나와 당신, 그리고 당신 어머니, 이 세 사람이 먹고살아야 하니까요. 나는 사람들이 내 진정한 사상을 알고는 나를 해고할까봐 겁나요."

"언젠가 당신이 몇 년 동안 감독관으로 일하던 공장이 문을 닫는 바람에 당신은 지독하게 형편없는 일자리를 수락해야만 했습니다. 다른 공장에서요. 그건 다이커팅기, 그러니까 자동재단기를 다루는 일이었어요."

"난 그 기계를 다룰 줄 몰라요. 이미 잊어버렸어요. 아마도 내일이 되면 모든 게 머릿속으로 되돌아올지도 몰라요. 하지만 오늘은 어떻게 하죠? 오늘 나는 공장에 갈 수 없어요."

"작동법이 어렵지는 않습니다. 신속하게 움직이고 시끄러운 소리만 참으면 됩니다. 그리고 극도의 피로도 참아내야 합니다. 결코 한눈을 팔아서는 안 돼요. 그게 전부입니다. 일 자체는 간단하고 단순합니다."

"내게 가르쳐줄 수 있나요?"

"좋습니다. 그런데 다이커팅기가 뭔지 아십니까?"

"아니요, 몰라요."

"그건 아주 무거운 금속 조각입니다. 무언가에 빗대자면 편지 봉투 같은 모습을 하고 있지요. 테두리는 날카롭습니다. 당신은 종이 한 연을 프레스 한가운데에 잘 놓고, 그 위에 커팅기를 갖다 댑니다. 그러면 무거운 쇳덩어리가 내려와 종이를 자릅니다. 당신은 다이커팅기를 치우고 잘린 종이를 빼서 오른쪽에 쌓아놓고, 다시 무거운 쇳덩이가 내려오기 전에 종이 한 연을 다시 프레스 한가운데에 놓습니다. 프레스는 할당된 몫을 작업하도록 자동화되어 있습니다. 그래서 당신은 프레스와 보조를 맞추기 위해 재빨리 움직여야 합니다. 만일 다이커팅기가 제 위치에 있지 않으면…… 그게 튕겨져 나와 다칠 수도 있습니다. 그러니 당신은 신속하고 정확하게 움직여야 합니다."

"잠깐만 기다려요, 내가 할 수 있는지 한번 생각해보지요…… 종이 한 연을 놓고…… 다이커팅기를 갖다 대고…… 그럼 쇳덩이는? 그게 어떻게 내려오는 거지요?"

"조심하지 않으면 당신 손 위로 떨어집니다."

"아주 조심해야겠군요."

"그 쇳덩이는 자동입니다. 시간이 맞춰져 있습니다. 공장장이 그 시간을 맞춰놓습니다."

"이제야 이해가 되네요. 내가 손을 빼지 않으면, 내 손을 산산조각 내버리겠군요."

"네. 간단해 보이는 일이지만 결코 한눈을 팔아서는 안 됩니다."

"그렇군요…… 하지만…… 자, 한번 보지요…… 쇳덩이가 내려오고…… 나는 그전에 손을 빼야 하고…… 난 결코 한눈을 팔지 않을 거예요…… 그런데 그다음은 어떻게 해야 하지요?"

"다이커팅기를 치워야 합니다."

"다이커팅기."

"잘린 종이를 치우고 한쪽에 쌓아놓습니다. 오른쪽에요."

"오른쪽에."

"다시 왼쪽에 있는 종이 한 연을 잡습니다. 그리고 프레스에 가지런하게 놓습니다."

"……"

"다시 다이커팅기를 위에 놓고 손을 치웁니다."

"알았어요, 고마워요. 이제야 이유를 알겠어요. 자동화된 쇳덩이가 온 힘을 다해 내려오지요. 그러면 나는 절단된 종이를 치우고요. 하지만…… 그걸 어디다 쌓아놔야 하는지 모르겠어요."

"오른쪽에 쌓아놓으면 됩니다."

"그렇군요. 이제야 모든 걸 제대로 알겠군요. 난 한눈팔지 않고 정신을 똑바로 차리고 있을 거예요. 피곤하더라도 고용주가 눈치채지 못하도록 할 거예요."

"당신이 피곤해 보이든 아니면 정말로 피곤하든, 혹은 기절할 찰나에 있든 그는 상관하지 않습니다. 당신이 일만 계속하면 되거든요."

"난 쓰러지지 않을 거예요. 약속할게요. 그런데 그 일은 언제 끝나죠? 내가 언제 멈춰야 하는지 알 수 있을까요?"

"오전과 오후에 십오 분씩 커피타임이 있을 겁니다. 점심시간에 당신은 그곳에서 나가 깨끗한 공기를 마음껏 들이마시고, 하늘을 보고 파란색을 보면서 행복을 느낄 겁니다. 먹고 싶은 건 뭐든지 달라고 해도 됩니다. 배불리 실컷 드시고 담배도 한 대 피우십시오. 뒤로 걷건, 앞으로 걷건, 어디든 걷고 싶은 곳으로 걸어도 됩니다. 누군가와 말이라도 몇 마디 주고받으십시오. 하지만 곧 돌아가야 할 시간이 됩니다. 기계는 다시 작동합니다. 공장 안에는 수많은 프레스가 있고, 소음은 귀가 먹먹할 정도입니다."

"당신은 내가 공장 안에서 병에 걸릴까 걱정하고 있지만 절대 그럴 일은 없을 거라고 약속하지요. 그곳이 아무리 끔찍해도 난 언젠가 나갈 수 있으리라는 것을 알아요. 그러니 참고 견딜 거예요. 저녁때 집으로 돌아갈 수 있을 거라는 사실도 난 알아요."

"한 시간 정도 거리를 거닐 수도 있습니다. 당신 아내와 함께 보내는 시간이 줄어들긴 하겠지만요."

"아니에요, 그렇지 않아요. 난 이미 당신과 당신 어머니가 그걸 생각할 거란 걸 알아요. 오늘밤 내가 늦게 도착하면, 그건 어떤 선물을 사야 할지 찾고 있기 때문일 거예요."

"정말 좋은 아버지군요."

"또다시 내 말을 믿지 않으려고 하는군요. 아니면 내가 말하는 것을 받아들이지 않으려는 것이겠죠. 당신은 결코 흡족해하지 않는군요."

"가정에서는 그 누구도 다른 사람을 마음에 들어하지 않습니다. 각자가 맡은 역할을 아무리 잘하더라도 말입니다. 이것이 바로 가족생활의 일부입니다, 라미레스 씨."

"내가 두려움을 갖지 않도록 그렇게 말하고 있군요. 난 가족들이 내게 많은 것을 기대하고 있다는 것을 알아요. 당신에게 자신 있게 말하는데, 나는 가족들을 실망시키지 않을 거예요."

"정말 이 소포를 열어보고 싶지 않으십니까?"

"나한테 온 게 아니에요, 래리."

"그럼 누구한테 온 겁니까?"

"다른 사람요. 쓰레기통에 던져버려도 괜찮아요."

"하지만 우선 무엇인지 보도록 하죠."

"마음대로 해요. 나한테 보여주지만 않으면 돼요."

"열어보겠습니다."

"당신 어머니가 식탁으로 올 때까지 기다렸다가…… 열어보도록 해요."

"우리 어머니와 무슨 상관이 있습니까!"

"아마도 내가 잘못 생각한 것 같네요. 나는 당신이 크리스마스가 올 때까지 기다렸다가 선물을 풀어봐야 한다고 생각했어요…… 아니면 생일 선물일까요? 내가 요양소에 도착하고서 가장 먼저 읽어본 것들

중의 하나였는데…… 소설에 그렇게 써 있었어요…… 아버지는 가족에게 줄 선물을 갖고 도착해요…… 그런데 다시 원점으로 돌아갔네요. 나는 그 내용을 적어놓았는데 요양소에 두고 나왔어요."

"이 소포에 프랑스어로 된 소설들이 들어 있습니다, 라미레스 씨. 호화 장정판으로……"

"이 선물은 누구한테 보낸 걸까요?"

"『위험한 관계』『클레브 공작부인』『아돌프』, 정말 좋은 작품들입니다…… 당신이 좋아하는 것들입니까?"

"나한테 온 게 아니에요……"

"아니에요, 당신에게 온 겁니다…… 당신 서재에 있던 책입니다. 틀림없습니다. 책 안에 당신 이름이 있습니다. 날짜는…… 1928년…… 1930년…… 그래서 종이가 누렇게……"

"……"

"이 숫자는 뭡니까?"

"……"

"단어들 위에 적힌 이 숫자는 뭐지요? 마구 적혀 있는 것 같습니다. 32, 1, 3, 16, 5, 12, 4……"

"……"

"음…… 숫자가 적힌 단어들을 순서대로 정렬해보면…… 문장이 됩니다."

"말도 안 되는 소리는 이제 그만해요. 어떤 아이가 그 위에 마구 숫자를 써놓은 걸 거예요, 그랬던 것뿐이에요……"

"아닙니다…… 문장이 됩니다…… 이것 좀 보세요!"

"마음대로 해도 좋지만 정신을 차리도록 해요…… 오늘 나는 하루종일 일해서 당신과 장난칠 기운이 없어요. 지금 막 집에 도착해서……"

"내가 보기에 이것은 당신이 수감되어 있을 때 쓴 글입니다. 정말 기가 막힌 방법입니다!"

"이 어린아이는…… 언제 자랄까요?"

"라미레스 씨, 정말 대단하세요. 이 숫자들은 당신이 직접 쓴 겁니다."

"……"

"이건 아주 중요할 수도 있습니다. 내가 조금 적어보겠습니다…… 'malédiction… eternelle… à… qui lise… ces pages' 이것이 가장 먼저 나오는 말입니다. 이 글을 읽는 사람에게 영원한 저주를."

"당신에게 그걸 쓰레기통에 버리라고 말했어요."

"아닙니다, 여기서 말하는 것이 무엇인지 보도록 하죠. 파업에 관해 말하는 것 같은데…… 여기 이 소설의 작중인물은 모래밭을 지칭하기 위해 'grève'를 사용하는데, 당신은 다른 의미로 그 단어를 사용하고 있습니다. 총파업!…… 많은 단어를 발견해서 사용한 페이지도 있고…… 그러지 않은 페이지도 있습니다……"

"……"

"이 페이지는 편지 형식으로 되어 있는데…… 당신은 작중인물이 쓴 바로 그 서문을 이용하고 있습니다. 당신이 기억할지는 몰라도, 이 소설은 전부 편지로 이루어져 있어요."

"기억나지 않아요. 요양원에는 프랑스어로 된 소설이 없어요."

"누구에게 영원한 저주를 보낸다는 겁니까? 이 글을 찾아내서 읽을 경찰인가요?"

"……"

"사악한 눈으로, 그러니까 경찰의 눈으로 그걸 읽을 사람이라면, 그 누구라 할지라도 영원한 저주를 퍼붓는다는 말입니까?"

"경찰은 시민을 도와주는 사람이에요. 내 휠체어가 지나가면 교통을 통제해줘요."

"라미레스 씨, 당신은 내가 경찰 끄나풀이 아니라는 것을 알고 있습니다. 그런데 왜 나를 그토록 경계하는 겁니까?"

"……"

"이건 아주 중요할 수도 있습니다. 이 모든 자료를 적어놓고 싶은데…… 탄압에 저항하는 것에 관한 아주 중요한 기록이 될 수 있습니다."

"그런 게 아니에요."

"며칠만 이 책들을 집으로 가져가도 되겠습니까?"

"아주 행복해 보이네요…… 그런데 왜 그렇게 흥분하는 거죠?"

"내게 아주 유용한 자료가 될 수 있습니다…… 이것에 관해 평하고 글을 쓰는 데……"

"이 낡아빠진 책들 때문에 행복해하는 건가요?…… 내가 왜 그 책들을 골랐는지 나도 모르겠어요…… 그것들이 바로 당신이 원하는…… 선물이라는 것을 내가 알았나봐요…… 그 책들을 어디서 손에 넣었는지도 기억나지 않아요."

"그렇습니다. 바로 내가 원하던 겁니다…… 정말 감사합니다……"

"그렇다니 다행이네요…… 난 당신이 좋아할지 확신하지 못해서…… 나는 이렇게 생각했어요. 당신의 지난 생일은 정말 잊을 수 없는 날이었다고…… 그래서 이번에는 당신을 실망시키지 않을 선물을 생각하는 게 어려울 거라고……"

"아닙니다. 이건 정말 멋진 선물입니다. 완벽한……"

"그럼 한 가지만…… 솔직하게 말해도 될까요? 나는 당신의 지난 생일이 정말 멋지고 즐거운 날이었다는 걸 잘 압니다…… 하지만 자세한 것은 하나도 기억나지 않아요…… 그래서 말인데, 오늘 내가 그 문제를 해결할 수 있도록 무슨 일이 있었는지 모두 말해줘야 해요……"

"가장 넌더리나는 주제입니다. 그건 정말 내가 원치 않는……"

"왜 그런 거죠, 래리?"

"어린아이들은 생일 파티를 하는데…… 그러니까 다섯 살이나 여섯 살 된 아이들은……"

"얘기해주지 않으면 그 책들을 빼앗을 거예요."

"침대에서 내려와 나와 싸울 작정이십니까?"

"듣고 있으니 말해봐요……"

"좋습니다…… 원하는 사람이면 그 동네의 누구나 초대할 수 있었고…… 나는 골랐습니다. 누구를 초대하고 싶고, 누구를 초대하고 싶지 않은지. 그날 아니 그 몇 시간 동안 나는 왕이었습니다. 많은 여자아이들과 몇 명 안 되는 남자아이들을 초대했다는 기억이 납니다. 그런 파티에는 항상 커다란 케이크와 많은 사탕이 있지요. 모두에게 줄 선물도 있습니다. 초대받은 아이들은 선물을 하나씩 가져와야 했습니다. 열 개가 넘는 선물을 동시에 열어보는 것은 말로 표현할 수 없이 재미있었습니다."

"가장 좋았던 게 뭐죠?"

"내가 좋아하지 않았던 것은 고깔모자였습니다. 고무줄 끈이 달려 있어서 턱에 맬 수 있는 것이었습니다."

"이유가 뭐였죠?"

"그걸 쓰면 바보처럼 보였습니다. 마치 고추를 이마에 매달고 있는 것 같았습니다. 그래서 그런 모자는 절대로 안 쓸 생각이었습니다. 당신도 이미 눈치챘겠지만, 나는 결코 모자를 쓰지 않습니다."

"왜 고추가 이마에 달렸다고 느낀 거죠?"

"보닛을 쓰면 창피했습니다. 하지만 어머니는 항상 억지로 그걸 쓰게 했습니다. 이건 아십니까? 나는 대학 졸업식에 가지 않았습니다. 학사모를…… 써야 할 것 같아서였습니다. 모자는 모두 추합니다. 생일 파티와 연말 파티에 쓰는 고깔모자, 졸업식에 쓰는 사각모, 챙 있는 야구 모자, 없어도 될 것이 공연히 튀어나온 것들, 나는 이런 모든 걸 싫어합니다. 우스꽝스러워서요."

"래리, 내가 모르는 게 한 가지 있는데…… 아이들 고추는 큰가요? 아니면 자라면서 커지는 건가요?"

"아주 큽니다. 그리고 제멋대로 굴죠. 육체의 다른 부분들과 아주 다릅니다. 마치 남의 것 같고 추합니다. 그리고 몸에…… 항상 붙어 있지요. 대부분의 시간 동안 숨겨져 있습니다. 부끄럽고 창피한 것입니다."

"그러니까 당신 말은…… 아이들은…… 어른들처럼…… 여자와 실전에 임할 수 있다는 뜻이군요."

"좋은 질문입니다. 발기가 됩니다. 아마도 그렇게 하도록 용기를 줘야 하겠지요."

"아니에요…… 당신은 지금 내게 거짓말을 하고 있어요…… 백과 사전에서 본 아이들이 기억나네요. 고추가 아주 작고, 성화聖畵 속 천사들처럼…… 음모가 없어요."

"그것에 관해서는…… 여러 감정이 뒤섞입니다. 우선 그것을 자랑스럽게 여기고, 그런 일이 생기면 정말 멋진 시간을 갖게 됩니다. 하지만 난처할 때도 있습니다. 그게 스스로 행동하기 때문이지요. 아마도 이미 그 나이가 되면……"

"그게 언제지요?"

"다섯 살 정도…… 이미 그때부터는 욕망을 억눌러야 합니다…… 아마도 우리 어머니가 억지로 내게 고깔모자를 쓰라고 했던 것 때문에…… 심지어 내게 모자를 씌웠기 때문에…… 더는 그 모자를 참지 못하는 것 같습니다. 아마도 나는 어머니가…… 만져주고 쓰다듬어주기를 바라고 있었을 겁니다……"

"아이의 작은 고추를 쓰다듬어주기를 바랐다고요?"

"그리 작지 않습니다. 아이는 자기 욕망이 아버지처럼 강하다고 느낍니다. 아버지는 거기에 있는데…… 그건 그의 것이 더 크기 때문이지 다른 이유가 있어서가 아닙니다…… 그것 말고는 아버지가 자신보다 우월한 점은 하나도 없습니다."

"하지만 지금까지 그건 당신이 기억하는 가장 행복한 생일이었어요. 그러니 당신 어머니가 모자 고무줄을 당신 턱에 매어준 다음 무슨 일이 있었는지 말해줘야 해요."

"나는 당신에게 말해줄 의무가 없습니다, 제기랄!"

"내가 당신 어머니에게 말할까봐 두려워서 화를 내는군요."

"그건 부당합니다. 그저 아버지의 특권일 뿐입니다. 더 크다는 일시적이고 우연적이고…… 그리 중요하지 않은 조건 때문에…… 어머니에 대한 독점권을 갖는 겁니다. 어머니는 나를 원하기도 했습니다. 난 그걸 압니다. 하지만 그 시기에는 아버지보다 더 멋지게 해낼 수 없었을 겁니다. 인정하기 괴로운 사실이지만, 그 빌어먹을 크기 때문에…… 여자를 가질 수 없습니다. 어머니를 단념한다는 것은 지금도…… 힘든 일입니다. 그 갈망은 지속되고……"

"당신은 노골적으로 쓸데없는 소리를 반복하고 있어요. 누군가가 당신에게 그 모든 걸 이야기했고, 당신은 그걸 믿었어요."

"사실입니다. 갈망은 지속됩니다."

"누군가가 그 이야기를 만들어냈고, 당신은 그걸 믿었어요. 당신은 그런 갈망이…… 없을까봐, 그 어떤 것도 그 자리를 대신할 수 없을까봐 두려워하고 있어요. 그래서 당신에게 황당한 이야기를 해주자마자 믿은 거예요."

"……"

"하지만 다른 게 있어요. 난 알아요. 나도 그걸 갖고 있다가 잃어버렸거든요. 이제는 그게 무엇이었는지 기억나지 않지만요."

"……"

"아마도 나처럼 당신도 당신의 거짓 욕망, 그러니까 엉터리 거짓말이 아니라 그곳에 정말로 있던 것을 결코 기억하지 못할까봐 두려워하고 있을 거예요."

"……"

"래리, 오늘…… 그녀가 오면…… 어쨌든 내가 확실히 모르는 게 하나 있는데…… 그녀를 만난 지 오래되었나요?"

"……"

"좋아요, 당신을 당황하게 만들고 싶지는 않지만…… 이제는 예전의 그녀가 아니에요…… 그러니…… 그녀를 만나게 되면…… 그녀가 어떻게 반응할지는 아무도 몰라요…… 동물 같다는 말은 아니에요…… 너무나 미개하고 멍청해서 자기 새끼들을 알아볼 수 없는…… 참새 같다는 말이 아니에요. 이 경우는 다른 이유가 있어요."

"무슨 이유입니까?"

"그렇게 큰 소리로 말하지 말아요…… 그녀가 들으면 안 되니까요. 그녀가 바뀌었다는 사실을 우리가 눈치챘다는 것이 들통나지 않게 해야 해요. 그녀가 상처를 입을 수도 있거든요. 모든 게 평상시와 다름없는 것처럼 행동해야 해요."

"……"

"그녀는 지금 여기 서 있어요, 래리. 아마도 내가 무슨 말을 하기를 기다리는 것 같아요. 그런데 무슨 말을 해야 하죠?"

"자, 말하십시오. 최근에 어떻게 지냈느냐고 물으십시오."

"즐겁고 행복했다고 말하는데, 그 이유는 모른다고 하네요. 하지만 그녀에게 그 이유를 지금 당장 말해주는 게 좋지 않을까요? 아마도 그녀는 오늘이 당신을 낳은 날이라는 걸 알고 있을 거예요."

"……"

"나는 당신 어머니에게 당신이 나를 찾아왔는데, 오늘이 당신 생일이며, 당신이 좋아하는 게 있고, 그렇지 않은 게 있다고만 말할 거예요. 그리고 평소에 아이들에게 하던 것을 하나도 해서는 안 된다고, 가령 그런 모자는 씌우지 말라고 말할 거예요. 그녀가 해야만 하는 것이 무엇이든 먼저 당신에게 물어보고 하라고 말할 거예요."

"아팠습니까? 아직도 아픈 겁니까?"

"아니에요…… 얼굴이 아주 좋아요. 아주 젊어 보여요. 왜 아팠을 거라고 생각한 거죠?"

"당신이 말했습니다, 예전과 같지 않다고."

"그 말은 절대로 하면 안 돼요. 그것만은 지켜야 해요."

"그 말만 하지 않으면 됩니까?"

"아마 그녀가 꺼내고 싶어하지 않는 말이 더 있을 거예요, 래리. 틀림없이 나처럼 그녀도 오래전에…… 일어난 일에 대해서는 생각하고 싶지 않을 거예요."

"하지만 그게 당신을 죽이고 있습니다. 기억하지 않는 건 너무 값비싼 대가를 치릅니다."

"내가 하루종일 일했다는 사실을 잊지 말아요…… 게다가…… 오늘은 특별한 날이에요. 우리가 영원히 위대한 재회의 날로 기억하게 될 날이에요. 모든 문제는…… 내일로 미루도록 해요."

"……"

"그녀가 아무것도 할 엄두를 못 내고 있어요. 어떤 방향으로든…… 한 발도 내딛으려고 하지 않아요…… 아마 당신이 아무도 눈치채지 못하게 그녀에게 다가가서 해야 할 일을 귀엣말로 속삭여줘야 할 것 같아요. 난 그게 어떤 건지 잘 알아요. 가끔씩 하찮은 것만 넌지시 알려줘도 가야 할 길을 찾는 데 도움이 되거든요. 사람들은 그걸 몰라요. 나는 그들을 성공적으로 속이고, 그들은 내가 자신 있게 행동한다고 믿지요."

"좋은 생각입니다."

"그래요, 아주 좋은 생각이지만…… 이 우아하고 따스한 응접실에서 무엇을 해야 할지를 아는 사람은…… 당신만이 유일해요, 래리."

"가서 인사하십시오, 라미레스 씨. 그러면 내 차례가 올 겁니다."

"좋아요…… 그런데 이제는 필요 없을 것 같아요…… 당신 어머니는 이미 당신이 모든 답을 알고 있는 사람이라는 사실을 눈치챘거든요…… 그러니 부탁인데…… 제발…… 그녀가 실수했다는 것을 눈치채지 못하도록 해줘요."

"내가 모든 해답을 알고 있다면, 나는 한 가족의 아버지입니다. 그녀의 남편입니다."

"이번이 가장 행복한 생일이어야 해요. 그렇게 되려면 만반의 준비를 해야 하지요."

"내가 그녀의 남편이 되기를 바라십니까?"

"왜 그런 소리를 하는 거죠? 당신은 그녀와 내게 올바른 지시를 내릴 수 있는 유일한 사람일 뿐이에요. 그게 전부예요…… 오늘밤이 지나면 알게 될 거예요. 당신이 똑똑했고 도움이 되었다면, 당신 어머니는 당신이 그녀 아들에 관해 묻고 싶었던 모든 것에 대답해줄 수 있을 거예요."

"하지만 라미레스 씨, 남편에 관해서는요? 우리 어머니는 아들보다…… 남편에 더 관심이 있을 거예요."

"좋아요…… 귀엣말로…… 그녀를 도와주도록 해요…… 남편에 관해 그녀가 알아야만 할 것이 뭔지 말해주도록 해요…… 사실 그대로 말해주도록 해요…… 아니, 그것보다는 그녀가 듣고 싶어하는 것을 말해주도록 해요…… 만일 당신이 그녀의 남편은 그녀가 원했던 그대로의 남편이라고 말해준다면, 만일 그녀를 도와준다면, 그러면 그는…… 아마도……"

"아마도 어떻다는 겁니까, 라미레스 씨?"

"아마 당신 말을 듣고 그렇게 행동할 거예요."

"어떻게 말입니까? 어떻게 할 것 같습니까?"

"아마 귀담아들을 거예요."

"그게 무슨 뜻입니까? 그러고 나면 어떤 일이 일어날 것 같습니까?"

"……"

"아버지는 무거운 짐을 아이들에게 지웁니다. 아이들이 어머니의 관심을 사로잡고 어머니를 행복하게 해주도록 말입니다. 아마도 그는 세 아이들을 갖는 데 기꺼이 동의했을 겁니다. 아내를 달래기 위해서 말입니다. 그러면서 그녀가 아이들에게 모든 관심을 쏟고 그에게 덜 요구하기를 바랐습니다."

"래리…… 당신 어머니에게 말해주세요…… 그녀가 남편에게 요구하지 말아야 할 것이 무엇인지."

"문제는 우리 어머니가 아버지에게 요구하지 말아야 할 것이 어떤 것이냐가 아니라, 그가 그런 요구에 대처할 수 없다고 느끼는 겁니다."

"그럼…… 당신 아버지에게 말해주세요…… 어떻게 그런 요구에 대처해야 하는지……"

"쉬운 게 아닙니다. 그녀는 자기 역할에 만족하지 않습니다. 주부와 어머니가 되는 것이 그녀가 바랐던 것은 아닙니다. 그건 아주 힘든 삶

인데, 게다가 그들은 가난합니다. 아버지는 오랜 시간 일하고, 아내와
함께 있는 시간은 얼마 되지 않습니다."

"래리, 그녀가 그런 걸 떠올리도록 하지는 말아요. 시간 낭비하지 말
고, 그에게 오늘 해야 할 일이 무엇인지 말해주도록 해요. 가장 행복한
날이 되도록 말이에요."

"그는 더 많은 시간을 아내와 보내야 합니다. 더 많은 대화를 해야
해요. 무슨 주제든 상관없습니다. 가끔씩 아내와 집에서 나와 식당이
건 춤추는 곳이건 영화관이건 함께 가야 합니다."

"당신은 그들이 가난하다고 말했어요."

"그렇습니다. 하지만 그렇게 하는 건 중요합니다. 그래야 해결책을
찾습니다."

"그런데 어머니가 방금 도착했고, 오늘은 아들의 생일이에요……
이미 다 큰 아들이지요…… 아들은 아버지가 무슨 말이건 하기를 기
다려요…… 가장 행복한 생일이 되도록 무언가 해주기를 기다려
요…… 아내와 아들을 위해서……"

"……"

"……"

"라미레스 씨, 그들 두 사람은 함께 시간을 보낸 지가 오래되었습니
다…… 아내는 남편에게 자기 문제에 관해 불평을 늘어놓고 남편은
아내에게 자기 문제에 관해 투덜대지요. 두 사람 모두 피곤한 상태입
니다. 그들에게는 시간이 얼마 남아 있지 않습니다. 그 시간은 과거의
마법을 다시 만들기 위해 사용되어야 합니다. 하지만 남편은 아내에게
외출하자고 하지 않습니다. 그는 많은 사람들이 모이는 곳…… 혹은

파티를 싫어합니다. 사교가 서투른 사람입니다."

"난 당신에게 그녀가 그런 것들을 떠올리지 않게 해야 한다고 말했어요…… 다행히 그 말을 들을 수 없어요…… 잠들었거든요…… 나도 무척 피곤하군요…… 여기 소파에 누워야겠어요. 그녀 옆에……"

"왜 침실로 가서 눕지 않는 거죠?"

"래리, 침실은 싫어요."

"내가 어머니를 안아서 침실로 옮길까요?"

"안 돼요!"

"왜 안 되는 거죠?"

"오늘 당신은 우리를 돕기 위한 모든 일을 했어요. 그러니 이만 가도 돼요."

"더이상 할 일이 없습니까?"

"당신은 래리예요. 여기에서 일하는 사람이고, 무슨 일을 해야만 하는지 아는 것만으로 감사해야만 해요. 오늘 당신이 해야 할 일은 모두 끝났으니, 집으로 가서 고양이나 보살피도록 해요. 아직 살아 있을지도 모르니까요. 아직도 나는 당신이 언제 거짓말을 하고 언제 하지 않는지 모르겠어요."

"고양이는 실종되었고, 그래서 죽은 거라고 여긴 겁니다. 하지만 언제든지 다시 나타날 수 있습니다."

"그렇게 어머니를 쳐다보지 말아요. 나는 당신이 어머니를 어떻게 생각하는지 알아요. 기억이 없는 새들 중의 하나로 여기고 있지요. 하지만 그건 사실이 아니에요. 그녀가 내일 잠에서 깨어나 조금 몸이 나아지면, 모든 게 바뀔 거예요."

"뭐라고 하셨습니까?"

"그녀를 보살펴야 해요. 도움을 필요로 하고 있어요. 그리고 위험에서 벗어났다고 느끼면……"

"그럼 내 고양이가 돌아오지 않는 게 낫겠습니다."

"왜죠?"

"고양이가 새를 발로 할퀴어서 잡은 다음 통째로 먹어버리는 걸 한 번도 보지 못했습니까?"

"입다물어요!…… 왜 당신 어머니를 기겁하게 만드는 거죠? 그 말을 들었다면, 당신 어머니는 밤새 한숨도 못 잘 거예요……"

"그게 바로 내 의도였습니다, 라미레스 씨."

"그렇다면 내가 밤새 그녀를 돌보겠어요. 그 누구도 그녀를 건들지 못하게 할 거예요. 내일 아침에 그녀가 잠에서 깨어나면 모든 게 바뀌겠죠."

"또다시 그 얘기를 하시는군요. 아무것도 바뀌지 않을 겁니다."

"아니에요, 그렇게 될 거예요. 내가 그녀에게 한 가지를 물을 거고, 그녀가 내게 답할 것이기 때문이에요."

"뭘 묻는다는 거죠?"

"기운만 있다면 나는 밤새 그녀를 지킬 거예요. 그녀는 공격을 받을 수도 있거든요, 래리."

"고양이한테 말입니까?"

"너무 불쾌해하지 말아요. 그녀는 고마워할 테고, 내게 어떻게 보답해야 할지 모를 거예요. 아마도 당신 어머니는 내가 자신을 심각한 위기에서 구해주었다고 하겠지요. 그리고 내 손을 잡을 테고, 나는 그녀가 더이상 떠나겠다는 생각을 하지 않는다는 사실을 알 수 있을 거예요."

"무엇 때문에 그녀가 떠나지 않을 거라고 생각하는 겁니까?"

"오늘밤 나는 그녀에게 나 자신이 누구인지 기억 못한다는 사실을 전혀 눈치채지 못하게 했어요. 난 아무것도 묻지 않았어요. 내 실수였어요. 부끄러워하지 말았어야 했어요. 아마 그녀는 어떤 식으로든 눈치챘을 거예요…… 하지만 난 그녀를 혼란스럽게 만들고 싶지 않았기 때문에 편안하게 자도록 내버려두었어요. 어쨌건 이제는 더이상 두려울 게 없어요."

"그렇게 생각하십니까?"

"더이상 두려울 게 없는 이유는 내가 목숨을 바치는 한이 있어도 그녀를 지킬 것이기 때문이에요. 하지만 그녀에게 물어봤어야 했다는 건 인정해요."

"뭘 말입니까?"

"내가 누구인지 물어봤어야 했어요. 하지만 두려웠어요. 그녀가 어떻게 대답할지 몰라서…… 두려웠어요. 그것만큼 두려운 게 없어요."

"오늘 일을 많이 해서 피곤한 것 같습니다."

"졸려서 눈이 감겨요…… 그녀를 보살펴야 하는데…… 그런데 이거 아나요? 오늘 나는 선물을 하나 받았어요…… 그 선물을 손에 쥐고 잠들고 싶군요…… 저 책들을 갖다줄 수 있나요?…… 저건 내 거예요, 선물로 받은 거예요."

"……"

"왜 그렇게 놀라는 거죠? 갖다주고 싶지 않은가요?"

"아닙니다⋯⋯ 여기 있습니다⋯⋯ 라미레스 씨."

"내일⋯⋯ 이 책들을 다시 보고 싶으면⋯⋯ 기꺼이 빌려주겠어요⋯⋯ 하지만 여기에서만 읽어야 해요⋯⋯ 밖으로 가지고 나가면 잃어버릴 수도 있거든요. 아니면 그것보다 더 심한 일이 일어날 수도⋯⋯"

제2부

---

malédiction···   eternelle··· à···

qui lise··· ces   pages

"혹시 제가 방해했습니까?"

"아…… 아니에요, 래리인가요?"

"예."

"들어와요……"

"안이 왜 이렇게 어둡습니까? 불을 켤까요?"

"마음대로 해요…… 커튼을 조금 열어요, 싫으면 하지 않아도 돼요."

"이제 됐습니다…… 커튼을 열지 않으면 이 안이 마치 무덤 같았을 거예요…… 그래요, 우리집에서 이 병원은 요양원보다 훨씬 가까이에 있습니다."

"그런데 오늘은 토요일이에요. 맞죠? 당신이 왜 왔는지 모르겠군요."

"책을 좀 읽으려고 왔습니다."

"아…… 오늘 우리가 나갈 수 없는 게 유감이군요. 햇빛도 좋고 많이 추운 것 같지 않은데요."

"나가고 싶다면…… 내가 도와주지요……"

"농담하지 말아요. 몸 상태가 전혀 나아지지 않고 있어요, 알죠?"

"신선한 공기를 조금이라도 마시면 좋아질 겁니다."

"의사는 내게 겁낼 필요가 없다고 말했어요…… 나를 다시 중환자실로 데려가더라도…… 그런데 그때 내 몸이 좋아졌다는 걸 알았어요…… 의사들은 이제 내 시력이 약해지고 있는 걸 걱정해요…… 오늘 아침이었어요…… 난 안개가 잔뜩 끼었다고 생각했죠…… 그리고 남자 간호사가 들어왔는데…… 당신인 줄 알았어요."

"시력에 무슨 문제가 있는 겁니까?"

"당신 윤곽만 선명하게 보일 뿐…… 얼굴은 그렇지 않아요."

"책을 어디에다 놓았습니까?"

"당신이 커튼을 열었을 때, 여기와 바깥의 빛이 얼마나 다른지 느낄 수 있었어요. 하지만 잘 볼 수가 없어서 약간 졸려요. ……잠시 당신과 얘기하기에 둘도 없이 좋은 시간인 것 같네요…… 잠시 후 내가 잠들면, 당신은 원하는 책을 실컷 읽을 수 있을 거예요."

"좋습니다, 하지만 잠들기 전에 그 책들이 어디에 있는지 말해주십시오."

"걱정…… 걱정 말아요…… 당신에게 줄 테니. 생각해봐요…… 지금이 내게 주어진 유일한 기회예요…… 하루종일…… 누군가와 대화를 나눌 수 있는……"

"내가 당신 말고 다른 사람과 대화를 나눌 거라고는 생각하지도 마십시오."

"지금부터 밤까지?"

"컬럼비아 대학에 간 날부터, 나는 당신을 제외하고 그 누구와도 대화를 나누지 않았습니다."

"왜죠?"

"아무 이유도 없이 떠드는 게 싫습니다. 게다가 누가 나와 이야기하려고 하겠습니까?"

"모든 사람들요! 당신은 건강하고 기운이 넘쳐 보여요."

"그렇습니다. 건강하고 기운이 넘칩니다."

"하지만 제발 부탁이니…… 내가 아무하고나 이야기하는 걸 좋아할 거라고 생각하지 말아요. 당신이 말하는 그 환원주의자들은 특히나 싫어요. 이 병원에서 내 마음에 드는 게 있다면…… 그들이 멀리 있다는 거예요."

"그들은 당신이 빨리 낫기를 바랄 뿐입니다."

"하지만 그들이 바라는 대로 되지는 않네요. 읽고 싶군요…… 이거 알아요? 당신을 볼 수만 있다면, 당신이 내게 말하려고 하는 것을 더 잘 이해할 것 같아요."

"하지만 진료를 받지 않으면 갈수록 악화됩니다."

"남자 간호사도 오늘 아침에 내게 똑같이 말했어요. 사용한 단어도 똑같았어요. 종종 나는 사람들이 나를 놀리는 게 아닐까 두려워요…… 나를 당황하게 만들면서 즐기는 건 아닌지…… 사실이 아닌 것을 믿게 하는 건 아닌지 불안해요. 지금 나는 누구와 말하고 있는 거죠? 당신인가요, 아니면 간호사인가요? 솔직히 말해 나는 간호사를 믿지 않아요."

"……"

"당신이 말하지 않으면 나를 만나러 온 사람이 정말 당신인지 확신할 수가 없어요, 래리."

"내가 아니면 누구겠습니까?"

"당신은 한 번도 폭력 집단에 대해 말하지 않았어요."

"무슨 폭력 집단을 말하는 겁니까?"

"신문이 아니었다면 나는 몰랐을 거예요. 아무 무기도 없이…… 밖으로 나갔을 거예요."

"방금 전에 나는 한쪽 입술을 깨물었고, 당신도 똑같이 했습니다. 당신 시력은 아주 나쁘지 않은 것 같습니다."

"그게 무슨 말이죠…… 래리?"

"나는 입술을 깨무는 제스처를 했고, 당신은 원숭이처럼 똑같이 내 행동을 따라했습니다."

"왜 나한테 길거리 폭력 집단에 대해 알려주지 않았지요? 그들은 무섭기 짝이 없을 거예요."

"지금 무슨 소리를 하는 겁니까?"

"아주 젊은 사람들이에요. 근데 위험하고 폭력적이죠. 간호사가 석간신문을 가져다주었어요. 어젯밤에 잠을 제대로 잘 수 없었거든요. 당신은 내가 어떤 예방 조치를 취해야 하는지 말해줘야만 해요."

"나에게는 당신에게 그런 염병할 말을 해줄 의무가 없습니다. 그리고 이제부터는 '해야만 한다' 따위의 말은 그만하세요. 그런 말을 들으면 화가 치밉니다."

"……"

"책을 어디에 놔뒀는지 말해주십시오."

"난 그 폭력 집단 때문에 공포에 질렸어요. 신문 기사는 끔찍한 내용으로 가득했어요. 이걸 읽었어요…… 그러고는 새로 생긴 가톨릭교회에 관한 다른 기사를 읽었지요…… 그 폭력 집단을 잊기 위해 아무 기사나 읽었어요."

"책을 볼 수 있게 해주십시오. 그게 이런 대화보다 더 중요해요. 조금 더 생산적일 수 있습니다."

"아주 화가 난 것 같군요. 이 순간 당신 얼굴이 어떨지 궁금하네요."

"눈이 좋지 않다는 건 거짓말입니다. 당신은 잘 볼 수 있습니다."

"어젯밤에 두려움에 사로잡혀 잠에서 깼어요…… 오늘 누군가가 와서…… 책을 달라고 할지도 모른다는…… 이 시간쯤이면…… 그들은 이미 책이 도착했다는 걸 알 거예요…… 바로 오늘 그런 일이 일어나야 했어요. 그런데 내 눈이 잘 안 보여서……"

"오늘 나는 래리가 아닙니다. 내가 누구라면 좋겠습니까?"

"아무도 아닌 사람이…… 그리고 책들에 대해서는…… 당신은 결코 찾아낼 수 없을 거예요……"

"책들을 아무데나 처넣으십시오."

"버릇없이 말하지 말아요."

"무례한 사람은 바로 당신입니다, 라미레스 씨. 무례한 것 이상이지요…… 당신은 교활하고 간악합니다. 하지만 난 가만히 있지 않을 겁니다…… 나를 등칠 생각은 하지 마십시오…… 난 책에 관심이 있지만, 이런 염병할 소리까지 견딜 생각은…… 나한테 빌려주기 싫으면 지금 당장 말하십시오."

"교활하고 간악하다고요? 당신을 등친다고요? 그 모든 건 내 능력 밖에 있지 않나요? 내게는 당신을 속이고 조종할 힘이 없어요……"

"당신은 기운이 넘칩니다…… 걸어다닐 수 있었다면 당신은 공포의 대상이었을 겁니다."

"그에 대한 증거는 없어요…… 전혀요. 그리고 앞으로도 없을 거예요."

"……"

"왜 입을 다무는 거죠?"

"폭력 조직에 관한 기사를 어디서 읽었습니까?"

"석간신문에서요."

"뭐라고 하던가요?"

"당신은 이 도시에서 태어났으니 이미 알고 있을 거예요. 거리를 활보하는 무서운 젊은이들이에요."

"내가 보기에는 전혀 그렇지 않았습니다. 당신도 알겠지만, 노동자 계급이 사는 동네는 군대 막사 같습니다. 일하러 나갔던 사람들은 피로에 절어 집으로 돌아와 잠자리에 듭니다. 몇몇 사람은 텔레비전을 봅니다. 세차하는 사람도 있습니다. 어떤 사람은 잔디를 깎습니다. 교회에 가는 사람도 있고요. 답답하고 숨이 막힐 것 같은 분위기입니다. 젊은이들을 위한 것은 아무것도 없습니다. 그들의 삶은 일하는 것과 다시 일터로 돌아갈 기력을 회복하는 것으로 이루어져 있습니다. 그 동네에는 일자리가 없습니다. 그곳에는 아무것도 없습니다. 텅 비어 있을 뿐입니다. 엄청나게 따분해하는 젊은이들은 폭력 조직에서……

자신들의 현실을 만들지요."

"사람들을 때리면서 말인가요? 서로 죽이면서 말인가요?"

"그 정도는 아닙니다. 싸움과…… 무모함에 관해 말들이 많지만 실제 싸움은 보기 드뭅니다…… 물론 조직을 유지하기 위해 가끔씩 싸움이 벌어지기는 합니다. 우리는 밤늦게 거리 모퉁이에서 만나 담배를 피우고 맥주를 마셨습니다. 그리고 자동차로 동네를 한 바퀴 돌았고, 영화관과 볼링장에 갔고, 소란을 피우면서 모험할 것이 없는지 둘러보았습니다."

"모험이요?"

"새로운 것, 감정을 격하게 하는 것들입니다. 다소 위험한 것들이지요."

"절도, 강간, 살인인가요?"

"우리는 한 번도 그렇게 멀리 가지는 않았습니다. 그냥 보통 사람들을 화들짝 놀라게 하는 걸 좋아했습니다. 아니면 판에 박힌 따분하고 반복적인 일상을 흔들고 그런 삶을 사는 사람들의 반응을 유발했습니다. 우리가 남들과는 다르며 유일하다는 것을 보여줄 수 있는 일들을 했지요."

"당신이 깬 규칙 중에서 생각나는 것이 있나요?"

"어느 날 밤 우리는 주유소에서 버스를 훔쳐 해안까지 몰고 갔습니다. 정말 흥분되는 사건이었습니다. 열쇠는 버스 안에 꽂혀 있었고, 우리는 억지로 문을 열었죠. 그리고 우리 중에서 가장 나이가 많아 보이는 아이를 운전대에 앉혔습니다. 미성년자라는 게 드러나지 않도록 우리는 그애의 머리카락을 빗겨서 머리 모양을 바꾸었습니다. 나머지는 승객들처럼 자리를 잡고 심각한 표정을 지으며 차창을 바라보았고요. 손에 모자를 들고 있던 애들은 모자를 썼고, 신문을 펼쳤습니다. 길에서 경찰차를 지나칠 때마다 우리는 승리의 비명을 질러댔습니다. 그렇게 해변까지 운전했고, 조금 수영을 한 다음 돌아와서 주유소의 원래 있던 자리에 버스를 주차했습니다. 하지만 방향은 반대였지요. 우리는 그날 밤의 일화를 몇 년 동안 되새겼습니다."

"그렇다면 당신은 폭력 조직을 무서워하지 않는군요."

"사실대로 말하자면 그렇습니다."

"용감하군요. 이제 당신이 보는 것처럼 나도 무서워하지 않아요. 당신이 어떤 사람인지 충분한 증거를 보았으니까요."

"가령 어떤 것이죠?"

"어젯밤에 당직 의사가 신부를 데리고 오겠다고 했지만 난 거절했어요. 신부들을 상대해본 적 있나요?"

"물론이죠."

"난 그들을 믿을 수가 없어요. 그들에 관해 조금 얘기해줄 수 있나요?"

"좀더 유쾌한 얘기를 할 수는 없습니까? 스포츠 얘기나 아니면 다른 얘기요."

"당신은 농담하듯 말하지만 전혀 생각지도 못한 어느 날 밤에 나는 신부를 만나게 될 거예요. 내가 의식을 잃어버리는 밤에 신부가 달려와 내게 사죄赦罪를 베풀 거예요."

"그런 경우에 얼마를 받습니까?"

"당신은 신부들을 전혀 좋아하지 않는군요. 부탁이니 그들이 당신에게 무엇을 했는지 말해줘요."

"나는 그 주제에 별 관심이 없습니다. 종부성사는 너무나 분명히 시대착오적이고 보수적입니다. 참 쉽게 죽이는 방법이죠. 마치 죽은 말에게 총을 쏘는 것과 같습니다. 사실은 죽지 않은 말이었는데도 말입니다. 심지어 이 마을에도 새로 지어진 성당이 있는 것 같습니다. 그거야말로 새로운 소식입니다."

"당신은 당신 아버지가 훌륭한 노동자이고, 성당에 다니곤 했다고 말했어요."

"우리 아버지는 성당에 다닌 적이 없습니다. 그는 진정한 무신론자입니다. 종교에 대한 무관심, 그게 내가 아버지에게서 좋아하는 점입니다. 정치에도 무관심했습니다. 그는 이 두 가지가 사기라고 여겼습니다. 두 가지 모두 그의 현실과는 아무런 상관도 없었고, 그에게 아무 영향도 끼치지 못했기 때문입니다."

"걱정 말아요, 래리. 그건 그렇고…… 열쇠가 여기 있어요."

"무슨 열쇠입니까?"

"저기에 있는 조그만 보관함 열쇠예요. 저 안에 책이 있어요. 열쇠 받아요. 잃어버리지 말고요."

"내가 갖고 있겠습니다."

"그런데…… 당신이 무언가를 계속 얘기해주면 기억이 더 많이 날 것 같은데…… 내 어린 시절뿐만 아니라, 어렸을 때의 여행도……"

"알겠습니다."

"그리고 만남…… 행복한 만남, 분명히 그런 것들이 있었을 거예요."

"아마 그럴 겁니다."

"나이가 어린 사람에게 어떤 긍정적인 일들이 생길 수 있는지 말해주지 않겠어요?"

"처음으로 읽기 시작했을 때 얼마나 기뻤는지 기억이 납니다. 사춘기 시절이었습니다. 물론 그전에 학교에서 교과서를 읽었지요. 하지만 그건 숙제였기 때문에 항상 억지로 읽었습니다. 초등학교에서는 일주일에 한 번 우리를 도서관으로 데려가 책을 한 권 고르게 하고는 앉아서 한 시간 동안 읽게 했습니다. 그러고 나서 다음날 과제를 제출하게 했습니다. 우리 모두는 도서관에 가는 시간을 죽도록 싫어했어요. 도서관에 중앙아메리카에 관한 얇은 책들이 있었던 게 기억납니다. 코스타리카, 온두라스, 파나마 등등 각 나라별로 있었지요. 예뻤고 컬러 화보가 들어 있었지만, 나는 그런 책들을 읽는 걸 결코 좋아한 적이 없습니다. 그런데 사춘기가 되면서 모든 게 바뀌었습니다. 방과후에 닥치는 대로 책을 읽었으니까요. 내가 성당에 다니던 시절이었습니다."

"누가 책을 읽으라고 말했나요?"

"아무도 내게 그런 말을 하지 않았습니다. 스스로 책을 찾았습니다. 성당에 책이 있었어요. 성경, 기도서 등등. 신부들은 우리에게 그것들을 읽어주었습니다."

"큰 소리로 읽어주었나요?"

"예, 미사 시간에 읽어주었습니다. 나는 복사였습니다. 때때로 주중 아침 첫 미사의 복사였어요. 신도는 한 명도 없이 신부와 나만 있었습니다. 신부는 거구였는데, 설익은 스테이크 같은 얼굴에, 금테 안경을 썼지요. 흰색 레이스가 달린 붉은 제의를 입고 상고머리는 희끗희끗했습니다."

"지금 당신 머리카락처럼 말이군요."

"미사는 아침 여섯시였고, 나는 아주 일찍 일어나서 성당까지 거의 일 마일을 걸어가야 했습니다. 춥고 어두컴컴할 때도 있었지만, 성당에 가는 걸 아주 좋아했어요. 그곳에 신부와 나, 단둘만 있었기 때문입니다. 그 미사에는 아무도 오지 않았습니다. 때때로 신부는 피곤하고 기분이 좋지 않다는 표정을 지었고, 숨을 쉴 때 악취를 내뿜었습니다. 몇몇 기도문을 가능한 한 빠르게 낭송했고, 나는 '아멘' '아멘' '아멘'이라고 말해야만 했지요…… 미사가 끝나면 최고의 시간이 기다리고 있었습니다. 우리는 사제관에서 아침을 먹었습니다. 그럴 때 그는 긴장을 풀고 만족스러워했어요. 그는 우리 어머니보다 더 비싼 빵을 샀고, 정말 맛있는 토스트를 만들었습니다. 식사를 하면서 라디오 뉴스를 들었고, 나와 대화를 했습니다. 그런 다음 나는 학교로 갔습니다."

"혹시 그가 주로 어떤 말을 했는지 기억나지 않나요?"

"학교생활이 어떤지 물었습니다. 그리고 여러 가지에 관해 내 의견을 물었어요. 마치 내가 작은 어른이라도 된다는 듯이요. 그게 나를 가장 기쁘게 했습니다."

"당신에게 책을 추천해줬나요?"

"기억이 나지 않습니다. 하지만 커다란 서재를 갖고 있었어요. 나는 책을 빌려가곤 했지요."

"그림책이었나요? 아니면 소설? 혹은 시집?"

"아닙니다. 두꺼운 역사책과 종교 서적이었습니다."

"책을 되돌려줄 때 슬프거나 괴롭지는 않았나요?"

"아닙니다. 다른 책을 빌릴 수 있었으니까요. 언젠가 한번은 내게 선물을 주었습니다. 검은색의 조그만 책인데 황금빛 글자가 적혀 있었지요. 아우구스티누스의 책에서 발췌한 대목이 실려 있는 책이었어요. 나는 그 책을 수천 번 읽었습니다. 아무것도 이해할 수 없었지만, 내가 그 책을 좋아한다는 것은 확신했습니다."

"……"

"곧 내가 직접 고른 책들을 읽기 시작했습니다. 철학, 혹은 신학 서적이었습니다. 어려울수록 더 좋았습니다. 나는 특히 길고 복잡한 구절이, 다른 구절을 언급하는 구절을 다시 언급하는 구절이 마음에 들었습니다. 주제가 무엇인지는 중요하지 않았습니다. 내게 기쁨을 선사하던 것은 문장의 이동과 그 논리, 그리고 그런 문장의 아름다움과 복잡한 구성이었습니다. 지금 생각하니 무언가를 즐길 수 있는 나의 능력이 드러나기 시작했던 것 같습니다. 하지만 어머니는 그 모든 책을 빼앗았습니다. 사르트르의 『존재와 무』에 '몸'이라는 제목이 붙은 장이 있었습니다. 어머니는 그게 포르노 책이라고 생각하고서 쓰레기통에 버렸습니다. 그녀가 이해할 수 없는 것, 그리고 내가 기쁨을 느끼는 것은 모두 의심스러운 책이라고 여겼습니다."

"당신 아버지도 그걸 포르노 책이라고 생각했나요?"

"우리 아버지는 가장 대중적인 석간신문 정도만 겨우 읽었습니다. 어머니는 아버지에게 무식하다면서 나무라곤 했습니다."

"누가 돈을 쥐서 그런 책을 샀지요?"

"매달 용돈을 받아서 저축했습니다. 또 복사 클럽의 회계였는데 종종 공금에 손을 댔지요. 집안에 떨어져 있던 돈도 훔쳤습니다. 그리고 항상 값싼 중고서적을 구입했습니다."

"어떤 책을 읽어야 하는지 일러준 사람은 없었나요?"

"없었습니다. 나는 내가 읽을 책을 스스로 고르기 시작했습니다. 마치 무한한 세상이, 끝없는 모험이 펼쳐지는 세상이 내게 열리는 것 같았습니다."

"책을 읽을 때면 난 대부분의 단어들은 이해할 수 있지만, 몇몇 단어들은 이해힐 수 없나고 생각해요."

"……"

"어떤 말들이냐고 묻지 않을 건가요? 왜 내게 질문하지 않죠?"

"나는 단어를 찾아다녔습니다. 내가 발견하는 모든 것에 적절한 이름을 붙이기 위해서였습니다. 그 첫번째 단어를 준 것은 종교였습니다. 당시 나는 아주 열렬한 신자였습니다. 그런데 종교라는 댐에서 수문이 열렸고, 사악한 생각들이 숨김없이 그대로 흘러나왔습니다."

"사악한 생각이라고요?"

"종교의 모든 토대가 무너져버렸습니다. 영원히 도덕성을 상실하는 거라고 생각했습니다."

"그 책들에 관해 토론할 사람이 없었나요?"

"예, 없었습니다. 같은 반 친구들은 책을 읽지 않았고, 나를 괴짜라고 여겼으며, '계란 머리'라고 생각했지요. 당시 사용하던 용어였습니다. 매카시의 정책에서 파생된 용어였지요. 지식인을 지칭하던 경멸적인 용어였습니다. 안경 쓴 얼굴에 운동신경이 없어 보이는, 허리가 구부정한 대머리 그림이 떠돌아다니곤 했습니다. 그게 바로 계란 머리였습니다."

"언젠가 우리는 그 나무 앞에 있었어요. 내가 그토록 좋아하는 광장 한가운데 있는 고목 말이에요. 하지만 그 나무를 만져보고 싶은 마음은 들지 않더군요. 나무는 그곳에 있고, 내가 원할 때마다 보러 갈 수 있었어요. 그래서 만져볼 이유가 하나도 없었어요. 그곳에서 움직일 수 없고 영원히 사라지지도 않을 테니까요."

"왜 갑자기 그 이야기를 하는 겁니까?"

"당신 이야기를 계속하세요."

"처음으로 여자아이와 사랑에 빠졌을―빌어먹을 단어예요!―때가 떠오릅니다. 너무나 강한 느낌이었습니다. 그녀 이름은 치즈 회사 이름과 같은 도먼이었습니다. 고등학교 영어수업 시간에 내 옆에 앉았어요. 그녀는 긴 곱슬머리에 아주 다정하고 달콤했습니다. 그런 다정함이 나를 사로잡았고, 나는 수업 시간 내내 그녀를 쳐다보면서도 착한 학생이었기 때문에 선생님이 하는 말에서 귀를 떼지는 않았어요. 복도에서는 어떤 말이든 그녀에게 말을 걸 구실을 찾았습니다. 숙제가 무엇인지 잊은 척하면서 그녀에게 전화를 걸었는데, 그녀가 그저 평범한 말을 하더라도 그 목소리를 듣는 것이 내게는 무한한 기쁨의 원천이었습니다. 그녀가 미소를 지으면 나는 녹아버렸습니다. 정말이지 매력적이고 아주 다정한 여자였어요. 물론 사랑에 빠지게 되면 수많은 미덕을 그 사람에게 덧붙이게 되지만요."

"왜 그러는 거죠?"

"어려운 질문입니다."

"자, 말해줘요……"

"특히 첫사랑일 경우에 그렇습니다. 그건 경계가 허물어지는 것과 같습니다. 숨어서 자고 있으며…… 숨죽이고 있던 모든 게 갑자기 모습을 드러내며 빛나기 시작합니다. 하지만 그 누구도 혼자서 충족시킬 수 없는 필요성의 보고寶庫가 있지요. 그래서 사랑에 빠진 사람은 그 대상을 이상화하면서, 그 사람을 통해 모든 필요성이 만족될 수 있으리라는 희망을 갖게 됩니다."

"필요성이라고요?"

"예, 필요성입니다."

"그게 어떤 거죠?"

"설명하기 힘듭니다. 처음에는 그것이 종교적 열망이라고 생각했습니다. 나중에는 지적인 열망이라고 여겼고요. 더 시간이 흐른 후에는 여자에 대한 필요성이라고 믿었습니다. 모든 경우에 그것은 정력입니다. 사춘기 때 넘쳐흐르는 정력. 육체 속의 폭탄…… 어느 순간이 되면 터지도록 계획된 시한폭탄이죠."

"그 종교적 필요성이라는 게 뭔지…… 아니면 무엇이었는지 말해줄 수 있나요? 그다음에는 지적 필요성이 뭔지도 설명해줘요. 여자아이들과 관련해서는 무엇인지 상상할 수 있을 것 같아요. 갑자기 달콤한 것이 필요하다는 생각이 떠올랐어요. 당신이 그 여자아이가 달콤하다고 말했기 때문에 연상된 거죠. 그것과 관련이 있을까요?"

"그렇습니다. 그것은 단것을 필요로 하는 것과 같습니다. 아주 흡사합니다. 육체가 아주 많이 먹어치우라고 요구하는 거지요. 그건 아무리 먹어도 채워지지 않는 욕망입니다. 지칠 줄 모르는 폭식입니다. 그런 욕망이 없으면 우리에게 무언가가 부족한 것처럼 느껴지지요. 우리 자신의 아주 중요한 부분이 부족해지는 겁니다."

"부족한 부분이 어디죠?"

"특정한 부분은 아닙니다. 상처가 다시 열린 것 같고, 무언가 불완전하고, 그 필요성이 충족될 때까지 아무것도 할 수 없다고 느끼게 됩니다. 배고픔과 유사합니다. 당신은 그게 뭔지 충분히 이해할 수 있을 겁니다."

"종교적 필요성은 배고픔과는 달라요."

"초등학교 때에는 배고픔과 같았습니다. 탐욕스러웠지요. 하지만 열세 살이 되자 모든 게 시들어버렸습니다. 몇몇 이미지가 다른 것으로 바뀌었습니다."

"다른 것으로 바뀐 이미지가 무엇인지 구체적으로 하나만 말해줄 수 있나요?"

"아니요, 말할 수 없습니다."

"첫번째 이미지가 어떤 것이었죠?"

"모르겠습니다. 하느님과 그리스도는 사람입니다. 라미레스 씨."

"그 둘에 대해 어떤 느낌을 가졌나요?"

"타인에 대한 사랑과 존경이었습니다. 그리고 내 감정을 전혀 다른 실제의 사람에게 옮기고 싶어했던 시간이 되었습니다. 머리카락과 모든 불완전한 것들을 지닌 실제의 육체, 그러니까 하얀 옷을 걸친 영묘한 존재를 여자로 대체했던 겁니다. 아이들은 단지 인간의 모습으로만 신을 상상하고 생각할 수 있으며, 하느님과의 관계는 항상 사람, 그것도 강한 사람과의 관계로 인식합니다."

"하느님은 젊은 사람인가요?"

"아닙니다. 늙은 사람으로, 강하지만 사랑스러운 사람입니다. 우리가 우리의 개성을 부정할 때, 그 앞에서 우리 자신을 지워버리고 자신의 충동과 싸울 때는 우리를 사랑하고 좋아합니다. 종교는 억압을 위해 봉사하지만, 억압된 것의 또다른 판본을 받아들이면서 자신의 희생에 대한 보상을 받기를 바랍니다."

"책에 수록된 성화 중에서 나는 어린아이들과 천사들을 좋아해요. 십자가에 못박힌 그리스도도 좋아하는 것 같아요. 하지만 그가 서 있는 모습은 좋아하지 않아요. 특히 그리스도가 십자가를 메고 가거나 십자가에 못박힌 모습을 보고 우는 여자들이 마음에 들어요."

"성모마리아가 예수에게 젖을 주는 음탕한 중세 시대 그림은 어떻게 생각하십니까, 라미레스 씨?"

"최근에 그런 그림은 보지 못했어요."

"나는 좋아합니다. 특히 어머니의 얼굴에 아로새겨진 흡족한 미소가 좋습니다. 그건 우리 남자들이 결코 알 수 없는 신비죠."

"어렸을 때 그런 천사들 중 하나가 되고 싶었나요? 아니면 모두의 관심을 받는 십자가에 못박힌 그리스도가 되고 싶었나요?"

"처음에는 그런 천사들 중에 하나가 되고 싶었습니다. 나중에는 특히 착하다고 그리스도에게 지목받는 천사가 되고 싶었고, 더 나중에는 자비와 고통을 통해 그리스도를 대신하거나 그리스도가 되는 천사가…… 그러면 나는 하느님의 아들이 될 테고, 세상 모든 사람들은 나를 호의 어린 눈으로 바라볼 거라고 생각했습니다. 종교적 소망은 고통의 심리학과 유사합니다. 너무나 훌륭하게, 너무나 인내심 있게, 너무나 헌신적으로 고통을 받아들이면서, 하느님의 보호와 칭찬을 받게 될 것이기 때문입니다."

"하느님은 아들에게 뭐라고 말하지요?"

"……"

"그들은 하루종일 뭘 하지요?"

"……"

"당신은 방금 전에 하느님의 보호에 대해 말했지요? 무슨 의미로 그렇게 말한 거죠?"

"그렇습니다. 그건 하느님이 노하거나 우리에게 벌을 내리지 않을 거라는 약속입니다. 마피아처럼 그런 식으로 보호해줄 거라는 소리입니다. 우리 아버지가 했던 것처럼요."

"또한 당신은 하느님의 칭찬을 언급했는데, 그건 어떤 것이죠?"

"나를 자비로운 눈으로 쳐다볼 겁니다. 나를 존재하게 해주고 파괴하지 않을 겁니다. 그리고 그분의 힘을 억제하고, 내가 모든 사람들의 칭찬과 존경을 받도록 해줄 겁니다. 벌받고 고통받는 것은 '아빠, 때리지 말아요, 내가 스스로 나를 때리고 벌주는 것을 보세요'라고 말하는 것과 같습니다."

"내가 하느님의 보호를 물었을 때, 당신은 단순하게 '노하지 않겠다는 약속'이라고 대답했어요. 그런 다음 내가 칭찬에 관해 묻자, 당신은…… '나를 파괴하지 않을 것'이라고 말했어요. 몇몇 단어의 의미에 대해…… 사전이 틀린 건지, 당신이 틀린 건지 모르겠어요……"

"네. 전에 나는 '그분이 나를 자비로운 눈으로 쳐다볼 것'이라고 말했죠. 당신 말이 맞습니다. 칭찬이라는 부분은 부차적인 것이고, 중요한 것은 보호입니다. 하느님의 힘에 의해 보호받는 것이죠. 마피아처럼 말입니다."

"하느님은 자기 아들에게 뭐라고 말하죠?"

"사실대로 말하자면 하느님이 뭐라고 말했을지 한 번도 생각해본 적이 없습니다. 부려먹으려고 아들을 갖는 것이겠지요."

"멈추지 말고 계속 상상해봐요. 둘이 하루를 어떻게 보냈을까 상상하도록 해요."

"하느님과 그의 아들의 삶에서 하루를 말입니까?"

"그래요."

"도대체 어디서 그런 생각이 나오는 겁니까?"

"아침에 일찍 일어납니까?"

"대개는 여섯시 십오분에 일어납니다, 라미레스 씨."

"여섯시 십오분에 하루를 시작하는군요."

"……"

"날씨가 어떻죠?"

"화창합니다, 라미레스 씨. ……일어나, 아들아. 커피 마시겠니?"

"……"

"아이는 졸려서 눈을 뜨기 힘듭니다. 조금 더 자고 싶어서 등을 돌리고 다시 눈을 감습니다. 아버지는 거칠게 어깨를 흔듭니다. 그리고 큰소리로 말하기 시작하죠. 아이를 억지로 깨웁니다. 그런 다음 찬물로 샤워하게 합니다. 샤워가 끝나면 푸짐한 아침을 먹고요. 아이가 하루 일과를 시작하게 만듭니다."

"식탁에 무슨 음식이 있죠?"

"건강식입니다. 시리얼, 빵, 과일…… 그리고 주스입니다. 케이크는…… 없습니다. 아버지는 과감하며 외향적이고 자신만만하며, 주저

하지도 않고 의문을 던지지도 않으며 감성이 풍부하지도 않습니다. 자신감 있고 사교성도 좋습니다."

"그는 어떻게 옷을 입었지요?"

"심플하게, 바지와 셔츠를…… 아들은 소심합니다. 모든 문제에 대해 이리저리 생각하며 머뭇거립니다."

"그렇다면 신중하다는 말이군요."

"그렇게 보이지만 사실은 아닙니다. 그의 억제된 행위는 감수성을 더욱 예민하게 만듭니다. 그는 아버지의 자신만만함을 싫어해요. 인생이란 보다 복잡하고 보다 난해하며 보다 풍요롭다고 믿습니다. 그러면서 아무도 모르게 아버지가 얼간이에다 일차원적이고, 오로지 권력에만 관심을 보이며 자기 자신의 삶과 다른 사람의 삶에서 다른 측면을 보지 않으려 한다고 비판하지요. 아들은 아버지의 목표와 가치를 거부합니다. 그리고 마음속으로 자기가 더 잘났다고 느껴요. 하지만 행동으로 옮길 수는 없습니다. 결단력이 부족합니다."

"하느님은 자기 아들에게 그건 오해에서 비롯되었다고 어떻게 설명할까요?"

"무슨 오해를 말하는 겁니까?"

"아들은 하느님에 대해 잘못된 생각을 갖고 있어요. 누군가가 그런 거짓말을 했고, 그는 그걸 그대로 믿은 거예요."

"……"

"둘은 아침을 멋지게 보내는군요, 래리. 당신이 그날 아침의 일을 모두 떠올리는 것만큼 좋은 건 없을 것 같네요."

"무슨 말도 안 되는 소리를 하는 겁니까, 라미레스 씨?"

"우리가 앞으로 일어날 일에서 눈을 떼지 않고 있으면 곧 알게 될 거예요."

"무슨 일이 일어나지요?"

"래리, 두 사람은 어디로 가죠?"

"왕국을 살펴보러 갑니다. 유대인과 다른 모든 사람들이 무엇을 하고 있는지 지켜보고, 소돔과 고모라에서 죄악을 가려내고, 물길을 열고, 십계명을 선포하고, 재앙과 홍수를 만들고…… 다스리기 위해……"

"……"

"그게 바로 종교입니다. 권력에 대한 집착이지요. 그 어떤 신자도 갖고 있지 않은 권력, 하지만 신자들이 하느님 안에서 숭배하는 권력. 하느님은 아들의 손을 잡고 걸으면서 빌어먹을 모든 무질서와 난잡함을 보여주며 이렇게 말합니다. '언젠가 너는 이 모든 것을 정리해야 한다. 너 혼자의 힘으로.'"

"……"

"'나는 너를 그 시궁창으로 보낼 것이다. 너는 그곳에 필요한 지시를 내리게 될 것이다.' 아들은 가고 싶지 않지만, 아버지는 아들을 내보낼 겁니다. 아들은 아버지의 보호 아래 머물기를 원하지요."

"아버지는 자기 옆에 머물게 할 거예요. 아직 아침 시간은 끝나지 않았으니까요. 아직 즐겁게 보낼 수 있는 시간이 남아 있어요."

"……"

"두 사람은 뭘 할까요? 놀이를 할까요? 아니면 함께 책을 읽을까요?"

"아버지는 책 읽기를 좋아하지 않습니다, 라미레스 씨."

"당신은 아들이 하느님을 기쁘게 할 방법을 찾으리라고 생각하나요?"

"하느님을 기쁘게 하는 방법은 하느님의 말에 맞장구를 치고, 그가 말하는 대로 행동하고, 문제를 일으키지 않고 질서를 무너뜨리지 않는 겁니다. 적정선에 있으면 그것으로 충분합니다."

"하느님은 무엇을 하는 걸 좋아하죠?"

"바보 같은 취미를 갖고 있습니다. 물건을 정리하는 것인데, 너무 많이 생각해야 하는 일이나 혹은 너무 많은 의미를 지니고 있거나 중요한 일은 하지 않습니다."

"아마도 그에게…… 어떻게 의미 있는 일 혹은 중요한 일을 해야 하는지…… 가르쳐주면 좋아할 거예요."

"아마도 그럴 겁니다."

"무엇을 좋아할까요?…… 무엇을 배우고 싶어하나요?"

"모르겠습니다. 그의 능력은 제한되어 있습니다. 또한 자신의 좁은 영역에, 좌절감에 빠져 있고요. 그리고 절대로 그 줄을 놓지 않을 것이며, 아들이 독립적으로 행동하면 자신의 분노와 불쾌감을 아들에게 풀 겁니다. 하느님은 권위적입니다."

"다른 아이들은 자기들끼리 즐겁게 놀고 있어요. 그에게 가르쳐줘야 할 첫번째 놀이가 무엇이죠?"

"이미 오래전에 굳어진 사람을 바꾼다는 건 정말 어렵습니다. 그런 성격의 것을 가르친다는 것 자체가 그를 파멸시킬 수 있습니다."

"하지만 하느님은 즐거운 시간을 보내려고 해요. 래리. 그래서 그런 놀이를 배울 필요가 있어요. 어쩌면 곧 죽을지도 몰라요. 늙었으니까요. 아니, 그것보다 더한 문제는 그가 불멸의 존재이고, 계속 살아야 한다는 건데…… 그들은 밤에 무엇을 하지요?"

"벌써 아침은 지난 겁니까?"

"이미 지났어요. 밤이 되었고, 시간이 얼마 없어요. 힘들고 어두운 날을 행복한 날로 바꾸려면 무언가를 해야 해요."

"당신은 항상 행복에만 관심을 보입니다. 행복은 도처에 넘쳐흐르는 물건이 아닙니다."

"그의 얼굴은 어떻죠?"

"하느님의 얼굴 말입니까?"

"그래요."

"주름진 강인한 얼굴입니다. 긴 얼굴인데, 부드럽기도 합니다. 강하면서도 부드럽습니다. 엄하면서도 다정합니다. 이 두 가지가 내 마음에 들어요. 그는 내 친구였습니다. 나는 그에게 보다 많은 것을 기대했지만, 그게 뭔지는 모르겠습니다. 그가 안 된다고 거부하지는 않았을 거예요. 그는 많은 것을 줄 수 없었습니다. 가진 게 많지 않기 때문이지요. 하지만 아주 다정하고 인자했습니다. 그게 중요해요. 내가 그에게 무엇을 바랐는지는 나도 모르겠습니다."

"당신은 이미 알고 있는 누군가의 얼굴로 하느님을 상상했나요?"

"파란 눈이었습니다. 때때로 시선은 딱딱하고 차가웠지요. 큰 코에 뺨과 턱은 튀어나와 있었습니다. 게다가 대머리가 되어가고 있었어요. 손은 컸고, 털이 북슬북슬했습니다."

"그의 시선이 딱딱하고 차가운 때는 언제였나요?"

"예측 불가능했습니다. 바로 거기에 문제가 있었어요. 그 자신도 왜

멋대로 변덕스럽게 그런 변화가 일어나는지 몰랐습니다. 우리는 그를 이해할 수 없었습니다. 사랑했지만 이해하지는 못했던 거죠. 그는 제 멋대로에다 변덕스러웠습니다. 우리는 그를 무척 좋아했지만, 그는 우리를 실망시켰습니다."

"잘 시간이 되기 전에 오늘밤 무언가로 그를 행복하게 해줄 방법이 있을까요? 당신도 행복할 수 있는 놀이가 있을까요?"

"……"

"두 사람이 좋아하던 것, 정말로 좋아하던 것이 있었나요?"

"……"

"두 사람이 함께 즐기던 것이 있었나요?"

"아마도 어머니 없이 우리 단둘이 어딘가로 갔다면, 두 사람이 함께 즐길 수 있는 새로운 장소로 갔다면 좋았을 것 같습니다. 그가 솔직하게 자기 자신을 드러내고 나와 보다 많은 것을 공유했더라면, 모든 게 훨씬 쉬워질 수 있었을 겁니다."

"시간이 많이 남은 것 같지 않아요. 늦었어요, 래리. 곧 잠잘 시간이 될 거예요. 그러니 어서 뭔가를 해야만 해요. 그날을 위해서……"

"슬퍼할 이유가 없습니다. 행복하지는 않더라도 우리는 계속 살아갈 겁니다."

"내 경우는 달라요, 래리. 내게는 시간이 얼마 남아 있지 않아요. 부탁이니 그를 즐겁게 하려면 무엇을 해야 하는지 말해줘요."

"이미 말했습니다. 규칙을 지키고 제대로 행동하는 겁니다. 문제를 야기하지 않는 겁니다. 그러면 기뻐할 거예요."

"나는 문제를 만들고 싶지 않았어요."

"당신의 일기를 본 것으로 판단하자면, 당신은 수많은 문제를 야기했습니다. 정말이지 대단했지요."

"당신은 지금 나를 혼란스럽게 만들고 있어요."

"아닙니다. 당신의 행동을 높이 삽니다. 당신은 괴물같이 탄압하는 기관에 맞섰습니다."

"난 문제를 야기하고 싶지 않아요. 내가 유일하게 원하는 건 그의 파란 눈이 바뀌는 것…… 지금 나를 바라보고 있어요……"

"그가 당신을 똑바로 쳐다보기를, 당신에게 미소 짓기를…… 바라는군요. 그런데 왜 아버지를 필요로 하는 겁니까? 당신은 마음대로 살 수 있습니다."

"눈이 감기네요, 너무 피곤한 것 같아요…… 원한다면 저 책들을 보기 시작해도 괜찮아요……"

"고맙습니다…… 진심으로 하는 말입니다."

"난 보잘것없는 사람이에요. 그런 감사의 말을 받을 정도로…… 난 아무것도 한 일이 없어요."

"라미레스 씨, 솔직하게 말해도 되겠습니까? 그렇게 허약하고 애처로운 당신의 모습이 역겹습니다. 꼴불견입니다…… 당신은 믿을 수 없는 인생의 고난에 맞섰습니다. 당신은 정말로 강인한 사람입니다. 그런데 그토록 강한 사람이 어떻게 된 겁니까? 나는 그 사람을 알고 싶고 그 사람과 말하고…… 그의 대역이 아니라…… 당신은 라미레스 씨가 아닙니다…… 어디에 있지요? 그 사람은 어떻게 된 겁니까? 당신은 누구입니까?"

"……"

"당신은 적과 맞서 싸웠고, 전쟁터에서 도망치지 않았고······"

"나는 문제를 만들고 싶지 않아요······ 만일 내가 그렇게 한다면, 그는 다시 나를 차갑고 엄한 눈으로 바라볼 거예요······"

"여기서 뭐하는 거죠?"

"아무것도 아니에요. 그냥 당신 책을 보며 작업하고 있습니다. 당신은 막 잠들었고요."

"아, 그렇군요······ 미안해요."

"한 시간 넘게 주무셨어요."

"몰랐어요. 어젯밤에 거의 잠을 못 잤어요."

"게다가 제가 반박의 여지가 없는 점을 얘기했는데, 인정하려고 하지 않으셨어요. 그래서 대화가 끊어졌습니다. 하지만 괜찮아요. 전 계속 책을 보고 있습니다."

"안 돼요······ 제발 그만······"

"뭐가 안 된다는 겁니까?"

"조금만 나와 대화해요."

"그럼 같은 주제를 가지고 계속 얘기하기로 하지요, 라미레스 씨."

"당신이 생각하는 걸 모두 말해줘요. 입다물고 있지 말아요."

"좋습니다. 당신은 전문 분야에서 매우 열심히 일했습니다. 그렇죠? 처음에는 노동법 전문 변호사였을 것 같아요. 여기 메모하는 방식으로 보나 백과사전을 읽는 방식으로 보나 당신은 틀림없이 매우 근면하고 성실하며 꼼꼼했을 겁니다. 저처럼 학술적인 훈련이 되어 있는 게 보입니다. 그런 작업 습관은 노력이 뒷받침되고 심지어 고통까지 수반되어야 얻어지죠. 하지만 일을 사랑하게 되는 순간에 이르면, 더이상은 고통스럽거나 힘들지 않아요. 책과 추상적 개념과 씨름하고, 일상생활과 분리된 주제를 다루는 게 즐겁고 편안한 일이 됩니다. 그렇지 않습니까?"

"당신 말이 맞는 것 같아요. 하지만 그게 뭐가 나쁜 거죠?"

"일하는 건 좋은 겁니다. 하지만 좋은 것은 위험한 것으로 변할 수 있고, 우리를 유혹할 수도 있습니다. 많은 업적을 쌓고 많은 것을 손에 넣는 것은 좋은 일이기에, 그리고 사회적으로 유용한 일을 하기 때문에, 당신의 영혼은 고통스럽고 어려운 다른 일에서 벗어나려고 합니다. 당신은 일이라는 명분으로 가족을 희생시켰습니다. 당신은 아내와 아이들을, 그들이 일상적으로 필요로 하는 것을, 그들의 요구를 무시했습니다. 그래서 이제 당신은 마음 편히 살 수 없는 겁니다."

"당신은 지금 모든 것을 마음대로 지어내고 있어요. 당신이 내 삶을 알 도리가 없는데도 말이에요."

"옥중 일기에 당신 글씨로 적혀 있습니다."

"모두 당신의 상상일 뿐이에요. 당신에게 관심을 기울이지 않은 건 당신 아버지예요. 그러니까 다시 말하면…… 내가 아는 것이라고는 당신이 그래서 아버지를 비난한다는 사실이에요. 그의 말을 들어보고 싶군요."

"당신은 아무 잘못도 없다고 맹세하지만, 마음속으로는 죄가 있다고 느끼고 있습니다. 그럴 만한 이유가 있을 겁니다."

"난 두려워요. 하지만 그건 다른 문제예요. 나 자신을 방어할 기운이 거의 남아 있지 않네요."

"죄가 있기에 두려워하는 겁니다."

"그건 당신의 경우예요. 그래요, 래리, 그건 당신의 경우에 해당해요. 왜 죄책감을 느끼죠?"

"……"

"당신이 왜 죄책감을 느끼는지 말한다면, 아마 나도 내 잘못이 뭔지 기억할 수 있을 것 같아요. 그 잘못을 인정하는 걸 결코 수치스럽게 여기지는 않을 거고요. 하지만 그렇게 하려면 당신의 도움과 자비가 필요해요."

"당신에게 이미 말했습니다. 나는 우리 어머니를 원했고, 우리 아버지를 어머니에게서 영원히 떼어놓고 싶었고, 아버지가 어떻게 되든 전혀 관심이 없었다는 점에서 죄인입니다. 정말이지 아버지를 어머니에게서 영원히 떼어놓을 수만 있다면, 그가 길거리로 쫓겨나든, 아니면 버려지든, 길거리를 배회하다가 굶어 죽든, 살해를 당하든 상관이 없었습니다. 아버지를 무척 사랑하면서도 내 욕망을 만족시키기 위해 그를 파괴하고 싶었지요. 아버지는 어머니가 자기 소유물이라고 했습니다. 아버지에게서 어머니를 빼앗고, 정당하게 내가 소유한 것을 움켜쥐고 싶었습니다."

"은근슬쩍 그 이야기로 빠져나가려고 하는군요. 당신은 약삭빨라서 똑같은 이야기만 반복해요. 준비되어 있는 말을 하죠. 환원주의자들이 당신의 생각을 끄집어내기 위해 들려준 말인가요? 아니면 재미 삼아 그대로 반복하는 건가요? 그게 재미있다기보다는 부정확하고 불쾌하다고 생각하지 않나요?"

"그들은 그게 바로 문제라고 말합니다. 나도 그들 말이 맞다고 생각해요."

"당신이 생각할 수 있는 말 중에서 그게 이 세상에서 가장 불쾌한 말 아닌가요? 아니면 그것보다 더 심한 말이 있나요?"

"내가 어렸을 때 우리 어머니는 다른 이야기를 들려주었습니다. 갓 태어났을 때 나는 바싹 여위고 못생겨서 원숭이 같았고, 목덜미에는 긴 털이 자라나 너무도 추해서 그녀뿐만 아니라 우리 아버지도 혐오스러워했지만, 유감스럽게도 쓰레기통에 던져버리지는 않았다고 말했습니다. 어느 날 학교에서 집으로 돌아가는데, 꼬마 둘이 내 옆을 웃으며 지나가면서 내게 원숭이 같다고 했어요. 나는 마음에 큰 상처를 입고, 그들에게 그렇지 않다고 대답했지요. 우리 어머니가 그 이야기를 한 때는 그 일이 있기 몇 달 전이었지만, 아이들의 말은 꼭 그 사실을 확인해주는 것 같았습니다."

"그게 당신 기억에서 가장 마음 아픈 이야기인가요?"

"더 끔찍한 것도 있다고 확신합니다. 더 깊은 곳에 있을 거예요."

"……"

"'놀랍도록 줄어든 사나이'라는 제목의 영화가 있습니다. 남자는 요트를 타고 있습니다. 조그만 요트입니다. 남자는 유람 여행을 하고 있어요. 그런데 안개, 혹은 갑자기 바닷물에서 솟아올라오는 바다 안개를 지나가게 됩니다. 아주 멋진 영화입니다. 모든 게 햇빛이 화사한 일요일에 시작되지요. 친구와 함께 있는 그는 자기의 삶이 행복하다고 느낍니다. 그런데 갑자기 안개가 나타나고, 그 안개를 지나가며, 그들은 이렇게 말합니다. '정말 이상한 일이야. 도대체 무엇일까?' 그는 아주 아름다운 여자와 결혼했고, 그 역시 멋진 남자입니다. 지성과 미,

체격까지 완벽한 한 쌍이지요. 이 아름다운 커플은 둘이 행복하게 지냅니다. 그러다 그는 옷이 조금 크다는 것을, 셔츠 깃이 조금 느슨하고 양복이 헐렁하다는 사실을 알게 됩니다. 몸무게가 줄어서 그런 거라고 생각해요. 하지만 그는 더 작아지고, 소매가 거의 손을 뒤덮는다는 걸 알게 됩니다. 아내 옆에 서면 더욱 작아 보입니다. 그렇게까지 되자, 매우 걱정스럽고 불안해집니다. 아내는 늘 그를 이해해주고, 끊임없이 그에게 사랑을 재확인시켜줍니다. 하지만 그는 혼란스러워하면서 사소한 일에도 아내에게 짜증을 내고 화풀이를 하지요. 그는 의사를 찾아 조언을 구하려 합니다. 결국 고양이에게서 몸을 피해야 하는 순간에 직면합니다. 그와 비교하면 고양이는 선사시대의 공룡처럼 커다랗습니다. 마치 자기의 남성성을 도둑질당한 것 같고요. 무언가가 그에게 굴욕을 줄 때마다 아내가 항상 함께 있기 때문입니다. 그는 계속 작아지고, 마침내 난쟁이가 됩니다. 하지만 이후 과정은 반대로 진행됩니다. 문제는 우리 모두가 알고 있는 우울한 심리 상태가 실체화된 것처럼 사람들이 정말로 놀란다는 사실입니다."

"난 우리 어머니에게 욕망을 느낀 적이 없어요. 난 그녀의 얼굴을 기억하고 싶어요. 만지고 싶어요. 그게 내가 그녀에게 욕망을 느낀다는 뜻인가요?"

"모르겠습니다."

"우리 아들도 나를 죽이고 싶어한다고 생각하나요?"

"그렇습니다. 우리 아버지는 당신 같은 사람이 아니었습니다. 노동자였고 무식했으며 자기 생각을 제대로 표현하지도 못했습니다. 그는 단순했고 심지어는 바보였지요. 그래서 그를 쫓아낸다는 생각에 엄청난 죄책감이 들었지요. 당신 같은 사람을 쫓아내고자 했을 때 당신 아들이 느꼈을 죄책감을 상상해보십시오. 그는 틀림없이 당신처럼 자질 있는 사람과는 경쟁이 되지 않는다고 생각했을 겁니다. 그러나 그는 당신 자리를 차지하려고 했습니다."

"이거 아나요…… 당신이 읽고 있던 메모라는 것은…… 나는 그 메모에 있는 그 어떤 단어도 믿지 않아요…… 그 단어들은 소설 같아요. 게다가 아주 오래된 거지요. 당신은 그 메모를 읽고 그 안에서 당신이 원하는 것을 보고 있어요…… 당신을 나무라는 말이 아니에요…… 나는 당신의 노력에 깊이 감사하고 있어요."

"……"

"당신은 내가 스스로를 열등한 존재로 느끼지 않도록 거짓말까지 하고 있어요. 나는 당신 부모가 훌륭한 사람인 걸 알아요. 그리고 내가 범했던 실수를 인정해요. 당신 부모가 실수하지 않은 부분들에 대해서도 들으면 좋을 것 같군요."

"온갖 실수를 범했고, 앞으로도 그럴 겁니다. 내 기억 속에는 좋은 순간들이 그리 많지 않아요."

"나를 너무 배려하는군요. 그래서 소중한 기억을 드러내지 못하고, 가장 아끼고 사랑하는 일화들을 보여줄 수 없는 거예요. 한 가지 해결책을 제안하지요. 당신 부모가 내 부모인 양 말해보세요. 나의 멋지고 훌륭한 부모들에 대해 말해줘요."

"……"

"……"

"좋습니다, 라미레스 씨."

"먼저 우리 어머니에 대해."

"어느 날 당신 어머니는 당신을 동물원에 데려갔습니다. 그날 그녀는 무척이나 행복했습니다. 외출복을 입고 머리를 손질하고 화장을 했습니다. 당신은 그녀가 아주 예쁘다고 생각했지요. 당신 어머니는 만면에 미소를 띤 채 즐거워했고, 한시도 쉬지 않고 말했습니다. 당신들은 이런저런 대화를 했습니다. 당신은 정말로 그걸, 그러니까 어머니가 당신에게 얘기하는 걸 가장 좋아했지요. 요즘 버스나 지하철에서…… 몇몇 어머니들도 아이들에게 그렇게 하는 것 같습니다. 당신들은 동물원으로 가는 길이었고, 브롱크스로 가는 지하철을 탔습니다. 아주 오랫동안 지하철을 타고 가야 했지만, 그녀는 짜증을 내거나 투덜대지 않았습니다. 아들과 쉬지 않고 이런저런 이야기를 했지요."

"무슨 이야기였나요?"

"당신이 코를 풀고 싶다면서 휴지를 달라고 했고, 또 껌을 달라고 한 기억이 납니다. 그녀는 가방을 열어 아들이 달라고 한 것을 주었습니다. '엄마, 휴지 한 장 주세요.' ……그녀는 아주 행복해했고, 당신은 그 이유를 몰랐습니다. 그녀가 당신과 단둘이 있으면서 즐거워하고, 당신이 그녀의 훌륭한 동반자이며 그녀가 즐거워하는 모습을 본다는 것 자체만으로도 당신은 몹시 기뻤지요."

"난 그 행복한 날을 기억하지 못해요. 부탁이니 조금 더 이야기해줘요."

"그러고 나서 당신들 둘은 맨해튼 거리를 거닐었습니다. 손을 꼭 잡고서요. 그녀는 계속해서 미소를 지으며 얘기했습니다."

"그날 그녀가 왜 그랬던 거죠?"

"당신들 두 사람은 마치 파트너 같았습니다."

"그녀는 단것을 좋아했나요?"

"어머니를 즐겁게 해준 적이 또 한번 있다는 것을 당신은 기억해요. 비가 오는 날이었습니다. 조그만 아파트에서 살고 있었습니다. 비 때문에 밖으로 나갈 수가 없었죠. 그녀는 건물 주인에 대한 불평을 늘어놓았습니다. 난방 시설도 없는데 임대료는 비싸다, 따위의 말이었죠. 하지만 그런 불평이 중요한 건 아니었습니다. 중요한 건 그녀가 당신을 믿고 그런 생각을 당신과 공유하며 말한다는 사실이었습니다. 잠시 당신은 바닥에서 장난감을 갖고 놀았습니다. 그러고는 다시 부엌으로 돌아와 간식을 먹고 조금 더 어머니와 이야기를 했습니다. 밖에는 비가 내리고, 당신들은 안에 있던 그날은 아주 포근하고 아늑했습니다."

"나는 우리가 주택에 살았다고 생각했어요."

"주택에 살기 전에 아파트에서 살았습니다. 바로 그날 밤 당신 아버지는 선물을 들고 집에 돌아왔습니다. 아마도 음반이었던 것 같습니다. 아마 내가 처음으로 갖게 된 음반이었을 겁니다. 나는 너무나 기뻐 펄쩍펄쩍 뛰면서 흥분했습니다."

"내 첫번째 음반, 그리고 나는 몹시 흥분했지요. 너무나 좋아서 펄쩍펄쩍 뛰었고요."

"틀림없이 당신은 아버지를 꼭 껴안았고, 선물을 줘서 고맙다면서 입을 맞췄습니다. 그 또한 행복해했습니다. 두 사람 모두가 행복했어요. 당신이 선물을 받고 무척이나 흥분하는 모습을 보고 그들도 기뻤을 겁니다…… 분명히 그들의 관계가 아주 좋았을 겁니다. 그 행복이 당신에게도 넘쳐흘렀고, 당신 역시 그걸 느꼈으니까요. 아주 오래된 기억입니다. 당시 그런 기쁨을 느끼는 경우는 많지 않았습니다. 하지만 세 사람이 행복해하던 때가 몇 번 있었습니다."

"어떤 음반이었죠?"

"당신은 항상 사소한 질문만 하는군요."

"그럼 내가 평생 그에게서 받은 선물 중 어떤 게 최고였는지 말해줘요. 기억이 나질 않아요."

"……"

"자, 래리…… 꼭 구체적인 진짜 선물이 될 필요는 없어요. 내게 해준 충고도 될 수 있어요. 적어도 당신은 그 충고, 모든 충고 중에서 가장 좋았던 충고를 기억할 거예요."

"진심으로 말하는데, 충고는 중요하지 않습니다. 말은 중요하지 않습니다. 지성도 중요하지 않습니다."

"그럼 뭐가 중요하죠?"

"아들이 부모에게 어떤 느낌을 갖느냐는 겁니다. 부모들을 기쁘게 해주었을 때의 느낌입니다. 그리고 그와 부모들이 느끼는 모든 것을…… 아들은 포착합니다. 그는 혼동하는데, 그게, 그러니까 시궁창을 들여다볼 때 보이는 것이 자신의 얼굴이라고 생각합니다."

"아들은 시궁창의 썩은 물에 비친 자신의 모습을 본다는 말인가요?"

"그의 영혼은 그런 빛과 그림자로 이루어졌습니다. 빌어먹을 충고나 조언이 아닙니다."

"나는 우리 부모님을 만지고 싶어요. 그게 내가 그들을 사랑한다는 충분한 증거가 될까요?"

"예."

"어디를 만져야 우리 부모님이 기분좋아할까요?"

"아무데나 상관없습니다."

"당신은 내게 뭔가를 숨기고 있어요. 나는 반드시 피해야만 하는 실수가 있다는 걸 알고 있어요."

"난 그 누구에게도 그렇게 많은 걸 말해준 적이 없습니다."

"제발 부탁이니 내가 실수하지 않게 도와줘요."

"당신은 치명적인 실수를 저지를 겁니다."

"난 우리 어머니를 만지고 싶어요."

"돌아가셨습니다. 오래전에 돌아가셨습니다."

"……"

"하지만 당신 안의 어딘가에 있습니다, 라미레스 씨."

"당신 말을 이해할 수 없어요. 내가 알고 싶은 것은 그녀를 만질 수 있느냐는 것뿐이에요."

"모든 걸 그렇게 단순화시키지 마십시오. 세상일이 그렇게 간단한 게 아닙니다."

"그녀의 생각이 있는 곳, 그러니까 이마에 입을 맞추고 싶어요…… 그리고 그녀의 마음이 있는 곳에…… 또 우리 아버지의 손에…… 입 맞추고 싶어요…… 그의 손은…… 피로에 절어 있거든요…… 다이커팅기를 치우고…… 종이를 들어올려 옆에 쌓아놓는 일로……"

"……"

"우리 어머니는 그녀의 생각이 있는 곳, 다정한 생각이 있는 곳에 입을 맞추면 좋아할까요?…… 너무나 사랑스러운 감정이 있는 곳……

그녀의 심장에 키스를 하면 어떨까요?"

"무슨 소리를 하는지 모르겠습니다."

"우리 아버지는 음반을 선물로 가져왔어요. 당신이 방금 전에 말했어요…… 이것은 그의 이마에도 다정한 생각이 있다는 걸 의미해요…… 나는 아버지의 심장에 입맞춰야 할 거예요…… 그녀를 사랑한…… 그리고 나는…… 내게 생명을 준…… 우리 아버지의 성기에 입맞춰야만 할 거예요…… 우리 아버지는 내게 생명을 주었어요…… 그는 자신의 모습과 비슷하게 나를 만들었어요…… 그런데 왜 그랬을까요? 왜 그렇게 했죠?"

"그는 당신이 어떤 사람인지 관심이 없었습니다. 당신을 생각하지 않았지요. 단 한 번도."

"그리고 나는 그녀의 손에 입맞춰야만 해요…… 그녀의 손도 피로에 절어 있어요…… 하루종일…… 집에서 일했거든요…… 그리고 나를 품었던 그녀의 배에도 입맞춰야 하고…… 나를 낳아준…… 그녀의 성기에도…… 당신의 종합 심리학 법칙에 의하면, 이것이 내가 나쁜 욕망을 품고 있다는 뜻인가요?…… 내가 어머니에게 나쁜 욕망을 느낀다는 당신의 거짓말을 너무나 많이 들어서…… 이제는 아무 이유 없이 내가 죄를 지었다고 느끼고 있어요. 당신은 의도적으로 내 정신을 망가뜨리고 있어요."

"똑바로 행동하십시오. 아니면 마피아가 와서 당신을 심문할 겁니다."

"제발 부탁이에요! 더이상 그 단어를 입에 올리지 말아요. 그 말을 들으면 너무나 겁이 나서……"

"왜 그렇습니까?"

"물론 내가 읽은 것 때문이지요. 신문에는 항상 그에 대한 끔찍한 기사가 실려요. 어떤 이유에서건 마피아가 나를 심문하러 올 테고, 내가 기억을 상실했다고 해도 믿지 않을 거라는 생각이 드네요. 그들은 최후의 심판처럼 인정도 없고 자비도 없는 것 같아요. 나를 어떤 범죄의 용의자로 몰아 고소할 수도 있어요. 그런데 어떤 범죄일까요?"

"……"

"무슨 죄목으로 당신을 고발할까요? 그걸 내게 말해주면, 내가 왜 고발되었는지 영원히 기억할 것 같은데……"

"구체적인 범죄를 거론하는 건 아닙니다. 그건 모든 것에 퍼져 있는 감정입니다. 당신은 죄를 지었다는 것을 알고 있지만, 왜 죄를 지었는지는 모릅니다. 당신도 항상 그런 느낌을 지니고 있습니다, 라미레스 씨. 그래서 항상 누군가가 당신에게서 무언가를 훔쳐가거나 당신의 메모를 훔쳐볼 거라고 상상하는 겁니다. 아니면 당신의 책을 훔쳐갈 거라고 생각하지요. 목표는 사라졌고, 원래의 행위는 잊혔지만, 죄는 마치 기름 얼룩처럼 당신의 삶에 번져나갑니다."

"밤은 어두워요. 병실도 마찬가지예요. 요양원의 방은 덜 어두워요. 커다란 창문이 있거든요. 래리는 밤에 요양원의 창문으로 들어와서 나를 놀라게 해요. 가장 어두운 시간은 새벽 첫 시간대죠. 밤에는 시계를 보는 게 금지되어 있어요. 새벽 네시면 해가 밝아올 때까지 세 시간 반은 더 있어야 해요. 그리고 새벽 두시면 다음날 아침보다는 전날 밤이 더 가깝지요. '고독은 나쁜 조언자'라고 언젠가 처녀자리 간호사가 말했어요. 좋은 의도로 그랬던 걸까요? 아니면 나쁜 의도로 그랬을까요? 래리에게는 물어볼 수 없어요. 그 역시 모르니까요. 중앙 현관 경비는 삼엄해서, 나쁜 의도를 품은 사람들이 병원으로 들어올까봐 걱정할 필요가 없어요. 십오층 창문으로 들어온다는 것은 있을 수 없는 일이에요. 새벽 두시면 여명보다 전날 밤에 더 가까워요."

"당신의 불만들이군요."

"어!…… 거기서 뭘 하는 거죠?"

"여기 카펫에 누워 편하게 잠을 자고 있었습니다. 그런데 당신의 잠꼬대 때문에 깼지요."

"밤에 쳐들어와 놀라게 해서 나를 죽일 작정이군요."

"어린아이처럼 굴지 마십시오."

"어디로 들어왔나요?"

"모르겠습니다. 왜 그런 쓸데없는 질문으로 시간을 낭비하려고 합니까? 우리에게는 급하게 생각해야 할 문제가 많습니다."

"물론 그렇긴 하지요."

"이제 당신 앞에 있으니 말인데, 이 작은 동물을 기억합니까? 언젠가 우리가 함께 본 겁니다."

"램프를 켜요. 눈이 부시지 않은 걸로."

"이제 됐습니다…… 알아보겠습니까? 아니면 아직도 못 알아보겠습니까?"

"그래요…… 물론이에요……"

"자, 라미레스 씨. 내게 거짓말할 생각은 마십시오."

"당신에게 거짓말을 할 이유가 없어요…… 아주 잘 기억나요. 워싱턴 광장에서 본 그 여자의 개지요. 웃으면서 아이를 데리고 다니던 여자 말이에요."

"정확하게 맞혔습니다."

"하얗고 털이 복슬복슬해서 인상 깊게 봤거든요."

"그렇게 팔을 크게 움직이지 마십시오. 지금 산소 텐트에 있다는 걸 잊지 말아요."

"아, 그래요…… 맞아요…… 미처 생각하지 못했어요……"

"아마도 밤이었을 겁니다…… 아마도 당신이 숨을 헐떡이는 통에 의사들이 놀란 나머지, 당신을 다시 산소 텐트에 넣었을 겁니다."

"의사와 간호사들. 그들이 개와 당신과 마주치지 않았다는 게 이상하네요."

"왜 그렇게 떨죠?"

"너무 추워요. 특히 발이 얼음장 같아요."

"담요 하나 더 갖다드릴까요?"

"여분의 담요를 안 주네요. 벽장에 다른 담요가 없어요. 게다가 당직 간호사를 부를 수도 없지요. 그러면 당신이 여기에 있다는 걸 알게 될 테니까요."

"카펫은 따뜻합니다. 아주 편안하게 잤습니다, 라미레스 씨."

"이 개는 눈이 착해 보이는군요."

"그렇습니다. 당신이 마음에 든 것 같습니다. 그래서 당신에게 가까이 가는 거지요. 따스하고 부드러운 양털처럼 깨끗한 냄새가 나지 않습니까?"

"그래요, 맞아요."

"착한 동물입니다. 얼마나 조심스럽게 다가가는지 눈여겨보십시오. 다리는 흠잡을 데 없이 깨끗하고, 주둥이에서는 아주 좋은 난방기에서처럼 아무 냄새도 없는 따뜻한 공기, 김이 나옵니다."

"마치 허락을 구하듯 내 침대 위에 다리 하나를 조용히 올려놓았어요."

"목덜미를 쓰다듬으면, 개는 그것이 자기를 환영한다는 뜻임을 알고 다른 쪽 다리도 올려놓을 겁니다."

"목덜미의 털 아래로 따뜻한 가죽이 느껴질 거예요."

"이 동물은 복슬복슬한 털로 덮여 있어요. 네 다리는 깨끗해서 침대에 올려놓아도 시트가 전혀 더러워지지 않을 겁니다. 이 개는 아주 가볍지만 따뜻합니다. 당신 발 근처에 누워 발을 감싸주면, 전혀 무게감이 없어도 따뜻해질 겁니다. 당신은 곧 추위를 느끼지 않을 거예요."

"마치 아주 하얀 가죽 담요 같군요. 기분이 매우 좋아요."

"당신이 쓰다듬어주면 아마도 이 동물은 좋다는 신호로 알아듣고 고마워할 겁니다."

"그런데 래리…… 내가 개의 목덜미를 만진 후부터, 계속 이 순한 동물을 귀여워하고 있다는 걸 눈치챘나요?"

"나는 개의 주인만 걱정할 뿐입니다. 자기 개를 잃어버렸다고 생각하고 있을 겁니다."

"그리고 아이, 아이도 이 착한 동물을 애타게 찾고 있을 거예요. ……하지만 래리, 이건 암컷이에요…… 젖꼭지를 봐요, 새끼들에게 젖을 주어 아직도 불그스레해요."

"맞습니다. 주인은 아이와 함께 이 개를 데리고 산책했습니다. 그토록 추운 날 아침에 말입니다. 주인은 미소를 짓고 있었습니다."

"이 암캐가 콧구멍을 벌렁거리고 귀를 쫑긋 세우면서 나를 쳐다보네요. 그리고 눈은 반짝이고 있어요. 이빨도 보여주네요. 사람들이 웃는 모습과 똑같아요."

"용기를 내서 한 손을 산소 텐트에서 꺼내 쓰다듬으세요. 이 개는 바로 그걸 기다리고 있습니다."

"내가 이미 쓰다듬어주지 않았나요?"

"이 불쌍한 암캐가 얼마나 애처롭게 신음하는지 들리지 않습니까? 이미 늙고 지쳐 있는 개입니다. 당신보다 훨씬 더 피로에 절어 있습니다, 라미레스 씨."

"나보다 더하다고요? 그건 말도 안 되는 소리예요."

"이 암캐는 당신보다 더 늙었습니다. 틀림없어요. 나는 이빨을 보면 동물들의 나이를 알 수 있습니다."

"손을 꺼낼 용기가 나지 않아요."

"암캐는 처량하게 신음하고 있습니다. 불쌍하네요."

"차가운 손으로 만져도 괜찮을까요?"

"괜찮을 거라고 말하고 싶습니다, 라미레스 씨."

"털이 너무 부드럽네요. 이미 전에 이 동물을 쓰다듬었던 것 같아요…… 아주 오래전에…… 그래요! 이제 기억이 나요! 누군가가 내 손을 잡고 광장으로 데려갔어요. 그곳에 저 오래된 나무가 있어요. 그리고 그녀가, 내게 미소 짓던 그 여자가 내 손을 잡고 가면서, 이제는 절대 나를 버리지 않겠다고 약속했어요. 눈이 내리고 있었지만, 나는 광장으로 데려가달라고 몇 번이고 졸라댔어요. 눈에 덮여 모든 게 하얗게 변해 있었어요. 너무 아름다웠지요. 그리고 암캐 역시 희었어요. 그런데 그 여자가 결코 나를 버리지 않겠다고 맹세하는 순간, 암캐가 넘어져 죽었어요."

"그건 사실이 아닙니다. 당신은 항상 두려움을 가지고 있기에 그런 상상을 하는 거예요."

"눈 속에서 나는 추위를 느끼지 않아요. 나는 불평하는 게 아니에요. 왜 나를 나무라는 거죠?"

"당신은 춥고 배고픕니다."

"전혀 그렇지 않아요. 붉고 부드러운 젖꼭지 역시 따뜻하고, 젖을 먹어서 배고프지 않아요."

"이제는 신음하지 않습니다. 당신이 쓰다듬어주니 기분이 좋은가보네요."

"나는 어린애가 아니에요, 래리. 젖꼭지에서 젖을 빨아먹을 수 없어요. 암캐가 그렇게 하도록 놔두지 않을 거예요."

"이 개는 당신에게 줄 젖도 없습니다. 죽을 날이 가까워오고 있기 때문입니다."

"래리…… 조그만 소리가 들려요. 마치 누군가가 문을 긁고 있는 것 같아요."

"그렇네요, 누구인지 봅시다……"

"정말 이상해요. 똑같은 품종의 개예요. 상처를 입고……"

"아닙니다, 절룩거리는 겁니다. 늙어서 그런 거지요. 그런데 수컷입니다. 이 암캐처럼 늙었습니다."

"근데 다리가 더러워요. 침대에 올려놓고 싶지 않아요."

"이 품종은 너무 순하기 때문에 겁먹을 필요가 없습니다. 이 개는 이미 죽어가고 있습니다. 이 개보다 더 피로에 지친 존재는 평생 보지 못했습니다."

"아마도 이 산소가…… 생명이 되살아나게 해줄 수……"

"아닙니다. 당신은 이 개보다 더 젊습니다, 라미레스 씨. 당신들 둘

중에서 하나가 죽어야 한다면, 더 늙은 이 개가 죽는 게 낫습니다."

"너무 불쌍해요, 래리. 쓰다듬어주고 싶은 마음이 간절하네요. 이리 가까이 데려와요."

"이토록 하얀 침대 시트가 더러워질 수도 있는데 말입니까?"

"상관없어요……"

"틀림없이 이들은 평생 부부였을 겁니다."

"래리, 내가 이 개를 사랑한다는 사실을 알아요. 쓰다듬고 싶어 죽겠거든요. 이 개를 쓰다듬으면서 나는 다른 많은 것을 깨닫고 있어요."

"무엇을 말입니까?"

"당신에게 설명하기 힘들어요. 하지만 이 개는 내 말을 이해하고, 난 그것으로 충분해요. 암캐는 잠들어 있어요. 암캐는 내가 방금 전에 도착한 개를 쓰다듬어야 하는 순간이 지금이라는 것을 알고 있어요."

"이 문은 안에서 잠그는 겁니까?"

"아니에요, 래리. 걸쇠가 없어요……"

"그렇다면 어떻게 해야 할까요…… 저 발소리를 들어보세요……"

"왜 그런 거죠? 당신이 지금처럼 겁에 질려 얼굴이 창백해진 적이 없는데…… 누가 오는 거죠?"

"당신 말이 맞았습니다…… 그런데 나는 믿지 않으려고 했죠. 죄송합니다, 제 어리석음을 용서해주십시오…… 지금은 때가 너무 늦었습니다."

"래리, 나도 발소리를 듣고 있어요…… 이럴 수가! 잔인하고 흉악한 사람들이에요. 이마에 범죄자라고 쓰인……"

"사춘기 아이들 패거리가 아닙니다……"

"흉악범들이에요, 래리. 심문은 연극에 불과해요."

"아마도 당신이 마피아에 관해 했던 말이 맞는 것 같습니다."

"살인자들이에요, 래리. 그게 중요한 거지, 그들이 어느 집단인지는 문제가 되지 않아요."

"그들이 당신을 쳐다보고 있습니다. 당신을 찾고 있어요. 나를 한쪽 구석으로 밀어버리고서요. ……그런데 기운이 빠진 것처럼 보이던 개가 얼마나 정확하게 공격했는지 보세요!"

"가장 험악하고 위협적인 사람을 이미 쓰러뜨렸어요…… 그를 물어버렸어요. 아직 힘이 있고 날카로운 이빨로 더러운 목의 힘줄을 물어 뜯었어요!"

"그리고 암캐는…… 더 사나운 것 같습니다…… 나머지 두 사람이 꼼짝도 못하고 있어요…… 이러지도 저러지도 못해요…… 심지어 도망치지도 못하고…… 수컷이 덤벼들어요…… 암컷이 두 사람을 옴짝달싹 못하게 하는 사이 수컷은 목표물을 향해 달려듭니다. 그러자 두 사람은 차례로 죽을 정도로 피를 흘립니다…… 그래요…… 그들은 이제 거의 죽은 목숨입니다…… 우리를 지켜준 두 개는 녹초가 된 몸을 끌면서 방에서 나가고…… 이제 모든 것이 다시 원래 상태로 되돌아옵니다……"

"이것이 그들의 마지막 업적이에요, 래리. 저 가련한 늙은 개들이 숨을 헐떡이는 소리를 들어봐요. 자기 새끼처럼 나를 지켜주었어요."

"라미레스 씨…… 아마도 산소를 주면 목숨을 되살릴 수도……"

"의사는 한순간도 산소 텐트를 떠나면 안 된다고 말했는데……"

"라미레스 씨…… 죽어가고 있습니다…… 이제 두 마리의 호흡이 마지막 가래가 끓는 소리로……"

"래리…… 암캐를 이리로 데려와요…… 먼저 암캐를…… 구해보
도록 해요…… 죽을지도 모른다고 생각하니 너무나 괴로워요…… 차
라리 내 목숨을 거는 편이……"

"알았습니다. 당신에게 데려가지요……"

"암캐가 의식을 되찾는 즉시 수캐를 데려와줘요……"

"아니…… 아니…… 이게 어떻게 된 일입니까?"

"혹시 창문이 열려 있었나요?"

"가장 높은 층에서…… 허공으로 뛰어내렸습니다……"

"수컷이 따라서 뛰어내려요!…… 래리, 이건 내 잘못이 아니에
요…… 나를 그런 눈으로 쳐다보지 말아요!"

"나는 당신이 개들을 살리려고 했다는 것을 알고 있습니다……"

"나를 살리려고 자신들을 희생했어요……"

"그 불쌍한 동물들은 자기 새끼 돌보는 법을 알고 있었습니다."

"아…… 당신이군요…… 이 시간에는 안 올 거라고 생각했는데……"

"예…… 맞습니다…… 늦었습니다…… 컬럼비아 대학의 그 사람과 점심을 먹었습니다."

"일자리를 수락했군요……"

"아닙니다…… 그게 아닙니다…… 그 사람이 당신 책과 내가 점검하고 있는 것에 무척 관심을 보였습니다."

"책이라고요?"

"예, 당신의 옥중 수기입니다. 심지어 그는 몬트리올까지 전화를 걸었습니다."

"지금 같은 당신의 모습을 한 번도 본 적이 없어요. 아주 행복해 보이는군요."

"그렇습니다. 이것은 내게 아주 큰 도움이 될 수 있습니다. 당신이 반대하지 않았으면, 그러니까 당신 책을 사용하는 것을 반대하지 않았으면 좋겠습니다. 이것은 내 경력에…… 아주 좋은 기회가 될 수 있습니다. 내가 필요로 하는 인생의 분기점이 될 수도……"

"왜 그토록 흥분해서 펄쩍펄쩍 뛰는 거죠?…… 마치 원숭이 같아요…… 하지만 날 웃게 만들지는 말아요. 웃으면 갈비뼈가 아파서…… 제발…… 가만히 있어요."

"제 말 좀 들어보세요. 당신도 모든 인권 문제와 관련해서…… 인정받을 수…… 사람들은 이런 유의 투쟁에 관심이 많습니다."

"제발 가만히 좀 있어요…… 뛰지 말아요……"

"당신이 웃는 모습을 보는 것이야말로…… 믿을 수 없을 만큼 좋은 일일 겁니다."

"아니에요…… 내게 해가 될 거예요…… 난 더이상…… 쳐다보지 않겠어요. 내가 심한 통증을 느낄 거라는 사실을 알아요. 갈비뼈 몇 개가 부러질 거예요……"

"쓸데없는 소리 하지 말아요. 이 계획이 궤도에 오르면, 당신에 대한 기사가 잡지, 심지어는 책에도 실릴 겁니다."

"식상한 소리 같지만, 관심 있다면 계속하도록 해요. 당신이 원하는 대로 해요."

"잠깐만요, 물 한 모금 마셔도 되겠죠?……"

"아…… 근데 펄쩍펄쩍 뛰지 말아요…… 꼴불견이에요……"

"목이 마릅니다. 나는 당신 책 문제로 컬럼비아 대학의 그 사람에게 전화를 걸었습니다. 은밀하고 이해하기 힘든 당신의 메모에 관한 얘기도 하려고 했죠."

"그 사람이 누구죠?"

"내가 일주일 전에 일자리 때문에 인터뷰를 했다는 거 기억하세요? 그래요, 쓸데없는 일이었습니다. 하지만 그 사람의 전화번호는 알게 되었죠. 오늘 아침에 그 생각이 떠올랐고, 당신의 책과 메모에 관해 통화해야 할 사람이 바로 그일지도 모른다는 생각이 들었……"

"그래서……"

"아주 큰 관심을 보였습니다. 만나서 함께 점심을 먹으면 어떻겠느냐고 내게 묻더군요. 그는 역사학과의 자기 연구실에서 나를 기다렸는데 이미 몬트리올로 전화까지 걸어놓은 상태였습니다……"

"왜죠? 몬트리올에 뭐가 있죠?"

"그쪽 대학의 라틴아메리카 연구소입니다. 그곳은 라틴아메리카의 정치 탄압에 관한 프로젝트를 준비하고 있어요. ……컬럼비아 대학의 그 사람은 그 사실을 누설하고 싶지 않았겠지만, 몬트리올에서는 스페인 식민 시대부터 지금까지의 정치 탄압에 대한 연구를 하고 있어서…… 최근 자료가 더 많이 필요해서 완벽하게 맞아떨어진 겁니다."

"이해가 안 되네요. 그 사람은 내 자료에 관심이 있는데 몬트리올에 전화를 걸었다니…… 아무 연결 고리도 없어요."

"네, 맞는 말입니다…… 그 사람은 알게 된 사실을 혼자 간직하고 싶었지만 당장 프로젝트를 후원할 예산이 없었습니다. 그는 내가 무언가를 필요로 한다는 사실을 알았고, 그래서 몬트리올의 자기 친구에게 전화를 걸었던 겁니다."

"참 괜찮은 사람 같군요."

"예, 저도 그렇게 생각합니다. 우리는 푸짐한 점심을 먹고 대화에 빠져들었습니다. 술도 한잔했고요. 그래서 늦은 겁니다."

"관대하고 후하기까지 한 것 같네요."

"음…… 그도 얻는 게 있습니다. 몬트리올에 있는 사람이 그 대가로 다른 자료를 제공했거든요. 누벨프랑스* 시기에 그려진 항해 지도들이 있는데, 한 번도 외부로 나간 적이 없는 것들입니다. 그는 그 지도들을 컬럼비아 대학에 빌려주겠다고 제안했습니다. 바보 같은 농담을 하자면, 그건 컬럼비아 대학 사람들을 지도에 넣게 만들 수 있는, 그러니까 그들을 아주 유명하게 만들 수 있는 중요한 제안이었습니다."

"그래서 지금 그토록 흥분한 건가요?"

"여러 군데에 접촉할 예정입니다. 그리고 내 글을 출판할 겁니다. 그러면 돈도 벌 수 있고, 정규직으로 취업할 수도 있을 거예요."

"그게 전부인가요?"

"예, 그게 전부입니다."

"정말 잘됐어요! 우리가 전혀 예상하지 못했던 거예요, 그렇죠?"

"예, 마침내 기회가 온 겁니다."

"자, 가서 책을 꺼내 와요. 당신이 열쇠를 갖고 있어요."

"조금 후에 가져오겠습니다. 지금은 당신을 돌볼 시간이니까요."

"그게 무슨 소리죠?"

"두시부터 네시까지 당신은 내가 당신을 돌보는 대가로 돈을 지불합니다. 휠체어에 앉아 산책을 할 수는 없지만 이야기를 할 수는 있죠."

---

* 프랑스의 옛 식민지로, 캐나다를 비롯해 북아메리카 지역을 대략 1534년부터 1763년까지 지배했다.

"물론이지요, 오늘은 월요일이니까."

"조금 나아졌습니까?"

"모르겠어요."

"조금 괜찮아 보입니다. 그렇지 않습니까?"

"그래요…… 미처 몰랐네요…… 조금 괜찮아진 것 같아요, 그래요…… 고마워요."

"분명히 그럴 겁니다. 심지어 편집증 증상도 덜 보입니다…… 이건 농담이지만요. 점심을 먹으면서 당신을 떠올렸습니다. 그 교수는 디저트로 생크림 크레이프를 주문했습니다. 내가 아는 한 당신은 단 음식을 무척 좋아하시니 그것을 먹고 싶어할 거라고 생각했습니다. 아마도 몸이 나아지면 다시 디저트를 즐길 수 있을 겁니다."

"여기에서는 크리스마스를 요란하게 보내니까, 그때 달콤한 것을 먹고 싶군요."

"디저트를 조금 먹는다고 죽지는 않을 겁니다. ……말이 나왔으니 말인데, 복도에서 점심 식판을 봤습니다. 문 옆에 있었는데, 거의 건드리지 않은 상태더군요."

"그래요, 내 점심이었어요. 목구멍으로 넘어가지 않았어요. 배도 고프지 않았고."

"하지만 먹어야 합니다. 그렇죠?"

"그래요, 근데 먹고 싶지 않았어요. 그건 그렇다 치고 당신이 알고 있는지 모르겠는데, 내일이 크리스마스예요."

"내일은 하루종일 당신 책을 보고 싶습니다. 내일 할 일이 있으신가요? 없으면, 잠시 이런저런 이야기를 할 수 있을 겁니다."

"할 일이라니요? 내가?"

"아마도 위원회에서 누군가가 올지도 모르고…… 잘은 모르지만……"

"조심스럽게 얘기하는군요. 당신은 내가 내일 하루종일 혼자 있을 것임을 잘 알고 있어요."

"좋습니다. 그러면 쉬는 시간에 대화를 하도록 하지요. 체스 두십니까?"

"난 입다물고 있는 걸 싫어해요. 그래요. 당신이 여기에 있는 동안은요."

"미리 감을 잡았어야 했는데…… 항상 말하기를 좋아했습니까?"

"언젠가 당신은 치즈 이름을 가진 여자 얘기를 했어요. 그런데 그녀 얘기를 시작하고는 이어가는 걸 잊어버렸지요."

"나는 주말이면 하루에 다섯 번까지도 그녀의 집 앞을 지나갔습니다…… 그녀가 현관 계단 앞에 앉아 있으면 말을 걸 수 있을 거라는 희망을 가지고 그랬던 겁니다. 어느 토요일 오후 마침내 기회가 왔고, 나는 거의 실신할 지경이었는데…… 정말이지 온몸이 부들부들 떨리고 다리는 휘청거렸습니다. 계속 이야기할까요?"

"내가 무슨 대답을 할지 당신은 잘 알고 있어요."

"당신은 관음증 환자입니다, 라미레스 씨. 음탕한 노인네죠. 하지만 계속하겠습니다. 나는 현관 앞에 앉아 있는 그녀에게 다가가 학교 얘기를 하기 시작했습니다. 그녀는 앉아 있고, 나는 서 있었어요. 그녀는 가슴이 깊이 팬 블라우스를 입고 있었는데, 내가 있는 곳에서 그녀의 가슴이 거의 모두 보였습니다. 내가 얼마나 흥분했을지 상상할 수 있을 겁니다……"

"아니에요, 상상이 되지 않아요. 그래서 더 듣고 싶어요."

"처음으로…… 사랑하는 누군가의 몸을 보는 건…… 아주 특별한 일입니다. 제대로 설명할 수가 없군요. 우유처럼 하얀 가슴에 주근깨가 있고 젖꼭지는 장밋빛이었어요. 남자의 손이 닿기 전에 여자아이들의 가슴이 어떤지 아십니까?"

"그래요. 우유처럼 희고 주근깨가 있으며, 젖꼭지는 장밋빛이지요."

"남자의 손이 닿은 후에는 모양이 바뀝니다. 알고 있었나요? 남자의 몸도 마찬가지입니다. 거리를 걸으면서 우리는 지나가는 사람이 성관계를 가졌는지 아닌지 알 수 있습니다."

"정말인가요?"

"그렇다고 생각합니다."

"내게 설명해줄 수 있나요?"

"그럴 수는 없을 것 같습니다…… 게다가 그 상황은 나를 흥분시켰습니다. 나는 어눌한 사춘기 소년이었습니다. 여자아이에게 유혹을 느꼈고, 블라우스 아래로 슬그머니 손을 집어넣고 싶었지요. 충동을 억제하며 그녀와 학교 문제를 얘기했습니다. 그녀는 내게 미소 지었습니다. 누군가가 미소를 지으면서 당신에게 구체적인 주제에 관해 말하고 있는데, 손을 블라우스 아래로 집어넣고 싶다는 생각만 하는 사람이 자신을 얼마나 빌어먹을 인간으로 느낄지 생각해보십시오. 바로 그때 사람들은 자신을 인간 이하라고 느끼는데…… 다른 사람들은 일상 속에서 각자 할 일을 하고 있는데, 나는 그곳에서 창피해하고 수줍어하면서 내 존재의 일부를 숨기려고 애쓰고 있었습니다."

"긍정적인 것을 말해봐요. 지금 나는 혼자서 나쁜 것만 상상하고 있어요."

"뭘 알고 싶으십니까?"

"그녀가 당신에게 준 쾌감."

"이미 말했습니다."

"……"

"마침내 나는 용기를 내서 데이트를 신청했습니다. 그녀는 받아주었죠. 우리는 극장으로 갔습니다. 우리 둘 다 관심이 없는 주제를 다룬 형편없는 영화였습니다. 나는 그날 저녁 조금의 자연스러움도 없이 너무나 긴장해서 경직되어 있었습니다. 내겐 고통스럽기 짝이 없는 시간이었어요. 영화가 끝나자 나는 기뻤습니다."

"……"

"엄청난 흥분이 야기됩니다…… 우리가 어머니와의 관계에서 억눌른…… 성적 관심이 일순간에 해방되어…… 암시적인 의미에서 다른 대상에게 적용되면……"

"도먼이라는 여자아이를 다음에 만났을 때 무슨 일이 있었나요?"

"그 나이 때는 여자아이들과 실제로 만나는 경우가 그리 많지 않습니다. 그리고 여자아이들과는 섹스에 대해 말하지 않고, 남자아이들과 있을 때에만 여자에 대해 이런저런 이야기를 합니다. 그게 전혀 좋은 방법이 아닌데, 그들은 여자들이 느끼는 쾌감은 전혀 고려하지 않죠. 남자들은 마치 자기들끼리 공유하는 더럽고 음탕한 충동인 것처럼 그것에 관해 말합니다. 그런 충동은 여자아이들과 학교 당국에 반하는 것입니다. 특히 학교는 그런 충동을 금지하고 절대 인정하지 않으면서 다른 주제들, 즉 무미건조하고 깨끗한 주제만을 말합니다. 남자아이들은 여자들도 동일한 감각을 갖고 있다는 것을 상상하지 못한 채 그런 충동을 공유하기 때문에, 그들 사이에서는 결속감이 생기지요. 무언가 하는 것을 여자아이가 정말로 수락한다면…… 우리의 눈에는 즉시 그녀가 타락하는 것으로 비칩니다. 그리고 성적 대상으로서의 매력이 갈수록 떨어지게 됩니다."

"다음에 도먼을 만났을 때 무슨 일이 있었죠?"

"……"

"……"

"우리는 여자아이들에게 겁을 먹고 있었고, 육체의 다른 부분보다 가슴에 대해 가장 많이 생각했습니다."

"하지만 어느 날 모든 것이 해결되었지요. 이제 나는 고열에 시달릴 때 사탕을 갈망했던 것처럼 무슨 일이 있었는지 정말 알고 싶어요."

"……"

"어느 날 모든 문제가 해결되었지요."

"……"

"……"

"그렇습니다, 라미레스 씨. 열일곱 살 때 어느 파티에서 아내가 될 사람을 만났습니다. 우리 두 사람은 당시 고등학생이었지요. 그녀는 키가 아주 컸고, 또래치고는 당당하고 위엄이 있었습니다. 독수리 같은 얼굴 생김새는 세련미가 넘쳤고, 튀어나온 광대뼈에, 콧날이 오뚝했으며, 머리는 아주 멋진 조각품 같았습니다. 금발이었는데, 당시 유행하던 것처럼 머리를 모아올린 헤어스타일을 하고 있었어요. 소박한 옷을 입었고, 얌전하고 전혀 도발적이지 않은 옷차림이었지만 몸매가 훌륭했습니다. 교양 있는 모습이 그녀를 더욱 매력적으로 만들었지요. 그녀는 즉시 나를 사로잡았습니다. 우리는 이탈리아 출신의 여자들, 즉 눈에 띄게 천한 얼굴과 꽉 조이는 치마 속의 커다란 엉덩이에 익숙해져 있었거든요! 혹은 토하기 일보 직전에 있는 것처럼 창백하고 하얀 피부에 주근깨가 있는, 곱슬곱슬한 머리카락에 꼴사나운 몸매를 하고 이상한 냄새를 풍기는 아일랜드 여자들에게 적응되어 있었습니다. 그녀처럼 세련된 누군가를 본 적이 없다는 느낌이 들었습니다. 그녀의 모습과는 정반대인 나의 특징이 그녀를 매료시켰다고 생각해요. 라틴 혈통인 나는 비쩍 마른 몸에 검고 반짝이는 눈을 갖고 있었습니다."

"눈을 언급하다니 재미있군요. 지금 당신의 눈은 작고 흐릿해요."

"예, 맞습니다. 이제는 약간 흐릿합니다. 하지만 사춘기 소년 때는 눈이 반짝반짝 빛났습니다."

"그녀는 어떤 얘기를 하는 걸 좋아했죠? 당신은 어떻게 그렇게 빨리 그걸 간파할 수 있었죠?"

"처음부터 모든 게 완벽하게 돌아갔습니다. 우리는 서로의 차이점에 매료되었지요. 우리는 몇 시간이든 밤이 늦을 때까지 그녀의 집 뒷마당에서 서로 껴안고 키스를 했습니다. 매일 밤 집으로 돌아가는 길에는 불알이 아팠지요."

"우리는 처음 만난 파티에 대해 말하고 있었어요."

"그날 밤 나는 그녀와 여러 번 춤을 추었습니다. 다른 여자아이와는 춤추고 싶지 않았습니다. 그리고 그녀에게 춤추자고 한 남자아이들에게서 눈을 떼지 않고 감시했어요. 그녀와 모든 음악에 맞춰 춤을 추었다면, 너무 노골적이고 그녀에게 찰싹 달라붙는 것처럼 보였을 겁니다. 그래서 나는 몇몇 곡이 지나가는 동안 다른 여자아이들과 춤을 추기도 했지요. 하지만 내가 그곳에 있다는 사실을 그녀가 잊지 않도록 주기적으로 다시 그녀에게 춤을 추자고 청했습니다. 물론 마지막 곡이 나올 때는 그녀와 춤을 추어야 했습니다. 그 이전의 모든 것을 견고하게 다지고 그녀의 전화번호를 손에 넣어 다시 만나기 위해서였습니다. 나는 그녀 또한 나를 마음에 들어한다는 것을 알고 있었고, 그날 밤 새처럼 가뿐한 마음으로 집에 돌아갔습니다. 무슨 꿈을 꾸었는지는 기억이 나지 않아요."

"그녀는 어떤 얘기를 하는 걸 좋아했죠?"

"모르겠습니다. 우리는 모든 것에 대해 얘기했습니다. 그 당시 나는 아주 의기양양했고 자신감이 넘쳤습니다. 미친듯이 책을 읽었기 때문에 많은 것에 대해 쓸데없는 말을 마구 지껄일 수 있었습니다."

"하지만 다른 여자아이들에게는 쓸데없는 말을 할 수 없었어요."

"맞아요. 그때는 내가 뭔가에서 해방된 상태였습니다. 그게 무엇이었는지는 모르겠습니다."

"노력하면 기억할 수 있을 거예요."

"그건 기억의 문제가 아닙니다, 라미레스 씨. 지금 처음으로 그 문제를 연구해봐야 할 것 같습니다."

"당신은 그녀가 육체적인 면뿐만 아니라 다른 면에서도 다른 여자아이들과 달랐다고 말했어요."

"그녀에게는 성적이지 않은 무언가가 있었습니다. 처녀였고 순진했으며 수줍었습니다. 아직 눈을 뜨지 않은 상태였어요. 그러니까 성적인 관심이 말입니다. 아마도 이것이 나를 안심시켰던 것 같습니다. 성적으로 나를 강자가 되게 해주었던 것이지요. 틀림없이 그녀가 저항할 것임을 알면서도 공격자 역할을 하게 해주었던 겁니다. 그게 내 안의 남성성을 해방시켰습니다. 이제 이 정도면 만족하겠습니까, 이 염병할 후레자식아?"

"당신은 내가 염병할 후레자식이 아니라는 걸 잘 알고 있어요. 나에 대해서 제대로 얘기하려면 다른 단어를 사용해야 할 거예요."

"이미 그렇게 했지만, 아무것도 당신의 음탕한 생각을 멈추게 하지는 못한 것 같습니다."

"아마 우리의 대화 주제 중에서 마음에 드는 첫번째 주제인 것 같군요. 계속하고 싶지 않나요?"

"아닙니다, 싫습니다. 몹시 힘듭니다."

"그녀는 어떤 얘기를 하는 걸 좋아했죠?"

"특별한 것은 없었습니다. 우리는 많은 것에 대해 말했고…… 한 사람에게 시간과 노력을 들였을 때, 그 사람이 똑똑하고 현명하다는 사실을 발견하는 것은 정말로 멋진 일입니다."

"당신은 그녀가 좋아하는 게 뭔지 금방 찾아냈어요. 어떻게 했죠?"

"난 아무것도 찾아내지 못했습니다. 부탁이니 내가 하지도 않은 말로 나를 단정짓지 마십시오."

"뉴욕의 모든 남자아이들 중에서 그녀는 당신을 선택했어요. 어느 순간 왜 그녀가 당신을 마음에 들어했는지 당신은 알았을 거예요."

"나를 선택한 것은 그녀가 경험이 거의 없었기 때문입니다. 결혼하고 십 년이 지나도록 그렇게 생각했습니다. 나는 행운아라고, 경기장에 어떤 사람들이 있는지 살펴보기도 전에 그녀가 너무 일찍 나를 좋아하게 된 덕분이라고. 나는 항상 그녀가 그 사실을 언젠가 깨닫기를, 나를 버리기를, 내가 비열한 책략과 간계를 이용해 그녀를 사로잡았다는 것을 발견하기를 기다렸어요. 결혼한 지 십 년이 지나도록 그녀가 나를 사랑한다고 믿을 만큼의 자신이 없었습니다. 당신이 듣고 싶어하는 이야기는 동화인데, 그런 이야기를 들려주지 못해 죄송하네요."

"당신은 그녀의 어떤 자질을 높이 평가했나요?"

"내 말을 쉽게 믿는 성향…… 그리고 아름다움입니다."

"언젠가 당신은 여자 없이는 불완전하다는 느낌이 든다고 했어요. 나는 그 말을 주의깊게 들었지만, 그 의미가 무엇인지 제대로 포착할 수 없었어요. 당시에 당신이 완전하다고 느낀 순간이 있었는지 생각나나요?"

"지금 당장은 생각나지 않습니다. 그런 말을 했는지도 모르겠고요."

"아마 다른 식으로 얘기했을 수도 있어요."

"나는 미완성이라는 강한 느낌, 즉 무언가 부족하다는 데 강한 갈망을 느꼈고, 그래서 여자로 그것을 채우려 했다고 말했습니다."

"이제야 미완성이라고 느끼는 게 뭔지 제대로 이해가 되는군요. 완전하다고 느끼는 것이 어떤 건지 알고 싶어요."

"……"

"당신이 '나는 완전하게 느껴져'라고 말할 때, 당신 마음속에서 어떤 느낌이 올라오는지 알고 싶어요."

"기억이 나지 않습니다."

"너무 급하게 대답할 필요는 없어요."

"……"

"그래서요?"

"우리는 매주 일요일마다 기나긴 오후를 함께 보냈습니다. 한 주 동안 매일매일 학교에 가서 수업을 듣고 밤에 공부하고 숙제를 하고, 토요일에는 집에서 여러 가지 잡일을 마치고 나면 마침내…… 자유롭게 지낼 수 있는 일요일이 되었습니다. 그녀가 교회를 다녀온 후, 정오나 한시쯤 나는 그녀를 만나 데이트를 했습니다. 우리는 도시락을 싸서 공원으로 갔습니다. 서너시부터 저녁때까지 어떻게 하루가 저물어가는지 함께 바라보았습니다. 주변의 공기 색깔이 바뀌고 첫 별이 떠오릅니다…… 아주 크고 아름다운 공원이었어요. 공원이라기보다는 숲에 가까웠습니다. 그 안으로 들어가면 숲을 둘러싼 음산하고 따분한 아파트 건물이 더이상 보이지 않았습니다. 우리의 눈에 들어오는 건 오직 언덕들, 소나무들뿐이었지요. 우리는 담요와 약간의 먹을 것, 그리고 읽을 책을 가져갔습니다. 이런저런 이야기를 하고 키스를 했으며, 산책을 하고 책에서 좋아하는 부분을 서로에게 읽어주었습니다……"

"어떤 책들인지 기억나나요?"

"아뇨…… 기억나지 않습니다. 너무 오래전 일입니다. 다시는 그런 일이 일어날 것 같지 않아요. 그때만큼 행복했던 적은 없었던 것 같아요."

"아직도 궁금해요. 그녀가 어떤 얘기를 가장 좋아했는지 모르겠다는 말이 사실인가요?"

"그렇습니다. 특별한 주제는 없었던 것 같습니다."

"자, 이제 서둘러요, 래리. 그녀가 기다리고 있을 거예요. 오후는 금세 지나가요. 그녀는 바로 그 공원에서 당신을 기다렸나요?"

"항상 자기 집에서 기다렸습니다. 한 번도 준비된 채로 있었던 적이 없습니다. 그래서 그녀의 어머니가 항상 문을 열어주었어요. 나는 삼십 분 정도 기다려야만 했고, 그동안 그녀는 계속 화장을 했습니다. 그러고 나서야 계단을 내려왔지요. 그 시간에 나는 그녀가 어떤 모습으로 나타날까, 어떤 옷을 입었을까 궁금해하면서 마음을 졸였습니다."

"오늘은 무슨 옷을 입었나요?"

"이건 이십 년 전에 일어난 일입니다."

"……"

"……파란색 실크 블라우스입니다. 가까이 다가오자 향수 냄새가 느껴집니다. 그 시절에 나는 향수를 좋아했지만, 지금은 향수 뿌린 여자가 승강기로 들어오면 숨이 막힐 지경이에요. 여자들은 오직 그런 능력, 그러니까 화장을 하면서 시간을 보내는 능력만 있습니다."

"도시락 통에는 뭐가 들었지요?"

"샌드위치와 케이크입니다."

"숲은 무슨 색깔이죠?"

"초록색과 파란색입니다."

"근처에 사람들이 있나요?"

"몇몇 사람들이 있는데, 우리는 아무도 없는 장소를 찾고 있습니다. 숲 이외에는 아무것도 보이지 않아요. 숲을 둘러싼 도시도 보이지 않습니다. 일요일은 쉬는 날입니다. 대부분의 사람들은 일에서 벗어나고, 우리는 학교에서 벗어납니다. 물론 같은 거지요. 우리는 공원에서 우리의 현실을 볼 수 없었고, 그래서 잊을 수 있었습니다. 자유의 몸으로 그 무엇이든 상상할 수 있었습니다."

"가령 어떤 것을?"

"우리가 어떤 삶을 살 수 있는지, 우리가 어떤 일을 할 수 있는지 등 모든 것을 상상했습니다. 그것은 우리의 정신을 고양시켰습니다."

"그중에 하나만……"

"기억이 나지 않습니다."

"부자가 되는 것이었나요?"

"기억이 나지 않습니다."

"다른 곳에 있는 것이었나요?"

"예."

"어디죠?"

"기억이 나지 않습니다."

"정말인가요?"

"모르겠습니다. 아마도 알제리였던 것 같습니다. 사막이었습니다. 카뮈를 읽은 기억이 납니다. 그 당시, 실존주의가 유행이었죠. 나는 『이방인』을 읽었습니다. 해변의 뜨거운 모래, 느릿느릿 밀려오는 파도와 물거품, 구릿빛 육체, 저녁의 시원한 바람. 밤에 아파트에서 아래를 바라보는 남자, 장난치고 웃으면서 술집이나 영화관으로 발길을 옮기는 젊은이들. ……알제리에 있으면 얼마나 좋을까, 하는 생각이 떠올랐어요. 활짝 펼쳐진 공간과 작열하는 태양, 그리고 구릿빛 피부의 사람들과 만나게 될 거라고. ……후에 나는 카뮈가 식민지에 관해 말하고 있다는 것을 깨달았습니다. 구릿빛 피부의 젊은 사람들은 유럽인들이었습니다. 증오의 대상이자 곧 쫓겨날 사람들이었지요."

"그녀도 알제리를 좋아했나요?"

"내가 그 말을 했는지 모르겠습니다."

"알제리에서 그녀와 뭘 하고 있지요?"

"아무도 없는 황량한 해변을 거닐고 있습니다. 찌는 듯한 더위에 태양은 이글거립니다. 그리 쾌적한 날씨는 아니지만, 우리는 좋아합니다. 날이 저물면서 피부가 구릿빛을 띕니다. 나는 그녀를 모래언덕에 쓰러뜨리고 수영복을 벗기기 시작합니다. 여기서 멈춰도 괜찮겠습니까, 라미레스 씨?"

"공원에 어둠이 깔리고 있어요. 나중에 출구를 어떻게 찾죠?"

"봄입니다. 약간 쌀쌀합니다. 하지만 껴안고 애무하고 키스하자 몸이 뜨거워지지요. 나는 그녀 위로 올라가 있습니다. 우리는 옷을 하나도 벗지 않고 있습니다. 나는 쉬지 않고 옷과 옷을 비벼댑니다. 이것을 '메마른 섹스'라고 하지요. 메마르건 아니건 상관없이 나는 바지에 사정할 때까지 그렇게 합니다. 나중에는 사방에 있는 모래가 땀구멍에 달라붙으면서 우리를 덮칩니다. 우리는 바다로 가서 모래를 씻어냅니다."

"당신은 지금 나를 혼란스럽게 만들고 있어요. 당신들은 숲속에 있고 옷을 벗지 않았어요."

"우리는 케이프코드로 신혼여행을 갔습니다. 사람이 없는 해변으로 가 옷을 모두 벗었습니다. 나는 그녀의 수영복이 만들어놓은 하얀 V자를 볼 수 있었어요. 그녀가 물에서 나오자 햇볕을 받은 검은 음모가 반짝거려서 매우 생기 넘쳐 보였습니다. 우리는 모래언덕에서 사랑을 했고, 태양은 우리를 뜨겁게 태웠으며…… 모래 때문에 따끔따끔했지요. 피부가 쓸려 시뻘개졌습니다. 하얀 액체가 내 까무잡잡한 복부로 흘러내려오다가 사타구니에 이르면 거의 멈추는 것 같았습니다. 그러고는 다시 배 옆으로 빠르게 흘러내렸습니다."

"……"

"파란 하늘, 뜨거운 태양…… 모든 게 만족스러운 것 같았습니다. 젊었던 나는 잠시 기다린 후에 다시 조금 전의 행위로 돌아갔고, 기운이 완전히 빠질 때까지 또다시…… 그러고 나서 먹은 그날의 저녁식사는 정말 훌륭했습니다…… 포도주도."

"도시락 바구니에 있던 샌드위치 속에는 뭐가 들었죠? 슬슬 배가 고파지네요."

"아무것도 없습니다. 빈 속을 덮어놓은 겁니다."

"당신은 그 속에 있던 것을 기억하지 못하고 있어요. 하지만 그걸 인정하는 게 창피한 일은 아니에요. 게다가 거짓말하면 안 돼요…… 속에 무언가가 있기 때문이에요."

"속에는 아무것도 없습니다. 그게 바로 샌드위치를 신비롭게 만들지요."

"당신에게 너무 많이 요구하지 말아야겠어요. 이 얘기 말고도 이미 아주 많은 것들을 친절하게 얘기해주었으니까요. 이제 보관함에 있는 책들을 꺼내 읽고 싶은 마음이 간절하겠지요. 어서 가서 꺼내도록 해요."

"……"

"설마 열쇠를 잃어버린 건 아니겠죠?"

"아닙니다, 그런 게 아닙니다."

"나는 뭐라도 먹으면서 즐겨야겠어요…… 갑자기 식욕이 돋네요."

"가서 달콤한 것을 달라고 할까요?"

"아니에요, 내가 간호사를 부를게요. 소화가 잘되는 것을 원해요."

"알았습니다. 라미레스 씨."

"혹시 내가 잠들까봐…… 오늘 당신은 컬럼비아 대학 사람과 푸짐하게 점심을 먹긴 했지만…… 여기서 내 지갑을 꺼내도록 해줘요……"

"아닙니다, 괜찮습니다……"

"이봐요, 래리. 오늘밤에는 우리 식당에서 저녁을 먹도록 해요. 그래야 크리스마스이브인 오늘밤에 어떤 메뉴가 나왔는지 말해줄 수 있으니까요."

"감사합니다."

"이곳 사람들은 크리스마스이브를 기념하지요, 그렇죠?"

"예, 그렇습니다."

"내가 참 멍청한 짓을 했군요. 돈을 두 배나 꺼내 그녀도 데려가게끔 하려고 했으니."

"오늘밤에는 평소처럼 혼자 저녁을 먹겠습니다."

"라미레스 씨, 일어나십시오."

"네?…… 무슨 일이죠?"

"거만하고 무례한 말투는…… 이제 그만하세요. 참을 수가 없어요."

"난 자고 있었어요…… 그런데 왜 그렇게 버릇없이 나를 깨우는 거죠?"

"라미레스 씨, 아주 급하게 할말이 있었습니다."

"그런데 지금은 왜 조용히 있죠?"

"아…… 네……"

"목소리가 떨려요. 래리."

"북쪽의 밤은 너무 춥습니다. 당신이 내 말을 듣는 걸 보니 당신은 내가 옆에 있다고 생각하는군요."

"하지만 당신을 볼 수 없어요. 아주 컴컴해요."

"라미레스 씨, 아주 특이한 이유로 당신은 내가 하는 말을 듣고, 마치 내가 당신 옆에 있는 것처럼, 거의 내 입에서 나오는 숨까지 느끼고 있습니다. 사실 나는 또 길을 잃고서 아주 먼 곳에 와 있어요. 기차를 타고 몬트리올로 가고 있습니다. 그런데 적군의 얼굴을 알아보았습니다."

"나를 놀리지 말아요, 래리. 당신은 내 옆에 있어요."

"불을 켜세요. 그러면 아니라는 걸 알게 될 겁니다."

"안 돼요, 불을 켜면 눈이 상해요. 자, 농담을 계속해봐요."

"나는 기차에서 뛰어내렸고, 당신이 잡지에서 본 그 장소가 눈앞에 나타났습니다. 산봉우리가 눈으로 덮인 산들 사이로 호수와 북극의 초목들이 있었습니다. 기억나십니까?"

"그래요, 그건 어느 담배 상표의 광고예요. 나는 당신이 몬트리올에 전화한 것을 생각했어요. 캐나다의 풍경을 보자 그 사실이 연상되었던 거예요."

"이제 그만 얘기하고 내 말을 잘 들으세요. 허비할 시간이 없습니다. 나는 심각한 위험에 처해 있어요. 어둠이 나를 완전히 휘감아서 한 발짝도 내디딜 수가 없습니다. 벼랑으로 떨어질까 두렵습니다."

"나는 당신이 나를 속이지 않으며, 정말로 두려워한다는 것을 알고 있어요. 내가 이해하지 못하는 것은 어떻게 당신의 목소리가 내가 있는 곳까지 도달할 수 있느냐는 거예요."

"나는 사형을 선고받은 죄수들을, 처형 전에 어떻게 그들의 마지막 부탁을 들어주는지를 떠올렸습니다. 비록 종종 그 요구가 특별한 저녁을 먹는 것에 불과하더라도 말입니다. 나는 차가운 공기 속으로 떨어지기 전에 부탁했어요…… 당신이 내 목소리를 듣게 해달라고."

"나는 그 장소를 완벽하게 기억해요, 래리. 조심해요, 거기에는 반짝이는 파란 하늘과 맞닿은 가파른 바위들이 있어요. 호수는 정말 파랗고 정말 반짝거려요. 눈부신 햇빛이 물에 반사되긴 하지만, 아주 어두운 부분도 있어요."

"차가운 북극의 햇빛이 반사되는 겁니다. 내게 태양은 다시 떠오르지 않을 겁니다, 라미레스 씨."

"아니에요, 조금만 참으면 해결되는 문제예요. 나는 그 누구보다도 그 문제를 잘 알고 있어요. 한밤중에 수없이 잠에서 깨어나 결코 다음 날을 보지 못할 거라고 생각하죠."

"발을 헛디뎌 떨어질까 두렵습니다."

"그 장소가 눈앞에 있는 것 같아요. 광고를 수없이 봤거든요. 내가 지시하는 대로 해요."

"예, 알겠습니다. 듣고 있습니다."

"서 있다면 천천히 무릎을 꿇도록 해요."

"예, 그렇게 했습니다."

"손으로 바닥을 더듬어봐요."

"예, 지금 우뚝 솟은 바위를 만지고 있습니다. 미끄럽습니다."

"래리, 당신은 지금 동굴 입구에 있어요. 귀를 쫑긋 세워요. 그러면 아주 먼 곳에서 샘물이 흐르는 소리를 들을 수 있을 거예요."

"예, 앞으로 가면 갈수록 물소리가 더욱 분명하게 들립니다."

"당신은 지금 동굴로 들어가고 있어요. 거기는 덜 추울 거예요."

"예, 공기가 따뜻해지고 있습니다."

"우리는 운이 좋았어요. 당신은 소나무가 아주 빼곡하게 자라는 경치 속으로 들어갈 수도 있었어요. 그곳은 눈 때문에 걷기가 힘들죠."

"라미레스 씨, 샘물은…… 따뜻하다기보다는 뜨겁지만 펄펄 끓는 정도는 아닙니다."

"그곳에 몸을 담가 뼛속까지 스며든 추위를 떨쳐버려요."

"예, 눈에 젖어 축축한 옷이 따뜻한 공기 속에서 말라가고 있습니다. 아직도 추워서 몸이 떨려요. 지금 신발을 벗고서 수많은 단추를 풀고 있습니다. 곱은 손가락은 겨우 움직이네요. 내 몸이 늙은이의 몸처럼 느껴집니다."

"당신은 나와 똑같이 느끼고 있어요. 관절은 녹슬어 삐걱대고, 근육은 뒤틀리고, 피부는 동물 가죽처럼 두꺼워요. 하지만 샘물에 몸을 담그면 수년 동안 쌓인 피로가 사라질 거예요."

"예, 이제 관절은 그 어떤 변덕에도 잘 움직이고, 근육은 만족스럽게 이완됩니다."

"편하게 쉬도록 해요, 래리. 겁먹지 말고 몸을 띄워요. 몸에 좋은 물이에요."

"누군가가 이곳으로 오고 있습니까? 어떤 여행자가 랜턴을 들고 이곳으로 오고 있습니까? 내가 들어왔던 바로 그곳에서 불빛이 들어오는 것 같습니다."

"그건 햇빛이에요. 동굴 입구로 들어오는 빛이에요."

"당신 말이 맞습니다. 밤은 지나갔습니다. 당신이 지시하는 대로 모두 따라야 한다는 것을 이제 알겠군요."

"당신을 실망시키지 않도록 노력하겠어요. 나는 다행히 경치를 볼 수 있었고 눈에 그걸 새겨놓았어요."

"이제 몸을 마음대로 움직일 수 있습니다. 입구로 가서 무언가를 먹고 기운을 차릴 수 있을 것 같습니다. 그런데 먹을 것은 어디에 있습니까?"

"호수에 나무줄기들이 떠다니고 있어요. 그것들을 길쭉한 나무껍질로 묶고서 나뭇가지로 만든 그물을 들고 물에 들어가도록 해요. 그것으로 가장 맛있는 송어를 잡도록 해요."

"라미레스 씨, 경치에 대해 조금 더 알고 싶습니다."

"바위는 붉은 밤색이고, 산봉우리는 청순하고 순결한 흰색이에요."

"송어는 은색인데 아주 맛있습니다. 날이 저물면 허기를 채우고 동굴로 다시 돌아갈 겁니다."

"몸이 아직도 피곤한가요?"

"예, 하지만 이 피로는…… 말해도 되겠습니까? ……내게 쾌감을 줍니다. 샘물에 몸을 담그면 다시 기운이 나고 튼튼해질 거라는 걸 알아요."

"그런데 당신이 어젯밤에 샘물 위에 뜬 채로 잠들었는지는 분명하지 않아요."

"그건 중요하지 않습니다. 피로에서 회복되었느냐 아니냐가 중요해요."

"나는 잠을 잘 수 있었느냐 하는 문제에 관심이 몹시 많아요."

"이 호수의 풍경에 도착한 이후, 매일 밤 아무 문제없이 잠을 잡니다."

"그 이야기를 조금 더 해봐요."

"예, 라미레스 씨. 먹을 것을 찾아다니다보면 하루가 빨리 지나갑니다. 아, 당신에게 말하지 않은 게 있어요. 나는 그 어떤 곳보다 전망이 뛰어난 산꼭대기에 그림 같은 통나무집을 짓고 있습니다."

"그럼 동굴이 필요 없다는 말인가요?"

"아닙니다. 낮에는 햇빛을 받으며 휴식을 취하고 싶습니다. 동굴은 밤에 나를 기다리고 있습니다."

"또 어떤 게 있죠, 래리? 이제는 아무 문제도 없나요?"

"라미레스 씨, 당신이 길을 가르쳐준 덕분에 아무 문제도 없습니다."

"당신은 항상 생각이 깊군요. 하지만 당신 목소리에서 향수 어린 음색이 느껴지네요. 다른 사람은 몰라도 나는 절대 속일 수 없어요."

"나는 불평할 게 없습니다. 불평할 게 없다는 사실만 불평할 수 있을 뿐이에요."

"하지만 당신 말에는 기쁨이 서려 있지 않아요."

"라미레스 씨, 나는 당신이 무슨 생각을 하는지 알고 있습니다. 내게 여자가 필요하다는 생각을 하고 있지요."

"당연하지요."

"하지만 그렇지 않습니다. 여자들은 항상 내게 문제만 안겨주었습니다. 극단적으로 매력적이긴 하지만, 두렵다는 것을 인정해야만 하지요. 내 나이라면 그 문제를 이미 해결했어야 하지만, 나는 그러지 못했습니다. 아직도 여자들이 두렵습니다. 그래서 차라리 그 소중한 존재들이 멀리 있는 게 더 나아요."

"육체적 욕망, 긴급한 욕망을 느끼지 않나요?"

"손으로 욕망을 잠재웁니다."

"미안해요, 묻지 말아야 할 것을 물어서."

"경치가 잘 기억나죠, 라미레스 씨? 지구상에 있는 것 같지 않은 이 고요함만으로도 충분하다고 생각하지 않으십니까?"

"당신이 그렇게 말한다면……"

"……"

"래리……"

"……"

"대답해요, 래리. 이제는 내 말이 들리지 않나요?"

"아닙니다…… 들을 수…… 있습니다."

"울고 있군요."

"……"

"래리, 그러지 말아요. 걱정되네요."

"경치는…… 완벽합니다, 라미레스 씨, 이건…… 하느님의 힘을 보여줍니다. 이 풍요롭고 멋진…… 고요함을 누군가가 창조했습니다."

"그런 말을 들으니 기쁘군요. 그런 생각을 하면 고독을 이기는 데 많은 도움이 될 거예요."

"아닙니다, 라미레스 씨. 나는 경치가 아닙니다."

"하지만 그곳을 돌아다닐 수 있어요."

"예. 하지만 그곳의 정적, 풍요로움, 멋진 장관 등 그 어떤 속성도 나눠갖진 않습니다. 언젠가 무언가가, 가령 허리케인이나 폭풍이 불어와 나를 이곳에서 휩쓸어가도, 경치는 태연하게 그대로 있을 거예요. 내가 없어도 평상시와 같이 완전해 보일 겁니다."

"래리…… 당신 목소리가 갈수록 슬픔과 고통에 젖고 있어요. 몹시 걱정되네요."

"……"

"래리…… 아무 말이라도 해봐요."

"……"

"래리, 당신은 틀리지 않았어요…… 당신 말이 맞아요…… 적어도 당신이 틀리지 않았다는 건…… 알아두도록 해요…… 나 역시 동의해요…… 어리석었던 순간이 있었어요. 낮게 해달라고 애원했지요. 그런 다음 먹고 자게 해달라고요…… 그런데 래리, 당신은 절대적으로 옳아요…… 나 역시 경치가 되고 싶었어요…… 나무처럼 가만히 있으면서 꽃을 피우거나, 움직이고 싶으면 눈사태가 일어날 때처럼 마구 달리고……"

"라미레스 씨…… 내 말 좀 들어주십시오. 이제는 내 목소리에 힘이 거의 없지만…… 당신이 갈망하는 건 권력입니다……"

"아니에요!…… 말도 안 되는 소리예요…… 바보 같은 소리예요!"

"뭐가요?"

"그래요, 멍청한 소리 하지 말아요…… 권력은 혐오스러운 거예요…… 하느님은 그 끔찍한 문제를 안고 있을 것이고, 그래서 나는 그가 부럽지 않아요…… 내가 원하는 것은…… 내가 존재하고 있다고 생각했던 무언가를…… 느끼는 것인데…… 그게 뭔지…… 나도 모르겠어요."

"라미레스 씨, 아마도 이것이 나의 마지막 말일지도 모릅니다. 나는 이제 아무것도 할 기운이 없습니다. 내 목숨을 구할 생각도 없고, 동굴로 돌아가는 것도…… 나는 여기에 있을 겁니다. 나는 눈에 뒤덮일 것이고, 그렇게 이것은 영원히 끝날 겁니다."

"안 돼요…… 제발…… 당신이 죽으면 누가 와서 나와 대화를 나누나요? 그건 완전히 이기적인 행동이에요. 나를 생각해줘요."

"……"

"래리…… 대답해요……"

"……"

"내가 당신이 있는 곳까지 갈 수만 있다면, 당신을 동굴 안으로 끌고 갈 거예요. 당신을 샘물에 적시면 모든 게 잊힐 거예요…… 그런데 가장 큰 문제는 더이상 살고 싶어하지 않는 육체가 너무 무거워서…… 나는 당신을 끌고 가지만, 한 번에 갈 수 있는 거리는 불과 몇 센티미터밖에 되지 않아요. 길에는 나뭇가지들이 떨어져 있어요. 그래요, 그는 경치에서 가장 먼 곳을 선택했어요. 동굴과 정반대에 있는 곳이에요. 아마도 당신을 끌고 가는 일은 불가능할지도…… 이토록 어두운 밤에, 지름길도 모르고, 최소한의 전략도 생각해낼 수 없는 상태라……"

"……"

"사형선고를 받은 죄수가 마지막 소망을 빌듯 이 경치에 다다르게 해달라고 부탁했는지는 기억이 나지 않아요. 하지만 그 요청은 받아들여졌고, 그것은 아마도 그의 목숨을 구할 가능성이 있다는 것을 의미할 거예요. 그의 목숨을 구할 가능성은 있지만, 내 목숨을 구할 수 있을지는 의문이에요…… 이 추위, 이 무자비한 바람 속에서 이런 무거운 짐을 끌고……"

"제발…… 계속 앞으로 가요…… 어서."

250

"무슨 말이죠?…… 잘 들리지 않아요……"

"나는 길을 잘 알고 있습니다, 라미레스 씨…… 당신은 그저 같은 방향으로…… 계속해서 똑바로…… 가면 됩니다."

"알았어요……"

"이제 얼마 남지 않았습니다."

"아무것도 안 보여요, 래리. 이 북극의 밤은 칠흑처럼 어두워요. 공기가 따스해지기 시작해야 비로소 나는 내가 동굴로 들어왔다는 것을 알 거예요."

"고맙습니다…… 고맙습니다……"

"이제 물소리가 들려요…… 이게 꿈이 아니면 좋겠건만……"

"맞습니다…… 나도…… 이 추위는 바로 똑같은……"

"하지만 이제 기운이 하나도 없어요, 래리…… 여기까지만…… 할 수…… 할 수……"

"네…… 말해보십시오……"

"나는 여기까지만…… 당신을 도울 수……"

"고맙습니다. 우리는 이제 살았습니다."

"난 아니에요, 래리…… 너무 피곤하고 기진맥진해서…… 새날을 보지 못할 거예요."

"당신은 눈을 감고 있어서 그렇게 말하는 겁니다."

"다시는 눈을 뜨고 싶지 않아요."

"생각이 바뀔 겁니다."

"아니에요…… 그럴 시간이 없어요."

"또 잘못 생각하고 있습니다. 자, 눈을 뜨십시오. 그러면 깜짝 놀랄 겁니다."

"아니에요……"

"어서 눈을 뜨십시오. 그러면 무언가를 보게 될 겁니다."

"누군가가 이곳으로 올까요, 래리? 랜턴을 든 여행자가 오고 있나요? 우리가 들어왔던 바로 그곳에서 빛이 들어오는 것 같아요."

"그건 아침 햇빛입니다. 동굴 입구로 햇빛이 들어오는 겁니다."

"아니에요, 그건 병원 창문으로 들어오는 햇빛이에요. 동이 트면 약간의 햇빛이 희미하게 들어오는데, 이미 밤이 끝났다는 사실을 알려주기에 정말 기분좋지요."

"……"

"이 침묵은 정말로 마음을 진정시키는군요……"

"……"

"아무도 내 이름을 부르지 않거나 나에 대해 묻지 않으면, 나는 다시 잠을 잘 수 있을 것 같아요. 엄청나게 기운을 쓴 다음에는 때때로 침묵과 고독이 잠을 자고 기운을 회복하는 데 도움을 줘요."

"그러니까 크리스마스는 이렇군요."

"예……"

"내가 왜 이런 이상한 생각을 떠올렸는지 모르겠어요…… 당신이 내게 선물로 케이크나 다른 달콤한 음식을 가져올 거라고…… 오늘은 아주 중요한 휴일이니…… 하지만 지금은 그러지 않은 것에 만족해요. 단 음식들은 내 몸에 아주 나쁘니까요."

"사과 한 쪽을 잘라드릴까요?"

"아니에요…… 이미 사과 하나를 통째로 받았거든요. 못 봤어요? 방금 전에 먹었어요…… 고마워요."

"크리스마스라고 너무 기대하지 마십시오. 실망하실 겁니다."

"병원의 모든 직원들이 흥분한 것 같아요. 왜 그토록 즐거워하는 거죠?"

"가족이 있기 때문입니다. 틀림없이 외출해서 코가 비틀어질 때까지 마셔댈 겁니다. 아마 곧 알게 될 겁니다."

"래리…… 하루가 끝나갈 때에는 모두가 환멸을 느낄까요?"

"아닙니다…… 몇몇은 무슨 일이 일어났는지도 기억하지 못할 겁니다."

"오늘 아침에 작업을 상당히 많이 했군요. 이제 조금 쉬는 게 좋지 않아요?"

"나는 피곤하지 않습니다."

"좋아요, 그러면 대화를 조금 나눌 수 있겠군요."

"억지를 부리고 있군요…… 항상 내가 당신의 삶에 대해 말합니다. 당신이 당신 삶에 대해 말해보는 건 어떨까요?"

"요양원에서 오가는 모든 농담을 이미 당신에게 다 말했어요. 여기 병원에 온 지 나흘째인데, 아직 아무도 알지 못했어요. 그런데 뭘 더 이야기할 수 있겠어요?"

"당신은 이곳에 온 지 나흘이 넘었습니다…… 노조 지도자들을 무시하고 여섯 개의 자동차 공장에서…… 그 무모하고 위험한 파업을 어떻게 조정했는지 말해주십시오."

"난 그 말을 믿지 않아요. 책에 그렇게 쓰여 있던가요?"

"틀림없이 그렇게 말하고 있습니다. 비록 한 세기 전에 사용하던 말로 적혀 있지만 말입니다."

"조심해요. 내가 사실대로 말하고 있지 않을 수도 있어요……"

"그에 관한 얘기를 조금 나누어도 될 것 같습니다. 그러면 분명해질 테니까요."

"이건 인정해야 할 것 같아요. 나중에 당신은 내가 광고나 홍보에 쉽게 속아넘어가는 먹잇감이라고 말할 거예요. 하지만 난 정말로 크리스마스와 관련된 모든 것이 궁금해요. 우리가 산책하러 나가던 시절에 나는 거리에서 수많은 광고를 봤어요…… 그런데 무엇보다도 어제와 오늘…… 이곳 사람들이 흥분 상태에 있는 것에…… 정말로 깊은 인상을 받았어요. 지금 이 순간, 식탁에 앉아 점심 먹을 이 시간에 그들이 사는 집을 한 곳쯤 들여다볼 수만 있다면…… 뭐든지 다 줄 수 있을 것 같아요."

"당신은 모든 걸 너무 황당하게 부풀리고 있습니다. 오늘은 그저 휴일 중의 하나이고, 사람들은 직장에 가지 않으며, 술을 마시고 취하고 돈을 씁니다. 그게 전부입니다."

"하지만 그들이 사는 모든 선물은…… 선물 상자를 열면 무슨 일이 일어나죠?"

"아이들이 무척 좋아합니다. 아이들에게는 아주 중요한 겁니다."

"그럼 어른들은? 아이들이 선물 상자를 열 때, 어른들은 어떤 느낌을 받죠?"

"그들도 기뻐합니다."

"래리…… 하지만 선물들은 어른들을 위한 게 아닌데, 왜 기뻐하는 거죠?"

"너무 지겹고 따분한 질문을 많이 하시는군요."

"선물을 열 때의 기쁨은 이해할 수 있어요. 근데 아이가 선물 상자를 여는데 왜 어른이 기쁨을 느껴야 하는지, 그게 내게는 미스터리예요."

"무언가를 느껴야만 한다는 생각이 종종 실망과 우울을 야기합니다. 당신 같은 사람들은 이런 파티에 아주 커다란 기대를 합니다."

"나는 아무런 기대도 하지 않았어요. 하지만 사람들이 그런 느낌을 내게 전염시켰어요. 사람들이 기대를 품을 만한 동기가 있을 것 같아요."

"무슨 동기를 말하는 겁니까?"

"그게 바로 내가 모르는 거예요. 하지만 당신은 내게 실망하지 않도록 아무것도 기대하지 말아야 한다고 말했어요. 나는 그게 선물 상자를 여는 순간을 가리키는지, 아니면 다른 것을 가리키는지 잘 모르겠어요."

"나는 사람들이 주면서 자신들도 즐거워하고 다른 사람에게도 기쁨을 준다고 생각합니다, 라미레스 씨. 그러면 기분이 좋아져요. 기쁨을 받을 때처럼요."

"주는 기쁨을 어디에서 느끼는 것일까요? 가슴에서? 목구멍에서?…… 아니면 눈에서?"

"……"

"아…… 이제 알겠어요…… 손이네요. 내게도 손이 있어요…… 산소 텐트 아래에. 손을 꺼내고 싶어요."

"무슨 소리를 하시는 겁니까? 지금 헛소리하는 겁니까?"

"아니에요. 아무 의미 없이 머릿속에 떠오른 거예요. 다행히 빌어먹을 산소 텐트를 떼어냈군요."

"음……"

"미안해요…… 분명히 당신은 다른 얘기를 하고 싶을 거예요. 어느 순간이든 당신이 특별히 좋아하는 주제가 하나 있어요."

"뭡니까?"

"고등학교 때의 여자아이, 독수리같이 생긴 여자아이예요."

"이미 잊어버렸는데 당신이 나한테 억지로 기억하라고 해서 떠올린 겁니다. 어떻게 좋은 기억마저 묻히는지 참 신기하네요."

"당신의 경우는 무엇보다 좋은 기억을 묻어버리지요."

"……"

"래리, 어느 젊은이가 크리스마스에 애인과 함께 있고 싶은데 억지로 부모와 그날을 보내야 한다면 무슨 일이 생기죠? 여자가 남자의 집으로 찾아오는 게 괜찮나요?"

"무슨 말을 하시는 겁니까?"

"솔직하게 말해도 될까요?"

"어서 해보십시오."

"당신이 집에서 사랑하는 사람들과 이 중요한 날을 어떻게 기념했는지 알고 싶어요. 물론 너무나 매력적인 그 여자아이에 관해서도 더 알고 싶고요. 언젠가 크리스마스에 애인은 당신 집에 왔고, 당신은 마침내 원하던 모든 것을 이루었지요."

"토할 것 같습니다."

"……"

"음…… 좋아요, 언젠가 한번 그녀가 우리 부모님에게 인사하러 왔습니다. 특히 우리 어머니를 만나러 왔는데, 어떻게 보면 우리 어머니가 허락하느냐가 매우 중요했기 때문입니다."

"그게 바로 크리스마스였나요?"

"그러면 안 됩니까?"

"나를 놀리는 건가요?"

"나는 우리 어머니가 여자친구에 대해 어떤 말을 하느냐보다 그 반대의 경우를 더 걱정했습니다. 아주 이상했습니다. 사실 우리 어머니가 그녀를 마음에 들어하지 않는다 해도 그녀를 계속 만날 생각이었으니까요. 하지만 어쨌거나 어머니에게 잘 보이는 게 중요했습니다. 그날 내 애인은 그 어느 때보다도 착해 보였습니다. 아주 공손하고 아주 예의바르고 아주 순수했기 때문에 심지어 우리 어머니도 그녀에게 매료되었지요. 그녀가 그곳을 떠나자 부모님은 쉬지 않고 그녀 이야기를 했습니다. 어머니는 도대체 그녀가 내게서 무엇을 보았기에 나를 선택했는지 이해하지 못했습니다. 나는 날아갈 듯이 기분이 좋았는데, 어쨌든 항상 나는 그녀를 자랑스럽게 여겼습니다. 그것은 마치 부모님에게 승리의 트로피를 가져다주는 것과 같았습니다."

"나는 당신 어머니의 승인 여부보다 당신 아버지가 어떻게 생각할지가 더 걱정돼요. 지금 이 순간 그는 뭘 하고 있지요?"

"그녀를 쳐다보고 있습니다. 그리고 미소 짓습니다. 그녀가 아주 예쁘다고 생각하지요. 그는 정말로 기뻐서 얼굴이 환하게 빛납니다. 그의 얼굴이 온통 빨갛습니다. 그리고 순간적으로 더욱 빨개집니다. 그는 대화를 하려고 애씁니다. 그렇게 사교적인 그의 모습은 한 번도 보지 못했어요. 그는 집에 여자를 데려오는 걸 좋아합니다."

"나도 똑같이 느끼고 있어요."

"그렇습니다. 우리 부모님은 그녀를 마음에 쏙 들어했습니다. 순수하고 모든 걸 다 갖춘 여자로 보았습니다. 예쁘기까지 했지요. 시끄러운 이탈리아 여자아이들과는 달랐습니다. 우리 어머니도 흥분해서 웃고 떠들었습니다."

"당신 아버지는 그녀에게 멋진 선물을 주려고 했어요…… 하지만 제때 기억하지 못했어요. 어쨌거나 그건 그리 중요하지 않아요. 그녀는 당신 아버지에게 아무것도 기대하지 않아요. 아니, 그래요. 당신 아버지의 선물을 바라고 있어요. 나는 두려워요…… 그가 무안해할까봐요…… 잊어버렸을 수도 있어요."

"……"

"어떤 것을 사야 할지 몰라요…… 물어볼 용기도 없고요. 아버지 대신 당신이 물어볼 생각은 없나요?"

"그가 물어보도록 놔두는 게 좋겠습니다."

"당신이 그녀에게 사준 것은 뭐죠? 선물 상자를 열기에는 너무 이른가요?"

"이것 보세요, 선물은 없었습니다. 크리스마스가 아니었지만 크리스마스보다 더 좋았습니다. 우리 모두가 행복했기 때문이지요."

"그렇다면 당신 아버지가 무안해할 필요는 없었네요."

"그래요, 그렇습니다. 그가 그토록 밝고 명랑한 적은 없었어요. 보통 그는 조용한 사람인데, 그날은 거의 수다를 떨다시피 했습니다. 누가 더 많이 말하는지 어머니와 경쟁하는 것 같았어요. 그는 훌륭한 주인처럼 이곳저곳 뛰어다니면서 마실 것을 준비했습니다. 어머니의 퉁명스러운 태도와 까다로운 성격은 어느 정도 사라져 있었어요. 계속 웃기만 했습니다. 어린 남동생과 여동생은 계단을 오르내리면서 자꾸만 그녀를 흘끗흘끗 쳐다보았습니다. 그리고 자기들끼리 속삭이면서 웃었습니다."

"당신 어머니처럼 당신 아버지도 그녀를 마음에 들어했나요?"

"이미 말했던 것처럼 아주 마음에 들어했습니다. 아마도 자기 자신보다도 더 좋아했을 겁니다. 그는 그녀에게 색정을 품었습니다."

"당신 아버지가 그녀에게 뭐라고 말하지요?"

"그는 학교와 그녀의 계획에 관해 묻습니다. 그리고 그녀가 교양 있고 멋진 여자아이라며…… 흡족해합니다."

"당신 아버지는 그녀에게 물어보려던 게 있었어요. 하지만 선물을 가져오지 않았다는 사실에 너무 초조해하는 바람에……"

"그래서 어떻게 되었습니까?"

"그는 무슨 말을 해야 할지 몰랐죠."

"그가 생각하는 것을 말하게 놔두세요."

"아무에게도 말하지 말아요. 그들에게 말하지 말아요. 그가 선물을 잊어버린 이유가 있는데…… 다른 생각으로 마음을 너무 졸이다가 그만 까마득히 잊어버려서…… 그래서…… 소스라치게 놀라고 말았어요…… 래리, 그는 자기 선물 상자를 직접 열 때 어떤 느낌이 드는지 알고 있어요…… 하지만 그녀는 그녀 자신이 선물 상자를 열 때 어떤 느낌을 받는지 그가 모른다는 것을 눈치챌 거예요."

"무슨 소린지 전혀 이해할 수 없습니다."

"그는 여자에게 선물을 주는 게 어떤 건지 몰라요. 그녀가 선물 상자를 열 때 어떤 느낌을 받을지 모르지요."

"나는 선물에 아무 관심도 없습니다. 선물을 주지도 않고 받지도 않습니다. 게다가 의무적으로 해야 하는 거라면 받는 것보다 주는 게 더 나아요."

"마지막 말에 대해서는 나중에 다시 얘기하기로 하죠. 당신은 관대하지 않아요. 래리. 핵심 내용으로 돌아가지요. 아마도 선물은 파티가 끝날 무렵에 뜯을 거예요…… 그래야 그는 시간을 벌 수 있어요…… 오래 지속되는 파티인가요?"

"라미레스 씨, 우리가 저녁식사를 하려고 식탁에 앉자마자 전화가 울립니다."

"왜 나를 그렇게 쳐다보지요?"

"내가 힘든 상황에 있기 때문입니다. 전화를 건 사람은 노조 건물에 있는 노동자 중 하나입니다. 노조 지도자들은 방금 전에 기업주와 계약서에 서명했습니다. 노동자들은 그 계약에 동의하지 않고, 파업을 하기로 결정했어요. 이 동료는 내게 즉시 파업을 조직하라고 부탁합니다. 대형 파업입니다."

"당신은 노동자가 아니에요, 래리."

"그렇습니다. 나는 대학에서 역사를 가르칩니다. 하지만 또한 노조 활동가이기도 하지요. 여러 번 노동자들을 도와주었습니다. 그들의 자문 위원이에요."

"그들을 도와줄 수 있는 사람이 당신 말고는 없나요?"

"그렇습니다. 그들이 알고 있는 사람은 나뿐입니다. 그들은 내가 노조 지도자들을 불신하지만, 그들의 말은 경청한다는 사실을 알고 있습니다. 필요하다면 아무리 먼 곳이라도 그들과 함께 갈 거라는 사실을요."

"당신은 지금 해야 할 일이 있어요. 당신을 위해 파티가 열려요. 다른 자문 위원에게 부탁하라고 하세요."

"다른 자문 위원은 이번 파업에 개입하려고 하지 않습니다. 노조 지도부에게 반대하는 행동을 했다가는 살해될 수도 있기 때문에 두려워하고 있어요. 게다가 나는 이런 상황에서 전략의 대가입니다."

"무엇을 할 생각인가요?"

"즉시 가서 그들을 도울 겁니다."

"하지만 당신이 떠나면 당신 가족들은 상처를 입을 거예요. 그들은 실망할 거예요."

"그렇습니다. 가족들에게 설명을 해야 할 것 같은데…… 뭐라고 말해야 할까요?"

"……"

"뭐라고 말해야 합니까, 라미레스 씨? 가족들에게 상처를 주지 않기 위해 말입니다."

"노조에 당신 대신 그 일을 할 사람이 아무도 없다는 게 확실한가요?"

"예, 아무도 없습니다."

"파업을 해야 할 정당한 이유가 있나요?"

"그렇습니다. 노동자들이 파업을 요구하고 있고, 그들은 이길 수 있습니다. 이것으로 충분하지 않습니까? 당신 생각은 어떻습니까?"

"노동자들의 요구는 합법적인가요?"

"인플레이션이 너무나 높아서 그들은 간신히 입에 풀칠만 할 수 있습니다."

"……"

"가족과 여자친구에게 뭐라고 말해야 할 것 같습니까? 어떻게 해야

262

그들의 감정을 상하게 하지 않고 갈 수 있습니까?"

"당신을 도와주고 싶어요, 래리…… 하지만 그건 내게도 힘든 문제라서……"

"나를 도와주셔야 합니다…… 나는 노조로 가야 합니다…… 지금 당장 말입니다! 중요한 순간이에요. 그들은 이기기 위해 내 도움을 필요로 하고 있습니다. 파업에서 진다면 보복이 따를 겁니다."

"아마도…… 여자친구에게는 따로 말해야 할 것 같네요…… 그런 다음에 당신 어머니나…… 아버지에게……"

"근데 뭐라고 말해야 합니까? 그들의 감정을 상하게 만들지 않고 갈 수 있는 방법이 뭡니까?"

"당신은 당신 여자친구가 분별 있고 현명하다고 수차례 말했어요. 그러니 나라면 먼저 그녀에게 말하겠어요."

"하지만 상처를 입고 화를 낼 겁니다. 오늘은 아주 특별한 날이에요. 그녀가 우리 가족을 처음으로 만난 날입니다. 그녀는 내 도움을 필요로 해요. 그런데 동시에 나는 당장 노조로 가야만 합니다. 내가 그녀에게 뭐라고 말해야 합니까?"

"당신이 가야만 하는 이유를 설명해야 해요. 그녀가 이해할 수 있는 이유로. 어쨌건 당신도 알겠지만…… 그녀에게 그 누구도 당신이 떠난 자리를 대신할 수 없을 거라고 말해야 해요. 그러니까 당신이 설명해야 할 것은 그 노동자들에게도 당신은 대체될 수 없는 존재라는 사실이에요. 그녀는 이해해줄 거예요."

"좋은 생각인 것 같습니다. 그녀 역시 둘도 없는 소중한 존재입니다. 하지만 그녀가 이해한다고 하더라도, 물론 이해하겠지만, 그리고 내가 그런 일을 하는 게 필요하다는 것을 알게 되고 그 사실을 받아들인다고 하더라도, 그녀를 혼자 놔두었다는 사실에 상처를 입을 겁니다."

"아마 아닐 거예요. 만일 당신만이 그런 일을 할 수 있는 유일한 사람이라는 점을 이해하게 된다면 그러지 않을 거예요. 자, 어서 가서 그녀에게 비밀을 말하세요. 당신의 기대를 배반하지 않을 거예요."

"당신도 알다시피, 예전에도 그런 일이 있었습니다. 나는 여러 번 그녀를 떠나야 했습니다. 그런 삶을 사는 남자를 받아들일까요? 그런 삶을 함께하자고 요구할 권리가 내게 있을까요?"

"그녀가 당신이 내게 설명한 그대로의 여자라면, 그런 경우 기꺼이 당신을 지지할 거예요. 하지만 당신은 그 비밀을 그녀에게 솔직하게 말해야 해요."

"무슨 비밀이지요?"

"당신만이 그 일을 할 수 있는 이유요."

"노동자들은 파업을 일으켜 한 달 동안 자동차 공장 문을 닫고자 합니다. 하지만 월급을 받지 못해 아주 큰 고통을 당할 테지요. 그들은 파업에서 지고, 기업주는 더 오래 견딜 수도 있습니다. 나는 최고의 해결책이 있다고 생각합니다. 그들을 설득시켜야 합니다."

"그걸 설명하면 그녀도 납득할 거예요."

"노동자들은 비밀 조직과 접촉하고 있습니다. 공장 전체의 생산 계획을 잘 아는 조직입니다. 거기에는 모두 서른 개의 부서가 있어요. 각 부서가 특정 시간에 작업을 멈추면, 그러니까 일주일 동안 매일 두 시간 정도 그렇게 하면, 마치 모두가 한 달 동안 작업을 멈춘 것처럼 생산 손실이 엄청나게 커집니다. 노동자들은 약간의 급여를 못 받을 테고, 회사 또한 급여나 전기를 절약할 수 없게 됩니다. 이것이 내가 구상한 총체적인 계획이에요. 나는 노동자들을 설득해서 이 계획을 실천에 옮겨야 합니다."

"하루에 두 시간이 아니에요, 래리. 일주일에 두 번, 두 시간씩 그렇게 하는 것만으로도 충분할 거예요. 중요한 것은 각 부서가 언제 작업을 멈추느냐 하는 것이에요. 생산 계획을 완전히 붕괴시키는 방식이 되어야 해요. 내 말을 잘 들어요. 생산 계획은 논리적 연결성을 따르고 있어요. 우리가 공격해야 할 것은 바로 그런 연결성이에요. ……특정 부서에서 생산된 부품들을 제때에 옮겨놓지 않으면 그것들이 쌓여 조립라인은 포화 상태가 되지요. 다른 예를 들어보지요. 만일 차축이 제때 도착하지 않으면 나머지 조립 과정 역시 멈추게 되죠."

"그걸 설명하면 그녀를 설득시킬 수 있을 것 같습니다."

"그래요, 설득시켰어요, 래리. 나는 그녀가 당신 말을 어떻게 듣고 있는지 보았어요. 당신 생각을 완벽하게 이해했어요."

"그럼 아버지에게는 어떻게 말해야 합니까?"

"먼저 어머니에게 말하도록 해요."

"하지만 어머니에게 무슨 말을 해야 합니까? 어머니는 노조 문제에 전혀 관심이 없습니다. 모두 공산주의자들의 책동이라고 의심합니다."

"그런 것들을 어머니에게 설명할 시간이 없다면…… 아마도…… 투쟁에서 물러나기에는 너무 늦었다고 말하면 좋을 것 같네요. 당신 그룹이 승리하지 않으면, 적들이 전진해서 당신을 죽여버릴 거라고 말하세요. 이건 사느냐 죽느냐의 문제예요. 만일 당신 그룹이 싸우지 않으면 그녀는 아들을 잃게 될 테니까요."

"좋습니다."

"하지만 오늘밤에 돌아올 거라고 어머니에게 약속해야 해요. 이 모임은 전혀 위험한 것이 아니라고, 아무도 아직까지 당신이 전략가라는 사실을 모른다고 말해야 해요."

"그럼 아버지에게는 뭐라고 말합니까? 아마도 어머니가 설명하도록 놔두는 편이 좋을 것 같습니다."

"아니에요…… 제발…… 그건 안 돼요……"

"그럼 우리가 뭐라고 말해야 합니까?"

"그가 당신 말을 듣지 않았기를 기도하겠어요. 당신은 지금 아버지를 뒷전으로 두었어요. ……갑자기 그가 슬퍼 보여요. 당신 말을 들었을까봐 걱정되네요."

"그럼 어서 내가 해야 할 말을 알려주세요!"

"사실대로 말해요…… 그는 사실을 알아야만 하는 유일한 사람이에요."

"무슨 사실인가요?"

"두렵다고 말하세요…… 오늘밤 정말로 위험하다고, 하지만 여자들은 그걸 알아서는 안 된다고 말해요. 당신에게 용기를 달라고 부탁하세요. 당신은 용기가 필요할 테니까요. 오늘밤은 정말 위험해요. 경찰은 어딘가에서 비밀 모임이 있을 거라는 사실을 알아요. 이 시간쯤이면 아마 어디에서 열리는지 알아냈을 거예요. 당신은 비밀 조직 사람들과 만날 거예요. 아직 당신은 그 어떤 폭력 사태에도 책임이 없지만, 그들은 그렇지 않아요. 정부는 그들을 찾고 있고, 찾으면 생포하거나 사살할 거예요. 당신은 지금 두렵고, 아버지의 지지가 필요해요."

"……"

"상황이 어떤지 설명하세요. 그러면 아버지는 당신이 필요로 하는 걸 줄 거예요, 래리."

"아버지가 이해할 것 같지 않아요…… 이기적이고 개인적인 관심사 말고 투쟁에 걸맞은 다른 면을 가지고 있을 거라고, 다른 가치를 지지할 거라고 생각하지 않아요."

"틀림없나요?"

"예."

"자, 그럼…… 왜 그렇게 확신하는 거죠? 그가 도대체 어떻게 했기에 당신이 그토록 확신을 갖는 거죠?"

"평생 봐왔습니다. 그는 이해하지 못해요…… 왜 사람들이 책을 읽으면서 시간을 보내는지…… 돈을 벌게 해주지도 않는데…… 그에게 독서는 멍청하고 여자 같은 짓이에요…… 그건 세상과 떨어져 있다는 걸 보여준다고…… 종종 다정하고 친절할 때도 있지만, 이런 일은 절대 이해하지 못할 겁니다…… 왜 위험 속으로 뛰어드는지……"

"래리, 부탁이에요…… 그에게 마지막 기회를 주도록 해요…… 내게 가능한 한 가장 간단한 방법으로 그 이유를 설명해줘요. 그리고 내가 그걸 이해하게 되면…… 그도 역시 이해하게…… 왜 그 비밀 모임에 가기로 결정했는지 말해봐요…… 엄청나게 위험한 일인데도…… 난 당신을 이해하려고 노력할 거예요, 약속할게요……"

"전 세계적으로 거대한 규모의 투쟁이 일어나고 있어요…… 외지고 작은 곳이라도 중요합니다. 매일 그런 투쟁이 전개됩니다…… 수백 년 동안 진행되고 있는 투쟁은 모든 것을 결정합니다…… 우리의 존재 상태, 우리 미래에 대한 가능성 등등…… 투쟁해야 합니다. ……오늘밤 내가 그들을 버리고 떠난다는 사실이 그들을 사랑하지 않는다는 것을 의미하지는 않습니다…… 그건 우리 모두가 포함된 투쟁입니다…… 우리가 거부할 수 없는 것입니다……"

"근데 당신과 협력하고 있는 사람들은 믿을 만합니까?"

"몇몇은 그렇지만, 압력 앞에서 굴복하는 사람들도 있습니다…… 하지만 우리의 숫자가 많고 강해질수록 굴복하거나 양보하는 사람은 적어질 겁니다."

"그런데 왜 당신이어야만 하는 거죠? 나이가 많은 사람이나 가족이 없는 사람, 혹은 아무것도 잃을 것이 없는 사람이 그런 일을 맡을 수는 없나요?"

"나이가 많은 사람들은 쉬어야만 합니다. 젊은이들이 싸워야 합니다, 라미레스 씨."

"아니에요, 노인들은 죽고 싶어해요. 하지만 어떻게 해야 명예롭게 죽을 수 있는지 몰라요…… 나는 오늘밤 비밀 모임에서 당신이 그 누구와도 대체될 수 없는 존재일 경우에만 우리를 떠나는 걸 이해할 거예요."

"당신은 내가 대체 불가능한 존재라는 사실을, 그리고 전략을 구상할 수 있는 유일한 사람이라는 사실을 알고 있습니다. 그리고 그 전략을 실행할 수 있도록 그들을 설득할 수 있는 유일한 사람이기도 합니다."

"래리, 내가 제대로 이해했는지 잘 모르겠군요…… 나는 완전히 동의할 수 없어요…… 지금 이 순간 당신의 죽음을 합리화할 수 있는 그 어떤 이유도 떠오르지 않아요…… 사랑하는 사람들을 위한 일로 가장 먼저 생각나는 것은…… 당신이 살아야만 한다는 것…… 그 어떤 것도 그것보다 중요할 수는 없어요."

"……"

"내가 당신을 실망시키고 있군요…… 하지만 거짓말할 수는 없어요…… 아마도 당신 아버지는 이해할 거예요…… 당신을 실망시키지 않을 거예요…… 우리가 보다 현명하고…… 당신이 우리를 존경할 수 있다면 정말 좋을 텐데……"

"그건 현명함의 문제가 아닙니다…… 우리 아버지는 다른 환경에서…… 가난하게 자랐습니다…… 살아남기 위한 싸움, 그게 무엇보다도 우선이었습니다. 그것 이상으로 생각한다는 것은 사치였고, 허락될 수 없는 것이었습니다. ……그는 자신이 배운 것을 내게 전해주려고 했지만, 나는 보다 나은 조건에서 자랐습니다. 자유의 몸이 되기 위해 아버지와 싸워야 했어요…… 이제 아버지는 나를 자랑스럽게 여기지만 나를 이해하지는 못합니다."

"아마도 당신이 아버지를 존경할 필요는 없을 것 같군요…… 부탁이니 마지막 기회를 주도록 해요…… 아버지를 완전히 믿어봐요, 래리……"

"아버지를 믿으라는 말이 무슨 의미입니까?"

"모든 걸 이야기하라고…… 어디로 가는지, 누구를 만날 것인지, 두렵다고, 그리고 그를 전적으로 믿는다고."

"아버지를 전적으로 믿으라고요?"

"그래요. 그의 손에 당신을 맡기세요."

"왜 그래야 하는 겁니까?"

"아버지에게 선택권을 주세요. 당신이 그의 손에 있으면, 그는 자기가 좋다고 생각하는 것을 당신에게 할 수 있을 거예요."

"하지만 난 아버지를 믿지 않습니다. 나를 파멸시킬 수도 있습니다. 나를 죽일 수도 있어요."

"왜 당신을 죽인다는 거죠?"

"가끔씩 아버지는 자기가 무엇을 하고 있는지 모릅니다."

"그는 불안해하며 통제력을 잃어버리지요……"

"사실 불안해하는 성격은 아닙니다. 말이 없지만 오랫동안 참다가…… 폭발합니다. 그게 언제인지는 아무도 모릅니다…… 좋은 사람이지만 갑자기 돌변할 수 있어서……"

"……"

"어느 토요일 아침에 어머니는 물건을 사러 나갔고, 아버지는 우리 형제들과 함께 집에 남아 있었습니다…… 우리는 아버지와 있으면 보다 편안한 시간을 보낼 수 있다는 걸 알고 있었습니다. 아버지는 집안의 규칙을 모두 알지는 못했으니까요. 그는 위층에 있었고, 우리는 지하에서 놀았습니다. 우리는 시끄러운 소리를 내기 시작했고, 점점 큰 소리를 냈어요…… 계단을 우당탕탕 오르내리기 시작했고, 거실 주위를 마구 뛰어다니며 물건들을 어지럽혔고…… 짐승이 울부짖듯 비명을 질러대며 목청껏 소리를 높였습니다. 이런 난리법석을 벌였지만 아버지는 아무 말 없이 참았어요. 하지만 우리는 조금 더 아버지의 인내심을 시험하고 싶었고…… 침실을 마구 뛰어다니면서 물건들을 던졌습니다. 그런데 갑자기 터졌어요…… 그건 차가운 분노였고, 우리는 겁에 질렸습니다."

"차가운 분노라고요?"

"예, 부분적으로 통제된 분노입니다. 여전히 반은 억누른 상태였습니다. 아버지의 얼굴빛이 하얗게 되고 눈은 거의 감겨 있었습니다. 우리를 때리지 않고 단지 그만하라고만 말했어요. 우리는 조금이라도 더 그의 화를 돋우면, 우리를 가루로 만들어버리거나 이 땅에서 우리의 존재를 지워버릴지도 모른다는 사실을 알고 있었습니다."

"아버지의 손으로 말인가요?"

"예, 주먹으로."

"무엇보다도 아버지의 주먹이 무서웠나요?"

"예, 그의 손이 가장 무서웠습니다."

"만일 조금이라도 더 화를 돋우면?"

"내 목을 비틀어버릴 것이었습니다. 그것은 어머니가 쓰던 표현이었지요. 단숨에 머리를 뽑아 박살낼 것이 분명했습니다. 어린아이들이 인형을 가지고 그렇게 하듯이 말입니다. 우리의 팔과 다리를 빼버릴 것이었습니다."

"당신은 살아남을 수 있나요?"

"아마도 그럴 겁니다. 하지만 피를 흘리며 엉망이 된 모습이었을 겁니다."

"……"

"인형 머리를 손에 들고, 이마와 관자놀이를 눌러서 뭉갭니다. 그러고 나서 가슴 주변에 한쪽 손을, 그리고 머리에 다른 손을 갖다 댑니다. 젖은 수건을 비틀어 짜듯이, 몸통을 한쪽으로 돌리고, 머리를 반대쪽으로 돌립니다. 그러면 머리가 떨어져나와요. 식물의 잔가지처럼 팔도 떨어져나옵니다. 그의 손은 커다랗습니다. 한 손에 인형이 충분히 들어갈 정도로 크지요. 다리를 벌리고 힘껏 그것들을 움켜쥐면서 탈구시킵니다. 마치 닭을 쪼개서 벌리고는 연골을 부러뜨리고 살을 뜯어내 기분좋게 살점을 씹는 것과 같습니다."

"래리, 다른 대안이 없어요…… 밖에서 노동자들이 당신을 기다려요, 더이상 시간을 허비할 수 없어요…… 하지만 그는 안에서 문을 잠가 당신이 나가지 못하게 했어요. 당신은 그를 따로 불러 단둘이 말해야 해요…… 무엇보다 그가 두려운 게 아니라…… 밖에 도사리고 있는 위험이 두렵다고 말하도록 해요…… 오늘밤 그의 도움이 얼마나 많이 필요한지도……"

"……"

"방은 거의 어둠에 잠겨 있어요…… 그의 침실이에요, 위층에 있는…… 이제 아버지에게 모든 것을 자세히 말하도록 해요…… 당신의 비밀 계획에 관해…… 그리고 전적으로 그의 손에 당신을 맡기도록 해요…… 그러면 마침내 그는 무엇을 할지 결정할 거예요…… 당신을 죽여버릴 수도 있고 도와줄 수도 있어요…… 하지만 아버지와 단둘이 위층으로 갈 용기를 내지 않으면…… 당신은 그가 어떻게 할지 결코 알 수 없을 것이고…… 문을 열고 나갈 수도 없을 거예요……"

"당신은 왜 내가 노조에서 이런 위험과 맞서야 하는지 이해합니다. 하지만 그는 결코 그렇지 않습니다. 그건 그의 능력을 벗어나는 일이에요. 이제 시간이 없고, 게다가 모든 걸 그에게 이야기하는 것은 너무 위험합니다…… 이야기 하나만 만들어주세요, 라미레스 씨. 그를 만족시킬 수 있는 모호한 이야기로."

"문은 잠겨 있어요."

"부수고 열겠습니다. 무슨 방법이든 써야 합니다. 그가 한눈팔게 만들어주면, 그 틈을 타서 나가겠습니다."

"창문으로 나가는 건 어때요, 래리? 당신은 창문으로 뛰어내릴 수 있어요. 아마 처음은 아닐 거예요."

"왜 그런 말을 하는 겁니까?"

"잘 알았어요, 어서 가도록 해요…… 더이상 우리 걱정은 하지 말아요……"

"지금 나가야 하는데 두렵습니다."

"죽는 게 두려운 건가요?"

"예, 나를 찾으러 올까 겁납니다, 라미레스 씨."

"나는 두렵지 않아요, 이제는 더이상…… 알겠죠? 당신은 나를 설득시켰어요. 당신은 가야 해요, 그건 당신이 해야 할 일이에요…… 자, 어서 가도록 해요…… 당신이 나가는 동안 내가 당신 아버지의 관심을 다른 곳으로 돌리겠어요."

"고맙습니다……"

"……"

"투쟁하러 가기 전에, 오늘 나를 많이 도와주었다는 말을 하고 싶습니다, 라미레스 씨. 어떤 느낌입니까?"

"어떤 느낌이냐고요?"

"예, 당신의 느낌이요. 만족스럽지 않으십니까? 그 느낌이 어디에 있습니까?"

"어디냐고요?"

"예, 어디에 있는지 말해보십시오. 가슴입니까? 목구멍입니까? 당신은 항상 이런 질문으로 나를 괴롭히지요."

"아무 느낌도 없어요. 지금 이 침대에서 담요를 덮고 편안하게 있을 뿐이에요. 아무 통증도 느끼지 않아요…… 근데 몹시 졸려요. 그걸 인정하지 않을 이유는 없지요…… 당신이 괜찮다면…… 조금 더 졸고 싶어요."

"좋습니다……"

"눈을 감으면 편안해져요…… 지금처럼. 나는 곧 잠들 거예요…… 다행히 오늘은 구름이 끼었어요. 날이 밝아도 내 눈에 해가 되지 않고, 커튼을 걸 필요도 없어요. 눈만 감아도 모든 게 어둡고 평온해져요…… 다른 방에서 그들의 목소리가 들려요. 곧 선물 상자를 열 거예요…… 나는 래리가 뭘 가져왔는지 몰라요. 이미 가버려서 물어볼 수가 없어요."

"나는 떠났습니다. 중요한 일을 해야 합니다."

"그들 각자가 가장 바라는 선물이 뭔지 래리가 제대로 알아맞혔으면 좋겠군요. 그래야 나처럼 그들도 행복할 테니까요…… 나는 더이상 그들이 어떤 말을 하는지 들을 수 없을 거예요. 이미 나는 잠든 상태니까요."

"우리 아버지는 무엇보다도 많은 돈을 원했습니다…… 어머니는 아버지의 선물을 원했고요…… 자신을 얼마나 사랑하는지 보여줄 수 있는 비싼 선물을. 내 여자친구는 아무거나 줘도 행복해했을 겁니다."

"래리의 아버지는 많은 돈을 원하는데 왜 그런지 모르겠어요."

"특별한 것을 원하지는 않습니다. 단지 돈이 많으면 생기는 권력을 원하는 거지요."

"당신 어머니는 아버지에게 비싼 선물을 받고자 해요. 하지만 그런 선물로 뭘 하려는지 나는 모르겠어요."

"비싼 걸 원합니다. 자기를 아름답게 만들어줄 사치품을. 아마도 다른 여자들 앞에서 뽐낼 수 있는 물건일 겁니다. 아버지가 항상 주던 싸구려 선물이 아니라, 그의 권력을 상징할 수 있는 것, 남에게 자랑할 수 있는 것을 원합니다."

"그럼 래리의 여자친구는 왜 무엇을 줘도 만족하나요?"

"무엇이든 괜찮습니다. 무엇보다 래리를 사랑하기 때문이지요. 그가 그녀에게 마음을 쓰고 있음을 보여주는 선물이라면 무엇이든 괜찮습니다."

"똑똑한 여자군요."

"그렇습니다. 그녀는 그가 하는 일을 많이 이해하지는 못하지만, 중요한 일이라는 것을 압니다. 그가 친절하고 정의로운 사람이라는 것도 알아요. 또한 그를 자랑스럽게 여깁니다."

"그들이 뭐라고 말하는지 잘 들을 수가 없어요. 선물 상자를 열었고 아주 즐거워하네요. 래리는 바로 그들이 원하는 선물을 주었네요. 이제 밖으로 나간 그는 모두를 행복하게 해주었다는 걸 알아요. 그가 여기에 있다면, 나는 어떤 느낌이 드는지 물어봤을 거예요."

"그들을 진정시켰다는 사실에, 그리고 그가 다시 그들에게 돌아갈 수 있다는 사실에 기뻐하고 있습니다."

"그들은 당신의 작업량에 만족하나요?"

"예, 아주 만족합니다."

"조금만 더 이야기해줘요. 이미 당신은 책 속으로 빠져들고 있어요…… 적어도 숨은 쉬어가면서 일하도록 해요."

"몬트리올에서 편지가 왔습니다. 진행된 내용에 몹시 만족해하고 있습니다."

"컬럼비아 대학에서는 누구를 만났죠? 당신과 점심 먹으러 갔던 그 사람인가요?"

"예, 학과의 다른 사람들을 소개시켜주었습니다."

"제발 그 종이에서 고개를 들어요. 나도 궁금해지기 시작했어요. 어쨌거나 그들은 나를 연구하고자 하는 것이니까요."

"말씀하십시오, 듣고 있습니다."

"전에는 잡지더니 지금은 책이군요. 당신은 읽는 동시에 말할 수 있나요?"

"예, 두 가지를 동시에 할 수 없는 사람은 포드뿐입니다."

"헨리 포드인가요, 아니면 대통령이었던 사람인가요?"

"대통령이죠. 그는 비행기 트랩을 내려오다가 발을 헛디디고 머리를 박기 일쑤였습니다. 사람들 말에 의하면, 걸으면서 껌을 씹을 수 없는 사람이었다고 해요."

"사실 당신이 나를 쳐다보면서 말할 때 당신 말이 더 잘 이해돼요."

"몬트리올 사람들은 내가 그곳에서 일하는 게 좋겠다고 제안합니다."

"어디죠? 컬럼비아 대학인가요?"

"아닙니다. 몬트리올입니다."

"이유가 뭐죠?"

"사무적인 일을 더 쉽게 처리할 수 있기 때문입니다."

"관료주의자들이군요."

"맞습니다. 관료주의입니다."

"하지만 그건 논의할 필요도 없어요. 당신 부모…… 당신 여자친구, 여자친구를 가장 먼저 언급해야 했는데…… 그들이 허락하지 않을 거예요."

"여자친구는 십오 년 전의 일입니다."

"시간이 그녀를 바꿀 수는 없었을 거예요. 아주 멋진 여자였어요. 그어떤 것도 그녀를 망가뜨리지 못했을 거예요."

"오랫동안 그녀를 만나지 못했습니다."

"그녀는 당신이 그토록 멀리 가는 것을 원하지 않을 거예요."

"그만하십시오. 이제 나는 그녀와 아무 상관이 없습니다."

"그건 있을 수 없는 일이에요. 그게 사실이라면…… 그건 그녀가…… 지금 무척 걱정하고 있다는 걸 의미할 거예요. 그녀만큼 당신에게 신경을 쓴 사람은…… 이제는 내가 당신을 걱정하고 있군요……"

"전혀 그렇지 않습니다. 그녀는 이제 자신의 삶을 살아가고 있습니다. 이제는 다른 사람입니다. 완전히 바뀌었어요. 내가 가건 오건 더 이상 관심을 보이지 않습니다. 우리는 어쩌다 한 번씩 전화를 할 뿐이죠."

"그렇다면 당신이 잘못 생각한 거예요. 당신은 그녀를 어떠한 부류로 단정지었지만, 그녀는 그런 여자가 아니었어요."

"절대 아닙니다. 세월이 흐르면서 사람은 엄청나게 바뀌지요. 가끔씩 자신의 환경에서 떨어져 있을 필요가 있습니다."

"떨어진다고요? 아마 당신은 그럴지 몰라도 그녀는 절대……"

"우리 두 사람은 서로 헤어져 있을 필요가 있었습니다. 사실 그녀는 내가 당신에게 얘기했던 그런 사람이 아니었어요."

"오늘 그 자료를 다 읽으면, 당신은 곧장 집으로 갈 거예요. 평상시처럼 그녀가 당신을 기다리고 있으니까요. 그렇지 않나요?"

"마음대로 생각하십시오. 그녀는 내가 몬트리올로 가든지 말든지 상관하지 않겠다고 말했습니다."

"정말인가요?"

"그녀는 그게 내 이력에 중요하다는 사실을 알고 있습니다. 내가 우리 부모님을 소개시켰던 그날 밤처럼 이해심이 많아요. 부모님 역시 나를 이해해줄 겁니다."

"당신은 지금 내게 무언가를 숨기고 있어요."

"……"

"좋아요. 당신은 그녀가 바뀌었다고 말했지만 그건 당신 생각일 뿐이에요. 무슨 이유인지 몰라도 나는 그렇지 않다고 확신해요. 그걸 증명할 수는 없지만요. 그녀는 몹시 내 마음에 들어요. 당신이 그렇지 않다는 것을 증명하지 않으면 계속해서 그녀가 예전과 같다고 믿을 정도예요."

"하지만 당신은 그녀를 한 번도 만난 적이 없습니다. 그녀에 관해 아는 거라곤 내게서 들은 게 전부지요. 그 이야기는 오래전에 내가 받은 인상에 바탕을 둔 겁니다. 반은 실제의 그녀였지만, 나머지 반은 내가 바라던 그녀를 상상한 거예요. 우리가 얘기하고 있는 실제 인물에 관한 게 아닙니다."

"그녀는 직장에서 몇시에 집으로 돌아오죠?"

"나보다 조금 늦게 도착합니다. 그녀는 두 사람이 먹을 저녁을 준비하는데, 가끔씩 나는 감자 껍질을 벗깁니다. 설거지는 우리 둘이 함께합니다. 저녁식사 시간은 즐겁습니다. 내가 음식에 대한 불평을 늘어놓고, 그녀가 화를 낼 때만 빼고요."

"음식에 무슨 문제가 있는 거죠?"

"종종 감자가 제대로 익지 않습니다. 혹은 잘 익었더라도 질 나쁜 감자로 요리해서 맛이 좋지 않습니다. 거기서 문제가 시작됩니다. 우리는 몇 시간 동안 함께 있을 수 있습니다. 때때로 목적지를 정하지 않고 그냥 산책을 나가요. 가게 진열창을 들여다봅니다. 살 수 없는 것들이에요. 우리가 가진 돈으로는 엄두도 낼 수 없습니다. 걸으면서 말은 거의 하지 않습니다. 그냥 습관적으로 함께 있는 겁니다. 밤이 되면 나는 소설을 읽어요. 하지만 그녀가 곁에 있으면 왠지 죄를 짓는 느낌을 받습니다. 아무짝에도 쓸모없는 책이기 때문입니다. 텔레비전은 아예 볼 수가 없습니다. 우리는 절대로 텔레비전을 사지 말자는 데 합의했습니다. 부모들처럼 되고 싶지 않았던 거지요. 하지만 우리 바람과는 달리 부모들처럼 갈수록 말다툼을 자주 합니다. 아파트는 아주 오래되고 낡아서 수리할 게 많습니다. 나는 수리를 책임지겠다고, 이런저런 것을 하겠다고 약속했고, 아파트를 멋진 보석처럼 만들겠다고 약속했지만 하나도 고치지 않았습니다. 그래서 그녀는 내게 화가 나 있어요. 나는 가정을 제대로 꾸리지 못하고 있으며, 돈도 충분히 갖다주지 못합니다."

"……"

"밤에 우리는 일찍 잠자리에 들어야 합니다. 다음날 출근해야 하기 때문이지요. 우리의 삶에 커다란 일은 일어나지 않습니다. 심지어는 일상에 갇혀 있는 것 같은 느낌도 받습니다. 그녀는 나보다 돈을 더 많이 벌어요. 그래서 나는 내 직장이 싫습니다. 어쨌든 그곳에서 일하고 싶지 않습니다. 하지만 어떤 일을 하고 싶어하는지 나 역시 몰라요. 지금 하는 일을 계속하고 싶지 않다는 것만 압니다. 나는 야망이 없습니다. 그녀와 더 많은 시간을 함께 보내길 원합니다."

"아무 야망도 없다고요?"

"일 년을 일한 후 나는 다시 밤에 공부하기로 마음먹었습니다. 마침내 내가 인생에서 무언가를 하려고 했기 때문에 아내는 몹시 기뻐했어요. 나 역시 달려들어 전념할 무언가가 생겼기 때문에 아주 행복했습니다."

"몇시에 수업이 있었죠?"

"여섯시부터 여덟시입니다. 나는 직장에서 곧장 학교로 가고, 수업이 끝난 후 아내와 함께 저녁을 먹습니다. 식사가 끝나면 즉시 공부를 시작해야 합니다. 힘든 삶입니다. 도저히 시간이 나지 않습니다. 좋은 성적을 받고 장학금을 받으려면 주말에도 공부해야만 합니다."

"당신이 공부하는 동안 그녀는 무엇을 하지요?"

"그녀 역시 다시 공부를 시작했습니다. 우리 두 사람은 공부합니다. 함께 있을 시간이 없지요. 마치 같은 군대 막사에 사는 것과 같습니다."

"집안일을 도와줄 파출부는 없나요?"

"말도 안 되는 소리 하지 마십시오. 여기에서는 부자들을 제외하고 그 누구도 파출부를 쓰지 않습니다. 아내가 파출부입니다."

"그녀가 언제 가사를 돌보나요?"

"밤늦은 시간에, 잠자리에 들기 전에 집안일을 합니다. 잠자리조차 준비되어 있지 않습니다. 그녀는 잠자리를 준비해야 해요. 화장실을 청소하고, 약간의 먼지를 떨어내고, 바닥에 있는 쓰레기를 줍습니다. 토요일에는 손이 더 많이 가는 집안일을 해야 합니다. 슈퍼마켓에 가고 세탁을 하고 집안을 보다 깨끗하게 청소하고, 또 몇몇 필요한 것을 구입하기도 합니다. 우리는 함께 그런 일을 했지요. 가끔씩 우리는 큰 마음을 먹고 외식했습니다. 아주 자주 있는 일은 아니었지만요. 나는 그녀를 데리고 나가는 것을 그다지 좋아하지 않았습니다. 그녀가 다른 남자들을 보고 그들에게 매력을 느낄까봐 겁이 났습니다. 그녀는 아주 매력적이었고, 남자들은 그녀를 탐했어요. 우리가 근사한 남자 옆을 지나갈 때면, 나는 그녀의 눈을 주의깊게 쳐다보았습니다. 그녀가 그를 쳐다보고 있는지 살피기 위해서였지요. 그러면 나는 죽을 만큼 질투했지만, 그걸 드러내지는 않았습니다. 그녀에게는 한 마디도 하지 않았습니다. 내 가슴속에서는 분노가 쌓여갔어요."

"그녀는 어떤 식당을 좋아하죠?"

"이탈리아 음식을 좋아합니다."

"그 식당에는 사람들이 많나요?"

"예, 만원입니다. 우리 테이블 앞에 어떤 남자가 여자친구와 함께 앉아 있습니다. 자기 파트너와 말을 하면서, 가끔씩 흘낏흘낏 내 아내를 쳐다봐요. 그 모습에 기분이 나빠집니다. 나는 언짢은 눈으로 그를 바라보기 시작합니다."

"그는 어떻게 생겼나요? 당신보다 나이가 많나요?"

"예, 나보다 나이가 많습니다. 아마도 사십 대 가까이 되는 것 같아요. 나보다 체구가 더 크고 키도 크며 금발입니다. 얼굴은 평범하지만 옷을 근사하게 입었습니다. 그가 내 아내에게 관심을 보이는 게 분명합니다. 그걸 참을 수가 없어요. 그러자 나 자신이 비참하게 느껴집니다. 마치 내가 있을 곳이 그녀 옆이 아닌 것처럼, 혹은 내가 그녀에게 걸맞지 않은 것처럼 느껴지지요. 혹시 그녀가 나와 함께 살면서 시간을 낭비하고 있는 건 아닐까요? 그녀가 그 남자와 함께 있어야 할 것 같은 느낌을 받습니다."

"그와 함께 있는 여자는 어떤가요?"

"우리에게 등을 돌리고 있어서 거의 볼 수가 없습니다."

"그 남자가 어떻게 하려고 하죠? 자리에서 일어나 당신 테이블로 와서 남의 아내에게 말을 걸려고 할까요?"

"아닙니다. 그러고 싶겠지만 행동으로 옮기지는 못할 거예요. 아내는 고개를 돌려 내가 누구를 쳐다보고 있는지 바라봅니다. 두 사람의 눈이 마주칩니다. 그녀의 고개는 원래의 위치로 돌아가고, 우리는 계속 담소를 나눕니다. 나는 그녀의 표정을 살피면서 그녀가 어떤 느낌을 받고 있는지 짐작해보려 하지만 아무것도 알아내지 못하지요."

"아주 순진한 여자군요. 누군가가 당신들과 함께 앉아, 그러니까 그녀 맞은편에 앉아서 그녀의 시야를 가려 그 남자를 보지 못하게 해야겠어요. 좋은 사람은 아니라는 느낌이 드네요."

"그녀는 그를 보지 못합니다. 고개를 돌려야만 볼 수 있습니다. ……그렇습니다, 사실입니다. 그녀는 순진해요. 하지만 그녀의 마음속에서 무언가가 요동칩니다. 그녀는 즉시 그것을 잊어버리거나 아니면 억누릅니다. 우리의 관계를 혼란에 빠뜨릴 수 있는 것이지요. 그것이 바로 그곳에 있고, 나는 그걸 포착합니다."

"나는 식당에 갈 수 없어요. 아파서요. 하지만 가끔씩 우연히 래리는 친구들을 만나기도 하고, 래리 아버지가 바로 그 식당으로 들어오는 일이 일어나기도 합니다. 그러면 당신은 기쁜 마음으로 아버지를 당신 테이블에 앉게 할 건가요?"

"아버지와는 아무 문제도 없습니다. 이제는 그 어떤 위협이 되는 존재가 아니니까요."

"어디에 앉게 할 건가요?"

"아무데나 상관없습니다."

"아니에요, 남자의 시선에서 당신 아내를 보호할 수 있는 자리가 되어야 해요."

"알았습니다."

"그 밉살스러운 남자가 아직도 당신 아내를 쳐다보고 있나요?"

"그렇습니다. 아주 뻔뻔스럽게 계속 쳐다보고 있습니다. 자기 여자친구보다 제 아내에게 더 관심을 보입니다. 새로운 여자에게 흥분해서 여자친구를 기꺼이 버릴 수 있는 사람입니다."

"당신 아내는 이제 전혀 두려워할 게 없어요. 두 남자가 그녀를 지켜줄 만반의 준비가 되어 있으니까요."

"그녀는 낯선 남자가 가까이 있는 동안 무능력자 두 명을 책임져야 한다고 느낍니다."

"그녀는 그 남자가 무엇을 줄 수 있다고 생각하죠?"

"새로운 것입니다. 모험이나 로맨스, 섹스 혹은 미스터리. 그 대상은 더 자유롭고 더 많은 권력을 지닌 사람이어야 합니다."

"모험이라고요? 어떤 종류의 것인가요?"

"모르겠습니다. 뭔가 새롭고 다른 거예요. 예상하지 못했던, 함께 대화할 수 있으면서 이런저런 것을 자유롭게 상상할 수 있는 사람과 말입니다. 콤플렉스와 강박관념에 사로잡힌 나 같은 사람이 아닌 다른 사람입니다."

"당신은 어떤 의미에서 로맨스라고 말했나요?"

"그는 막힘없이 대화를 합니다. 어떻게 그녀를 사로잡는지, 어떻게 하면 그녀의 사랑을 받을 수 있는지 알고 있습니다. 자신감이 넘치지요."

"그녀에게 선물을 주나요?"

"그건 중요하지 않습니다. 그럴 필요가 없어요. 그는 그녀를 저녁식사에 초대합니다."

"그가 그녀를 데려간 식당에서 누군가가 그녀를 바라보고 있나요?"

"그녀는 그를 바라보고, 주변에 무엇이 있는지 전혀 관심을 갖지 않습니다."

"그리고 당신은 섹스를 언급했어요."

"낯선 남자와 하는 게 더 나을 테고 더 오래 지속될 겁니다. 그는 자기 불알에서 사정하고 싶은 다급함을 느끼지 않을 거예요. 그토록 엄청나게 애를 쓸 필요가 없을 겁니다. 가끔씩 래리는 사정에 어려움을 겪습니다. 여자가 오르가슴에 도달하려는 바로 그 순간, 안에 있는 것을 모두 쏟아버립니다. 방해 행위지요! 그후에는 자기 자신이 버러지 같다고 느낍니다. 그는 강철 불알을 가지고 있을 겁니다. 그 어떤 다급함도 느끼지 않으며, 행위 도중에 그것이 물렁물렁해지지도 않을 겁니다. 그녀가 비명을 지를 때까지 마구 펌프질을 할 거예요."

"당신은 또다른 요소로 미스터리도 언급했어요."

"낯선 남자는 그 어떤 옹색한 일상에도 묶여 있지 않습니다. 염병할 직장에서 일하지 않으며, 매일 같은 시간에 출근하고 퇴근하지도 않아요. 하루 일과가 끝나도 개인적으로 부족한 것에 대해 질질 짜며 피곤해하지 않습니다. 그는 자유롭게 상상합니다."

"만일 그녀가 그를 모른다는 이유로 그를 선택한다면, 그가 누구인지 알게 되는 순간에 쉽게 실망할 거예요."

"왜 그런 말을 하는 겁니까?"

"누군가를 알게 되는 순간, 그 사람은 예측 가능한 인물이 되지요. 내 말이 틀렸나요? 그녀에게 당신이 그렇듯이 예측 가능하게 되지요."

"아마 당신 말이 옳을지도 모릅니다. 하지만 항상 나는 그를 나처럼 한계가 있는 사람과는 다른, 슈퍼맨으로 상상합니다."

"래리, 당신은 한계에서 자유로워지고 싶어하는 것 같군요. 나도 마찬가지예요. 만일 그렇게 된다면 어떨 것 같나요?"

"내가 자유의 몸이 된다고 상상하면 아무 문제가 없을 겁니다. 혹시 이해하셨습니까?"

"걱정 말아요. 높은 성적을 얻기 위해 열심히 공부하고 있으니 당신이 원하는 장학금을 받게 될 거예요."

"우리 두 사람이 다시 공부하기 시작했던 때가 더 나았습니다. 우리는 보다 자유롭다고 느꼈고, 여러 생각을 교환했으며, 장난도 치고, 극장에 가기도 했으니까요."

"당신이 말하듯 그 염병할 직장은 더이상 다니지 않았나요?"

"예, 마침내 나는 거기서 해방되었습니다. 몇 년간 학생이 된다는 것은 정말로 멋진 일이었어요. 우리는 아침에 침대에서 뒹굴면서 키스를 했고 레슬링 자세를 취했습니다. 수업이 있는 날 아침이면 보통 사랑을 하지 않았어요. 우리는 그것을 밤으로 미뤄두었습니다. 그걸 밤으로 미뤄야 하지 않겠습니까? 우리는 유혹을 느끼지만 수업은 열시에 시작하고, 이미 여덟시 반입니다. 나는 아침을 먹고, 읽고 가야 할 글을 다시 읽어야 합니다. 한 번만 더 침대에서 뒹굴 뿐입니다. 우리 두 사람은 더 그러고 싶어했지만요. 나는 그녀를 흥분시키면서 핥았습니다. 하지만 그날의 공부를 위해 약간의 힘을 비축해야 했습니다. 종종 그녀의 몸에 내 것을 집어넣으면서 그녀를 애타게 했어요. 하지만 그런 후에는 발기된 것을 손으로 잡아 바지에 넣으면서 옷을 입어야 했지요. 지퍼에 온 신경을 집중시켜야 합니다. 그러지 않으면, 그날의 일과를 결코 시작할 수 없습니다."

"……"

"우리는 시간에 쫓기며 함께 아침식사를 하고서 각자 학교로 갔습니다."

"아침식사가 무엇이었나요?"

"토스트, 주스, 계란, 시리얼 등등 마음대로 아무거나 먹었습니다."

"그녀가 아침을 준비하나요?"

"아닙니다. 우리는 번갈아가며 준비했습니다, 라미레스 씨."

"오늘은 그녀 차례군요."

"그녀는 보통 팬티 하나만 입고서 아침을 준비했습니다. 계란 프라이를 했고 신선한 커피를 끓였습니다. 냅킨과 버터, 잼과 주스로 식탁을 차렸고요. 그녀는 라디오를 켰고, 말을 멈추지 않았어요. 빵을 토스터에 넣고 화분에 물을 주고 담배를 피웠습니다. 그녀가 냉장고에서 우유를 꺼내려고 몸을 숙일 때, 그녀의 가슴을 쳐다봅니다. 그녀는 끓는 커피를 내 잔에 따릅니다. 잔이 차오르는 동안 나는 그녀를 끌어안지요. 그녀는 자기 잔에도 커피를 따르고, 우리는 함께 아침식사를 하면서 대화합니다. 사랑을 하지 않고 밤으로 미뤄놓은 것에 만족하면서요."

"당신은 학교로 가는 길에 공부하나요?"

"예, 지하철에서요."

"기억력은 좋은가요? 읽은 것을 쉽게 기억하나요?"

"기억력은 아주 뛰어납니다. 컴퓨터처럼 모든 것을 저장하지요. 내 머리는 자료를 분류하고 연결합니다. 내게 그건 쉬운 일이에요. 교수들은 좋은 성적을 줍니다."

"교수들은 뭐라고 말하지요?"

"나는 몇몇 교수들의 애제자입니다. 특히 내 전공 교수들은 나를 아껴줍니다. 그들은 내 앞에 확 트인 미래가 놓여 있다고 생각하지요. 하지만 솔직히 말하면 제대로 적중하지 못했습니다."

"다른 학생들 역시 당신을 높이 평가하나요?"

"나를 질투합니다. 하지만 나는 신경쓰지 않아요. 그럴 필요가 없습니다. 교수들과 아내가 있는 것으로 충분하니까요. 그것, 그러니까 그들이 나에 대한 믿음을 갖는 것만이 내 관심사입니다. 그들만이 내 기운을 북돋아줍니다."

"당신이 특히 좋아한 과목이 무엇이었나요?"

"대학원 과정이 끝나갈 때쯤 마르크스주의에 관심이 생겼습니다. 오랫동안 역사학을 공부한 뒤였습니다. 결국 그 이론을 바탕으로 모든 조각이 맞춰지는 것 같았습니다. 마르크스주의는 우리 사회에 대한 모든 증오와 반감과 반항심을 설명해주기까지 했지요."

"……"

"정말 기뻤고 해방된 것 같았습니다. 나는 게걸스럽게 내 연구 분야로 뛰어들었습니다. 혼란스럽고 모호한 내 일부가 자신을 표현할 적절한 언어를 찾은 것 같았어요. 아직도 그것은 나를 이루는 일부입니다."

"그게 어디에 있죠? 폐에 있나요? 아니면 머릿속에 있나요? 그것도 아니면 목구멍에?"

"그게 무슨 질문입니까?"

"당신 손에 있나요?"

"내 무릎과 팔꿈치에 있습니다. 정말 말도 안 되는 소리 아닙니까? 그건 아무 의미도 없는 질문입니다."

"……"

"좋습니다, 당신이 대답을 원한다면 내 머리와 손에 있다고 말하겠습니다."

"……"

"계속해서 내 존재의 일부를 이루면서 다시 모습을 드러낼 적절한 시간과 조건을 기다리고 있습니다."

"……"

"어릴 때부터 나는 수많은 이데올로기의 폭격을 받았습니다. 신문, 텔레비전, 정치 운동, 광고, 종교, 학교 등등. 나는 그 모두를 혐오했습니다. 하지만 제대로 알지도 못한 채 막연하게, 논리적으로 대답하지도 못한 채 그랬어요. 혐오감에 사로잡혀 문학과 고상한 문화, 잘못 제시된 오류들과 거짓말 꾸러미의 반대편에서 균형을 잡아줄 수 있는 문화적 평형추를 열심히 공부했습니다. 마르크스주의는 그것에 대한 대답, 즉 내가 본래의 모습을 유지하면서 사회적 현실을 피하지 않고 그 안으로 들어가는 방법처럼 보였습니다."

"수업에서 그걸 배웠나요?"

"몽매주의자 교수가 한 명 있었습니다. 그는 독일 철학에 빠져 있었는데 마르크스를 이용해 여러 방법론적 원리를 설명했습니다. 어쨌든 우리는 그의 교재를 읽어야 했고, 그것은 우리를 흥분시키기에 충분했습니다."

"당신들에게 마르크스를 비난했나요?"

"아닙니다. 그는 마르크스를 좋아했지만 자기가 마르크스보다 더 잘 이해하는 점들이 있다고 믿었습니다. 어쨌거나 나는 마르크스에 입문하게 해준 이 교수에게 감사해요. 나는 잠시 정치 그룹의 일원으로 있었습니다. 마르크스주의 그룹이었지요. 하지만 이 나라에서 그들은 현실성이 결여된 사람들입니다. 사회적 토대와는 완전히 동떨어져 있어요. 토론과 내부 투쟁, 권모술수와 독설, 성격 차이를 도저히 참을 수가 없었던 나는 그곳에서 나와야만 했습니다."

"테러리스트들인가요?"

"아닙니다. 자기들끼리 테러하는 사람들입니다. 그뿐이에요."

"사회적 토대와 완전히 동떨어져 있었다고요?"

"노동자 계급에 대해 끝없이 토론했지만 그 그룹에는 노동자가 한 명도 없었습니다. 너무나 복잡하고 탁상공론 같은 논쟁이었지요. 그 어떤 노동자도 그 그룹에 관심을 보이게 만들 수 없었습니다."

"당신 아버지를 가입시킬 수도 있었을 거예요."

"그는 이 세상에서 그런 것에 관심을 보일 마지막 사람이었습니다. 그는 노동자 계급에서 벗어나고자 했고, 자기 가게를 가진 소유권자가 되고 싶어했습니다."

"……"

"도덕적 일관성과 서로 다른 수많은 감정에 목소리를 부여하는 것 말고도, 젊은 사람들에게 마르크스주의는 아주 특별한 위험 요소를 지니고 있습니다. 바로 사회에 대한 총체적 비판을 구성하는 것으로, 곧 마르크스주의가 추구하는 임무입니다. 그래서 다른 문제들이 다 가려지지요. 젊은 사람들은 마르크스주의를 수용하면서 종종 자기 자신의 심리를 보다 심오하게 탐구할 필요성을 거부하고 있음을 알아차리게 됩니다."

"……"

"마르크스주의는 인류의 생존과 발전은 자본주의적인 사회적 관계를 전복시키는 데 달려 있다고 주장합니다. 그 체제가 갈수록 파괴적으로 변하고 있기 때문입니다. 이보다 더 중요한 도덕적 사명이 있을까요?…… 개인적인 문제들이 있었지만, 나는 마르크스주의로 뛰어들면서 그것들을 뒤로 미뤄둘 수 있었습니다. 여자들과의 문제, 성적인 문제, 구직 문제, 내 분야에서 정말로 도전적인 사람이 되어 경제 상황을 해결해야 하는 문제, 이 모든 문제들이 부차적인 것이 되었고, 사회 전복과 관련된 추상적인 공격성이 전면으로 드러나게 되었습니다. 하지만 이것은 현실 속의 나를 수동적으로 만들었어요. 내 이상이 표면상으로만 역동적이고 도전적이었기 때문입니다."

"이 주제가 별로 마음에 들지 않아요. 다른 얘기를 하도록 하지요."

"당신 역시 마르크스를 공부했고 마르크스를 가르쳤습니다. 하지만 나처럼 이론에 만족한 게 아니라 행동으로 옮겼어요."

"누가 먼저 집에 오나요? 당신인가요, 아니면 당신 아내인가요?"

"날마다 다릅니다. 우리는 서로 다른 시간에 집으로 돌아옵니다. 하지만 상대가 금방 올 거라는 사실을 알고 있어요. 우리는 마치 두 아이들, 두 놀이 친구들 같았습니다. 떼려야 뗄 수 없었지요."

"식당에서 본 그 남자를 다시 만난 적이 있나요?"

"아닙니다. 하지만 식당에는 다른 많은 사람들이 있었지요."

"그녀는 그들을 쳐다보지 않아요. 그럴 수가 없지요. 시야가 가려져 있으니까요."

"맞습니다. 그녀는 그들을 쳐다보지 않습니다. 하지만 그 당시에 나는 그걸 몰랐어요. 생길 수 있는 문제를 혼자 상상했습니다."

"그러나 이제는 그걸 알고 있군요. 그녀는 당신이 몬트리올로 가지 않기를 바라고 있어요. 당신이 혼자 있으면 당신에게 무슨 일이 생길지도 모른다고 염려해요."

"당신도 가고 싶으십니까?"

"어디를요?"

"몬트리올요."

"나는 짐이 되고 싶지 않아요…… 하지만 아마도…… 아니 모르겠어요…… 혹시 내가 그곳에서 당신에게 도움이 될지도……"

"아마도……"

"그래요, 물론 나도 가고 싶어요. 건강이 회복되면 틀림없이 더 많은 것들을 기억해낼 수 있을 거예요. 그들은 모든 게 정신적인 문제라고 주장하지만, 나는 육체적으로 허약해져서 그렇다고 생각해요. 지금 약해져 있는 것은 내 피예요…… 제대로 뇌까지 이르지 못하거든요. 내가 기운을 차리면 모든 게 달라질 거예요."

"정말 당신은 솔직하지 않군요."

"듣기 좋은 말이 아니군요."

"당신은 어린애처럼 징징거리며 보채지만, 사실은 그 누구보다도 의연하고 강합니다."

"래리, 당신이 읽던 책으로 돌아가고 나를 잠시 편안하게 놔두는 게
어때요?"

"좋은 생각입니다."

"이 젊은이는 우리 늙은이들을 바보라고 생각해. 그런 판단은 커다란 실수지! 인생에 경험보다 더 좋은 학교가 있다고 생각하는 모양이야. 내가 아무것도 모른다고 생각해. 어쨌건…… 이토록 피곤하지만 않다면, 침대에서 일어나 커튼을 걷고 모스크바 광장 위로 밤눈 내리는 모습을 볼 텐데."

"저 늙은이는 항상 정신이 빠져 있고 아무것도 몰라. 나는 늘 종이를 훔쳐서 그의 인쇄기로 비밀 전단지를 인쇄해. 하지만 저 늙은이는 감기약 먹는 일만 생각하지."

"정말 아름다운 광장이야. 저 사원의 황금 탑은 밤에도 희망의 빛을 비춰. 모스크바 강 위의 달, 아마도 그 빛은 차르 끄나풀의 공모자일 거야. 조심성 없는 젊은이는 전단지를 뿌리러 갔어. 어디로 갔는지 누가 알겠어. 하지만 나는 짐작할 수 있어. 어느 학교에서 단식 투쟁을 하는데, 선생들이 악명 높은 범죄에 항의하면서 그곳에 틀어박혀 있어."

"눈에 새겨진 발자국을 지우는 건 불가능해. 경찰이 나를 쫓겠다고 마음만 먹으면 순식간에 찾아내고 말 거야. 학교 옆 건물까지 가서 벽을 기어올라 지붕에서 연대의 증거를 비처럼 뿌려야 해. 저 반들반들한 기와까지 기어올라가는 데 성공하면, 러시아의 모든 억압받는 사람들의 메시지가 그들에게 닿을 거야."

"차르 정권의 순찰대. 아무리 눈 때문에 군화 소리가 안 난다 해도, 나는 갈고리 모양의 부리에 썩은 고기가 걸린 독수리들의 냄새를 맡을 수 있지. 장례식 피로연을 치른 후에도 그것들은 냅킨을 쓸 줄 모르거든."

"항상 정신이 빠져 있는 저 늙은이는 아무것도 몰라. 그의 집에 사는 여자애는 용모가 아주 세련됐어. 광대뼈는 솟아 있고 콧날은 오똑하고 머리는 조각품 같아."

"우리집에 사는 아이는 키가 크고 또래치고는 당당하고 위엄 있어."

"거의 소녀의 옷 같은 그녀의 옷은 어쨌든 그애의 몸매가 아주 멋지다는 것을 드러내. 옷차림은 얌전하고 전혀 도발적이지 않아."

"우리집에 사는 여자애는 진지하고 성실해."

"수수한 모습이 그녀를 더욱 매력적으로 만들어. 노인은 우리가 아무도 모르게 결혼을 약속했다는 사실을 몰라. 우리는 일부러 그 이야기를 하지 않아. 그가 나쁘게 받아들여 나를 해고할 수도 있기 때문이야. 나처럼 가난한 농부에게 그건 치명타지."

"딸아이는 저 가난뱅이를 사랑하고 있어. 난 오래전에 눈치챘지. 남자아이에게 문제가 하나 있다면 아직 철들지 않았다는 건데, 그래도 본심은 나쁘지 않아. 적어도 나는 그 아이를 내 손바닥처럼 훤히 알고 있어. 모르는 아이보다는 저 아이가 더 낫지. 게다가 우리 남자들은 모두 마찬가지야. 결점투성이에 이기적이고 완고하며 교활하지. 불쌍한 딸아이가 선택할 수 있는 남자는 그리 많지 않을 거야."

"몇 발짝만 조심해서 더 가면 저 기와지붕에서 넓은 학교 운동장을 내려다볼 수 있어. 바로 거기서 희망과 믿음으로 가득한 하얀 종이가 공중으로 휘날리며 떨어지는 거야."

"멀리서 총소리가 들려! 빌어먹을 독수리들이 민중 저항 그룹과 마주친 거야. 아니면 모든 순찰대가 단 한 사람을 사냥하고 있는지도 몰라. 결점투성이에 이기적이고 완고하며 교활하고 철들지 않았지만, 본심은 전혀 나쁘지 않은 사람을."

"염병할 눈, 발자국이 내가 있는 곳을 가르쳐주고 있어. 모든 문은 잠기고, 갈수록 크게 들려오네, 사악한 맹금류의 날카로운 울음소리가. 몇 분만 있으면 그놈들이 내가 있는 곳에 충분히 도착할 거야."

"차르의 부하들은 도시의 이곳으로 향하고 있어. 의심의 여지없이 그들이 뒤쫓는 사람은 바로 그야. 내게 숨겨달라고 부탁할 용기를 내다니 이상한 일이군. 이 열린 문으로 들어올 수 있어. 차르 심복들이 단 일 분이라도 더 늦게 온다면, 그가 골목길의 어느 문으로 사라졌는지 못 볼 텐데."

"감사합니다!…… 아마도 이상하게 보일 겁니다…… 제가 왜 이렇게 헉헉거리며 달려왔는지…… 도둑떼가 저를 쫓아오고 있어서……"

"너를 뒤쫓는 도둑떼가 누군지 잘 알지. 그래서 문을 열어놓고 기다린 거야. 나를 바보로 생각하지 마."

"문을 두드려요! 그놈들이에요!"

"겁먹지 마, 내가 지켜줄 테니…… 자, 들어오세요, 공공질서의 수호자님들! 그래요, 당신들이 찾는 사람을 알고 있습니다. 그가 여기서 당신들을 기다리고 있어요. 그 염병할 놈은 나의 순진함을 이용해 법에 반하는 불법 행위를 은폐하려고 했습니다. 하지만 그전에 여러분들이 괜찮다면…… 눈과 얼음의 왕국에서 최고로 맛있는 독주로…… 여러분들의 친절함에 감사드리고 싶습니다…… 그래요, 아주 마음에 드는군요. 어서 쭉 들이켜요. 찬장에 많이 있으니 마음껏 마셔요!…… 그거예요, 자, 또 한 잔, 그래요, 내가 어떻게 술을 더 권하지 않을 수 있겠어요! 이제 속이 조금 따뜻해지고 있나요? 자, 그렇게 마셔야 내 마음에 쏙 들지요!…… 이제는 심장을 따뜻하게 하기 위해 한 잔 더…… 그리고 또 한 잔 더! 그래요, 이건 폐를 따뜻하게 하게 위해……"

"나리…… 나리께서…… 제 목숨을 구해주셨어요…… 어떻게 쓰러지는지 보세요. 마치 잠든 짐승 같습니다."

"짐승들을 모욕하지 마. 허비할 시간이 없으니 어서 썰매를 준비해. 그동안 나는 딸아이를 부를 테니까. 우리는 도망쳐야 해. 내 딸아이 없이는 자네가 결코 이곳을 떠나지 않을 거라는 사실도 알고 있네."

"나리…… 제가 생각했던 것과 너무나 달라서……"

"딸아이는 자고 있어. 내가 안아서 들어올렸지만 아직도 깨지 않았어. 무섭고 두려워서 커다란 눈을 뜨지 못하는 거야. 나는 역경에 처한 마음의 책략을 아주 잘 알지. 자네가 몰이꾼 자리에 타고 이제 출발하지. 우리에게는 일분일초가 소중하니까."

"나리…… 몰이꾼 자리는 길을 아는 사람이 앉는 곳입니다. 저는 어디로 가야 할지 모릅니다."

"자네는 교활해. 난 이미 그걸 알고 있었지. 자네는 내 딸아이 옆에 앉고 싶어해. 하지만 그걸 허락하지는 않을 거야. 내가 여기에 앉아 길을 가르쳐주겠어."

"잘…… 알겠습니다…… 나리."

"지금 울고 있군. 자네의 목소리가 끊어지는 걸 오늘만 벌써 두번째 듣는군."

"제가 우는 걸 보셨습니까? 이건 감사의 눈물입니다. 나리는 제 목숨을 구하기 위해, 나리와 딸의 목숨이 위험에 처하는 것을 감수하셨습니다."

"이미 돌이킬 수 없이 딸아이의 삶은 자네의 삶과 하나가 되었어. 자네와 내게 일어나는 일은 모두 이 아이의 일이기도 하지."

"고맙습니다…… 나리……"

"울지 마, 이 개들을 본받아. 개들은 한마디도 하지 않고 자신들의 의무를 다하지…… 끝없이 펼쳐진 대초원 지대로 어떻게 자신들이 가야 할 길을 찾는지 보도록 해…… 그건 그렇고, 잠시 뒤로 와, 왜 그러지 않지? 내가 고삐를 잡겠어. 딸아이를 잘 껴안아 보살피게. 물론 자네에게는 그애를 껴안는 게 전혀 힘들지 않다는 걸 알고 있네."

"감사합니다…… 나리. 나리는 자신의 분야에서 아주 열심히 일하셨습니다, 그렇지 않습니까? 정말 근면하고 성실하셨어요. 그리고 저처럼 대학교육을 받았다는 게 분명해 보입니다. 그런 작업 습관은 노력과 심지어 고통까지 감내해야 얻어지지요. 하지만 일을 사랑하게 되는 순간이 왔고, 더이상은 고통스럽지 않았죠. 책과 추상적 개념, 그리고 일상생활과 동떨어진 주제를 다루면서 나리의 삶은 즐겁고 편안해졌습니다. 혹시 그렇지 않습니까?"

"자네 말이 맞는 것 같아. 그게 뭐가 잘못됐지?"

"일하는 건 좋습니다. 하지만 좋은 것은 위험한 것이 될 수 있고, 우리를 유혹할 수도 있어요. 그것은 좋은 일이니 많은 업적을 이루고 많은 것을 얻을 수 있습니다. 하지만 사회적으로 가치 있는 일을 한다는 이유로 나리의 영혼은 고통스럽고 힘들어 보이는 다른 일을 회피할 수 있지요."

"가령 어떤 것들이지?"

"일을 위해 가족이 희생됩니다."

"그게 내 경우란 말인가?"

"나리는 그 반대의 경우를 보여주는 살아 있는 본보기입니다."

"고맙네……"

"아닙니다, 아닙니다…… 감사해야 할 사람은 접니다…… 정말 고맙습니다…… 나리의 자비와 친절에 감사드립니다……"

"가까이에서 차르의 살인자들이 다가오는 소리가 들리는 것 같네. 내 딸을 힘껏 안고 있어. 나는 개들에게 채찍질을 해서 더 빨리 달리게 할 테니."

"제가 책임지고 보살피겠습니다. 걱정하지 마세요. 고삐를 잡고 있는 나리의 손에 기운이 빠지면, 제가 그 자리에 앉겠습니다. 동료들끼리는…… 그렇게 하는 겁니다."

"이런 빌어먹을 눈 같으니! 썰매 자국이 우리가 어디에 있는지 가르쳐주고 있네. 차르의 부하들이 우리를 쫓아오고 있어."

"그렇습니다, 나리. 저들이 썩은 고기만 먹는 염병할 독수리라는 데 동의하십니까?"

"그렇다네. 사악한 맹금이지."

"나리, 저들의 갈고리 같은 부리에 썩은 고기가 걸려 있는데, 장례식 피로연 후에 냅킨을 쓸 줄 모르기 때문이라는 데에도 동의하십니까?"

"바로 그거야. 그 말로 나는 저들을 규정하려고 했어. 이봐, 우리는 모든 점에서 의견이 일치하는군. 그런데 적이 가까이 오고 대화할 시간이 얼마 남지 않았다는 게 심히 유감이야."

"나리…… 나리! 두렵습니다…… 오늘밤은 정말로 위험합니다, 저는 도움이 필요해요…… 나리…… 저들이 우리에게 총을 쏴요……"

"머리를 숙여! 목표물이 되지 않도록……"

"나리…… 개들이 모두 다쳤습니다…… 모두 죽을 정도로 피를 흘리고 있습니다!"

"그래…… 정말 착하고 순한 동물들인데 불쌍해. 그런데 왜 항상 그들이 죽어야 하지?…… 마지막 순간까지 우리와 함께 있어주었는데……"

"나리, 차르의 부하들이 멀어지고 있습니다. 우리가 죽었다고 생각한 모양입니다. 남쪽으로 방향을 틀었어요."

"우리는 계속 북쪽으로 가야 하네. 갈수록 추워지는 곳으로."

"나리…… 개들이 눈을 붉은색으로 물들이고 있습니다. 곧 사나운 눈보라가 새하얀 담요로 개들을 덮을 거예요…… 그렇게 되면 어떻게 계속 앞으로 나아가죠? 생각할 수조차 없습니다…… 이 하얀 눈보라 속에서 한 치 앞도 볼 수가 없어요."

"천천히 가지만 어쨌든 앞으로 가긴 가는 거야. 기운이 남아 있는 한 내가 썰매를 끌겠어."

"나리가요? 그건 있을 수 없는 일입니다…… 나리는 늙은 병자인데……"

"잠시 후 내 기운이 빠지면…… 이 자리로 와줘……"

"나리, 제게 썰매를 끌 만한 힘이 있을까요?"

"그렇다는 걸 알게 될 거야……"

"나리, 이미 하얀 풍경 몇 개를 지나왔습니다. 이제 제가 나리를 대신하게 해주십시오…… 하지만 한 가지 조건이 있습니다. 온 힘을 다해 이 아이를 보살펴주세요. 한순간도 한눈을 팔지 말고 지켜봐야 한다는 걸 잊지 말아주세요."

"이제는 딸아이를 어떻게 돌봐야 하는지 내게 가르치려고 하는군. 나는 그 아이에게 늘 그렇게 해왔어."

"나리, 오래전부터 이 아이를 알고 계십니까? 나리가 이 아이를 한 번도 본 적이 없다고 생각했습니다."

"정말 황당한 청년이군…… 난 이 아이가 태어날 때부터 보살펴왔네!"

"이유가 뭡니까? 당신 딸이 아니지 않습니까? 확실한 이유를 말하시면 믿겠습니다."

"만일 내가 그 이유를 잊어버렸다고 하면, 지금까지 그랬던 것처럼 내가 자네와 이애를 위해 일하게 해줄 건가?"

"나리, 그건 생각해봐야 할 것 같습니다."

"나는…… 나는…… 자네에게…… 부탁하고 있는 것……"

"나리…… 숨이 끊어지려고 합니다……"

"이봐, 왜…… 왜 우리가…… 북쪽으로 가는 거지? 난 잘 모르겠어…… 왜 우리가…… 북극성 방향을 잡았는지."

"나리…… 그래야 차르 왕국에서 멀어질 수 있기 때문에, 그래야 이 애를 구할 수 있기 때문입니다."

"자네가 피곤해지면…… 내게 말하게. 난 이애를 품에 안고 있어. 근데 이유는 모르겠지만…… 처음 보는 것 같아."

"나리는 실제로 이애를 처음 보는 것입니다. 그 사실을 인정하고 바보 같은 자존심은 버리세요."

"……"

"솔직하게 인정하십시오, 나리."

"……"

"속담에 따르면, 침묵은 긍정을 의미합니다."

"애가 눈치채지 못하게 해준다면 기꺼이 인정하겠어. 그 아이는 자고 있어서 듣지 못하니 곧 우리는 모든 위험에서 벗어날 거야."

"나리, 말하는 데 숨을 아끼십시오. 곧 나리가 이 자리로 와야 할 테니까요."

"그건 자네도 마찬가지야. 말하는 데는 숨을 아끼게나. 우리가 위험에서 정말로 벗어날 때까지는."

"밖은 몹시 추운가요?"

"예, 얼음 속에 있는 것 같습니다."

"내 몰골이 형편없지요, 그렇죠?"

"평상시보다 더 나쁘지는 않습니다."

"어쨌건 나쁜 소식을 듣지 못해서 그런 건 아닐 거예요."

"그냥 혼자만 알고 계십시오."

"당신에게 영향을 줄까 두려워요. 이 병동의 담당 의사는 내 경우에 여행하는 것을…… 절대 권할 수 없다고 말했어요."

"그게 나와 무슨 상관이 있습니까?"

"의사들은 내가 요양원으로 돌아가야 한다고 생각하지 않아요. 뉴욕은 너무나 춥다고 말하지요. 그러니 몬트리올에 가는 건 불가능할 거예요. 게다가 이동에 따른 피로도 생각해야 하고."

"무슨 말을 하는지 모르겠습니다."

"그 사람은 내 주치의가 아니라는 점을 잘 새겨둬요. 나는 위원회가 배정한 의사만 믿어요."

"언제 그 의사와 얘기했습니까?"

"지난주인 것 같아요. 그렇죠? 나한테 여기에 며칠 더 있는 게 좋다고 주장한 사람이에요."

"지금은 컨디션이 어떻습니까? 어떻게 하고 싶습니까?"

"병원에 있으면 우울해져요. 내가 회복되지 않고 있다는 게 분명해요. 모든 것이 이 빌어먹을 장소 탓이에요. 이곳을 떠나면 즉시 좋아질 것 같아요."

"어디로 가고 싶으십니까?"

"몬트리올이지 어디겠어요?…… 벌써 그 지독한 텍스트 속으로 잠수하는 건가요?"

"예, 해야 할 일이 많습니다."

"오늘이 무슨 요일인가요?"

"금요일입니다."

"돈을 받는 날이군요. 일주일에 세 번 나를 휠체어에 태우고 산책을 시켜주는 대가지요."

"몸 상태가 밖에 나가도 괜찮을 정도인가요?"

"사실은 아니에요…… 추운 날에는 특히 안 돼요. 의사가 외출을 금지했어요. 꼭 의사 때문이 아니라 최대한 내 몸을 스스로 보살필 거예요. 곧 여행할 수 있도록. ……이거 아니요? 여기에 있으면서 내 몸이 엄청나게 허약해졌어요. 간호사가 나를 욕실로 데려갈 때면 갈수록 현기증이 더 심해져요…… 전혀 나아지지 않고 있어요. 모든 게 이 장소 때문이에요."

"그럼 무슨 얘기를 하고 싶으십니까?"

"이번주에 그녀가 아침식사로 무엇을 준비했는지 말해줘요."

"왜 그러시는 거죠? 시장하십니까?"

"점심 식판에 손을 댈 수 없었어요. 오늘 아침 그 멍청한 의사 때문에 식욕이 싹 사라졌거든요. 하지만 지금은 그렇지 않아요. 뭔가를 먹고 싶지만, 무엇을 갖다달라고 해야 할지 결정을 못 하겠어요."

"……"

"왜 몬트리올 사람들은 우리를 이런 문제에 끌어들이려는 거죠? 우리 모두가, 그러니까 당신과 당신 아내와 내가 모두 그곳까지 가야 할 필요성을 못 느끼겠어요."

"맞습니다. 하지만 그들이 바로 프로젝트를 후원하는 사람들이고, 그래서 조건을 단 겁니다."

"그 일은 여기서도 할 수 있어요."

"그러면 그 일에 대한 대가를 지불하지 않을 겁니다."

"하지만 당신 아내가 혼자 남아 있는 걸 받아들이지 않으면 어떻게 하죠? 내가 북쪽으로 여행하는 걸 허락받지 못하면 어떻게 하죠?"

"나는 이미 당신에게 몇 년 전부터 그녀와 함께 살고 있지 않다고 말했습니다. 당신이 내가 가는 걸 원치 않는다면 지금 말해요. 허구적인 인물에 기댈 필요는 없습니다. 당신의 감정에 대해 말하십시오. 그러지 않으면 우리는 대화할 수 없어요."

"내가 유일하게 요구하는 것은 그녀가 죽지 않게 해달라는 거예요."

"아주 건강하게 혼자 살고 있습니다. 만일 죽었다면, 내가 몬트리올로 가는 걸 불평하지 않을 겁니다. 내가 가는 걸 원하지 않는 사람은 바로 당신이에요. 이유가 뭔지는 모르겠지만, 몬트리올로 가면 틀림없이 우리 두 사람에게 이로울 겁니다."

"당신은 내게 장학금을 받았다고 말했어요. 그런데 무엇이 문제인지 모르겠어요. 게다가 당신은 오늘 아침 그녀가 아침식사로 무엇을 준비했는지 자세하게 말해주겠다고 약속했어요."

"내 삶을 조금이라도 존중해주면 고맙겠습니다. 내 과거의 삶, 혹은 나는 잘 이해하지 못하지만 당신의 필요에 부응하도록 당신이 상상하고자 하는 삶을 존중해달라는 게 아닙니다. 현재의 삶을 있는 그대로 존중해주십시오."

"존중이라고요?"

"존중이라기보다는 현실을 인정해달라는 겁니다. 저는 이미 오 년 전에 이혼했습니다."

"당신은 장학금을 받게 되자 모든 문제가 해결되었다고 이야기했고, 나는 그 말을 믿었어요. 그런데 이제는 반대로 믿어달라고 하는군요. 난 그럴 수 없어요."

"그렇다면 믿지 마십시오."

"알았어요, 이미 내 인내심을 충분히 시험했어요. 이제 쓸데없는 소리는 그만하고 아침식사에 대해 이야기해줘요."

"오렌지주스 한 잔과 요구르트를 마셨습니다. 당신은 무엇을 먹었습니까?"

"기억나지 않아요. 아니, 기억나요. 의사의 그 멍청한 말을 듣고서 음식에 입도 댈 수 없었어요."

"……"

"못 먹어서 몸이 약해지고 있어요. 너무 늦기 전에 점심으로 뭔가를 달라고 해야겠어요. 물론 당신이 어젯밤 그녀가 저녁식사로 무엇을 준비했는지 이야기해주면 식욕이 다시 솟구칠 것 같아요."

"뭘 먹고 싶으십니까?"

"어젯밤에 그녀가 당신에게 요리해준 것."

"그렇다면 실제로 배고프지는 않다는 말이군요."

"나는 그녀를 또다시 만나야 해요. 곧…… 그녀를 만나지 않는 것…… 더이상 그녀를 볼 수 없다는 것처럼 괴롭고 고통스러운 일은 없어요."

"지금 무슨 말을 하는 겁니까? 당신은 그녀를 한 번도 만난 적이 없습니다."

"아마 그게 더 나을 텐데요. 지금은 그녀를 다시 보고, 그녀의 목소리를 다시 들으면서, 그녀가 여기에 있다는 걸 확신하고 싶어요. 이제 공부가 곧 끝날 거예요. 나는 당신이 학생으로서의 삶을 좋아한다는 걸 알고 있지만, 당신과 그녀에게 보다 좋은 것들이 올 거예요."

"아닙니다. 학생으로서의 삶이 끝나자 더욱 어려워졌습니다. 학생의 삶이란 어떤 면에서는 상상의 세계입니다. 학생은 다른 시대에, 그리고 지구의 다른 지역에 사는데, 이것은 커다란 해방감을 선사하지요. 우리가 일을 시작하자 모든 게 달라졌습니다. 끔찍한 현실과 직면해야 했어요. 나는 강의를 하게 되었고, 그 일에 많은 시간을 썼습니다. 밤과 주말에 수업을 준비해야 했어요. 게다가 받는 월급은 형편없는 직업이었죠."

"즐겁고 재미있는 일이 아니었나요?"

"그랬습니다. 그건 인정합니다. 하지만 아주 훌륭히 역할을 해내기 위해 나 스스로에게 별도의 압박을 가했고, 그게 내 삶을 힘들게 만들었어요."

"별도의 압박이라고요?"

"예, 모든 학생을 만족시키고 모든 교수의 존경을 받으려고 했습니다. 어떤 이유에서인지는 모르겠지만, 내 정체성은 그것에 좌우되었어요. 나는 빛나야 했고 스타가 되어야 했습니다. 우리가 그런 목표를 스스로에게 부과한다는 것이 흥미로워요. 내게는 아름다운 아내가 있었고, 잘 돌아가는 머리가 있었습니다. 더이상 필요한 게 없었는데……"

"그러니까 저녁식사 후에도 다시 일했다는 말이군요."

"예, 별도의 압박을 가했던 겁니다."

"식탁에는 감자가 있어요. 오늘밤에는 제대로 익었나요?"

"예, 잘 익었습니다. 하지만 말다툼이 시작되었습니다."

"그건 별것 아니지요."

"나는 내 직업에 만족했습니다. 갈수록 일에 빠져들었어요. 시간만 나면 메모하고 읽었습니다. 공부는 끝이 없었습니다. 마르크스에서 헤겔로 넘어갔고, 헤겔에서 다시 독일 관념론으로 되돌아갔습니다. 모든 풍요의 세계가 내 앞에 펼쳐졌고, 나는 그 세계에 완전히 빠져 있었습니다. 아내는 못마땅하게 여겼어요. '내가 마치 마르크스, 헤겔과 경쟁하고 있는 것 같아요'라고 말하곤 했습니다. 두 사람이 서로 지겨워할 이유는 없습니다. 인간이 가지고 있는 미지의 세계가 바닥날 리 있겠습니까? 상대방에게서 끊임없이 새로운 것이 발견되는데, 어떻게 지겨워질 수 있습니까? 하지만 나는 지겨워졌어요. 우리 두 사람은 아이도 없이 고양이들만 데리고 커다란 아파트에 단둘이 살았습니다. 책과 종이도 있었죠. 가끔씩 하는 섹스만이 유일한 위안이었어요. 밤에 각자 일한 후, 상대방보다는 책에 더 관심을 쏟으며 우리는 기계적으로 사랑을 했습니다. 특별한 자극이 없는 따분한 섹스였지만, 그건 우리에게 위로가 되었고 우리 마음을 진정시켰습니다. 그게 전부였습니다. 바로 거기서 권태가 시작되었어요. 나는 삶에서 새로운 여자를 원했습니다. 아니 적어도 그렇다고 믿었습니다. 내 눈에 들어오는 모든 여자들에 대해 환상을 품게 되었죠. 내 상상의 삶은 잡초처럼 쑥쑥 자랐습니다. 위층에 사는 여자에게 매력을 느꼈고, 혼자서 자위를 할 때면 그녀를 생각했습니다."

"위층 여자는 당신에게 뭐라고 말하지요?"

"전업주부인데, 나는 그녀를 마르크스주의자로 만들었습니다. 그녀는 오후 대부분의 시간을 철학과 경제에 관한 엉터리 책을 읽으면서 보냅니다. 그녀는 마르크스주의에 열광하지요. 우리는 오랫동안 토론하고, 서로를 따뜻하게 해줍니다."

"그렇군요……"

"그녀 역시 남편과 권태기에 있습니다. 우리는 서로에게 호감을 느껴요. 가끔씩 그녀는 아내가 없을 때 아래로 내려와 나와 대화를 합니다. 나는 차를 대접하고, 우리는 함께 있는 순간을 즐깁니다. 갈수록 그녀에게 매력을 느껴요. 갈수록 더 다정하게 보입니다. 하지만 그녀의 아들이 그녀의 시간을 너무 많이 빼앗습니다. 우리는 단둘이 있으면서 사랑할 필요가 있습니다. 나는 아내와 위층 여자를 기꺼이 바꿀 수도 있습니다."

"그녀의 남편은 아무것도 눈치채지 못했나요?"

"그렇습니다. 너무 멍청했습니다."

"당신 아내는 그를 좋아하지 않았을 거예요."

"그녀는 다른 남자들과 사귀기 시작했습니다. 몰래 외출했지만, 내가 의심하게끔 충분한 단서를 남겨놓았습니다. 나를 자극해서 자기에게로 관심을 돌리게 하려는 의도였지요. 자기를 다시 사랑하게 만들려고 그랬던 겁니다. 갈수록 그녀는 나에게서 조금씩 더 멀어졌습니다."

"저녁식사를 마친 후 오늘밤에 해야 할 공부는 뭐죠?"

"우리는 서로 더 멀어집니다. 이제는 더이상 이 상황을 돌이킬 방법이 없습니다. 함께 살지만 참을 수 없을 정도로 공허합니다. 무언가 폭발할 찰나입니다."

"모든 학생들을 만족시킬 수 있나요? 모든 교수들의 존경을 한몸에 받을 수 있나요?"

"몇몇은 나를 좋아했지만 다른 몇몇은 나를 미워합니다. 가톨릭 계열의 대학이에요. 나는 그곳에 내부의 적을 갖고 있습니다. 총장실은 나를 제거하려고 애씁니다. 어쨌거나 삼류 대학이에요. 나는 보다 나은 일자리를 찾아야 하지만, 그렇게 하지 않습니다. 그곳에 머무릅니다. 지금 하고 있는 일이 마음에 들기 때문이지요. 박사 과정을 시작해야 하지만 별로 관심이 가지 않습니다. 또한 보다 많은 돈을 벌고, 나를 도와줄 수 있는 사람들을 만나기 위해 여러 프로젝트에도 참가해야 합니다. 하지만 그런 것들에도 별로 관심이 가지 않아요. 아내는 내게 무척 실망합니다. 그녀는 내가 열심히 일해서 멋진 경력을 쌓길 바랍니다. 전원주택, 자동차, 멋진 휴가, 여행과 여가 활동을 원하지요. 그녀는 내가 그런 것을 제공해서 자신의 삶이 의미를 찾을 수 있기를 바랍니다."

"위층의 여자와는 달리 그녀에게는 아이가 없지요?"

"예, 아이를 매우 갖고 싶어했을 겁니다. 하지만 나는 돈을 충분히 벌지 못합니다. 아이를 가질 생각만 해도 두려워 죽을 지경이에요. 아이 때문에 자유도 사라질 테니까요. 임신하지만 자연유산이 됩니다. 그녀는 심하게 죄책감을 느낍니다. 울적해합니다. 하지만 나는 안도감을 느끼죠. 다시 임신합니다. 이번에 나는 아이를 갖는 데 동의하면서 좋다고, 아이를 가질 수 있다고, 어떻게든 살림을 꾸려나가보자고 말합니다. 그녀에게 일을 그만두어도 좋다고, 내가 다른 직장을 알아보겠다고 약속하죠. 그녀는 몹시 행복해합니다. 그게 바로 그녀가 원하는 것이기 때문입니다. 하지만 이번에도 유산됩니다. 나는 말할 수 없는 안도감을 느낍니다."

"당신은 당신이 하고 있는 일을 좋아한다고 말해요."

"그렇습니다. 수업과 강연을 준비하고 그것들을 다듬고 체계화시키면서 내 능력이 향상된다는 느낌이 좋습니다. 최선을 다해 학생들을 만족시키는 것도, 그러면서 더불어 나도 무언가를 배우고 새로운 의미를 발견하는 것이 좋습니다."

"수업을 준비하는 동안 시간이 빨리 가나요?"

"그렇습니다. 특히 내가 이바지할 수 있는 것을 발견하면 기운이 솟

구쳤습니다. 남들이 발견하지 못한 무언가를 제공하고 싶었어요. 일을 하면서 나는 내가 중요한 존재라고, 개성을 지닌 현실적 존재라고 느꼈습니다. 내가 할 수 없거나 이해하지 못하는 것이 수없이 많을 테지만, 이것만은 할 수 있다는 것이었죠. 그렇습니다, 아내에게 도움을 청하는 것도 좋은 방법이었습니다. 나는 그녀가 내 조력자라고 생각했습니다. 하지만 갈수록 그녀에게 할애하는 시간은 적어졌고, 더 많은 시간을 일에 바쳤습니다······ 일하는 것이 더 좋았고, 화려한 경력을 얻기 위해 영향력 있는 사람들과 함께 활동하면서 성장하기를 더 바랐습니다. 나는 내 선택이 옳았다고 생각해요."

"그렇게 일하는 게 무언가에 도달하기 위한 수단인가요, 아니면 목적 그 자체인가요?"

"물론 목적 그 자체입니다. 평생을 통틀어 그 당시에만 그런 경험을 할 수 있었습니다."

"······"

"보통은 돈을 얼마나 받는지, 그리고 승진 가능성은 얼마나 있는지에 따라 직장을 구해야 한다고 생각합니다. 동시에 그게 자신을 위해 의미 있는 일이라면 금상첨화고요. 하지만 그게 가장 중요한 동기는 아닙니다. 내 직장의 월급은 정말로 형편없었기 때문에, 그것을 목표가 아니라 경력을 쌓기 위한 디딤돌로 사용해야 했죠. 한 대학에 머무르면서 그곳에 안주하는 교수들은 실패한 사람들, 혹은 고인 물로 여겨졌습니다."

"아마도 그 일을 좋아했겠죠. 그렇지 않다면 왜 머무르려고 했겠어요?"

"그들은 자신들의 일에 아주 열성적이지는 않았습니다. 그 직장에 매료되었던 것은 바로 안정적이기 때문이에요. 활발하게 활동하거나 혹은 그러려고 노력하는 사람들에게 그 장소는 미래를 위해 경력을 쌓는 수단일 뿐입니다. 힘을 행사하고 강화하며, 사람들과 접촉하고 다음 직장을 위한 가교를 건설하기 위해 사용되는 겁니다. 그렇게 하지 않으면 죽은 사람으로 여겨졌어요. 능력 있는 사람들은 가만히 있는 사람들이 아니었습니다."

"일은 그 자체로 의미 있었고, 당신에게 기쁨을 주었지요. 그런데 그게 당신에게 문제를 일으켰나요?"

"아닙니다, 물론 아닙니다. 나는 그것을 붙잡고서 아내와의 관계를 피했습니다. 우리 두 사람 사이에서 갈수록 커져가던 긴장감도, 그녀에게서 나오기 시작한 요구들도 무시했죠. 그녀의 아버지가 세상을 떠나자, 우리의 관계는 최악으로 치달았습니다. 그녀의 슬픔은 일반적인 것 이상이었어요. 그녀는 아버지를 무척 사랑했지만, 동시에 그에게 실망했습니다. 그녀에게 약속한 모습을 보여주지 않았기 때문에 실망했던 겁니다. 그는 결코 노동자 계급에서 벗어날 수 없었습니다. 그래서 그녀는 아버지를 무척 사랑했지만, 쓸데없는 기대감만 심어준 그에게 실망했습니다. 아버지가 죽자 그녀는 정신적으로 혼돈 상태에 빠졌고, 마구 술을 마시기 시작했어요. 그리고 내게 몹시 불만족스럽다는 마음을 드러냈습니다. 그건 슬픔을 덜기 위한 방법이었습니다. 내가 그녀에게 주지 않은 모든 것에 대해, 시간과 감정을 나 자신만을 위해 쓴다는 사실에 대해 불평했습니다."

"당신은 나를 속이거나 아니면 당신 자신을 속이고 있어요. 만일 그

일을 하면서 즐겁고 기뻤다면, 왜 며칠 전에 당신 일자리로 돌아갈 기회를 거절했죠?"

"정말이지 나는 그 일에 만족했습니다."

"믿을 수가 없어요."

"정말입니다. 나는 만족했습니다. 아마 그게 문제였을 거예요. 모든 게 나 자신 안에서, 개인적인 만족을 느끼는 선에서 끝나버린 채 넘어가지 못했기 때문입니다."

"뭘 넘어가지 못했다는 말이죠?"

"나를 벗어나지 못했다는 말입니다. 모든 게 썩어가는 그곳을 벗어나지 못했다는 의미입니다."

"술이 필요할 때 그녀는 어디에 숨겨놓았지요?"

"그녀가 술을 숨긴 건 어떻게 아시죠?"

"그녀는 술 마시는 걸 창피하게 여겨요. 그래서 숨겨야 해요."

"네, 그녀는 내가 반대할 거라는 걸 알고 있었습니다."

"어디에 숨기나요?"

"그 장소를 결코 알아내지 못했습니다. 수표장을 결산하다가 주류가게 앞으로 많은 수표를 썼다는 사실을 알게 되었습니다. 그녀는 그곳에서 수표를 현금으로 바꿨다고 말했죠. 나는 그 말을 그대로 믿었습니다."

"술병이 어디에 있죠?"

"싱크대 아래에 숨겨져 있습니다. 싸구려 포도주가 담긴 일 갤런짜리 커다란 술병과 위스키 병, 보드카 병이에요. 합성세제 뒤에 숨겨져 있습니다. 그녀는 밤늦게 마셨습니다. 종종 내가 잠든 후에, 어떤 때는 내가 잠들기 한 시간 전에 마셨습니다. 그 시간에, 그러니까 일이 끝난 후에, 저녁식사를 한 후에, 그리고 그녀 역시 강의를 했기 때문에 수업 준비를 끝낸 후에 마시는 게 나쁜 건 아니라고 생각했어요. 침대로 가기 전에 포도주 한 잔을 마시고 긴장을 푸는 건 괜찮았습니다. 나는 먼저 침대로 가서 누운 다음 그녀가 오기를 기다렸습니다. 사랑을 하고 싶었기 때문입니다. 그녀는 왔지만…… 아마도 사십오 분 정도 지났을 겁니다. 잠옷을 입은 채 취해 있었고, 통통하고 건강한 다리는 비틀거렸습니다. 그녀는 침대에 쓰러져 위스키 냄새를 풍겼습니다. 초점을 잃은 눈은 흐리멍덩했는데, 그럴 때면 보통 자기를 안아달라고 했지요. 나는 그녀를 침대 위로 올렸습니다. 술 취한 여자 위로 올라가면 몹시 흥분되기 때문이죠. 가끔씩 그녀는 내 것을 빨기 전에 얼음을 탄 위스키 한 잔을 더 마시곤 했습니다. 나는 그걸 무척이나 좋아했는데, 그녀의 입이 시원했기 때문입니다. 그녀가 너무 술에 취해 있어서 잠옷을 벗기기 힘들었습니다. 나는 그녀를 눕히고서 축 늘어진 다리를 내 어깨 위로 올린 다음 무자비하게 올라탔습니다. 그날 밤 그녀가 내게 털어놓은 모든 문제들, 모든 불평과 모든 비난…… 집에 도착하면서 내가 원했던 것은…… 평온함과 내 욕구를 빨리 만족시키는 것이었습니다…… 결국 나는 그녀를 내 마음대로 할 수 있는 자세로 두었습니다. 그리고 나는 그녀 때문에 생긴 모든 문제에 분노하면서 복수했습니다…… 사랑 없이, 그리고 가학적으로 모든 게 이루어졌습니다. 사람들이 그렇게 사랑할 수 있다는 것을 알고 계십니까? 누군가를 벌주려는 의도로 말입니다. 우리 결혼생활에서 그런 일은 정기적으로 일어났어요. 분노와 복수는 갈수록 커졌지만, 나는 그것을 표현하지 않았고 말로도 하지 않았습니다. 왜 그랬는지는 나도 모릅니다. 그리고 때때로 섹스를 하는 것은 증오의 행위가 되기도 했습니다. 심지어 오르가슴도 그랬지요. 증오, 그것뿐이었습니다. 그리고 복수였습니다. 아무 말도 하지 않았지만 우리 둘은 알고 있었습니다. 내가 잠들어 있는 동안 나는 그녀가 다시 자리에서 일어나 술을 찾으러 가는 소리를 들었습니다. 그녀는 잠을 이룰 수 없었어요. 그녀가 술에 취해 다시 곯아떨어지기까지 얼마나 오랫동안 마셔야 했는지는 하느님만 아실 겁니다."

"몸이 좋지 않아요. 이 방에 공기가 없는 것처럼 느껴져요. 부탁이니 창문을 열어줘요."

"그러면 건강이 더 나빠질 겁니다. 나 몰래 남자들을 만나기 시작했습니다. 한참이 지나서야 나는 그녀를 의심했어요. 그녀가 술에 취하고, 내가 분노를 삭이고, 우리 사이는 냉랭했지만, 그래도 그때까지는 서로를 믿었습니다. 십 년을 함께 지낸 후에는 그런 믿음과 연대감이 형성됩니다. 그래서 나는 그녀의 외도를 보여주는 증거가 될 수 있었던…… 그 어떤 자료도 무시했던 것입니다. 어느 날 밤 나는 잠자리에 누웠습니다. 선선한 여름밤이었어요. 아주 늦은 시간이었는데도 그녀는 아직 집으로 돌아오지 않았습니다. 나는 혼자서 커다란 더블 침대로 올라가 잠을 자려고 했습니다. 하지만 그럴 수 없었어요. 그냥 누운 채로 계단에서 그녀의 발소리가 들리기를, 현관 자물쇠에서 열쇠 소리가 나기를 기다렸습니다. 아무 소리도 나지 않았습니다…… 새벽 네시에 집 앞에 자동차를 세우는 소리가 들렸습니다. 그녀가 내리면서 누군가에게 말하고 있었어요. 그녀가 집으로 들어오자, 잔뜩 화가 난 나는 불을 켜고 소리를 질러댔습니다. '어디에 있었던 거야? 왜 전화도 안 하는 거야?' 그녀는 예전에 신부였던 사람을 만났다고, 두 사람은 옛날을 회상하기 시작하면서 여러 일들을 떠올렸고, 종교를 비롯해 이런저런 대화를 나누었다고 말했습니다. 대화가 너무 흥미롭고 재미있어서 시간 가는 줄 몰랐다고요. 물론 나는 의심을 지울 수 없었습니다. 화가 누그러들지 않았지만, 그녀가 방금 말한 그대로일 뿐이라고 강하게 얘기해서 나는 믿고 말았습니다. 십 년 동안 우리는 서로에게 한 번도 거짓말을 한 적이 없었지요. 결국 위층 여자를 통해 아내가 외도를 한다는 사실을 알게 되었습니다."

"창문을 열어놓았더니 너무 추워요."

"더 추워질 겁니다. 위층의 이웃 여자는 내 좋은 친구였을 뿐만 아니라 아내와 둘도 없이 친하게 지내는 사이였습니다. 어쨌든 그 여자는 내게 그 사실을 털어놓았고, 그 당시 일어난 모든 일 때문에 곤란해했어요. 도대체 누구를 더 믿어야 할지 몰랐습니다. 그 사실을 알게 되자 나는 얼어붙고 말았습니다. 결혼생활은 이제 끝이었죠. 이미 여섯 번 넘게 외도를 했고, 마치 장갑을 껴보듯 남자들을 시험했고, 심지어 여자들도 포함되어 있었습니다. 그것은 우리 관계가 종말을 맞았음을 의미했습니다. 내 믿음을 배신했던 것입니다. 나는 그것을 가장 가슴 아프게 여기는 것 같아요."

"창문을 열어달라고 부탁하지 말았어야 했어요. 가슴이 조여와요."

"갈수록 술에 취하는 시간이 앞당겨졌습니다. 저녁 여덟시, 저녁 여섯시에도 빈번하게 그런 일이 벌어졌어요. 그녀는 절박하게 무언가를 필요로 했지만, 그녀 자신도 그게 뭔지 몰랐습니다. 내가 공부하고 있

을 때 그녀는 술에 취해 방해했습니다. '래리…… 대화 좀 해요. 우리
는 더이상 서로에게 아무 말도 하지 않고 있어요. 당신은 당신이 지금
어떤지 내게 한마디도 하지 않아요……' 그녀의 전공은 문학이었습니
다. 영문학이었지요…… 그러면 나는 오로지 한 가지만 느꼈습니
다…… 분노였어요!…… 도저히 표현할 수 없는 분노였습니다. 나는
그때 그녀를 떠났어야 했지만 한 치도 앞으로 나아갈 수가 없었습니
다. 몸서리칠 만큼 너무도 싫은 상황이었기 때문에 오래된 틀로 돌아
가려고 했던 것입니다. '나중에 말하도록 하지…… 지금 일하고 있어.'
그녀는 그 말을 들을 수 없었어요. 술에 취해 있었고, 너무나 고통스러
워하고 있었기 때문입니다. 나를 필요로 하고 있었습니다. 사실 나는
내가 그녀에게 준 것보다 더 많은 것을 줄 수도 있었어요. 하지만 알코
올중독자와 씨름한다는 것은 어렵고 불가능한 일입니다. 그녀를 위해
무언가를 할 수 있었을지도 모릅니다. ……어쨌건 그녀는 내 작업 계
획을 방해하려고 있는 힘을 다했습니다. 나는 갈수록 더욱 엄격하게
내 계획을 지켰습니다. 갈수록 그녀와 멀어졌지요. 그러나 그녀는 갈
수록 나를 화나게 했습니다."

"……"

"……"

"그렇군요……"

"내가 글을 읽는 동안 그녀는 계속해서 떠들었습니다. 아파트에서
내가 편하게 있을 공간은 그 어디에도 없었어요. 나는 잠자리에 들기
전에 반시간 정도 텔레비전을 보고자 했지만, 그녀는 텔레비전을 꺼버
리고서 얘기 좀 하자고 우겼습니다. 나는 다시 텔레비전을 켰고, 그녀

는 다시 껐지요. 언젠가 한번은 다시 텔레비전을 켜지 못하도록 나를 막아서는 바람에 그녀를 밀어버린 적도 있습니다. 우리는 싸우기 시작했고, 그녀는 경찰을 불러 내가 때렸다고 진술했습니다. 나는 몹시 기분이 상한 채 좌절감에 사로잡혔어요. 시시때때로 포도주를 하수구에 버렸는데, 그녀는 항상 핑계를 댔습니다. 나는 그녀를 미워하기 시작했지만, 그녀와 헤어질 수는 없었습니다. 그러자 그녀는 새로운 전술을 시험했습니다. 나보고 집에서 나가라고 했죠. 그럴 수 없었던 나는 그녀보고 나가라고 했습니다. 그녀 역시 그럴 수 없었습니다. 적어도 그때는 혼자서 그럴 엄두를 낼 수 없었던 거예요. 나는 그녀가 나한테 무언가 특별한 것을 바라고 있다고 생각했습니다. 자기 아버지의 죽음과 관련된 것이요. 하지만 우리 두 사람 모두 그게 뭔지 몰랐어요. 우리는 싸웠습니다. 어느 날 밤에 그녀는 남자 친구를 저녁식사에 초대했습니다. 아주 젊은 청년으로, 자기 동생의 친구였는데…… 난 개의치 않았습니다. 그는 전혀 재미있는 사람이 아니었지만, 어쨌든 저녁식사 후에 두 사람은 기분좋게 대화를 나누었어요. 그 대화에 조금도 흥미를 느끼지 못한 나는 침대로 갔습니다. 그녀는 잠시 후에 잠자리에 들겠다고 했지요. 나는 누웠지만 잠을 이룰 수 없었습니다. 계속해서 그들의 수다를 들었습니다. 몇 시간은 지속될 것 같았습니다. 그런데 갑자기 침묵이 흘렀습니다. 그가 떠나는 소리를 듣지 못했는데도요. 옷이 스치며 바스락거리는 소리가 들렸습니다. 경악한 나는 귀를 쫑긋 세웠습니다. 아파트는 완전히 어둠에 잠겨 있었고, 나는 모든 소리를 듣게 되었습니다. 두 사람은 소파에 누워 키스와 애무를 했습니다. 나는 자리에서 일어나 화를 내며 그를 내쫓을 수도 있었습니다…… 내게 그럴 권리가 있었으니까요…… 하지만 나는 공포에 사로잡혀 흥분했습니다…… 일어나야 할 일이 일어나기를 기다렸습니다. 마침내 그가 그녀의 몸안으로 들어갔고, 나는 그녀가 흐느끼는 소리로 '좋아요, 바로 그거예요'라고 말하는 소리를 들었습니다. 마음이 너무나 복잡하고 혼란스러운 나머지, 침대에서 나갈 수가 없었습니다. 내가 할 수 있는 유일한 일은 계속 듣고 있는 것뿐이었어요…… '이제 내가 원할 때면 언제든지 이걸 할 수 있게 되었어요'라고 그녀가 말했습니다. '물론이에요, 이러니 더 좋죠, 그렇죠?'라고 그가 말했습니다. 마침내 일어나고 말았습니다. 그녀가 내게서 해방된 것이었습니다. 처음부터 내가 그토록 두려워했던 일이 일어난 것이었어요…… 하지만 다른 남자의 품에 안긴 그녀의 신음 소리를 들으니 상상을 초월할 정도로 흥분되었습니다. 이유를 설명할 수 없지만 그곳에 침입자나 스파이처럼 있던 것은……"

"……"

"……멀리서, 어둠 속에서, 다른 방에서 그녀가 다른 남자와 관계를 가지며 성적 반응을 하는 소리를 듣는 것이…… 왜 내 품에 안겨 신음하는 소리를 듣는 것보다 더 흥분되었던 걸까요? 나는 두 개의 상반된 감정에 사로잡혔습니다…… 하나는 커다란 치욕이자 열등감이었습니다. 마치 다른 사람이 성적으로 그녀를 더 만족시킬 수 있다는 사실을…… 항상 알고 있던 것 같은 느낌이었고…… 지금은 마침내 그런 일이 벌어졌다는…… 그리고 동시에…… 다른 남자 곁에서 뜨거워지는 그녀의 신음 소리를 들으면서…… 황홀감이…… 아버지와 어머니가 함께 있을 때, 어머니가 내는 쾌감의 신음을 들 때 느꼈던 바로 그런 황홀감이었습니다."

"……"

"그 작자는 불쌍한 가난뱅이였어요. 비쩍 마르고 못생기고, 길고 더러운 머리카락을 가진 가난뱅이 히피였고, 별 볼 일 없고…… 천박한…… 당시의 산물이었습니다. 반면에 그녀는 나처럼 튼튼하고 체력이 좋고…… 정말로 아무 의미도 없었습니다."

"당신은 기회만 있으면 당신이 좋아하는 주제를 꺼내는군요. 조금만 틈이 있어도 당신 어머니에 관한 얘기로 돌아가요. 마치 그러면 내가 좋아할 거라고 생각하는 것 같아요. 하지만 나는 넌더리 나요. 그게 사실이 아니기 때문이지요. 당신은 훨씬 더 심각한 문제를 덮기 위해 그 이야기를 하고 있어요."

"뭐라고 대답해야 할지 모르겠습니다."

"아마도 그렇게 부끄러워하는 게 다른 감정을 느끼는 것보다 더 나을 거예요. 당신은 무언가를 느낄 수 있는 능력이 없는 것 같아요. 전혀 느낄 수 없는 사람이에요. 그게 바로 그 무엇보다 당신이 두려워하는 거지요."

"근데 아무것도 먹지 못했다고 하지 않았습니까? 먹을 것을 가져다 달라고 할까요?"

"아니에요, 배고프지 않아요. 전혀 배고프지 않아요."

"들어와요."

"안녕하세요! 오늘은 좀 어떠십니까?"

"똑같은 것 같아요…… 밖은 어떻죠?"

"춥지만 바람이 불지는 않습니다. 견딜 수 있을 정도입니다."

"내 눈을 똑바로 쳐다보고 있군요. 무슨 일이 있는 거죠?"

"특별한 일은 없습니다. 여행 준비가 끝났어요. 두 시간 동안 컬럼비아 대학에 머물면서 세부사항을 확정했습니다. 그곳에서 점심을 먹을 계획이었지만 해야 할 일이 너무 많았지요. 그 사람도 두시에 수업이 있어서 시간이 없었습니다."

"그 사람이라고요? 그 사람이 누구죠?"

"컬럼비아 대학에 근무하는 친구입니다. 돌아오는 길에 간단하게 먹었습니다."

"아, 그래요? 뭘 먹었죠?"

"중국식 쿠바 식당 앞에서 발길을 멈추었습니다. 나 자신에게 상을 줘도 괜찮겠다고 느꼈죠. 그래서 닭 요리와 쌀밥, 검은콩 요리를 주문했습니다."

"그러니까 여행 준비가 끝났다는 건가요?"

"예, 모든 게 정리되었습니다."

"인권위원회 의사가 마침내 오늘 아침 이곳에 들렀어요."

"뭐라고 하던가요?"

"몬트리올에 갈 수 있다고…… 당신이 그곳 대학 사람들에게 나도 간다고 이야기한 걸로 봐서는 이미 짐작하고 있었을 거예요."

"좋은 소식입니다. 정말 끝내주는군요. 틀림없이 완전히 회복될 겁니다."

"근데 그 의사가 안 된다고 말했다면 어떻게 되었을까요? 당신이 조금 일을 서두른 게 아닐까요? 혹시 그들에게 나도 간다고 말했나요?"

"어쩌면 당신도 갈지 모른다고, 당신의 상태에 달려 있다고 말해두었습니다."

"근데 만일 내가 갈 수 없다면 어떻게 되었을까요? 상관없이 프로젝트를 진행했을까요?"

"모르겠습니다, 아마도 그랬으리라고……"

"알겠어요……"

"……"

"오늘은 목요일이에요. 이곳에 와도 당신은 보수를 받지 못해요. 그런데 어쩐 일로 온 거죠?"

"평소처럼 당신 책에 관한 작업을 하려고 왔습니다."

"알겠어요……"

"입에 묻은 이 맛있는 기름을 닦으려고 하는데요, 화장실을 사용해도 괜찮을까요?"

"얼마든지 사용해도 좋아요."

"손도 좀 닦겠습니다. 손가락으로 닭고기를 먹어서요."

"바로 그 손가락으로 쓰레기장에서 이 잡지를 주웠군요."

"아닙니다. 큰맘먹고 구입했습니다."

"오늘도 점심을 먹을 수 없었어요."

"왜 못 먹었습니까? 당신에게는 남는 게 시간인데요……"

"좋지 않은 소식 때문에 식욕이 사라졌어요."

"아…… 어떤 소식입니까? 조금 이야기해줄 수 있습니까?"

"노력해보지요…… 위원회 의사가 나를 만나러 왔어요."

"예, 그건 이미 말했습니다."

"나를 진찰했어요."

"그랬군요…… 그래서요?"

"내가 하도 우기는 통에 진찰한 거죠. 이미 전화로 내게 더 추운 곳으로 이동하는 것은 절대 금물이라고 말했었지요. 그뿐만이 아니었어요. 위원회 요청에 따라 팜스프링스에 있는 훌륭한 요양원으로 나를 이송할 모든 준비를 하고 있다고 말했어요. 기후가 사막처럼 건조하고 따뜻한 곳이지요."

"지금 무슨 말을 하시는 겁니까? 방금 전에 몬트리올로 갈 수 있다고 말하지 않았습니까?"

"그건 짓궂은 농담이었어요. 미안해요."

"도대체 어떤 말을 믿어야 할지 모르겠습니다."

"하지만 당신과 상관없지 않나요? 당신은 내가 갈 수 있는지 알기도 전에 컬럼비아 대학과 이미 사전 협의를 마쳤어요."

"당신이 갈 수 있기를 바라고 있었습니다."

"나도 마찬가지예요. 하지만 이제는 내가 그 그룹의 일원이 될 수 없다는 게 분명해졌어요."

"유감입니다. 정말 유감입니다. 라미레스 씨."

"당신은 어떤 계획을 갖고 있죠?"

"나는 몬트리올로 가고 싶습니다."

"알겠어요……"

"……"

"난 팜스프링스로 가지 않을 거예요. 그냥 여기에 남고 싶어요. 모든 게 해결될 거예요. 하지만 물론…… 당신이 도와주어야 해요."

"하지만 팜스프링스에 가면 더 좋아질 겁니다."

"말도 안 되는 소리예요. 뉴욕의 그 어떤 병실에 있건 나는 온기를 느낄 수 있어요. 단지 난방장치만 조절하면 해결되는 문제예요."

"하지만 여기서 무엇을 할 생각입니까?"

"나는 여기서 잘 지내고 있어요. 그런데 왜 내가 캘리포니아나 몬트리올로 가야 하는 거죠?"

"하지만 나는 몬트리올로 가는 게 더 좋습니다. 라미레스 씨."

"너무 서두르지 말아요. 난 당신에게 조금만 더 여기에 있어달라고 부탁하는 거예요."

"그건 말도 안 되는 소리입니다. 당신은 내게 그런 희생을 요구할 수
없습니다."

"자, 진정해요. 어린아이처럼 굴지 말아요. 조금만 자제하도록 해요.
나는 여기에 머무를 거고, 팜스프링스에는 절대 가지 않을 거예요. 그
러면 당신은 계속 이곳에 와서 내 책과 관련된 작업을 할 수 있어요.
내가 점차 좋아질 거라고 확신해요."

"난 당신이 팜스프링스로 가야 한다고 생각합니다. 사람들 말이, 그
곳은 아주 아름답다고 하더군요. 태양과 건조한 공기가 당신 건강에
훨씬 좋을 겁니다."

"하지만 당신이 그곳까지 나를 따라올 수는 없어요. 엄청난 비용이
들 테니까요. 당신이 계속 이곳에 와서 작업하는 것이 가장 중요하다
고 확신해요. 아주 중요한 결과를 얻을 수 있을 거예요."

"나는 팜스프링스로 갈 마음이 없습니다. 당신 책들을 캐나다로 가
져가야만 하고요."

"그러니까 당신 혼자 몬트리올로 간다는 말이군요."

"예, 당신이 함께 가면 더욱 좋겠지만 말입니다."

"래리, 무엇보다 그 잡지를 그만 놓고 눈을 들어 나를 봐요."

"……"

"래리, 어린애처럼 짓궂은 장난은 더이상 하지 말아요. 내 신경을 곤
두서게 만들지 말아요. 당신은 수없이 그랬던 것처럼 나를 두렵게 하
고서, 나중에 내 두려움을 비웃으려고 해요. 하지만 지금은 두려워하
지 않을 거예요. 당신이 한 말은 짓궂은 농담에 불과하지요, 그렇죠?"

"뭐가 농담이라는 거죠?"

"눈을 들고 나를 처다보며 말해요!"

"라미레스 씨, 당신은 마음대로 생각하고 있습니다. 전혀 농담이 아니에요. 몬트리올에서 이루어질 흥미로운 작업과 당신의 건강을 위한 최적의 장소인 팜스프링스가 우리 앞에 있을 뿐입니다."

"당신은 나를 망연자실하게 만들었어요······"

"그 이유가 뭡니까?"

"난 당신이 그토록 배은망덕하리라고는 생각조차 못했어요."

"그게 무슨 소리입니까?"

"들은 그대로 배은망덕한 사람이에요. 나는 당신에게 모든 믿음을 주었는데······ 당신은 오로지 재빨리 이익을 챙기려는 생각만 해요."

"당신이 좋지 않은 반응을 보일까봐 두려웠습니다. 하지만 이 프로젝트는 당신에게도 이득이 될 겁니다. 당신의 공헌을 비롯해 당신 나라의 역사도 보다 많이 알려질 겁니다. 그래요, 또 개인적으로 내게도 중요합니다. 사람들과 만나고 약간의 돈도 법니다. 그러나 무엇보다 내 분야에서 일할 수 있는 기회를 얻는다는 게 중요하죠. 그게 뭐가 나쁘다는 겁니까?"

"당신이 어떤 사람인지 알겠어요. 물질 지상주의자에다 탐욕이 넘치는 우스꽝스러운 미국인이지요. 단지 자기 이익만을 생각하는 사람이에요."

"무슨 이익을 말하는 겁니까? 내게 임금을 지급할 뿐입니다. 당신은 노동주의자이니 이익과 임금의 차이를 잘 알고 있을 거예요."

"그런 말장난으로 나를 혼란스럽게 하지 말아요."

"아닙니다. 지금 당신은 내게 화가 나 있어서 내 입장을 이해하지 않는 겁니다."

"당신에게 다른 것을 기대한 나 자신에게 화가 나 있어요. 당신에게 이해를, 심지어는 우정을 기대했는데…… 당신이 그런 것을 줄 수 없는 게 분명하군요."

"내가 당신을 친구처럼 여기지 않았습니까?"

"지금은 그렇지 않았다고 생각해요."

"왜 내가 혼자 가는 걸 싫어합니까?"

"내가 몬트리올로 갈 수 있다고 하더라도 지금은 당신과 함께 가고 싶지 않아요. 이제 나는 래리 씨가 어떤 사람인지 잘 알아요."

"당신은 전혀 합리적이지 않게 행동하고 있습니다. 우리 모두는 이 프로젝트의 수혜자가 될 겁니다. ……나는 당신을 합리적으로 사고하는 어른으로 대하려고, 당신의 그 부분, 그러니까 건강한 부분과 대화하려고 노력했습니다. 당신의 목숨은 그 부분의 힘에 달려 있어요. 하지만 당신은 계속 뒤로 가고 있습니다. 당신의 편집증적인 부분이 당신을 죽이고 말 겁니다."

"환원주의자들이 당신에게 몇 가지 단어를 가르쳐주었군요, 그렇죠? 하지만 나는 그들에게도 그들이 쓰는 단어에도 기죽지 않아요…… 그들은 너무나 쉽고 분명한 결론에 도달하는 순간을 보지 못하죠…… 그들은 해결책을 찾아내는 게 쉽다고 여기지만…… 진실의 한 조각을 찾아내려면 지성을 겸비하고 열심히 일해야 해요. 그들은 그럴 능력이 없고, 의당 해야 할 노력도 하지 않는 형편없는 사람들이에요…… 당신도 그런 부류의 사람이고……"

"당신의 말을 듣고 있자니 역겹습니다."

"래리, 나는 왜 당신이 다시 가르치라는 제안을 거부하다가 지금은 그런 제안을 수락하는지 이해할 수 없어요. 나를 망가뜨리려고 그러는 것 같아요. 난 그 이유를 몰라요. 완전히 미스터리예요. 하지만 다른 한편으로는 당신이 얼마나 비열하고 비천한지 알게 되어 다행이에요. 적어도 나는 이것만은 분명하게 말할 수 있어요. 내가 보호해줘야 할 것도 없고, 내가 구해줘야 할 훌륭한 사람도 없다는 것을 확신하면서 정말로 커다란 안도감을 느낀다는 것을."

"나는 결코 지켜달라거나 구해달라고 말한 적이 없습니다."

"내가 당신과 그 어디에도 가고 싶어하지 않는다는 사실을 알게 되어 정말 다행이에요. 당신 어머니가 당신을 집에서 내쫓고서 마침내 마음의 평화를 찾았다는 것을 알게 되어 얼마나 좋은지 몰라요. 아아…… 아아…… 안도의 한숨이 가장 깊은 곳에서 흘러나오네요. 내 뱃속에서부터 나오는군요. 너무나 행복하고 기뻐서 횡격막이 목구멍까지 올라와요. 브루클린의 삼류 대학 학생들은 이제 당신의 음험한 수업에서 해방되어 행복해할 것이고, 내 폐도 마침내 공기가 가득 들어와 매우 행복해해요. 아, 아! 이런 행복감 때문에 갈비뼈가 조금 아프군요. 지금 아주 허약한 상태거든요. 하지만 숨을 쉬는 데 얼마나 큰 도움이 되는지 몰라요…… 그리고 당신 아버지, 정말 훌륭한 목수였어요! 몽둥이를 정말 잘 만들었지요. 아, 아, 이토록 좋은 느낌을 어떻게 참아야 할지 모르겠어요…… 그가 얼마나 톱을 잘 다루는지 아주 분명하게 듣고 있어요."

"그리고 나는 미친 사람의 목소리를 듣고 있습니다."

"나는 너무 기뻐서 미쳐 있는 거예요. 이런 행복감과 안도감을 숨길 수가 없거든요."

"방금 얘기한 것처럼 당신의 말을 듣고 있자니 역겹습니다. 당신과는 더이상 말할 필요가 없어요. ……하지만 난 당신의 메모를 가지고 작업했고, 이제 당신에 관해 더 많은 것을 알고 있습니다. 당신은 이와 똑같은 비난을 예전에도 했었습니다. 다른 사람에게 말입니다."

"무엇을 그렇게 에둘러 말하는 거죠?"

"당신은 정말로 구제불능이군요. 당신은 눈가리개를 한 말처럼 계속 거짓말을 해대고 있습니다. 당신은 당신이 살아온 삶의 진실이 드러날 때면, 그것과 마주하려고 하지 않습니다. 그게 바로 당신을 죽이고 있는 거예요. 당신이 얼마나 바보인지 아십니까? 당신의 건강은 갈수록 악화되고 있습니다. 당신의 삶이 어땠는지 조금 들어보고 싶지 않으십니까? 물론 듣고 싶지 않을 겁니다. 당신은 아무것도 듣고 싶어하지 않으니까요. 모래에 고개를 박고 있는 타조처럼 말입니다. 하지만 이번에는 내가 하는 이야기를 들어야 할 겁니다. 수십 년 전부터 케케묵은 염병할 얘기를 어떻게 하는지 보여줄 겁니다. 잠시 메모를 찾아보지요."

"계속 말하는 것을 금지하겠어요!"

"언젠가 나는 당신 메모의 한 부분을 정리하고 있었습니다…… 이번에는 사회주의나 노동조합 조직이나 그와 비슷한 것에 대한 얘기가 아니었어요…… 나는 소스라치게 놀랐습니다. 당신 자신의 생각을 소설의 편지에 나온 한 대목을 그대로 인용해서 밝히고 있었기 때문이죠…… 그 대목은 프랑스어로 쓰여 있었지만, 나는 그걸 영어로 옮겼습니다. 그래서 잘못 이해할 가능성은 전혀 없을 겁니다. 여기 있습니다…… 이것은 소설의 한 인물이 다른 인물에게 쓰는 편지입니다. 당신은 거기에 밑줄을 그었습니다. 아주 빠르게 읽어보겠습니다. '……이제 더이상 당신에게 답장을 쓰고 싶지 않아요. 지금 이 순간에 드는 난처한 기분이 아마도 내가 답장을 해서는 안 된다는 것을 보여주는지도 몰라요. 하지만 당신이 내게 불평하지 않도록 이렇게 펜을 들었어요. 내가 당신을 위해 최선을 다했다는 것만은 납득시키고 싶군요. 당신은 편지를 써도 좋다고 내가 허락했다고 말하고 있어요. 그 사실에는 동의해요. 당신은 이 사실을 내게 상기시키고 있지만, 어떤 조건에서 그걸 허락했는지 내가 잊어버렸다고 생각하나요? 내가 당신처럼 약속에 충실했다면 내 답장을 한 통이라도 받았을 거라고 생각하나요?'"

"내 삶과는 전혀 관련이 없어요."

"이것은 당신이 아들에 관해 해야 할 얘기의 도입부에 불과합니다. 편지는 이렇게 계속됩니다. '내가 도무지 이해할 수 없는 그런 말은 삼가주세요. 내 기분을 상하게 하고 나를 두렵게 하는 그런 감정을 버려주세요. 아마도 당신은 그런 감정에 덜 집착해야 할 거예요. 그것이 우리를 갈라놓는 장벽임을 알아야 하죠. 그건 당신이 느끼는 유일한 감정이에요.' 몇 줄 건너뛰겠습니다. '당신은 내가 솔직하게 말하고 있음을 알 것이고, 내가 당신을 얼마나 믿는지 확인할 수 있을 거예요. 그 믿음을 더욱 크게 만드는 것은 오직 당신 마음에 달려 있어요……' 이것이 바로 당신이 그 작품에서 그대로 취한 내용입니다. 다음 부분은 당신이 단어들에 숫자를 매겨가면서 쓴 것이지요. 그 소설의 여러 페이지에 걸쳐 있지만, 결국은 한 장의 편지밖에 되지 않습니다…… '멋지게 시작하지만, 이 경우에는, 즉 그의 편지에 대한 답장으로는 적절하지 않아요. 내 아들이 답장을 원할 가능성은 충분해요. 그리고 답장을 받더라도 읽지 않을 수도 있어요. 나는 답장을 쓰지만 보내지는 않아요. 내 상황이 그렇답니다. 나는 그저 나 자신을 위로하기 위해 쓰는 거예요. 만일 아들의 편지가 내 앞에 있다면, 답장 쓰기가 훨씬 쉬울 거예요. 그런데 아들이 내게 무슨 말을 하려고 했을까요? 그들은 편지를 다시 읽어볼 시간을 주지 않았어요. 내게서 편지를 빼앗아 그들이 갖고 다니던 커다란 상자에 다시 넣었어요. 나는 다시 답장을 쓸 거예요. 그리고 편지가 뒤바뀌지 않았으면 좋겠어요. 아니, 편지를 바꿀 수 있다면 얼마나 좋을까요. 그 내용은 아직도 내 마음에 새겨져 있어요. 하지만 단어들은? 그 단어들을 모두 하나씩 다시 읽을 수 있고 진정한 사랑의 징후를 찾을 수만 있다면 무엇이든 줄 수 있을 것 같아요. ……
아빠! 아빠가 이 편지를 읽었다는 사실을 아는 것만으로도 정말 안심이 될 거예요. 하지만 그건 아빠가 석방되는 아름다운 날에야 비로소 알게 될 거예요. 나는 아빠에게 솔직하게 말해야 해요. 아빠를 향한 이런 감정은 아주 새로운 거예요. 아빠가 구속된 지금에야 비로소 나는 아빠를 이해할 수 있게 되었어요. 무엇보다 나는 지금 우리 나라로 돌아왔다는 사실을 얘기해야 할 것 같네요. 엄마의 편지를 받았을 때, 나는 돌아와야겠다고 결심했어요. 엄마는 혼자였고, 나는 엄마를 돌봐야 했어요. 아빠 역시 이 집에 있었다면, 나는 여기에 머물 수 없었을 거예요. 아빠를 참고 견딜 수는 없으니까요. 엄마는 항상 신경쇠약증에 시달렸는데 모두 아빠 잘못이에요. 엄마는 아빠가 매일 몇시에 집으로 돌아오는지 알지 못했지만 항상 집에서 아빠를 기다려야 했어요. 아빠는 집에 돌아와 엄마가 없으면 온 집안이 무너질 정도로 마구 소리를 질러댔어요. 엄마는 항상 아빠의 분노를 두려워하며 살았어요. 그래서 나는 아빠를 싫어했어요. 그런 이유로 집을 떠난 것이죠…… 나는 엄마가 아빠에게 해방되어 아무 탈 없이 있을 거라고 기대하면서 돌아왔지만, 아니었어요. 모든 게 정반대였어요. 엉망이 되어 있었어요…… 내 아들은 나를 미워했다고, 자기 어머니도 나를 미워하며, 나를 두려워했다고 말하죠. 편지에서 아들은 내가 자취를 감추면서 아내의 상태가 정말로 나빠졌다고 했어요. 자기는 아내가 완전히 새로운 사람이 되어 안심하는 모습을 보고 싶었는데도요. 하지만 아니에요. 내 아내는 나를 사랑해요. 아들은 이렇게 말해요. 아내는 내가 없는 상태를 견딜 수 없어하지만, 자기가 그곳에 있으면서 최선을 다해 모든 면에서 그녀를 도와주고 있다고, 또 아내가 집에서 한 발짝도 나오지 않은 채 내가 감옥에서 나오는 순간을, 언제일지도 모를 그 순간을 기다리고 있다고 말해요. 아들은 나를 참고 견딜 수 없었다고 솔직하게 고백하고 있어요. 내가 집에 있으면 제대로 숨쉴 엄두조차 내지 못했다고 말해요. 내가 잠을 자거나 공부할 때면, 그들은 조용히 있어야만 했어요. 누군가가 나를 방해하면 불같이 화를 냈으니까요. 나는 아들을 더이상 사랑하지 않았어요. 그건 사실이에요. 그가 다 자라자, 나는 그를 사랑하지 않았어요. 계속해서 나를 실망시켰거든요. 그에게 어느 정도 애정을 느끼려면 어렸을 때 그 아이가 얼마나 예쁘고 상냥했는지를 떠올리려고 애써야 했어요. 아들은 유럽으로 떠났어요. 스무 살이 조금 넘었을 때였지요. 나는 항상 그 아이 때문에 불만이었어요. 그리고 그는 내가 너무 많은 것을 요구했다고, 내가 가족 모두에게 너무 많은 것을 요구했다고 말하지요. 내 아내, 내 아들, 나 자신에게 말입니다. 나는 휴식이라는 걸 몰랐어요. 항상 글을 쓰고 이론대로 실천하고 사람들에게 다가가고 억압된 사람들을 하나로 결집시키려고 했어요. 내 아들은 극단 감독이 되려는 소망을 품고 이곳을 떠났지만, 결국 아무것도 이루지 못했지요. 아마도 내가 잘못 판단한 건 아닌 것 같아요. 그는 필요한 능력도 가지고 있지 않았고, 일도 하지 않았으며, 합당한 노력도 하지 않았어요. 그는 도장공이 되었고 나중에는 중고등학교에서 스페인어를 가르쳤어요. 그게 파리에서 내 아들이 이룬 가장 커다란 승리였지요. 그는 아마추어 극단에 있던 여자와 결혼했어요. 그녀는 커튼을 올리고 내리는 일을 했던 것 같아요. 그렇게 그는 마침내 연극계로 들어갔지만, 물론 유망한 인물로 영입된 것은 아니었어요. 두 사람은 아이를 갖지 않았어요. 파리의 생활비가 너무 비쌌으니까요. 하지만 어머니가 부르자 우리 나라로 돌아왔어요. 생각을 바꾼 거죠. 내가 없자 그의 어머니는 전에 없이 매우 신경질적으로 변해 있었어요. 나는 우리 나라에서 존엄과 긍지를 보여주는 최고의 사례가 되어 있었고요. 사소한 술책이나 계략에는 가담하지 않았고, 타협도 받아들이지 않았어요. 끝까지 싸웠어요. 이 감옥의 조그만 감방에서 그들은 처형 장면을 연출하기도 했어요. 두 사람이 권총에 가짜 탄알을 장전하고서 나를 쐈지요. 그들은 세 번이나 나를 처형하려고 했어요. 그러면서 탄알은 진짜라고 말했지만 항상 나에게서 빗나갔지요. 아마도 내 아들은 진짜 총알이기를 바랐을지도 몰라요. 아들과 아내는 지금 마음 편히 지내고 있어요. 집 전체를 마음대로 사용할 수 있지요. 그런데 지금 아들은 밤에 잠이 깨서 다시 잠을 이룰 수 없다고, 몸이 좋지 않다고, 나를 생각한다고 말해요. 늙고 병들어 감옥에 있는 나를요. 그는 두려워하며 자기가 평생 나를 완전히 잘못 평가한 것 같다고 말해요. 어떻게 그런 일이 있을 수 있죠? 평생 동안 잘못 생각하던 그가 이제야 내가 정말로 대의명분을 위해 헌신했다는 것을 깨닫고 있어요. 자기 실수를 후회하면서 밤에 잠에서 깨고, 더이상 잠을 이루지 못하면서 나를 생각해요. 그는 내가 죽기를 원해요. 그래서 내가 죽으면 죄책감에 사로잡힐 거예요. 그를 이해해요. 이십 년 전 그가 이곳을 떠났을 때 나는 기뻐했어요. 이제는 형편없는 아들을 만날 필요가 없었으니까요. 그것은 내가 그의 죽음을 바랐다는 의미지요. 내가 그를 만날 수만 있다면, 이제 모든 게 달라질 거예요. 나는 내가 전에 볼 수 없었던 그의 능력과 자질을 발견하려고 애쓸 거예요. 하지만 이 어두운 방에서 살아서 나가기란 아주 힘들 거예요. 나는 병들고 늙었어요. 내가 죽으면 가족들은 기뻐할까요? 아마도 그럴 거예요. 그들의 삶은 계속될 거예요. 새로운 삶이 될 거예요. 집에서 마음대로 시끄럽게 굴어도 될 테지요. 아내는 외출할 수도 있을 거예요. 내가 감옥에서 나오기를 기다리면서 집에 틀어박혀 있지 않아도 되겠죠. 아내는 내가 집에 도착했을 때 그녀가 없는 것을 알게 될까봐 두려워하며 나를 기다리고 있어요. 나를 무서워해서 나가지 않는 거지요. 내가 죽으면 마침내 집밖으로 나갈 수 있을 거예요. 부에노스아이레스의 거리는 독재 정권의 순찰대로 가득차 있겠지만, 그들에게는 자유롭고 따뜻한 곳으로 보일 거예요.'"

"난 그 모든 것의 단어 하나도 믿을 수 없어요. 당신 변덕에 따라 모든 게 왜곡되어 있어요. 나는 당신이 그런 일을, 그러니까 도대체 무엇이 필요해 글 전체를 바꾸면서 그렇게 하는지 모르겠어요."

"무슨 말을 하고 싶은 겁니까?"

"당신이 이런 일을 할 만한 사람이 아니라는 게 아주 분명하다고 봐요."

"지지해주셔서 감사합니다. 하지만 글은 하나도 바뀌지 않았습니다. 이것은 당신 생각이며, 당신이 깊이 느낀 겁니다. 당신은 프랑스어로 된 작품을 암호화시켜 자신의 생각을 드러냈던 거예요."

"그래요, 무책임한 젊은이가 자기 마음대로 가지고 놀면서, 숫자를 지워버리거나 바꾸면서 완전히 다른 것을 쓰려고 무진 힘이 들었겠지요. 그 젊은이가 왜 그렇게 했는지 도저히 이해할 수 없어요……"

"나는 당신 아들이 아닙니다. 나는 당신이 보고자 했던 사람이 아닙니다. 당신 아들이 정말로 어떤 사람이었는지는 하느님만이 아실 거예요. 왜 당신이 항상 나를 당신 아들처럼 대하려고 했는지 이제야 이해가 됩니다."

"또다시 그 환원주의자들처럼 말하는군요! 지금 무슨 아들 얘기를 하는 건가요? 나는 당신 속에 숨겨진 인간, 즉 사람 됨됨이를 발견하고자 했어요. 그리고 마침내 그걸 건드릴 수 있었어요. 그건 먼지였어요. 뉴욕에 있는 무소불위의 다국적기업 건물 한쪽 구석에 수북이 쌓인 먼지, 어두운 지하실 한쪽에 쌓인 먼지였어요."

"정말로 마구 날뛰는 미친 사람이 되어버렸군요."

"당신을 너무 자세히 설명하니까 화를 내는군요."

"당신 같은 사람에게 화를 내다니 내가 바보입니다. 그럴 가치도 없는데…… 어쨌건 언젠가 해결 방안을 찾길 바랍니다."

"……"

"그들은 살해되었습니다. 당신 아내와 당신 아들, 그리고 커튼을 올리고 내리던 불쌍한 프랑스 여자가. 당신 집에 폭탄 하나를 설치하는 것만으로 충분했습니다. 당신은 언젠가 그들이 죽기를 바랐고, 이제 그 소망은 이루어졌어요. 그게 바로 이미 투옥과 고문으로 병들어 있던 당신을 미치게 만든 겁니다…… 하지만 우리 모두는 어느 순간 죽음을 원하지 않습니까? 당신은 사람들이 어떻다고 생각합니까? 사람들은 바로 그렇습니다!"

"아니에요, 그게 바로 내가 믿고 싶지 않은 거예요. 당신은 이런 사람이군요. 그걸로 충분해요."

"내가 이렇다면 당신도 이렇습니다. 이것, 즉 염병할 놈이라는 게 인간의 본질입니다."

"난 믿고 싶지 않아요."

"수긍하고 마음 편하게 사십시오."

"아니에요, 그게 사실이라면 지금처럼 살려고 무진 애를 쓰지는 않을 거예요. 당신은 아니겠지만, 난 그걸 믿기가 몹시 힘들어요. 그게 우리 둘 사이의 차이점이에요. 당신은 사람이 염병할 존재라는 걸 받아들이지만…… 난 아니에요."

"나도 그런 게 싫습니다. 하지만 사람이 염병할 존재라는 게 현실입니다. 아니면 그게 바로 내가 겪었던 거지요. 아마 당신은 나보다 더 행운아일지도 모릅니다."

"내가요? 내가 당신보다 더 행운아라고요?"

"그렇습니다, 라미레스 씨. 확신합니다. 당신 아내는 죽기 전까지 당신을 계속 기다렸습니다."

"……"

"……"

"래리…… 내가 한 말을 하나도 믿지 말아요. 그건…… 당신의 인내심을 시험하기 위해서 그랬던 것뿐이에요. 미안해요, 용서해줘요."

"……"

"자, 고집 부리지 말아요…… 생각하고서 말해봐요…… 몬트리올로 갔을 때의 모든 이점을 뒤로하고 나와 함께 있는 걸 더 원하는지…… 그건…… 어떤 면에서 당신이 나와 함께 있는 걸 고맙게 여긴다는 의미예요."

"……"

"차분히 생각해요…… 그 잡지를 내려놔요!"

"……"

"더이상 나를 화나게 만들지 말아요. 나를 똑바로 쳐다봐요, 고개를 들어요…… 앉아서 책을 읽지 말아요…… 나와의 우정을 소중히 여긴다고 말해줘요."

"……"

"그 잡지를 내려놓으란 말이에요! 게다가 그건 당신 것이 아니에요! 쓰레기통에서 훔친 거잖아요! 큰맘먹고 샀다는 건 새빨간 거짓말이야!"

"……"

"……"

"라미레스 씨, 사실대로 말하자면 당신과의 우정을 소중히 생각하지 않습니다. 이 시점에서 내가 왜 거짓말을 하겠습니까? 거짓말하는 건 당신 혼자면 충분해요. 나는 지금까지 희생했습니다. 돈이 필요했기 때문이지요. 당신은 참을 수 없는 존재입니다. 언제 쓸데없는 소리를 할지 아무도 모릅니다. 그러다가 갑자기 상대방에게 등을 돌리지만, 아무도 그 이유를 모릅니다."

"더 말해봐요. 내가 예측 불가능하고, 언제 차가운 분노를 느끼며 성질을 낼지 전혀 알 수 없다고 말해봐요. 그리고 가장 중요한 것을 잊지 말아요. 내가 당신을 실망시켰다고 말해봐요."

"그렇습니다. 아마도 나이 먹은 사람들은 모두 젊은 사람들을 실망시킬지도 몰라요. 당신과 함께 있으면서 기분좋았던 적은 단 한 번도 없습니다."

"……"

"……"

"팜스프링스 근처에 대학이 있나요?"

"모르겠습니다."

"아마도 난 거기서 이 일을 할 수 있는 사람을 찾을 수 있을 거예요. 당신이 이 일을 하면서 오늘까지 투자했던 시간에 대해서는 걱정할 필요 없어요. 당신이 해야 할 유일한 일은 투자한 시간이 얼마나 되는지 나한테 말해주는 거예요. 내가 책임지고 그 돈을 지불하도록 하겠어요. 시간당 얼마나 지급할지는 모르겠지만, 아마도 대화를 하면서 나를 산책시켜야 했을 때 우리가 정했던 돈과 똑같을 거예요. 그게 합당하다고 생각하지 않아요? 그러니까 나는 우리가 마지막으로 합의했던 금액을 말하는 거예요."

"……"

"아마도 여행 경비, 그러니까 컬럼비아 대학까지의 지하철 요금을 비롯해 전화비도 지불해야 할 것 같군요. 나도 그게 얼마 되지 않는다는 걸 알지만, 그 누구도 이용해먹고 싶지는 않아요. 비록 아주 적은 돈이라 할지라도 말이에요."

"신경써주셔서 감사하지만 필요 없습니다. 필요하다면 몬트리올 대학의 재정 지원 없이 혼자 힘으로 이 일을 계속하고자 합니다."

"계속 일하지 않아도 돼요. 내가 이 책들을 가져갈 거예요."

"나는 더이상 할말이 없습니다. 이제 당신은 내게 아무런 영향력도 행사하지 못해요. 그런데 내가 없으면 누가 당신 말을 들어주고, 누가 당신 친구가 되어줍니까?"

"거기에 대해서는 할말이 없어요. 더는 당신에게 영향력을 행사하고 싶지 않아요. 당신은 한 번도 내 친구가 되어준 적도 없고요."

"……"

"당신은 그 누구의 친구도 될 수 없어요."

"가겠습니다."

"어디에선지는 모르겠지만, 아무것도 주지 않는 사람에게는 그렇게 하는 이유가 있다는 말을 읽었어요. 나도 받는 돈은 얼마 되지 않지만, 그 한도 내에서 당신을 수없이 초대했어요. 하지만 당신은 내게 아무것도 가져오지 않았어요. 심지어 쓰레기통에 버려진 잡지 하나도…… 이십 센트도 하지 않는 사탕 하나도……"

"……"

"……내가 그토록 간절히 원했건만…… 아무것도 주지 않는 사람에게는 무슨 이유가 있겠죠. 청구서는 우편으로 보내줘요. 더이상 당신을 보고 싶지 않아요."

"……"

"하지만 당신이 승자예요, 래리. 비록 알아차리지 못했겠지만. 당신은 결국 당신이 원하는 바를 이루었어요."

"……"

"당신 어머니가 당신을 내쫓았고, 당신 아내가 당신을 버렸고, 그 어떤 곳에서도 당신 수업을 듣고자 하는 사람이 없다는 사실이 나는 기뻐요. 당신의 그런 슬픈 문제들을 알고서 많이 괴로워했지만, 이제는 너무나 큰 행복을 느껴요. 나는 다시 옛날의 기쁨을 느끼게 되었어요! 천박함, 복수, 원망, 분노, 내게 이런 것들은 공허한 단어였어요. 하지만 이제는 그렇지 않아요. 이제는 그걸 몸소 경험하고, 그 단어들을 아주 잘 이해해요. 당신이 시합에서 이겼어요, 래리. 나는 그걸 확신해요. 나 역시 당신이 그렇게도 자주, 그리고 기분좋게 입에 올리던 사람이에요. 당신은 결국 당신이 원하는 바를 이루었어요. 그리고 나는 당신의 불행을 즐기고 있어요."

"……"

"……"

"안녕히 계세요."

"잘 가요."

"라미레스 씨⋯⋯"

"여기서 나가요⋯⋯"

"라미레스 씨⋯⋯ 도와주세요⋯⋯"

"어디에 있죠?⋯⋯ 보이지 않아요⋯⋯"

"아주 멀리 있습니다. 나는 위험에 처해 있어요."

"당신 일이라면 아무것도 알고 싶지 않아요."

"라미레스 씨⋯⋯ 제발 나를 가엾게 여겨⋯⋯"

"어디에 있는지라도 말해요."

"모르겠습니다⋯⋯ 주변을 둘러볼 엄두가 나지 않습니다."

"겁먹지 말아요. 경치를 설명해주면⋯⋯ 이번에는⋯⋯ 그게 뭔지⋯⋯ 알아내도록 할게요."

"고맙습니다……"

"……"

"라미레스 씨…… 작은 방 두 개가…… 보입니다……"

"두 개의 방은 작지만 아주 아늑하죠."

"작은 방이 두 개죠. 방 하나는 주방을 겸하는데 두꺼운 껍질이 된 묵은 기름때가 방을 온통 뒤덮고 있어요. 먼지투성이라 날아다니던 먼지가 기름때에 붙어 있고요. 더러운 때로 종유석을 만든 것 같지요. 종유석이자 석순 같아요. 가구도 없습니다. 거리에서 주워온 망가진 의자가 전부입니다. 바닥에 신문지를 깔아놨었는데, 어디로 갔는지도 모르게 날아가버렸지요. 매트리스는 바닥에 놓여 있고, 침대 시트는 달랑 한 장뿐입니다. 하얀색이었지만 이제는 갈색이 되어버렸답니다. 게다가 사방에 바퀴벌레 천지입니다."

"담요는? 담요는 없나요?"

"없어요. 전 추위를 타지 않아요. 그래서 종종 난방기를 꺼야만 할 때도 있습니다. 베개도 안 베고 잡니다. 그게 건강에 더 좋거든요. 거나 이웃집 창문에서 우리집을 뒤덮은 더러운 때가 보일 지경이랍니다."

"누군가가 거리에서 당신을 쳐다보고 있어요. 당신이 두려워하고 무서워하는 바로 그 남자예요."

"그렇습니다, 바로 그 사람입니다……"

"왜 그러는 거죠? 혹시 아는 사람인가요?"

"그 남자는 입을 다물고 아무것도 불평하지 않습니다. 하지만 갑자기 폭발합니다."

"왜 갑자기 폭발하죠? 폭발하는 그 사람이 누구죠? 언젠가 당신을 심하게 때렸나요?"

"아주 심하게 때렸습니다."

"그럴 만한 이유가 있었겠죠. 이제 날 좀 가만 내버려둬요. 더이상 당신에 관해 아무것도 알고 싶지 않다고 말했어요."

"모든 게 당신 잘못입니다."

"나가요…… 이제 됐어요. 당장 나가요!"

"당신 탓입니다. 당신이 나 자신을 그의 손에 맡기라고 내게 말했습니다."

"무엇 때문이죠?"

"선택권을 주기 위해서입니다. 그의 손에 있으면, 그는 나를 자기 마음대로 할 수 있으니까요."

"하지만 난 그 사람을 믿지 않아요, 래리. 그는 당신을 파멸시킬 수도 있고 죽일 수도 있어요."

"그걸 알고 있었다면, 왜 나를 그의 손에 맡기라고 했습니까?"

"모르겠어요, 잊어버렸어요."

"아마도 당신은 내가 죽기를 바랐을 겁니다. 그게 이유입니다."

"아마도."

"내가 당신에게 무슨 잘못을 했기에 죽기를 바랐습니까?"

"당신이 내게 무엇을 했는지 기억나지 않아요. 혹시 내 기억력에 한계가 있다는 사실을 알고 있나요? 당신에 관해 내가 알고 있는 건 결코 당신을 용서할 수 없다는 사실뿐이에요."

"라미레스 씨, 우리가 말하고 있는…… 그 사람이 창문 밖에서 나를 쳐다보고 있습니다. 나를 보고 있습니다. 커튼이 없어요."

"종종 그는 자기가 무엇을 하는지 몰라요."

"그렇습니다, 라미레스 씨. 그는 신경질적이고 자기 통제를 못해서……"

"사실 그는 신경질적인 게 아니라 잘 참아요. 관대한 사람이에요. 하지만 순간적으로 폭발하는데, 문제는 그게 언제인지 아무도 모른다는……"

"당신이 나를 이런 상황에 처하게 했습니다. 이제는 날 도와주어야 합니다."

"문을 닫아요. 그가 들어오지 못하게……"

"너무 늦었습니다. 이미 이 방에 있습니다. 기름투성이의 주방을 못마땅하게 쳐다보고 있어요. 바퀴벌레들이 놀라서 허겁지겁 도망칩니다."

"창문으로 뛰어내려요, 그를 피하도록 해요. 무엇이든 해야 해요!"

"이미 늦었습니다. 그가 거리로 지나가는 것을 보았습니다. 분노로 그의 얼굴이 백지장 같아요. 차가운 분노입니다."

"그가 당신을 어떻게 할 거라고 생각하죠?"

"내 목을 비틀어버릴 겁니다. 단숨에 머리를 뽑아 박살낼 겁니다. 어린아이들이 인형을 가지고 그렇게 하듯이 말입니다. 내 팔과 다리를 빼버릴 겁니다."

"당신은 살아남을 수 있나요?"

"아마도 그럴 겁니다. 하지만 피 흘리며 엉망이 된 모습일 겁니다."

"래리…… 부탁이에요…… 더이상 말하지 말아요……"

"……"

"래리, 더이상 끔찍한 이야기는 하지 말아요…… 하지만…… 살아 있다는 신호를 해줘요……"

"……"

"래리!…… 대답해요!"

"인형 머리를 손에 들고, 이마와 관자놀이를 눌러서 뭉갭니다. 그러고 나서 가슴 주변에 한쪽 손을, 그리고 머리에 다른 손을 갖다 댑니다. 젖은 수건을 비틀어 짜듯이, 몸통을 한쪽으로 돌리고, 머리를 반대쪽으로 돌립니다. 그러면 머리가 떨어져나와요. 식물의 잔가지처럼 팔도 떨어져나옵니다. 그의 손은 커다랗습니다. 한 손에 인형이 충분히 들어갈 정도로 크지요. 다리를 벌리고 힘껏 그것들을 움켜쥐면서 탈구시킵니다. 마치 닭을 쪼개서 벌리고는 연골을 부러뜨리고 살을 뜯어내 기분좋게 살점을 씹는 것과 같습니다."

"래리…… 용서해달라고 해요…… 무엇이든 하도록 해요……"

"모두 소용없습니다…… 할 수 있는 게 하나도 없습니다…… 내게 방금 전에 말했습니다. 결코 나를 용서할 수 없다고."

"래리……"

"……"

"래리! 살아 있다는 것을 보여줘요!"

"……"

"래리……"

"……"

팜스프링스 성인 요양원

456 서니 로드

팜스프링스, CA 43098

엘리 마걸리스 씨

대책본부장

국제인권위원회, 영접위원회

43 그래머시 파크, 뉴욕, NY 10027

마걸리스 씨께.

저는 후안 호세 라미레스 씨를 로스앤젤레스 정신병원으로 이송하는 건을 허락받고자 일주일 동안 선생님께 전화 통화를 시도했지만, 연결되지 않았습니다. 병원마다 비용이 상이한 까닭에 특별히 원하시는 곳이 있는지 알고 싶습니다. 하지만 라미레스 씨의 건강 상태가 급격히 악화되고 있어 정신과 치료가 가능한 병원으로 그를 긴급히 이송해야 한다는 점에는 다른 대안이 없습니다. 그는 극도의 우울 증세를 보이며, 식사량이 점차 줄고 심지어 침대에서 데리고 나와 휠체어에 태워 짧은 산책마저 할 수 없는 상황이었습니다.

금요일 오후에는 혈압이 현저하게 떨어졌습니다. 주말에는 당신과 연락할 수 없음을 알기에, 제 판단하에 앰뷸런스로 그를 로스앤젤레스의 굿 사마리탄 병원으로 이송했습니다. 앰뷸런스는 오후 여섯시에 출발했고, 저녁 여덟시 반에 이디스 만스카 박사로부터 환자가 도착했다는 전화를 받았습니다.

우리가 내린 결정을 이해해주시길 바라며, 이만 줄입니다.

1978년 1월 30일

원장 콘라트 슈뢰더 박사

* * *

국제인권위원회

영접위원회

43 그래머시 파크, 뉴욕, NY 10027

후안 호세 라미레스 씨

정신과 병동

굿 사마리탄 병원

로스앤젤레스

라미레스 씨께.

이 편지를 쓰는 동안 선생님께서 회복중이시기를 진심으로 바랍니다. 저는 일주일 동안 뉴욕에 없었고, 돌아와서야 선생님이 로스앤젤레스의 굿 사마리탄 병원으로 이송되었음을 전하는 슈뢰더 박사의 편지를 보았습니다.

처음에 저는 몹시 실망했습니다. 팜스프링스로 가는 그 모든 비용과 이동하느라 겪을 불편을 감수할 가치가 충분히 있다고 확신했었기 때문입니다. 하지만 한참 생각하고 나니 선생님을 로스앤젤레스로 이송한 게 불가피했다고 여겨집니다. 선생님께서는 아주 짧은 기간에 여러 장소에 적응하느라 지금 신체적으로 몹시 힘든 상태에 있을 겁니다. 그러니 선생님께서 필요하신 만큼 굿 사마리탄 병원에 머물러 계시길 제안드립니다. 그리고 필요한 기간이 지나면 팜스프링스로 돌아갈 것을 강력히 추천합니다. 향후 팜스프링스로 돌아가는 일과 관련해 우리에게 이 건에 대한 선생님의 의견을 알려주시면 고맙겠습니다.

선생님께 이 개봉된 편지를 동봉합니다. 이 편지는 뉴욕의 세인트 빈센트 병원이 제게 보낸 것입니다. 신속하게 전해드리지 못한 이유는, 이 편지가 제가 없는 동안 사무실에 도착했기 때문입니다. 아마도 선생님이 공항으로 가려고 병원을 떠난 직후 선생님 침대의 매트리스 아래서 발견된 것 같습니다. 게다가 편지가 그곳에서 여기까지 오는 데 다소 시간이 소요되었습니다. 봉투에 수신인이 '관계자'라고 쓰여 있어 열어서 읽어보았습니다. 그 내용을 알고 나니 선생님께서 우리가 이 편지를 보관하고 있기를 바라실 수도 있겠다는 생각이 듭니다. 그렇다면 필요하다고 여기시는 모든 지시 사항과 더불어 이 편지를 반송해주시길 부탁드립니다.

아무쪼록 선생님의 소식을 곧 들을 수 있기를 바라며, 우리 모두는 그것이 좋은 소식이기를 희망합니다. 조속한 회복을 기원하면서 이만 줄입니다.

1978년 2월 2일
엘리 마걸리스
대책본부장

세인트 빈센트 병원, 뉴욕

이것은 나의 마지막 뜻이자 유언입니다. 내게 유산으로 남길 훌륭한 선물이 있다는 사실을 밝히게 되어 기쁘기 한이 없습니다. 내가 가진 것은 연필로 숫자들이 적힌 네 권의 책이 전부입니다. 그러나 이것들은 내가 깊이 존경하고 고마워하는 내 친구 래리에게 매우 유용할 것입니다. 래리는 최근 몇 주 동안 내 동반자로 일했던 사람입니다.

오늘은 아주 화창한 날입니다. 그리고 지금 나는 앞으로 의심의 여지없이 모든 게 더 나아질 거라고 확신합니다.

1977년 크리스마스 밤에
후안 호세 라미레스

* * *

굿 사마리탄 병원
정신과 병동
로스앤젤레스

엘리 마걸리스 씨
국제인권위원회
43 그래머시 파크, 뉴욕, NY 10027

마걸리스 씨께.

이틀 전인 2월 2일 오전에 후안 호세 라미레스 씨가 사망했다는 소식을 전하게 되어 몹시 유감스럽게 생각합니다.

그의 상태는 여기에 온 이후 전혀 호전되지 않았습니다. 매일 정신과 치료를 받았지만, 그 어떤 증상도 가라앉지 않았습니다. 우리는 그의 건강 상태가 좋지 않았기 때문에 그가 자신을 괴롭히는 심각한 우울증을 이겨낼 수 없을 거라는 인상을 받았습니다. 우울증은 그가 조국에서 긴 수감 생활을 하는 동안 생긴 것입니다. 그주에 그의 혈압이 또다시 떨어졌는데 되돌릴 방법은 없었습니다.

살아 있던 마지막 몇 시간 동안 환자측의 특별한 요구 사항은 없었습니다. 그는 이런 고통이 끝난다는 점에 안도했고, 몇 권의 책을 제외하고는 아무것도 남길 것이 없으며, 그 책을 우리 도서관에 기증하겠다고 밝혔습니다. 특별한 장소에 묻히고 싶은지, 아니면 화장을 원하는지 묻자, 그는 가장 경제적인 방법을 이용해달라고 말했습니다. 당신이 관장하는 위원회의 기금은 죽은 사람이 아닌 살아 있는 사람을 위해 사용되어야 한다는 이유로 말입니다.

우리는 이 일을 어떻게 처리해야 할지에 관해 당신의 지시를 기다리고 있겠습니다. 그럼 안녕히 계십시오.

1978년 2월 4일
알프레드 피뇨네스 박사
정신과 병동 소장

* * *

로런스 존
147, 카마인 스트리트, 뉴욕, NY 10014

엘리 마걸리스 씨

국제인권위원회

43 그래머시 파크, 뉴욕, NY 10027

마걸리스 씨께.

저는 방금 전에 부장님의 2월 15일자 편지를 받았습니다. 그 편지에서 부장님은 후안 호세 라미레스 씨가 책을 남기며 서로 상반된 처분을 요청했으며, 제게 그것에 대해 서면으로 진술해달라고 부탁하셨습니다.

부장님도 아시겠지만, 저는 최근에 그의 글을 작업하면서 그가 투옥 기간에 쓴 메모를 해독하고 있었습니다. 저는 컬럼비아 대학, 그리고 몬트리올 대학과 접촉했습니다. 이 두 대학은 제 연구를 지원하는 데 상당한 관심을 보였고, 언젠가 제 연구를 출간하고자 했습니다. 저는 이 작업을 계속하고 싶습니다. 이것은 라미레스 씨의 업적이 무엇인지 보여줄 것이며, 그의 책들이 병원 도서관의 먼지를 쓰고 있지 않게 해줄 것입니다. 저는 그가 수감되었을 때 쓴 글이 중요한 역사적, 사회적 가치를 지니고 있다고 확신합니다. 그는 인생 최고의 기간을 고귀한 정치 이상을 위해 투쟁하는 데 바쳤으며, 틀림없이 그 투쟁이 자기가 죽은 후에도 계속되기를 바랐을 것입니다. 또한 그는 제가 그의 글을 작업하고, 몬트리올 대학의 라틴아메리카 연구소가 후원한 프로젝트의 일부로 그 결과가 출간되는 데 동의했습니다.

동반자로서의 업무를 수행한 마지막날, 라미레스 씨의 상태는 상당히 악화되어 있었습니다. 그는 앞뒤가 맞게 이야기할 수도 없었고, 자신의 정신을 현재 상태로 유지할 수도 없었습니다. 그는 모든 것과 모든 사람에게 위협받고 있다고 느꼈으며, 저를 자기의 적이라고 비난했습니다. 우리는 말다툼을 벌였고, 그는 저와의 관계를 단절하고자 했습니다. 그런 퇴행 상태에서 이루어진 의견 변화가 그의 예전 약속을 무효화할 정도로 무게 있는 것으로 간주되어서는 안 될 것입니다.

안녕히 계십시오.

1978년 2월 17일
로런스 존

* * *

국제인권위원회 영접위원회
43 그래머시 파크, 뉴욕, NY 10027

로런스 존 씨
147 카마인 스트리트, 뉴욕, NY 10014

존 씨께.

이달 17일자 편지에 감사드립니다. 이번 일 때문에 제 입장이 몹시 난처하다는 사실을 당신이 이해했으리라 생각합니다. 저는 당신이 제안한 해결책을 받아들이려고 했습니다. 당신이 그 프로젝트에 참가하는 데 라미레스 씨가 반대했다는 결정적인 증거가 없었기 때문입니다.

그러나 불행하게도 다른 증거가 나타났고, 저는 그것을 무시할 수 없습니다. 당신에게 편지를 보내고 나서 얼마 후 그리니치빌리지 요양원에서 일하는 직원의 전화를 받았습니다. 그곳은 라미레스 씨가 일정 기간 거주하던 곳이었습니다. 그 직원은 앤 루이스라는 간호사로, 라미레스 씨의 사망 정보를 요청했습니다.

루이스 부인이 제게 말한 바에 따르면, 그녀는 이 슬픈 소식을 알고는 매우 충격을 받은 상태였습니다. 그녀는 그토록 빨리 그가 숨을 거둘지 몰랐다면서 환자의 마지막 며칠에 관해 보다 많은 것을 알고자 했습니다. 그런 얘기를 하는 동안 저는 라미레스 씨가 세인트 빈센트 병원으로 가기 전, 공항으로 옮겨져 캘리포니아행 비행기를 타기 전에 그녀와 마지막으로 몇 분 간 대화를 했다는 사실을 알게 되었습니다. 라미레스 씨는 그녀에게 전화를 걸어 작별 인사를 했습니다. 그 부인에 의하면, 그녀는 그가 그리니치빌리지 요양원에서 유일하게 사이좋게 지내던 사람이었습니다. 그녀는 그가 매우 기분이 좋은 상태였으며, 미래에 대한 계획으로 가득차 있었다고 말했습니다. 그건 바로 내가 받은 인상과 일치했습니다. 더 많은 대화를 나누면서, 부인은 라미레스 씨가 당신에 대해 많은 불평을 했다고, 그녀에게 당신과 만나거나 말하지 말라고 진지하게 당부했다고 말했습니다. 라미레스 씨에 의하면, 당신은 그 앞에서 예의 없이 행동했습니다.

이 경우와 관련해, 나는 루이스 부인에게 환자가 매우 불안해하고 정신착란 증상을 보였는지 물어봐야만 했습니다. 그녀는 아니라고, 아주 우울해하면서 슬픔에 잠겨 있었지만, 정신은 침착하고 맑았다고 확신했습니다. 그러자 나는 모순적인 두 입장에 관한 문제를 알려줄 필요가 있다고 생각했습니다. 그녀는 라미레스 씨가 그녀에게 한 말을 그대로 반복해주었습니다. 그녀의 말에 의하면, 당신은 몬트리올 대학의 프로젝트에서 라미레스 씨를 제외하려고 획책했으며, 그래서 그는 당신과 더이상 계약하지 않으려고 했습니다.

당신도 이해하겠지만, 이미 이 사건에 대한 증인이 존재하기 때문에, 저는 라미레스 씨의 책을 바탕으로 이루어질 그 어떤 작업에서도 당신의 참여를 고려할 수 없습니다. 틀림없이 그 자료에서 무언가가 나올 것입니다. 그러나 그것이 꼭 우리가 과거에 아무런 관련도 맺지 않은 몬트리올 대학에서 이루어지리라는 보장은 없습니다. 우리는 여하튼 그 자료의 가치에 관해 지적해준 당신에게 감사를 드리며, 작업한 것이 반드시 출판될 수 있도록 필요한 절차를 밟을 것입니다. 제가 속한 기관은 그런 주제를 연구하는 데 깊은 관심을 보이고 있습니다.

이런 결정을 내리는 것이 얼마나 힘들었는지, 또 그럴 수밖에 없었다는 점을 이해해주시기 바랍니다. 그리고 보다 빨리 이러한 상황을 명확하게 할 수 없었던 점에 사과를 드립니다.

안녕히 계십시오.

엘리 마걸리스
대책본부장

                                    * * *

뉴욕 주 직업소개소

25 처치 스트리트, 뉴욕, NY 10013

구직 신청서

이름: 로런스 존

국적: 미국

주소: 카마인 스트리트 147, 뉴욕, NY 10014

생년월일: 1942년 2월 27일

혼인 상태: 이혼

학업: 역사학 박사, 뉴욕 대학, 1970년 졸업

경력: 역사학 교수, 브루클린 소재 세인트 앤서니 오브 파두아 대학,

　　　1971년 6월~1973년 12월

　　　바텐더, 미카도 식당, 맥두걸 스트리트, 1974년

　　　정원사, 제임스 오스틴 씨 별장, 이스트햄프턴, 롱아일랜드,

　　　1974년~1976년

　　　웨이터, 살레르노 식당, 브룸 스트리트, 1977년

　　　노인 요양사, 1977년~1978년

요청 직업: 없음

(브라운 씨, 전문직 부서 앞)

존경하는 브라운 씨. 이렇게 신청서 뒷면에 글을 쓰게 되어 죄송합

니다. 하지만 지금 가지고 있는 종이가 없어서 어쩔 수 없이 이렇게 씁니다. 아마도 저를 기억하실 겁니다. 당신은 저를 이 년 전인 1976년에 당신 사무실로 데려갔습니다. 제가 대학 강사 자리를 거부했는데, 그것은 사회복지법에 위배되는 행동이었기 때문입니다. 즉, 저는 제 전공 분야의 일자리를 거부해 실업수당을 받을 수 없었습니다. 저는 정원사 보조 일자리가 다시 나타나기를 기다리고자 했습니다. 저는 흰머리가 많은 사람입니다. 기억하시는지요? 그건 그렇고, 매년 그랬던 것처럼—벌써 여섯번째입니다!—방금 전 신청서에 아무 직업이나 원한다고 썼습니다. 다시 말하면, 보잘것없는 직업이라면 무엇이든 좋다는 것입니다. 그런데 갑자기 이상한 생각이 들어서 마지막 항목에 적은 것을 지울 작정입니다.

저는 생각을 바꾸었고, 이제는 책임감을 가지고 대학에 있는 일자리로 돌아갈 준비가 되어 있습니다. 그러나 아무 자리가 아닙니다. 가령, 가르치는 자리는 원하지 않습니다. 저는 연구 기관과 직접 접촉하고 싶습니다. 과거의 실수를 반복하고 싶지 않습니다. 이상적인 자리는 정치사회적 질서 연구와 관련된 것입니다. 보다 정확하게 말하자면, 노동조합과 직접적인 관련이 있는 연구 기관이 이상적이라고 생각합니다. 노동조합은 사회학자의 도움을 요청한 적이 없습니까? 물론 아무 노동조합이 아니라 진보적 성격의 노동조합이어야 할 것입니다. 이것이 힘들다면, 최후의 경우에는 보수적 노동조합도 괜찮습니다. 그러면 그것이 어떻게 운영되는지 가까이에서 볼 수 있을 것입니다. 저는 제가 오염될 거라고 생각하지 않습니다. 바이러스성 독감과 달리 전염되는 것이 아닙니다. 그리고 파업과 관련된 일은 언제든 할 수 있습니다. 이건 농담입니다. 중요한 것은 정말로 당신에게 최선을 다해 일하겠다고 약속한다는 점입니다. 불현듯 당신의 충고가 옳았다는 사실을 깨달았습니다. 이건 모두 당신의 조언 덕분입니다. 제 요청이 아주 이상하다는 점을 알지만, 찾고 있는 일자리가 조만간 나타날 것임을 확신합니다. 전에도 그랬던 것처럼, 제게는 어떤 자리건 문제가 되지 않습니다. 그리고 어떤 자리든 기꺼이 받아들이겠습니다. 이제부터는 모든 일이 잘될 거라고, 그것도 노동조합처럼 힘든 분야에서 다 잘될 거라고 왜 확신하는지는 저도 모릅니다. 오랜만에 처음으로 낙관론자가 된 것처럼 느낍니다. 당신의 조언이 훌륭한 씨앗이었고, 마침내 그것은 싹을 틔웠습니다. 물론 일자리가 나온다면 저는 그게 아무리 하찮더라도 기꺼이 일할 준비가 되어 있습니다. 먹고살아야 하기 때문입니다. 하지만 제가 원하는 일자리가 나올 때까지 한시적으로 일할 겁니다. 격식을 차리지 않고 스스럼없이 말하는 저를 용서해주십시오. 저는 그 어떤 이상한 것의 영향도 받지 않습니다. 저는 각성제를 싫어합니다. 심지어 커피도 마시지 않습니다.

그럼 조속한 연락을 기다리며 먼저 감사의 말을 전합니다.

로런스 존

열린 작품과 저주받은 독자

1. 마누엘 푸익의 인생 여정

마누엘 푸익은 1932년 아르헨티나의 헤네랄 비예가스라는 조그만 마을에서 태어나 그곳에서 유년 시절을 보낸다. 다섯 살 때부터 극장에 드나들며 영화를 보기 시작하는데, 유년 시절에 본 영화들은 이후 그의 작품 활동에 큰 영향을 끼친다. 1945년에는 중등교육을 받기 위해 홀로 부에노스아이레스로 향한다. 하지만 새로운 환경에 잘 적응하지 못한 그는 매주 일요일 극장에 가는 것으로 위안을 삼는다. 1949년 가족이 모두 부에노스아이레스로 이사 온 후에도 극장에 가는 습관을 버리지 않는다. 고등학교를 졸업한 후, 부에노스아이레스 대학에서 잠시 건축을 공부하지만 이내 문학과 철학으로 전공을 옮긴다. 그러나 푸익이 진정으로 꿈꾸던 직업은 영화감독이었다. 1956년 장학금을 받아 로마의 영화실험센터에서 공부하지만, 이내 네오리얼리즘에 환멸을 느끼고 학교를 떠나 현장으로 향한다. 그러나 이런 시도는 여러 감독의 작업을 곁에서 지켜보는 데 그치고 만다. 이후 런던과 로마에서 번역가로 활동하고, 스톡홀름에서는 접시닦이로 일하는 등 유럽을 전전한다. 1960년 아르헨티나로 잠시 귀국하지만 곧 다시 로마로 돌아가 영상번역을 한다.

푸익은 1963년 뉴욕으로 이주해 에어프랑스에서 근무하면서부터 소설 집필에 몰두하기 시작한다. 1965년 2월에 첫 작품 『리타 헤이워스의 배반』을 탈고한다. 이 작품은 그해 12월 스페인의 세익스바랄 출판사에서 주관하는 문학상 최종 후보에까지 오르나 검열 탓에 한동안 출간되지 못하고 1968년에 이르러서야 빛을 보게 된다. 부에노스아이레스의 호르헤 알바레스 출판사가 페론주의 정권의 삼엄한 검열 아래서 그의 작품을 출간하는 모험을 무릅썼던 것이다. 일 년 후, 이 책은 베스트셀러가 되고, 〈르몽드〉는 이 작품을 1968~1969년 최고의 외국소설로 손꼽는다.

1967년 푸익은 아르헨티나로 돌아간다. 조국에서 두번째 작품 『조그만 입술』을 집필해 1969년 출간하는데, 이 또한 베스트셀러의 대열에 올라 푸익은 작가로서의 명성을 인정받게 된다. 세번째 소설은 홍콩의 영화감독인 왕자웨이가 만든 〈해피 투게더〉의 형식에 밑거름이 된 『부에노스아이레스 어페어』이다. 1973년 이 작품이 출간될 당시, 엑토르 호세 캄포라가 대통령의 자리에 오르며 표현의 자유가 허용된 터라, 푸익은 비평가들의 긍정적인 평가를 기대하지만, 이러한 그의 기대는 어긋나고 만다. 독재 정치로 국민을 억압한 페론에 대한 비판적인 시각과 자위행위를 비롯한 노골적인 성행위 묘사로 독자들에게 좋은 평가를 받지 못할 뿐 아니라, 비평계의 주목도 받지 못한다. 그해 7월 캄포라 대통령이 사임하고 아르헨티나가 다시 군부체제로 회귀할 조짐을 보이자, 푸익은 9월에 이탈리아로 건너간다. 다음해 1월에 페론과 군사정부는 『부에노스아이레스 어페어』를 판매 금지시킨다. 이에 푸익은 귀국을 단념하고 긴 망명길에 오른다.

그는 첫 망명지로 택한 멕시코에서 『거미여인의 키스』를 쓰기 시작한다. 『거미여인의 키스』는 1976년에 스페인에서 출판되지만, 정치범과 동성애를 다룬다는 이유로 아르헨티나에서는 판매 금지를 당한다. 그러나 해외에서는 대성공을 거두게 된다. 1977년 뉴욕에 머물며 『이 글을 읽는 사람에게 영원한 저주를』을 영어로 집필하지만, 출간을 미루다 1980년에야 스페인어로 옮겨 발표한다. 이후 독일과 미국 등지의 대학에서 문학창작을 가르치며 꾸준히 작품을 발표하다 1990년 7월 22일 심근경색으로 세상을 떠났다.

2. 마누엘 푸익의 작품세계

푸익의 작품세계는 작품의 배경에 따라 코로넬 바예호스의 세계, 부에노스아이레스의 세계, 그리고 멕시코시티-뉴욕-리우데자네이루의 세계로 나누어볼 수 있다. 첫번째 소설 『리타 헤이워스의 배반』과 두번째 소설 『조그만 입술』은 폐쇄적인 외딴 마을 코로넬 바예호스를 배경으로 진행된다. 대중문화를 패러디하여 예술성을 획득하는 푸익의 작가적 특징은 초기작들에서부터 매우 잘 드러난다. 『리타 헤이워스의 배반』에는 약 사십 편에 달하는 영화 속 대사가 짧게 사용되는데,『위대한 왈츠』『로미오와 줄리엣』『옛 시카고에서』『위대한 지그펠트』『피와 모래』『단막 희극』 같은 상업 영화의 대사가 아르헨티나 구어체로 변형되어 나타난다. 이러한 특징 때문에 푸익의 언어는 '팝 언어' 혹은 '중고中古 언어'라 명명된다.

한편『조그만 입술』은 대표적인 대중소설 장르인 연재소설 구조를 패러디한다. 푸익은 삼십 년대와 사십 년대 아르헨티나를 중심으로 전세계적으로 유행을 끈 탱고의 가사를 각 장의 제사題詞로 사용한다. 대중음악 장르인 탱고를 세계적인 수준으로 끌어올린 작곡가이자 가수인 카를로스 가르델의 노래 〈돌아와요Volver〉와 〈내리막Cuesta abajo〉을 인용하며, 폐결핵을 앓고 있지만 영화 주인공처럼 근사한 후안 카를로스를 주인공으로 삼아 연재소설 형식으로 이야기를 전개해나간다. 이 소설의 가장 큰 특징은 연재소설 구조를 패러디하면서도 연재소설이나 할리우드 영화에서 사용하는 환상의 본질을 비판적 시각에서 바라본다는 데 있다.

세번째 소설『부에노스아이레스 어페어』와 네번째 소설『거미여인의 키스』는 부에노스아이레스를 배경으로 삼는다.『부에노스아이레스 어페어』는 탐정소설의 형태를 취하면서도, 탐정소설의 필수 불가결한 요소인 탐정-범인의 구조를 이루지 않는다. 두 주인공의 생애를 간략히 요약하면서 아르헨티나의 정치 상황을 광범위하게 보여주는 이 작품은 후에 출판될『거미여인의 키스』『천사의 음부』와 함께 푸익의 정치성과 문화관을 극명하게 보여주는 작품으로 꼽힌다.

엑토르 바벤코 감독의 영화로 대중에게 널리 소개된『거미여인의 키스』는 1970년대 라틴아메리카에서 출간된 소설 중에서도 최고의 작품 중 하나로 평가된다. 두 죄수의 대화로 구성된 이 소설에는 페론 정부의 정치 폭력과 현대 아르헨티나의 대중문화 같은 매우 현실적인 요소가 포함되어 있으며, 동시에 대중문화를 상호텍스트로 사용하면서 하위문화를 어떻게 예술적 차원으로 승화시키는지에 대한 구체적인 예를 보여준다.

멕시코를 무대로 한 다섯번째 소설 『천사의 음부』는 과학소설을 패러디한다. 이 작품은 멕시코시티의 어느 병원에 입원하여 자신의 성性에 대한 질문을 던지는 아니타와 그녀의 친구 베아트리스, 그리고 좌익 페론주의자인 포지의 대화를 통해 그들의 실제 이야기와 환상, 그리고 페론 정부하의 아르헨티나 사회와 정치상을 재구성한다. 또한 아니타의 내면세계를 드러내는 일기와 꿈을 통해 현실 세계에서 여성이 경험하는 욕망과 무의식적 불안을 대변하기도 한다. 더불어 과거와 현재에 있어왔고, 미래에도 있을지 모르는 여성의 성 착취를 다룬다.

여섯번째 소설인 『이 글을 읽는 사람에게 영원한 저주를』의 무대는 뉴욕이다. 푸익은 고지대에 위치한 멕시코시티에서 지내는 동안 심장 문제가 발견되어 1976년 뉴욕의 그리니치빌리지로 거주지를 옮기게 된다. 의사가 수영을 권해 카마인 스트리트에 있는 수영장을 다니며 미국인 청년 마크를 만나 그와 나눈 대화를 서른여섯 살의 미국인 래리와 일흔네 살의 아르헨티나 망명자 라미레스 사이의 대화로 변형시켰다. 소설에서도 두 사람이 영어로 대화를 나누지만, 이들의 대화는 서로가 상대방에게 진심을 드러내지 않기 때문에 상호이해의 차원으로 나아가지는 않는다. 이것은 아마도 두 주인공의 정신적 상황에 기인한 것으로 보인다. 라미레스는 기억상실증에 시달린다. 작품에서 분명하게 드러나지는 않지만, 아르헨티나에서 투옥되었을 당시 고문을 받고 그의 가족이 모두 살해되자 정신적 외상을 입고 기억상실증에 걸렸을 것으로 추측해볼 수 있다. 한편 래리는 대학에서 역사학을 공부했고 잠시 학생들을 가르쳤지만, 체제를 강하게 비판한 후 대학을 떠나 잡일로 생계를 이어나가는 중이다. 소요가 끊이지 않는 아르헨티나와는 달리 미국에서는 마르크스나 레닌의 저작을 자유롭게 읽을 수 있지만, 그 책에 따라 행동하는 것은 문제시되기에, 래리는 자유로운 정치체제를 표방하는 아메리칸드림을 믿지 않는다. 이러한 특성을 지닌 두 인물의 대화로 소설은 진행되나, 정작 이들 대화로 이 작품의 제목이 의미하는 바를 이해하기란 쉽지 않다. 대화가 아닌 다른 담론, 즉 이 소설의 마지막에 수록된 편지나 구직 신청서를 통해 '저주'의 의미와 '저주받은' 독자를 희미하게 드러낼 뿐이다.

일곱번째 소설인 『보답받은 사랑의 피』는 브라질의 리우데자네이루를 무대로 펼쳐진다. 푸익은 이 작품에서 기억이나 언어를 통해 진실을 밝히는 것이 얼마나 어려운지를 보여준다. 객관적이고 완벽한 진실을 말할 수 있는 사람은 없음을 시사하며, 작품 내에서 기억은 반복되는 동시에 수정되는 탓에 독자는 실제로 무슨 일이 벌어졌는지 결코 제대로 알 수가 없다. 예를 들어, 호세마르는 마리아의 처녀성을 짓밟지만 그 장면은 반복되면서 계속해서 수정되는데, 너무나 모순적으로 수정되기 때문에 그들이 가졌던 젊은 시절의 열정을 기억할 수 있을 뿐, 진실이 무엇인지는 끝내 알 수가 없다.

푸익의 마지막 소설인 『열대의 밤이 질 때』 역시 브라질을 무대로 전개된다. 이 소설의 주인공인 니디아와 루시는 자매다. 둘 다 팔순이 넘은 노인들로, 적적함을 잊기 위해 대화를 나누는데, 이 역시 푸익의 다른 작품들과 마찬가지로 대중문화, 특히 연애소설과 멜로드라마에 길들여져 있다. 그들의 대화 주제는 옆집에 사는 젊은 여인의 사랑에 관한 이야기인데, 이런 이야기를 통해 자신들의 가족관계를 회상하면서 대인 관계가 얼마나 힘들고 복잡한 것인지를 밝힌다.

3. 『이 글을 읽는 사람에게 영원한 저주를』, 어떤 작품인가?

『이 글을 읽는 사람에게 영원한 저주를』은 푸익이 처음이자 마지막으로 영어로 쓴 작품으로, 뉴욕에 머물며 영어로 초고를 집필했지만, 스페인어로 개작한 나중 판본을 먼저 세상에 내놓았다. 그가 왜 영어로 작품을 썼는지를 이해하려면, 1970년대에 시작된 그의 망명 생활을 되짚어볼 필요가 있다. 『부에노스아이레스 어페어』가 노골적인 성 묘사로 판매가 금지되고, 푸익은 후안 도밍고 페론 체제 아래서 박해받는 작가 중의 하나가 된다. 조국 아르헨티나의 사회적·정치적 상황에 염증을 느껴 부에노스아이레스를 떠난 푸익은 멕시코에서 몇 년을 보낸 후 뉴욕으로 거주지를 옮긴다. 어느 인터뷰에서 그는 미국과 이 작품의 관련성에 대해 이렇게 말한다. "새 소설을 쓸 때는 뉴욕에서 보낸 얼마의 기간, 그러니까 1976년부터 1977년까지였습니다. 사실 그다지 좋은 경험은 아니었습니다. 나는 1960년대에 살았던 미국에 1976년 1월, 직장도 없고 살 곳도 없이, 단지 나이만 더 먹은 채 도착했습니다. 뉴욕은 예전처럼 다정하지 않았습니다."

푸익은 그리니치빌리지에 머물며 미국인 청년과 계약을 맺고 돈을 지불하면서 대화를 나누고, 그 대화를 약 이백여 쪽에 걸쳐 기록했다. 그는 망명한 국가의 언어로 소설을 쓰고자 했는데, 이는 곧 외국의 문화 공간 속에서 외국어 대화체를 그대로 기술해보려는 시도였다. 또한 이 소설의 초고가 영어로 쓰였다는 사실은 작가가 새로운 차원으로 도약하고 자기 자신을 극복하며, 외국 문화에 도전하는 동시에 현대사회가 민족적·언어적 경계에 종속되고 유지되는 현실을 의문시하고 비판하고자 했음을 보여준다.

『이 글을 읽는 사람에게 영원한 저주를』은 그 형식과 내용 면에서 의미 있는 변화를 보여준다. 푸익이 앞서 발표한 다섯 편의 작품들은 모두 2부로 나뉘고 각 부는 8장으로 구성되어 있지만, 이 작품은 그렇지 않다. 2부의 구성은 동일하나, 제1부는 열두 조각으로, 제2부는 열한 조각으로 되어 있다. 스물세 개의 조각에서 스물두 개까지는 오로지 대화로만 이루어져 있으며, 나머지 한 조각, 즉 소설의 마지막 부분만이 편지와 구직 신청서로 되어 있다.

이 같은 차이는 작품의 내용에서도 나타난다. 기존 작품은 스페인어권인 아르헨티나와 멕시코를 배경으로 삼고 있지만, 이 작품의 무대는 뉴욕이며 망명자 신분인 라미레스의 이야기를 다룬다. 조국에서 쫓겨난 라미레스는 미국이라는 낯선 땅에서 최소한의 인권만을 보호받을 수 있는, 힘없고 허약한 존재이다. 하지만 미국 시민인 래리 역시 자신이 살고 있는 사회에서 소외된 존재이다. 여기서 래리는 자신이 살고 있는 미국 사회를 비판하는 삼십 대의 교양인이며, 라미레스는 타국에서 요양원과 병원을 떠돌다가 삶을 마감하는 아르헨티나의 반체제 망명 인사이다. 푸익은 허구라는 장르를 이용해 이 두 인물의 대화를 재생산한다. 그래서 이 작품에서는 '모국어'의 특징이 나타나지 않으며, 지금까지 푸익 작품의 특징으로 꼽히던 여성 목소리와 대중문화에 대한 언급도 없다.

그렇다면 이 소설이 기존의 작품과 이토록 차별성을 보이는 까닭은 무엇일까? 아르헨티나 군사독재 시기(1976~1983)에 발표된 이 작품은 푸익이 외국에 체류하면서 '망명자' 신분의 반체제 인사를 등장시켰다는 점에서 우선 하나의 의미를 살펴볼 수 있다. 독재 시기와 독재 이후의 소설은, 비유적으로도, 기존의 서술 방식으로는 이 중요한 사회적 경험을 충분히 그려낼 수 없기에 과거 담론의 대안을 모색해야만 했다. 그래서 라미레스는 자신의 과거를 솔직하게 밝히는 대신, 래리의 삶에 침투하여 미국 사회에 적응하려는 모습을 보이는 동시에 간접적으로 아르헨티나 현실을 보여주는 역할을 수행한다.

라미레스는 과거의 기억을 회복하기 위해 자신의 메모를 되찾아야 한다고 느낀다. 그는 래리에게 말한다. "내가 가진 것이라고는…… 최소한의 희망, 그러니까 내가 적어놓은 메모를 찾고 싶다는 소망뿐이에요." 국제인권위원회는 라미레스에게 그가 수감되어 있을 때 가지고 있던 책 몇 권을 보낸다. 18세기 프랑스 소설들로, 래리가 살펴본 바에 따르면 단어 위에 숫자가 적혀 있다. 래리는 숫자의 메시지를 해독하면서, 그것들이 라미레스의 옥중 수기라는 결론에 이른다. 하지만 이러한 래리의 주장에, 라미레스는 모두가 거짓이라며 해당 기록들을 자기 증언으로 수용하기를 거부하면서, 자발적으로 자신의 과거를 지워 모호하게 만든다.

이는 라미레스가 망명자로서 과거의 자기 자신에게서 해방될 필요를 느끼면서 타자의 세계에 통합되고자 함을 드러낸다. 그래서 그는 부단하게 자신의 과거 정체성을 받아들이지 않으려 애쓴다. 그의 고통은 래리의 인생 이야기에 빠져들 때에야 비로소 진정된다. 그는 애원한다. "통증이 너무 심해서…… 부탁해요, 래리. 아무 말이나 해줘요, 거리나 여기 공원에 있는 것을 보여줘요, 아무거나 상관없어요!…… 그래야 통증이 사라져요……" 이러한 라미레스의 요청에 따라 이들은 종종 래리의 과거를 대화 주제로 삼고 라미레스는 래리의 역을, 래리는 라미레스의 역을 맡아서 상대방이 자기라면 어떻게 했을지 상상하면서 역할놀이를 한다. 그렇게 라미레스는 타자에게 '침입할' 기회를 갖게 되고, 그것은 그의 육체적 고통을 완화시키는 치료제가 된다.

한편 래리는 자기 조국에서 소외된 주변인이다. 좌익 신념을 지닌 그는 안정된 직장도 가정도 없다. 자신이 살고 있는 사회에서 자신의 자리를 찾을 수 없는 사람이다. 그는 현지인이지만 늘 불안해하며 과거의 불만스러운 순간에서 벗어나고자 한다. 즉, 육체적으로 고통스러웠던 순간의 기억을 떨쳐버리고자 한다. 래리는 이렇게 설명한다. "결국 나는 입으로 그 모든 쓰레기를 토해내고 거기서 해방되기를 바라게 됩니다. 나는 그런 느낌이 존재 이유를 갖는다고 생각합니다. 우리에게 해로운 자기 학대의 부분은 내면화된 고대의 동일화 과정과 관련이 있습니다. 내면화한다는 것은 무언가를 삼키거나 먹고, 무언가를 자기화하는 일입니다. 내뱉거나 토하는 것은 바로 내면화의 반대 과정이지요."

물리적으로는 미국 사회에 속해 있지만 자신의 환경을 거부한다는 점에서 래리 또한 상징적인 망명자라고 볼 수 있다. 래리의 상징적 망명은 그에게 과거의 쓰레기(역기능적인 부모, 실패한 결혼, 자기 직업에 대한 실망과 회의)를 내뱉거나 토하면서 그 자신을 해방시키는 데 도움을 준다. 래리는 후에 이런 생각을 반복하면서 라미레스에게 자기는 "모든 게 썩어가는 그곳을 벗어나"고자 한다고 말한다. 이런 의미에서 두 인물은 상대방이 되는 역할 전도를 통해 재탄생을 경험한다.

4. 유일한 해석을 믿는 독자에게 저주를

이 소설의 제목은 유례를 찾아보기 힘들 정도로 특이하다. 이 제목을 진지하게 받아들인다면, 도대체 누가 이 작품을 읽을까? 사실 이 소설을 읽으면 어떤 저주를 받을지, 어떤 부정적인 결과가 생길지 생각하지 않을 수 없다. 이 제목은 독자들이 이 소설을 읽지 않게 할 수도 있지만, 제목 아래 숨겨진 내용을 궁금해하는 독자들의 호기심을 끌어내기도 한다. 그런데 조금 더 깊이 생각해보면, 독자들은 필연적으로 일련의 모순에 빠지게 된다. '저주'라는 말을 살펴보면, 이는 작품 읽기를 금지한다는 뜻과 더불어 읽기의 딜레마를 보여준다. 즉, 이 작품을 읽어 저주를 받을 이유를 알지 못하는데, 왜 읽어서는 안 되는 것일까 하는 의문을 불러일으킨다.

그렇다면 '이 글을 읽는' 독자에게 중대한 결과가 초래될 것이라는 경고이자 강력한 징벌을 예언하는 이 제목을 어떻게 볼 것인가? 무엇보다 푸익의 소설은 작품의 제목부터 내용까지 완전히 해독 가능한 글쓰기에 저항한다는 사실을 염두에 둘 필요가 있다. 몇 가지 메시지나 의미를 발견하여 작품의 의미를 규정하거나 단정하려는 그 어떤 독법도 금지된다. 글을 읽는 행위를 방해하려는 시도에는 보호되어야 할 매우 중요하고 민감한 내용이 작품 안에 있음을 암시한다. 그리고 텍스트가 작중인물들의 대화로 이루어졌다는 사실도 텍스트 읽기가 행간을 읽는 것임을 시사한다.

이는 푸익의 여러 작품들이 파편화된 텍스트 혹은 조각으로 제시되는 것과도 관련이 깊다. 푸익의 작품은 완전히 닫힌 텍스트로 소화될 수 없다. 이러한 '열림' 혹은 미결정의 효과는 서술하는 사실들을 명백하게 통제하고 조절하는 전지적 화자가 없다는 점에 일부 기인한다. 이러한 화자의 부재는 독서가 이루어지는 무대에서 작가의 목소리를 없애려는 의도로 해석될 수도 있다. 그럴 경우 독자는 특정한 구조적 요인들을 연결시키는 역할을 맡게 된다. 이 소설은 전지적 화자의 부재를 분명하게 보여줄 뿐만 아니라, 제목부터 독자의 문제를 드러내고, '저주'라는 단어를 통해 궁금증을 야기한다. 래리와 라미레스는 '저주'의 의미를 밝히지 않은 채 대화를 통해 독서 과정과 독자, 그리고 텍스트와 관련된 문제를 구체화한다. 이것은 푸익의 작품이 래리와 라미레스의 개인적인 이야기를 서술할 뿐만 아니라, 독서와 독자의 모델을 이론화하는 텍스트임을 보여준다.

따라서 『이 글을 읽는 사람에게 영원한 저주를』은 롤랑 바르트가 말하는 '작가의 죽음'을 확인해주는 작품이다. 이 '죽음'은 텍스트의 '한계'가 없기 때문에 최종 의미, 즉 '작가'라는 존재가 드러내는 결론이나 진실에 이를 수 없다는 것이다. 그래서 이 소설의 독자는 텍스트의 의미를 나름대로 통일적이고 일관성 있게 조직하여 작품의 의미를 파악해야 한다. 이런 점에서 푸익의 독자는 텍스트의 통일성은 기원이 아니라 목적지에 있다는 바르트의 주장을 확인할 수 있다.

『이 글을 읽는 사람에게 영원한 저주를』의 독자는 텍스트에서 일련의 '공백'과 만나게 된다. 이것은 각각의 조각이 연속되거나 연결되지 않아서 생기는 현상이며, 시간과 장소와 행위의 변화로 분명해진다. 그래서 독자는 텍스트 내에서 연결 관계를 설정하여 그 공백을 메우고 논리적으로 설명해야 한다. 한편 이러한 공백은 일련의 문제들이 미해결된 상태로 제시되면서, 독자를 혼란에 빠뜨리는 것을 최종 목표로 삼기도 한다. 이것은 종종 정보 부족(예를 들어 이 작품에는 라미레스가 여자 간호사와 교환하는 메모에 관한 정보가 충분하지 않다)이나 모순으로 제시된다. 라미레스는 "나는 지난주 이 도시에 도착한 이후에 읽은 건 모두 기억해요"라고 말하지만, 이것은 "어제 읽었는데 기억이 안 나요…… 그곳이 어딘지 잘 모르겠어요"라는 말과 모순된다.

또한 이 소설은 독자가 독서 과정의 일부를 이룬다는 사실을 통해 래리와 라미레스의 이야기를 읽게 만들기도 한다. 독서 과정 담론의 일부로서 독자를 가장 잘 보여주는 대목은 이 작품의 열두번째 조각이다. 여기서 래리는 라미레스에게 배달된 세 권의 프랑스 소설을 본다. 그것은 라미레스가 수감되었을 당시 읽은 책으로, 라클로의 『위험한 관계』, 라파예트 부인의 『클레브 공작부인』, 콩스탕의 『아돌프』이다. 래리는 라클로의 책을 읽으면서 특정 단어 위에 일련의 숫자가 적혀 있다는 것을 발견한다. 물론 독자로서 래리는 숫자에서 파생된 일련의 '공백'

이 존재한다는 사실을 감지한다. 처음에 그것들은 그 어떤 순서도 따르지 않는 것처럼 보인다.

래리는 그 공백을 메우려고 애쓰기 시작하고, 숫자의 의미를 밝히려고 한다. 다시 말하면, 주체적 독서 행위를 통해 작품의 통일적 의미를 구성하려고 한다. 래리는 숫자에서 파생되는 첫번째 구절을 해독한다. "malédiction… eternelle… à… qui lise… ces pages", 그러나 거기서 그치지 않는다. 그는 텍스트를 이해하려고 노력하면서 질문을 던진다. "누구에게 영원한 저주를 보낸다는 겁니까? 이 글을 찾아내서 읽을 경찰인가요?" 이것은 래리의 독서 과정을 보여주는 첫 단계이다. 즉, 이어지는 숫자를 해독한 후 원고의 첫 문구를 읽고 해석한다.

그런데 흥미롭게도 래리가 해독하는 원고는 첫 문구부터 문법적인 의문을 제기하게 만든다. 하지만 독자인 래리는 그러한 의문에 대해서는 아무런 언급도 하지 않는다. 이 문장에서 프랑스어 동사 lire(읽다)는 접속법보다 현재나 미래형을 사용하는 것이 보다 적절하다*. 그러므로 첫 문구는 문법적으로 "malédiction éternelle à qui lit / lira ces pages"가 되어야 하고, 실제 프랑스어 번역본도 미래형 lira를 사용한다. 다시 말하면 접속법인 lise는 라미레스의 텍스트가 불완전하며 여러 목소리를 지니고 있음을 비유적으로 의미한다고 볼 수 있다.

따라서 래리가 『위험한 관계』의 독서에서 제안하는 재구성 혹은 일관된 해석 작업은 아주 분명한 한계를 지니며, 오독의 가능성을 수반할

---

* 프랑스어로 '이 글을 읽는(을) 사람에게'를 말할 경우 기원이나 희망 혹은 불확실한 상태를 나타내는 접속법이 불필요하다. 그것은 실제로 '이 글을'을 읽는 행위를 실천에 옮길 독자가 존재하거나 존재할 수 있을 것이라고 이해되기 때문이다.

수밖에 없음을 보여준다. 이 소설은 독자가 일관된 해석의 한계를 인정하지 않고 그것을 '진리'로 여길 경우, 저주를 받을 수밖에 없다는 점을 말하려는 것 같다. 즉, 그러한 독서는 영원한 선택이 아니라 영원한 저주의 운명을 띠고 있다는 것이다. 그래서 라미레스는 래리에게 이렇게 말한다. "이거 아나요⋯⋯ 당신이 읽고 있던 메모라는 것은⋯⋯ 나는 그 메모에 있는 그 어떤 단어도 믿지 않아요⋯⋯ 그 단어들은 소설 같아요. 게다가 아주 오래된 거지요. 당신은 그 메모를 읽고 그 안에서 당신이 원하는 것을 보고 있어요⋯⋯"

5. 어떻게 읽을 것인가?

『이 글을 읽는 사람에게 영원한 저주를』의 주인공들 역시 독자이다. 책을 주제로 하는 대화의 첫 장면에서 두 등장인물은 자신들을 위대한 문학 자산을 소유한 독자로 정의한다. 래리는 "저는 책을 많이 읽었습니다. 다양한 종류의 책이었죠"라고 말하면서, 비교는 불가능하며, 자기가 좋아하는 책 한 권을 선택하기란 어려운 일이라고 이야기한다. 한편 라미레스는 "이제는 모든 걸 알아요. 이제 나는 읽는 족족 모든 걸 기억하는 것 같아요"라고 말하면서 독자로서의 기억력을 자랑한다. 그러나 소설이 전개되면서 두 인물은 자신들이 독자로서 불완전하다는 사실을 깨닫고, 그때부터 종종 모욕적인 언행으로 상대방의 결함 혹은 무능력을 지적한다.

어떻게 읽을 것인지에 대한 심도 있는 언급은 도서관 방문 장면에서 등장한다. 이 장면에서 라미레스는 래리에게 독자로서의 습관에 관해, 보다 구체적으로 책을 읽을 때 듣거나 상상하는 목소리에 관해 묻는다. 래리는 아마도 자신의 목소리일 것이라고 대답하지만, 곧 한 번도 텍스트를 읽는 목소리를 상상해보지 않았다고 고백한다. 라미레스가 작품 읽기와 자기 자신과의 대화 관계를 설정하라고 요구하자, 래리는 두 개의 목소리를 들을 수 있다는 가능성을 인정한다. "항상 한쪽이 다른 한쪽의 행동을 보고 판단"한다고 래리는 말한다. 반대로 라미레스는 단지 하나의 목소리만을 듣지만, 그것은 자기들끼리 말하는 양쪽을 결합한다고 대답한다. 두 인물은 말하거나 읽어가는 것에 따라 텍스트가 말하는 목소리를 듣는다. 이 목소리는 독자에게서 비롯된다. 그러나 라미레스가 말하듯, 독자가 상상하거나 듣는 목소리는 자기 자신의 목소리와 일치하지 않는다.

"난 단지 하나의 목소리만 들어요. 심지어 나의 양쪽이 서로 이야기할 때에도 그래요. 하지만 내 목소리가 아니라…… 젊은 목소리예요. 아주 근사해요. 힘있고 단호한데도 말투는 다정해요. 배우의 목소리 같아요. 하지만 그런 다음에 나는 간호사든 누구든 사람을 불러야 해요. 내 진짜 목소리를 듣거든요. 초조해서 떨리는 목소리요. 별로 마음에 들지 않지요."

이렇듯 라미레스는 작품을 읽는 사람이 자신의 목소리를 지닌 '나'가 아니라, 다른 목소리로 나타나는 '나'라고 말한다. 이 다른 인물은 자기 자신에게서 벗어나 어느 정도 텍스트를 이해하는 독자이다. 화자와 청자의 상호행위와는 달리, 독자는 그 해석을 확신할 수 없다. 흥미롭게도 독자-타자 속에서 나-독자가 이루어지는 구조는 독자-수용자의 해석에 대한 불안을 가중시킨다. 그것은 독자가 적절한 해석에 접근할 수 있는 상황에 있지 않기 때문이다. 게다가 나/타자의 이중성은 소설의 이야기 차원에서도 유효하다. 그리고 래리와 라미레스는 '자아'와 '타자'를 혼동하는데, 이는 두 인물의 차이가 작품 속에 확실히 드러나 있지 않다는 점을 시사한다. 라미레스가 제안하는 독자와 마찬가지로, 작중인물들은 항상 자신의 목소리를 듣는 것이 아니다. 그들은 자아가 타자가 되고 타자가 자아가 되고, 이렇게 독자 모델은 이 소설에서 이야기 차원으로 확장된다.

6. 왜 래리는 저주를 받은 것일까?

이 작품에는 여러 읽기 행위가 작중인물의 대화에 통합되어 있으며, 읽기에 대한 물음은 두 사람의 토론 속에 주제화되어 있다. 예를 들어, 작중인물들은 상대방을 읽으며(분석하며), 책 읽기에 대한 그들의 경험뿐만 아니라 일반적인 책 읽기에 관해 서로 말한다. 그러나 소설의 중심을 이루는 것은 라미레스의 옥중 수기를 해독하려는 프로젝트이다. 앞서 언급한 것처럼, 래리는 라미레스의 방에서 책 꾸러미를 발견한다. 그것은 18세기 프랑스 소설 세 권이다. 그는 먼저 그 책들을 살펴보고, 우연히 라미레스가 투옥되었던 동안의 기록이 암호화한 메모로 담겨 있음을 알게 된다.

래리는 아르헨티나 정치범의 비망록을 해독하고 해석하는 프로젝트를 대학에 제안해볼 생각을 한다. 처음에 라미레스는 그 계획을 격려하지만, 래리가 몬트리올 대학과의 협상을 마무리지으려는 순간, 캐나다로의 여행에 자신이 배제되어 있음을 알고는 지원을 철회하고 심지어 그를 해고해 자신의 책을 가져가지 못하도록 막는다.

이 작품은 라미레스가 세상을 떠나고 래리가 국제인권위원회측에 라미레스가 남긴 책의 소유권을 주장하는 장면으로 끝을 맺는다. 래리의 주장에 국제인권위원회는 부정적으로 회신한다. 라미레스는 그 책들을 래리에게 물려주겠다고 유언장 형식의 글을 남겨놓지만, 요양원의 간호사가 그가 라미레스에게 예의 없이 굴었다고 한 증언이 유효하게 받아들여졌기 때문이다. 라미레스는 아마도 래리가 그를 몬트리올 대학의 프로젝트에서 배제했기 때문에 그동안의 관계를 끊어버린 것 같다.

라미레스는 죽기 전에 그의 글을 읽은 똑똑하고 유일한 독자를 저주하기로 마음먹은 것 같다. 그는 페론주의 투쟁과 정치적 문제에 대한 자신의 생각을 알리지 않고 죽는다. 그래서 이 주제에 대한 소설 속 입장은 확인할 방법이 없다. 래리의 해석은 이 작품이 가진 여러 의미 중 하나에 불과하다. 독자 모두가 스스로 해석하면서 타인의 해석도 존중하고 수용한다면, 그리고 진정한 이해가 이루어진다면, 아마도 저주받을 독자는 없을 것이다.

송병선

1932년	12월 28일 아르헨티나의 부에노스아이레스 주에 있는 헤네랄 비예가스에서 사업가인 발도메로 푸익과 약사인 마리아 엘레나 델레돈네 사이에서 태어남.
1936년	극장에 다니기 시작함. 처음 본 영화는 보리스 칼로프와 엘사 랜체스터가 출연하는 〈프랑켄슈타인의 신부〉였음. 특히 진저 로저스와 엘리너 파월의 뮤지컬과 마를레네 디트리히와 그레타 가르보의 영화를 좋아함.
1940년	헤네랄 비예가스에서 초등학교에 입학함.
1942년	〈레베카〉〈바람과 함께 사라지다〉〈애정은 강물처럼〉 등의 영화를 통해 영어를 배우기 시작함.
1946년	초등학교를 마치고 부에노스아이레스로 가서 중등기숙학교를 다님. 학교에 적응하지 못하고 어머니를 그리워함. 일요일 오전에 영화를 보면서 위안을 얻음. 앨프리드 히치콕의 심리 공포 영화 〈스펠바운드〉에서 프로이트를 발견함.
1947년	유럽 영화에 관심을 보이기 시작함. 앙드레 지드의 『전원 교향곡』을 시작으로 헤르만 헤세, 올더스 헉슬리, 장폴 사르트르 등의 작품을 축약판으로 읽음. 앙리 조르주 클루조 감독의 〈오르페브르의 부두〉를 보고 영화감독이 되겠다고 결심함.
1950년	고등학교를 마치고, 가족의 성화를 이기지 못해 부에노스아이레스 대학교 건축학부에 들어감.
1951년	건축학 공부를 그만두고 문과대학에 등록함. 영화 공부에 필요한 프랑스어, 영어, 이탈리아어를 배움.

1953년	공군에 입대하여 번역 작업을 맡음.
1955년	이탈리아어학과를 최우수 성적으로 졸업하면서 이탈리아를 여행할 수 있는 장학금을 받음.
1956년	로마의 영화실험센터에서 공부를 시작함. 그러나 네오리얼리즘에 환멸을 느껴 일 년도 채우지 못하고 중퇴함. 이후 영화 촬영소에서 일자리를 구하지만, 알레산드로 블라세티, 비토리오 데 시카, 로베르토 로셀리니의 영화 촬영만 지켜봄. 파리에서도 비슷한 일을 겪음.
1958년	런던으로 이주해 스페인어와 이탈리아어를 가르치고 접시닦이로 일하면서 생활함. 엉터리 영어로 비비언 리에게 바치는 첫번째 각본을 씀.
1959년	스톡홀름으로 여행함. 아이린 던과 캐리 그랜트의 영화에 영감을 받아 영어로 두번째 각본『여름의 실내』를 씀.
1960년	아르헨티나로 돌아와 영화사에서 조감독으로 일함. 처음으로 스페인어로 각본을 쓰고 '잘린 부분'이라고 이름 붙임. 이 작품은 부에노스아이레스를 배경으로 초기 페론 시대의 일화를 다룸.
1961년	영화사에서 일자리를 얻어 로마로 돌아가지만, 이내 영화감독이나 시나리오작가 일에 회의를 느낌.
1962년	로마에서 첫번째 소설『리타 헤이워스의 배반 *La traición de Rita Hayworth*』을 쓰기 시작함.
1963년	뉴욕으로 이주함. 아이들와일드 공항(현재의 JFK공항)에서 에어프랑스 직원으로 일하면서 계속 소설을 씀.
1965년	2월『리타 헤이워스의 배반』을 탈고함. 12월『리타 헤이워스의 배반』이 스페인의 세익스바랄 출판사의 브레베 도서관 상 최종 후보로 선정됨. 세익스바랄 출판사와 출판 계약에 서명하지만, 프랑코 독재 정권의 검열에 걸림.

1967년	부에노스아이레스로 돌아와 수다메리카나 출판사와 『리타 헤이워스의 배반』 출판 계약에 서명하지만, 또다시 검열에 걸림. 잡지 「신세계 *Mundo Nuevo*」에 『리타 헤이워스의 배반』 초반부가 게재됨.
1968년	아르헨티나의 소형 출판사 호르헤 알바레스가 검열의 위험을 무릅쓰고 『리타 헤이워스의 배반』을 출간함.
1969년	『리타 헤이워스의 배반』 프랑스 번역본이 갈리마르 출판사에서 출간됨. 6월에 〈르몽드〉는 이 작품을 1968~69년 최고의 소설 중 하나로 선정함. 9월 두번째 소설 『조그만 입술 *Boquitas pintadas*』이 출간되어 베스트셀러가 됨.
1971년	『리타 헤이워스의 배반』 영역본이 출간됨. 〈뉴욕타임스〉는 이 소설을 1971년 최고의 작품 중 하나로 선정함.
1973년	세번째 소설 『부에노스아이레스 어페어 *The Buenos Aires affair*』가 출간되지만 검열에 걸림. 뉴욕에서 『조그만 입술』 영역본이 출간됨. 『거미여인의 키스 *El beso de la mujer araña*』를 쓰기 위해 엑토르 캄포라 페론주의 정권이 5월에 석방한 정치범들과 인터뷰함. 아르헨티나의 정치 상황으로 인해 멕시코로 망명함.
1974년	『조그만 입술』이 아르헨티나의 감독 레오폴도 토레 닐손에 의해 영화로 제작되어 산세바스티안 영화제에서 최우수 각본상을 수상함. 『거미여인의 키스』를 쓰기 시작함.
1976년	이 년 간 멕시코에서 보낸 후 뉴욕의 그리니치빌리지에 주거를 정함. 네번째 소설 『거미여인의 키스』가 스페인에서 출간되지만, 아르헨티나 군사독재 정권은 판매를 금지함.
1977년	『이 글을 읽는 사람에게 영원한 저주를』을 영어로 쓰기 시작함.
1978년	각본 〈티후아나의 추억〉을 쓰지만 영화로 제작되지 못함.
1979년	다섯번째 소설 『천사의 음부 *Pubis angelical*』가 출간됨.

1980년	브라질로 옮겨 리우데자네이루에 거주함. 여섯번째 소설『이 글을 읽는 사람에게 영원한 저주를』이 출간됨.
1981년	스페인에서『거미여인의 키스』를 각색한 작품이 상연됨. 로마와 스톡홀름에서도『거미여인의 키스』가 연극으로 공연됨. 독일의 베를린 대학, 함부르크 대학, 괴팅겐 대학, 프랑크푸르트 대학에서 강연함. 또한 베네수엘라 카라카스에서 영화와 문학에 관해 강연하고, 미국의 캘리포니아 주립대학에서 문학창작을 가르침.
1982년	일곱번째 소설『보답받은 사랑의 피 *Sangre de amor correspondido*』출간. 프랑스의 소르본 대학과 오를레앙 대학, 툴루즈 대학에서 강연함. 여러 신문에 푸익이 노벨문학상 후보로 선정되었다는 기사가 실림.
1983년	2막 희곡『스타의 망토 아래서 *Bajo un manto de estrellas*』가 바르셀로나에서 출간됨.
1985년	윌리엄 허트, 라울 줄리아, 소냐 브라가가 열연한 엑토르 바벤코 감독의 영화〈거미여인의 키스〉가 개봉됨.
1987년	영국 애버딘 대학에서 명예박사 학위를 받음.
1988년	여덟번째 소설『열대의 밤이 질 때 *Cae la noche tropical*』가 출간됨. 1915년경의 부에노스아이레스를 배경 삼아 포르투갈어로 희곡『되돌아보는 가르델 *Gardel, uma lembrança*』을 씀. 이 작품에서 아르헨티나 탱고 가수 카를로스 가르델의 삶을 상상적으로 구현함.
1989년	브라질을 떠나 멕시코의 쿠에르나바카로 이주함.
1990년	7월 22일 쿠에르나바카에서 담낭 수술 후 아홉번째 작품인『상대적인 습기 *Humedad relativa*』를 끝마치지 못하고 심근경색으로 세상을 떠남.

문학동네 세계문학전집 발간에 부쳐

세계문학은 국민문학 혹은 지역문학을 떠나 존재하는 문학이 아니지만 그것들의 총합도 아니다. 세계문학이라는 용어에는 그 나름의 언어와 전통을 갖고 있는 국민문학이나 지역문학의 존재를 인정하면서 그것을 넘어서는 문학의 보편적 질서에 대한 관념이 새겨져 있다. 그 용어를 처음 고안한 19세기 유럽인들은 유럽 문학을 중심으로 그 질서를 구축했지만 풍부한 국민문학의 전통을 가지고 있는 현대의 문학 강국들은 나름의 방식으로 세계문학을 이해하면서 정전(正典)의 목록을 작성하고 또 수정한다.

한국에서도 세계문학 관념은 우리 사회와 문화의 변화 속에서 거듭 수정돼왔다. 어느 시기에는 제국 일본의 교양주의를 반영한 세계문학 관념이, 어느 시기에는 제3세계 민족주의에 동조한 세계문학 관념이 출현했고, 그러한 관념을 실천한 전집물이 출판됐다. 21세기 한국에 새로운 세계문학전집이 필요하다는 것은 명백하다. 우리의 지성과 감성의 기준에 부합하는 세계문학을 다시 구상할 때가 되었다.

문학동네 세계문학전집은 범세계적으로 통용되는 고전에 대한 상식을 존중하면서도 지난 반세기 동안 해외 주요 언어권에서 창작과 연구의 진전에 따라 일어난 정전의 변동을 고려하여 편성되었다. 그래서 불멸의 명작은 물론 동시대 세계의 중요한 정치·문화적 실천에 영감을 준 새로운 작품들을 두루 포함시켰다.

창립 이후 지금까지 한국문학 및 번역문학 출판에서 가장 전문적이고 생산적인 그룹을 대표해온 문학동네가 그간 축적한 문학 출판 경험을 바탕으로 새로운 세계문학전집을 펴낸다. 인류가 무지와 몽매의 어둠 속을 방황하면서도 끝내 길을 잃지 않은 것은 세계문학사의 하늘에 떠 있는 빛나는 별들이 길잡이가 되어주었기 때문이다. 우리가 자부심과 사명감 속에서 그리게 될 이 새로운 별자리가 독자들의 관심과 애정에 힘입어 우리 모두의 뿌듯한 자산이 되기를 소망한다.

문학동네 세계문학전집 편집위원
민은경, 박유하, 변현태, 송병선, 이재룡, 홍길표, 남진우, 황종연

지은이 **마누엘 푸익**

1932년 아르헨티나 헤네랄 비예가스에서 태어났다. 어렸을 때부터 극장에 다니며 영화감독을 꿈꾼다. 로마에서 영화를 공부하고 시나리오를 쓰지만 결국 소설가로 전향해, 첫 소설 『리타 헤이워스의 배반』으로 작가로서의 명성을 얻었다. 1973년 아르헨티나 정치 상황에 환멸을 느껴 망명길에 올랐다. 첫 망명지 멕시코에서 쓴 『거미여인의 키스』가 해외에서 대성공을 거두었고, 이후에도 곳곳에서 활발한 작품 활동을 했다. 1990년 담낭 수술 후 심근경색으로 세상을 떠났다.

옮긴이 **송병선**

한국외국어대학교 스페인어과를 졸업하고, 콜롬비아의 카로 이 쿠에르보 연구소에서 석사학위를, 하베리아나 대학교에서 박사학위를 취득했다. 하베리아나 대학교 전임교수를 역임했으며, 현재 울산대학교 스페인·중남미학과 교수로 재직중이다. 지은 책으로 『영화 속의 문학 읽기』 『보르헤스의 미로에 빠지기』 『붐 소설을 넘어서』 등이 있으며, 옮긴 책으로 『거미여인의 키스』 『판탈레온과 특별봉사대』 『마크롤 가비에로의 모험』 『염소의 축제』 『맘브루』 등이 있다.

세계문학전집 142

이 글을 읽는 사람에게 영원한 저주를

양장본 초판 인쇄 2016년 9월 5일
양장본 초판 발행 2016년 9월 20일

지은이 마누엘 푸익 | 옮긴이 송병선 | 펴낸이 염현숙

책임편집 문서연 | 편집 김경은 | 독자모니터 나희정 | 모니터링 이희연
디자인 김마리 최미영 | 저작권 한문숙 박혜연 김지영
마케팅 정민호 이미진 정진아 김혜연 | 홍보 김희숙 김상만 이천희
제작 강신은 김동욱 임현식 | 제작처 영신사

펴낸곳 (주)문학동네
출판등록 1993년 10월 22일 제406-2003-000045호
주소 10881 경기도 파주시 회동길 210
전자우편 editor@munhak.com | 대표전화 031)955-8888 | 팩스 031)955-8855
문의전화 031)955-1927(마케팅), 031)955-2677(편집)
문학동네카페 http://cafe.naver.com/mhdn
문학동네트위터 http://twitter.com/munhakdongne

ISBN 978-89-546-4228-6 04870
    978-89-546-1020-9 (세트)

www.munhak.com

● 문학동네 세계문학전집은 계속 출간됩니다